그는 왜 우산대로 여편네를 때려눕혔을까

그는 왜 우산대로 여편네를 때려눕혔을까

금은돌의 문학 읽기

새미

* '왜'라는 설정

'왜'는 프레임이다. 사건을 둘러싼 상황을 삽으로 파는 행위이다. 어떤 사건에 대해 어떻게 생각할 것인가, 어떤 프레임으로 해석할 것인가. '왜'라는 질문은 새로운 각도를 제공한다. 이 프레임을 어디에 놓을 것인가, 책을 읽는 사람들은 고민해 봐야 한다. '왜'라는 부사는 놓이는 장소에 따라 해석의 결과가 달라진다.

그러므로 이 부사를 멀리 두어야 한다. 높고 쓸쓸한 위치에서 낚싯줄 던지고 기다려야 한다. 한 번도 보지 못한, 상식적인 틀을 벗어날 수 있는, 시대를 뛰어넘을 수 있는, 안목으로 '왜'를 던져보자.

'왜'가 놓여야 할 위치는 "over view"이다. 높고 쓸쓸한 자리에서 시대와 역사와 문학을 바라보는 일. 우리 문학사의 질곡을 긴 안목으로 사유하는 일. 때로는 접사 카메라가 되어 밀착하여 바라보는 일. 다시 멀어지는 일. 이것이 부사 '왜'의 작동방식일 것이다.

언제나 유행과 시류를 주도하는 이론과 담론이 있다. 그런 유행에도 거리를 둘 필요가 있다. 그래야 관습적인 안목에서 벗어날 수 있고 그래야 '아니오'를 외칠 수 있다. 나의 질문으로 나만의 대답을 찾기. 이것이 문학을 하는 사람의 태도라고 생각한다.

문학을 포기하지 않는 사람들은 '왜'라는 부사를 가슴에 새기고 사는 이들이다. '왜'라는 씨앗에 물을 주는 일. 우주 바깥으로 질문을 던지는 일. 질문의 각도를 수정하는 일. 권위적인 답변에 반항하는 일. 굴복하지 않는 일. 안주하지 않는 일. 실패로 인하여 기꺼이 무너지는 일. 자신의 답을 지워버리는 일. 이것이 '왜'라는 부사가 가진 효과이다.

그리하여 '왜'는 여행을 한다. 호기심을 잃지 않는 '왜'는 저 우주 속에서 끊이지 않는 존재 이유를 갖는다.

* 김수영이라는 숙제

몇 년 전, 강의 시간에 있었던 일이다. 한국문학사 수업에서 김수영을 다루고 있었다. 발제자가 남학생이었다. 그는 마침 김수영의 여성성에 대한 비판을 담은 리포트를 발표하였다. 당시 대학 1학년 여학생은 크게 분노하고 있었다. 김수영이 갖고 있는 여성혐오적인 측면과 '여편네'라는 시어에 대해 분노하고 있었다. 당시는 문단 내 여성 혐오 사건이 터져 나오는 시점이었다. 강의실 공기가 예민해졌다. 나는 되도록 중립적 태도로, 김수영과 아내의 특별한 관계, 시인이 여편네라는 시어를 어떻게 사용했는가, 하는 시적 사용 방법, 김수영의 시적 위치 등에 대해 강의했다. 그러나 강의실 분위기는 이미 기울어지고 있었다. 남학생들은 발언을 하는 순간, '한남'이 되어 버렸다. 여학생들의 분노 게이지는 가라앉지 않았다. 이성과 합리로 설득시킬 수 있는 분위기가 아니었다. 수업에 반론을 제기하는 여학생들은 나를 공격했다. 그 때 주도적으로 자기 의견을 피력했던 학생이 기말 과제로 김수영에 대한 리포트를 제출하였다. 제목은 '찌질이 김수영'이었다.

김수영은 찌질했는가? 이 질문을 일단, 받아 안았다고 치자. 그렇다면, 찌질한 김수영은 왜 자신의 찌질함을 기록했는가? 이 질문은 나를 미궁 속으로 던져놓았다. 이것은 단지 여성혐오와 페미니즘에 관한 비판으로 끝나지 않았다. 문학이란 무엇인가? 시를 왜 쓰는가? 어떤 작품을 남겨야 하는가? 문제적이라는 것은 무엇인가? 등등 분수처럼 질문이 솟아났다. 오랫동안, 방황 했다.

그래, 맞다. 김수영, 여성혐오 맞다. 이것은 명백한 사실이다. 이 부분에 대해 여러 차원에서 고민을 해 보아도, 부정할 수 없다. 인정할 것은 인정해야 한다. 그의 산문에서 살펴보면, 김수영은 페미니즘에 관한 자의식이 별로 없었다. 그러나 그는 쓰지 않아도 됐다. 사실들을 왜곡하고, 폼을 잡아도 되었다. 그는 까발렸다. 너무 솔직해서, 문제를 일으켰다. 서거 50년 뒤에도 여전히 문제적 시인이자 문제적 시로 작동한다. 현대 문학사를 공부하는 후학들은 소용돌이에 휩싸인다. 그는 권위적이고 남성 중심적인 측면이 있다. "수단으로서의 고생"(「반시론」, 509쪽)을 이용하여 시를 썼다. 여성을 시적 대상으로 이용하여, '여편네'를 문학적 언턱거리로 사용하였다. 자신도 기꺼이 무대에 등장하였다. (「죄와 벌」이 대표적으로 그러한 작품이다. 당시 시인은 조선일보사 모퉁이에 있던 영화관에서 페데리코 펠리니(Pederico Fellini) 감독의 '길(La strada)'을 보고 나오는 중이었다. 아들 우도 있었다. 영화를 잘 보고 나오는데 시인은 아내를 우산대로 때린다. 대로변에서, 그것도 아이들 앞에서이다. 이 사건을 시로 써나가는 시인의 마음은 도대체 무엇인가?)

여기에 위험성이라는 단어를 꺼내 놓고자 한다. 김수영은 한국 현대 시사에서 경제적 문제, 돈의 문제를 거침없이 시로 표현하였다. 경제적 측면, 부부 생활, 성(性) 생활, 정치적 경향 등등 모든 것들을 고백하였다. 그의 생(生)은 시의 재료였다. 그는 자신을 포장하지 않았기에, 그는 위험해졌다.

'왜'가 떠오른다. 왜?

그는 삶과 공부와 시를 일치시키고자 했다. '선비' 정신이 있었다. (그를 무조건 옹호하는 것은 아니다.) 그러나 자신의 허점을 글로 작성하여 위험을 자초했다.

김수영은 한국 전쟁 이후, 국가 건설 시기에 시를 고민했던 시인이라는 사실을 잊으면 안 된다. 그는 국가의 주권을 어떻게 찾을 수 있을 것인가라는 연장선상에서 '언어 주권'을 어떻게 펼칠 수 있을까, 고심하였다. 그의 실험은 다양하게 펼쳐진다. 일상어의 사용, 현대적인 시집의 정체성, 시의 배치, 시집의 배치, 산문의 도입, 연극적인 기법의 도입, 자코메티적 성찰, 성(性) 생활 고백, 자본주의 화폐의 문제, 초현실주의적 시도, 이중 언어의 문제, 침묵의 문제, 번역의 문제 등등. 모든 차원에서, 원점의 자리에서, 낯선 시도를 하였다. 뿐만 아니라 자기 자신을 조롱의 대상으로 삼았다. 치부와 허점. 인간 모순. 이 모든 것들이 시적 재료였다. 사생활의 면면들, 입자적인 질감을 가진 공기, 여름 바람부터, 거미, 계란, 신문, 폭포, 파자마, 피아노, 라디오, 드라마, 김일성까지, 문제적 소재로 삼았다.

일상의 소재를 다룬 것은 물론이다. 가장 주요한 화법은 고백의 방식이다. 그러나 고백을 하려면 용기가 필요하다. 그는 돌파하려고 했다. 전근대적인 문학 관습과 사유방식을 돌파하려고 했던 것이다. 그 돌파 지점에 시인 자신은 폐허가 된다. 김수영은 쓰지 않아도 되는 것을 쓰며 '혼란'을 허용했다. 첨탑과 같은 높은 자리에서, 손가락을 가리켜, 방향을 제시하는 위치에서 기꺼이 위험해지는 방식을 선택했다. 이 지점에서 다시 그를 들여다보고, 비판해야 하지 않을까? 배반하며, 또 다시 자신을 배반하는 그를. 다양한 각도에서 바라봐야 하지 않을까?

폐허의 기록을 남긴 김수영은 뜯어먹기 좋은 빵이다. 파도 파도 끝없이 샘솟는 우물이다. 그렇기에 그는 모순적이고 다채롭다. 그리고 여기에 다른 이야기 하나를 덧붙이고자 한다.

김수영 연구자인 이영준 교수는 김수영의 시를 영어로 번역하여, 미국 사람들에게 낭독한 이야기를 들려준 적이 있다. 외국인들이 김수영의 시 속에서 유머를 발견했다는 사실이다. 이 사람 웃긴 사람이라면서, 깔깔 웃어댔다고 한다. 카프카가 자신의 소설 『변신』을 낭독했을 때, 객석에서 웃음이 터져 나온 것처럼 말이다. 김수영 시가 웃긴다는 사실이다. 뭔가 가 깨져나가는 기분이었다.

우리는 김수영을 어떤 틀에 집어넣고 있지 않은가? 문학사는 김수영을 너무 진지한 인물로 해석하고 있지 않은가? 한국문학사의 전위와 진보, 모더니티와 아방가르드, 초현실주의 등등 이 모든 것들을 김수영에게 투 사시키고 있지 않았던가. 우리 근·현대사가 무거웠기에, 덩달아 그를 무 겁게 만들지 않았던가.

김수영은 현대문학사의 문제적 인물이다. 그는 후학들에게 끊임없이, '왜'라는 프레임을 수정할 것을 요구한다. 그는 선택을 요구한다. 그를 새 롭게 읽는 시선에도 용기가 필요하다.

다시, 생각하자. 작가는 다른 차원을 여는 존재이다. 지금 여기가 아닌, 미지의 세계를, 다른 세상을 여는 작업을 사람이다. 1차원, 2차원, 3차원이 아니라, 11차원 이상의 다른 지평을 여는 존재로서, 김수영. "대한민국의 전재산"인 그가 실험하는 방식을. 고민해 보자.

* '장난'과 '작란' 사이

'왜'라는 프레임은 창의적인 시각을 유도한다. 다르게 바라보는 일. 다르게 생각하는 일. 답을 도출하려하지 않고 질문하는 일이다.

문학은 기본적으로 사소하고 거대한 놀이이다. 놀지 않고는 진지할 수 없다. 진지하려면 제대로 놀아야 한다. 글 쓰는 이가 죽음을 앞당기듯이, 텍스트 위에서 죽듯이, 글 쓰는 자는 텍스트 위에서 놀 줄 아는 자이다. 언어 놀이를 하는 이들이 작가이다. 작가는 진정한 호모 루덴스이다.

김수영은 "달나라의 장난"이라는 시집 표지를 낼 때, "장난"을 '작란'으로 수정하려고 했다. '장난'과 '작란' 사이에서 교정하며, 놀았다. 놀며 진지했다. 언어 놀이는 시각적이고 청각적이며, 즉흥적이고 직관적이다. 무의식과 이성을 교차하며 점검한다. 점검 이전에 놀아야 한다. 그의 지향성에 맞게, 놀이 규칙을 가지고 창의적인 상황을 만들어야 한다. 김수영의 언어 놀이를 떠올려 보자. 그가 어떤 방식으로 유희했는지, 연구해 봐야 할 필요가 있다. 생전에 만나본 적이 없지만, 그는 사실 진지하면서도 시크하게 웃긴 사람이 아니었을까?

'장난'과 '작란' 사이 "대한민국의 전재산인" 김수영을, 다차원적인 입방체로, 다면체로, 바라봐야 할 시점이 도래했다.

* 나는 왜, 문학을 하는가?

'왜' 라는 가시가 나를 찌른다. 왜 나는 지금 문학을 놓지 못하고 있는가, 문학 앞에서 왜 그렇게 무릎 꿇고 괴로워하면서 눈물 흘리는가, 왜 나는 왜 문학하는가?

문학이라는 명사 뒤에 '하다'가 온다. '하다'라는 동사에 매혹된다. 이것은 단지 읽고 쓰는 과정을 말하는 것이 아니다. '하다'라는 운동성을 가진다. 이 동사는 온몸과 영혼의 운동을 포함한다. '하다'라는 동사는 문학이 어떤 방향으로 나가야 하는지, 문학의 결과와 상관없이, 지금 이 순간, 그 자체가 되어야 함을 강조한다.

문학하는 일은 온전한 나 자신이 되고, 다수의 나가 되는 일이다. 너는 곧 나이고, 나는 곧 우리이다. 나/ 우리는 글자로 숨 쉰다. 나는 언어로 실천한다. 우리는 문학으로 대화한다. 그리고 귓속말하듯이, 누군가의 세포 속으로 스며든다.

나는 '문학하다'는 문장에 끌려 다닌다.

처음 글을 쓸 때, 늦깎이라는 단어의 노예가 되어, 서러워했다. 뒤늦게 문학의 장에 글을 발표하기 시작한 나는, 겨우, 이름 석 자를 내밀 때, 기쁨보다 실패자의 우울감이 휘몰아쳤다. 스무 살, 문학과 관련된 학과에서조차, 문학의 문외한이었다. 문학을 몰랐다. 대학 동기들은 백일장 입상한 친구들이 많았다. 동기들과 카페에 가서 문학 이야기를 할 때, 주로 듣는 자가 되었다. 책상 밑에 수첩을 놓고, 어떤 시인의 시집에 대한 이야기가 나올 때, 그 이름을 받아 적었다. 그들과 헤어진 뒤, 서점에 들러 그 시집들을 사서 읽었다. 문학관련 학과를 나왔지만, 문학에 뒤늦게 입문한 것을 후회했다. 왜 진작, 직진하지 못했을까, 왜, 나 자신을 믿지 못했을까.

그러나 조금씩 달라지고 있었다. 늦은 나이에 '하다'의 영역에 있음에 감사드린다. '문학하다'라는 문장 그 자체가 공부를 놓을 수 없는 삶이라는 사실에 감사한다. 문학하는 삶은 내가 나를 깨치는 공부이다. 나를 부수는 장소에서, 철저하게 실패하는 공부를 하는 일. 그 장소가 문학이다. 문학을 통해, 우리는 새롭게 태어난다.

'시간'은 없다. 이것은 관념일 뿐이다. 시간이 있다고 믿는 순간, 고정관념에 사로잡힌다. 시간의 감옥 안에, 존재를 압핀처럼, 고정한다. 고정관념의 틀에 영혼을 쑤셔 넣는다. 문학은 시공간을 초월한다. 늦됨과도 없고 이름도 없다.

'문학하다'는 모든 행위는 미래적이다. 시대를 초월하여 늘 현재적 순간에 존재하기에 미래적이다. 현재에 존재하는 나는 나를 귀중하게 여기며, 어떠한 사건에 파묻히지 않는다. 제3의 눈을 갖는다. 문지기가 지키고 있는 문 앞에서 좌절하기도 하지만, 몰입하는 순간, 문지기를 사라지게 만드는 마술을 부린다. 그 신비한 힘 덕분에, 글 쓰는 자는 영원하다. 작품은 영원을 산다. 그 영원을 위해, 갈고 닦는다.

지나간 세월에 얽힌 후회, 인연, 어긋남, 패배, 좌절, 배신, 파산 등의 모든 결과들이 되살아난다. 문학하는 행위 속에서 치유되고, 글 쓰는 행위 속에서 나는 사라진다.

* 그는 왜 우산대로 여편네를 때려눕혔을까

이것은 단지 김수영만을 두고 뽑아낸 건 아니다. 무수한 사람들이 글을 쓰지만, 어떤 작품이 살아남는가, 라는 질문을 던지고 싶었기 때문이다. 여러 책을 읽던 중 클로소프스키의 글에서 멈추었다.

> 실험 영역에서 창조하는 것은 곧 존재하는 것에, 따라서 또한 존재들 전체에 폭력을 행하는 것이다. 새로운 유형의 창조는 하나의 위험 상태를 유발해야 한다. 창조는 현실의 가장자리에서의 유희이기를 멈춘다. 그때부터 창조자는 재-생산하는 것이 아니라 스스로 현실을 생산한다. (『니체의 악순환』, 172쪽)

클로소프스키는 창조하는 것은 "폭력"을 가하는 일이라고 말한다. 즉 시공간의 일정한 영역을 파괴하고, 그 관습적 사고방식에 폭력적인 충격을 가하는 것이 창조인 셈이다. 새로운 유형의 창조는 그리하여 "위험"해진다. 위험상태를 유발해야, "유희"이기를 멈추는 것이다. 위험해져야 "스스로 현실"을 생산한다. 김수영은 "얼굴에 침을 뱉는 일"을 말한다. 김수영에게 새로운 창조를 해내는 일은 "침을 뱉는 일"이었다. 자기 자신의 모순과 한계를 고백하는 일이었다. 이것은 용기를 필요로 하는 일이고, 금기를 거스르는 일이다. "새로운 문학에의 용기"를 위해, 그는 자신을 기꺼이 희생물로 던졌던 것이다. 작금이야말로, "새로운 문학에의 용기"(『김수영 전집 2』, 501쪽.)가 필요한 때이다.

이 책을 읽는 분들 역시, "왜"라는 프레임을 하나씩 가져 보기를 희망한다. 여기 김수영, 김혜순을 비롯하여, 김애란, 김영하, 주수자, 르 클레지오, 이청준, 다야마 가타이, 신채호의 소설 등은 나를 흔들었던 작품들이다. 내가 "왜"라는 질문을 본격적으로 던진 작품들이고, 나에게 새로운 질문을 갖게 했던 작품들이다. 이 작품들을 여기에 모시고, 다시 새로운 프레임을 맞춘다.

차례

1부

누구한테

머리를 숙일까

김수영의「꽃잎」에 나타난 수사학적 특성*

Ⅰ. 서론

　2009년에『김수영 육필시고 전집』이 발간되었다. 이 전집은 김수영 문학 연구자들에게 텍스트 확정을 해줄 만한 중요한 자료가 아닐 수 없다. 그 동안 개정판『전집·시』는 편집자가 자의적으로 창작연도를 결정하고 임의적으로 시를 배열하고 있었다. 가령, 개정판『전집』은「긍지의 날」에 대해 1955년 2월을 창작 날짜로 잡고 있지만『문예』1953년 9월호에 이미「긍지의 날」이 수록되어 있었다.[1] 때로는 시의 행갈이와 연 구분, 마침표 사용 등에 대해 차이를 보인다. 김수영 시를 이해하기 위해서는 반복과 리듬, 행간걸침(enjambement) 등을 파악하는 것이 중요한데, 그 차이를 간과한 개정판『전집·시』를 텍스트로 삼는 데서 문제가 발생한다.[2] 더불어 2008년도 김수영 시인의 아내 김현경 여사가 소장해왔던 육

* 이 논문은 2010년도 중앙대학교 BK21 문화예술산업 혁신연구단의 지원에 의하여 연구되었음.

1) 박수연,「김수영 전집 텍스트 확정을 위한 사례 보고」,『김수영 40주기 추모 학술제― 김수영, 그 후 40년』, 김수영 40주기 추모사업회 준비위원회 자료집, 16쪽.

필원고와 더불어 미발표작까지 수록하고 있는 『김수영 육필시고 전집』을 텍스트로 확정하는 것은 김수영 연구에서 부정확하게 다루었던 사소하고 미세한 차이들을 바로잡는 연구의 시작이 될 것이다.

『김수영 육필시고 전집』을 읽다보면 몇 가지 새로운 사실을 알게 된다. 그중에서도 "「꽃잎(一)」「꽃잎(二)」「꽃잎(三)」세 편 연작시는 『현대문학』1967년 7월호에 「꽃잎」이란 제목 아래 한 편의 시로 발표되었다.「신귀거래」연작과 같이 한 편의 장시로 쓴 것을 발표의 편의상 세 편으로 나눈 것으로 판단된다"[3]는 부분이다. 이것을 기정사실화한다면 「꽃잎」연작에 대한 논의를 새롭게 해야 할 필요성이 제기된다.

지금까지 논자들은 「풀」이전에 「꽃잎」을 각기 다른 시편으로 인식해왔고, 특히 「꽃잎(一)」과 「꽃잎(二)」에만 주목해왔다. 『전집 별권』을 펴낸 황동규 역시 이런 입장에서 다음과 같은 논지의 글을 발표한 적이 있다. "두 편의 「꽃잎」은 김수영의 후기시 가운데서 상당히 독특한 자리를 차지하고 있는 작품이다. 혹시 그가 사고로 갑자기 세상을 뜨지 않았다

---

2) 『김수영 육필시고 전집』을 엮은 이영준에 따르면, 김수영 육필 원고의 가치는 "인쇄된 작품이 전해줄 수 없는 시인의 육체적 흔적을 간직하고" 있음을 강조한다. 무엇보다도 "시를 시각적으로 확정짓는 문제에 관한" 시인의 자의식을 엿볼 수 있다고 말한다. 김수영은 "행갈이를 어떻게 할 것인가를 두고 고민한 흔적이 원고에 자주 보이며, 문장이 끝나도 온점을 찍지" 않아 "당시의 편집자와 갈등을 일으키는 장면도 드러난다"고 밝힌다. "시인이 원고에서 사용하지 않은 온점을 신문이나 잡지 편집자들이 추가했거나 행갈이가 다른 경우에, 시인이 발표지면을 오려내어 거기다 수정 표시를" 해두었다. 이러한 표시들은 이영준은 이렇게 해석한다. "시인이 의도한 표현형식을 무시하거나 곡해한 것을 지적한 시인의 필적은 인쇄출판의 물질적 형식 속에 자기표현을 찾으려는 시인의 고투를 역력히 증언한다."고 해석한다. 김수영은 "시의 시각적 표현 형태"에 대단히 민감한 시인이었음을 알 수 있다.

3) 이영준 엮음, 해설, 『김수영 육필시고 전집』, 민음사, 2009, 442쪽.

면, 이 시에서 출발하여 그의 최후 작품이라고 추정되는 「풀」을 통과하여 연장되는 하나의 새롭고 확실한 선 위에 이 시를 놓을 수 있을지도 모른다.”는 황동규의 지적4)은 다른 논자들이 지적하지 못했던 것을 발견한 부분이다. 그러나 동시에, 한 편의 완결된 시로 구성한 「꽃잎(三)」을 배제하여 아쉬움을 남긴다. 황동규의 짧은 글 이후 「꽃잎」 연작을 연구하는 논자들은 거의 다 「꽃잎(三)」을 제외시키며 부분만 언급하고 만다. 특히 리듬과 반복이 덜한 「꽃잎(三)」은 상대적으로 관심 밖으로 밀려나는 경향이 있었다. 분명 「꽃잎(一)」「꽃잎(二)」는 「풀」을 통과하여 “평범한 사물을 통해 감정의 추상과 조형을 동시에 이루는 하나의 틀”을 형성할 만한 디딤돌을 마련하였다. 「꽃잎(三)」 역시 완결된 하나의 시편을 구성하는 한 부분이다.5) 이 세 편은 유기적인 관련성을 가지고 있으며, 하나의 시편으로 완성될 만한 역할이 있었던 것이다.

「꽃잎(三)」은 1967년 5월 30일에 완성된다. 5월 2일에 「꽃잎(一)」을 쓰고 5일 뒤 「꽃잎(二)」를 쓴 것에 비하면 「꽃잎(三)」은 약간의 틈을 두고 23일 뒤에 쓴 것이다. 이렇게 「꽃잎」은 거의 한 달에 걸쳐 완성한 셈이다. 시를 쓴 시기를 살펴보는 것은 유의미한데, 김수영이 시를 쓰고 나서 운

---

4) 황동규, 「정직의 空間」, 『전집 별권』, 민음사, 1983, 125쪽.
5) 박수연은 지금까지 논자들이 상대적으로 「꽃잎(三)」을 연구 대상에서 제외시킨 점이 「풀」에 대한 저간의 민중시학적 독해를 봉쇄하기 위한 의도된 결과가 아닌가 의문한다. 그런 다음에 반복이 정신분석학에서 죽음 본능과 관련 있음을 지적한다. 또한 「꽃잎(三)」에서 나타난 순자의 역할에 주목한다. 「꽃잎 1·2」가 강한 언어적 구심성을 보여주는 반면에 「꽃잎 3」은 조금 약화된 언어적 구심성과 함께 '순자'라는 3인칭 인물을 등장시킴으로써 사회적 원심성을 보여준다는 것이다. 즉 「꽃잎 3」은 「꽃잎 1·2」의 언어적 공간에 새로운 사회적 공간을 부가하고 있다고 분석한다. ―박수연, 「「꽃잎」, 언어적 구심력과 사회적 원심력」, 『문학과사회』, 1999, 가을호, 1721쪽.

산을 하기 때문이다. 여러 산문에서 밝힌 바와 같이 김수영은 계시처럼 다가온 시를 쓰고 난 뒤, 지난 시를 분석하고 다음 시가 자리할 지점을 모색해왔다. 이런 면에서 보았을 때 「꽃잎」 연작은 앞뒤 관계에서 치밀한 계산과 시적 사유의 결과물이다. 특히 상대적으로 주목받지 못했던 「꽃잎(三)」은 시적 사유와 전개에서 중요한 역할을 해온 것이 틀림없다.

본고에서는 「꽃잎(一)」 「꽃잎(二)」 「꽃잎(三)」을 하나의 시편으로 보고 시편과 시편 사이의 유기적 관계를 분석해볼 것이다. 「꽃잎(一)」 「꽃잎(二)」 「꽃잎(三)」이 한 편의 시로서 갖는 의미론적인 관련성을 살펴볼 터인데 이 과정을 통해 「꽃잎(三)」의 시적 위치를 재정립해 볼 것이다.

II. 본론

정현종은 김수영 작품을 읽고 난 뒤, 다음과 같이 쓴다. "읽고 나서 받은 가장 강한 느낌은 그의 작품이 갖고 있는 속도이다. 이 속도감이 어느 정도냐 하면 속도 자체가 작품의 주요 내용이며 또한 형식을 결정하고 있는 것 같은 느낌이 들 정도이다." 그 다음에 주목할 만한 언급을 한다. 김수영 시의 입체감이 "생명의 속도와 언어의 속도가 일치하기 때문"[6]이라는 사실이다. 필자는 그 예가 바로 장시 「꽃잎」라 생각한다. 「꽃잎」의 역동적인 움직임과 속도감은 생명의 순환과 카오스적인 우주 질서를 닮아 있기 때문이다.

---

6) 정현종, 「시와 행동, 추억과 역사」, 『전집 별권』, 민음사, 1983, 221~229쪽.

1. 「꽃잎(一)」; 반복 효과와 주체의 무의식

> 누구한테 머리를 숙일까
> 사람이 아닌 평범한 것에
> 많이는 아니고 조금
> 벼를 터는 마당에서
> 바람도 안부는데
> 옥수수 잎이 흔들리듯 그렇게 조금
>
> 바람의 고개는 자기가 일어서는 줄
> <u>모르고</u> 자기가 가닿는 언덕을
> <u>모르고</u> 거룩한 산에 가닿기
> 전에는 즐거움을 <u>모르고</u> 조금
> 안 즐거움이 꽃으로 되어도
> 그저 조금 꺼졌다 깨어나고
>
> 언뜻 보기엔 임종의 생명 같고
> 바위를 뭉개고 떨어져 내릴
> 한 잎의 꽃잎 같고
> 革命 같고
> 먼저 떨어져내린 큰 바위 같고
> 나중에 떨어진 작은 꽃잎 같고
>
> 나중에 떨어져내린 작은 꽃잎 같고
> —「꽃잎(一)」 전문(밑줄과 강조는 필자)

「꽃잎(一)」은 1인칭 독백체로 시작한다. 우선 모든 것이 중단되어 바람
도 불지 않는 시공간이 제시된다. 제1연에서 김수영은 평범한 것에 머리

를 숙이는 경건한 자세를 취한다. 이때 꽃잎은 '조금' 흔들리지만, 꽃 입장에서는 '조금'이 아니다. 저 땅속 깊은 뿌리의 흡입력과 광합성 작용, 줄기의 견고함이 버티고 있는 가운데, 힘차게 '조금' 움직인다. 태양과 대지의 굳건함이 만나는 지점에서 '조금' 움직인다. 꽃잎이 '조금' 흔들릴 수 있었던 것은 '수동적 적극성'을 표현이다. 이런 면에서 손색없는 시적 대상인 '꽃잎'은 김수영의 객관적 상관물이 된다.

사건은 부사어 '조금'에 의해 시작된다. 김수영은 산문 「시여, 침을 뱉어라」에서 시란 "모기 소리보다도 더 작은 목소리"로 시작해야 한다는 것을 강조하였다. 작고 사소한 것에서 역동과 반전의 힘을 찾을 줄 안 것이다. 그 의지를 실현한 시어가 부사어 '조금'이다. '조금'은 '중단'과 '계속'을 위한, 다시 말해 속도를 되찾기 위한 최소한의 언어적 표현이다.

그리하여 움직임[7]이 일어난다. 제2연에서 주목할 시어는 '모르고'이다. 이 시어는 형식적인 장치인 행간걸침(enjambement)을 사용하여 시를 낭독할 때, 의미가 끊어지고 강조되는 효과를 발휘한다. 여태천의 지적대로 '모르다'라는 술어는 현실을 미처 깨닫지 못하는 자신에 대한 비판과 반성

7) 문광훈은 '속도' 대신에 '움직임'이라는 표현을 선호한다. 속도는 앞으로의 움직임에 한정되는 뉘앙스를 갖는 반면, 움직임은 앞으로 그리고 뒤로, 즉 전진과 후퇴를 뜻하기도 하는, 그러니까 좀 더 중성적이고 포괄적인 표현이기 때문이다. 전진하면서 후퇴하고, 갱생과 반복 사이에 자유자재로 폭넓은 공간을 갖기 때문이다. 그런데 필자는 시의 공간성과 방향성을 설정할 때는 움직임이라는 용어를 사용하고, 시간성과 언어의 호흡을 설명할 때는 '속도'라는 표현이 적합하다고 생각한다. 그 언어의 방향과 세기를 질감 있게 표현할 수 있는 단어라고 생각하기 때문이다. 따라서 '속도'와 '움직임'이라는 두 차원의 표현 중 어느 하나만을 우위에 두고 사용하는 발상 대신, 두 단어를 쓰임에 맞게 활용하는 것이 낫다고 판단한다. —문광훈, 『시의 희생자 김수영: 시를 통한 문학예술론 그리고 비평론』, 생각의 나무, 2002, 84쪽.

의 표현이 될 수도 있다. '모르다'에서 '알다'로 전이되는 과정에서 자기 확인 운동이 일어난다. 반복을 통해 차이를 드러나는 이 운동은 자기 정 체성을 확립하기 위한 작용으로 파악할 수 있다.8) 그러나, '모르고'는 세 번 반복되고 '알다'는 한 번 서술된다. 그것도 "조금 안 즐거움이" "그저 조금 꺼졌다 깨어나고" 정도로 표현된다. 왜 김수영은 '알다'보다 '모르고' 라는 시어를 세 번씩이나 사용했을까? '모르고'를 의도적으로 강조한 것 은 아닐까? 판단을 유보하기 위해, 인지작용을 의도적으로 멈추려고 한 것은 아니었을까? 이런 관점에서 「시여, 침을 뱉어라」를 살펴보자.

> 여기에서 중요한 것은 시의 예술성이 무의식적이라는 것이다. 시인 은 자기가 시인이라는 것을 모른다. 자기가 시의 기교에 정통하고 있 다는 것을 모른다. 그리고 그것은 시의 기교라는 것이 그것을 의식할 때는 진정한 기교가 못 되기 때문에 그렇게 되는 것이다. 시인이 자기 의 시인성을 깨닫지 못하는 것은, 거울이 아닌 자기의 육안으로 사람 이 자기의 전신을 바라볼 수 없는 거나 마찬가지이다. 그가 보는 것은 남들이고, 소재이고, 현실이고, 신문이다. 그것이 그의 의식이다. 현대 시에 있어서는 이 의식이 더욱더 정예화(精銳化)—때에 따라서는 신 경질적으로까지—되어 있다. 이러한 의식이 없거나 혹은 지극히 우발 적이거나 수면(睡眠) 중에 있는 시인이 우리들의 주변에는 허다하게 있지만 이런 사람들을 나는 현대적인 시인이라고 부를 수는 없다.9)

---

8) 여태천은 '모르다'와 '알다'가 술어로 기능할 때, 지각과 정서의 움직임과 사유의 움 직임을 자기규정의 운동으로 보여준다는 사실을 주목한다. '모르다'가 주체와 술어 사이에서 주체의 왕복 운동의 과정을 보여주는 것이라면, '모르다'에서 '알다'로의 전이는 자기확인 운동이라고 할 수 있다. '모르다'와 '알다' 사이를 무한히 반복함으 로써 주체는 확신을 갖게 된다. 이 반복은 차이를 만드는 반복이다. '모르다'와 '알 다'에 의한 자기규정 운동은 지금 존재하는 자신으로부터 존재할 자신을 만든다. — 여태천, 『김수영의 시와 언어』, 월인, 2005, 276~286쪽.

김수영은 일부러 시적 주체를 혼돈 앞에 던져놓는다. 이것은 "시인이 자기의 시인성을 깨닫지 못하는 것"과 관련된다. 시를 창작하는 과정에서 시적 기교나 포즈에 물들지 않고 내용과 형식을 동시에 밀고나가며, 자신의 한계를 극복해 나가기 위해서이다. 이것은 '무의식'의 상태에서 가능하다. 이 상태에서 시적인 언어를 끌어올리기 위해서 김수영은 '알다'보다는 '모르다'를 선택한다. '모르다'는 것은 '알다'의 세계, 곧 인식 가능한 세계로 가 닿기 위해, 도전해야 할 출발선상이다. 선험적 지식으로 시적 대상을 재단하거나 판단하는 우를 범하지 않기 위해서이다. '모르다'는 시적 주체를 시적 대상에 열어놓는 방법이다. 진정한 예술성은 세련된 기교가 아니다. 서툴면서도 진정성이 넘치는 세계이다. 그렇기 위해서 "시도 시인도 시작하는 것이다. 나도 여러분도 시작하는 것이다. 자유와 과잉을, 혼돈을 시작하는 것이다"10)

김수영은 행간걸침(enjambement) 형식으로 '모르고'를 반복하며 시적 주체를 무의식의 세계로 끌고 가려고 한다. 그리하여 혼돈의 영역에서 조금씩 깨우쳐 나간다. 즉 인지의 세계로 넘어가는 것이다. 사물과 사건과 우주와 역사와 인생을 조금씩 알아가는 것이다. 이 과정을 스스로 깨닫기 위해 '조금'이라는 속도11)가 필요했다.

---

9) 김수영, 『전집 2』, 399쪽.
10) 김수영, 『전집 2』, 403쪽.
11) 사물이 자신의 생리와 한도를 드러내는 동시에 스스로 감추는 탁월한 사례가 운동과 속도이다. 사물의 운동과 변화는 헤라클레이토스와 파르메니데스 이래 서양 형이상학과 자연학의 중심에 놓여 있는 문제이다. 그것은 동양 우주론에서도 제일가는 설명 과제였다. 아리스토텔레스의 운동론이나 헤겔의 변증법, 뉴턴의 물리학이나 상대성 이론, 그리고 동양의 음양설과 주역은 모두 사물의 운동에 대한 반성의 결과이다. 사물은 운동을 통하여 바깥으로 우회하며 안으로 숨는다. 사물에 다가

제3연에서는 행위의 주체인 바람이 "모르고" 있던 시적 상황이 "같고"라는 표현으로 바뀐다. "임종의 생명 같고" "한 잎의 꽃잎 같고" "바위 같고"로 바뀐 상태이다. 시적 주체가 상황을 인식하지만, 그것이 정확하지는 않고, 바뀔 수 있는 여지가 있다. 그것은 시간 차이를 둔 결과로 나타난다. "먼저 떨어져내린" "나중에 떨어진" "나중에 떨어져내린" 등으로 표현된 시간적 차이를 두고 나타난다. 바람의 자기규정운동에 따른 결과의 차이이다. 왜냐하면 진리는 모순되기 때문이다. 사건의 결과는 스스로 어긋나며, 상대적인 차이를 낳는다. 모순과 권위, 균열과 갈등, 무의식과 행동, 앎과 모름, 이 모든 것들이 동시적으로 공존한다. 3연에서 "바위를 뭉개고 떨어져 내릴/ 꽃잎"과 "혁명"과 "먼저 떨어져내린 큰 바위"와 "나중에 떨어진 작은 꽃잎" 등은 진리의 모순적 표현이다. 윤리적 판단과 사회적 규범을 삭제해 버린다면, "꽃잎"과 "바위"의 무게가 같아질 수도 있는 것이다. 김수영은 혼돈의 상태에서 시작 주체를 내던져, 그 안에서 다른 차원으로 깨달음을 얻고 있다. 이 과정을 통해 시적 인식 지평을 넓혀간다.

그렇기에 4연 "나중에 떨어져내린 작은 꽃잎 같고"라는 마지막 행이 남는다. 소용돌이가 지나간 뒤 남은 자리이다. 마지막은 처음으로 되돌아간다. 뫼비우스 띠처럼 맞닿아 있으면서 위상학적인 차원을 뒤바꾸어 놓는다. 비틀거리는 팽이가 균형을 찾듯이 중심점을 되찾는다. 소란스런 파동을 거친 뒤 고요한 '나'를 재발견하는 자리이다. 1연에서 '조금' 흔들렸던 꽃잎이 경험과 질적인 변화를 가지고 다른 차원에 이르렀을 것이다. 거기가 "나중에 떨어져내린" 꽃잎은 더욱 성숙한 주체로 성장했을 것이다. 그

선다는 것은 그런 사물의 운동과 변화를 쫓는다는 것과 같다. —김상환, 「시와 속도」, 『풍자와 해탈 혹은 사랑과 죽음』, 민음사, 2000, 303~304쪽.

리고 다시 출발점에 서서 "누구한테 고개를 숙일까"로 이어진다.

일찍이 반복효과를 시도한 시인은 많았지만 강조를 통해 논리를 뛰어넘기 위하여 사용한 사람은 없었다는 황동규의 지적[12]은 의미심장하다. 김수영이 단순한 반복이 아니라 차이를 통한 반복을 이행하기 때문이다. 시어의 반복이 움직임의 공간을 만들고, 시에 내재된 속도감을 일으키며, 의미의 영역과 시의 속도가 일치하기 때문이다. 차원을 달리하면서 이행하는 데 있어 그 이상의 것을 표현할 수 있었던 것이다.

「꽃잎(一)」에서 시의 리듬과 움직임은 낭독을 할 경우 확실하게 드러난다. 제1연은 경건하고 고요하게 읽어야 한다면, 제2연은 시야가 트인 수평선에서 바람이 건듯 불듯("모르고" 부분을 강조하며) 약간의 리듬을 주며 읽어야 한다. 이 흐름은 3연에서 절정을 향한다. 급박한 율격의 흐름은 제3연 제4행의 "혁명 같고"에서 절정에 이르렀다가 3연 5·6행에서 점점 잦아들어 한 행의 휴지부를 두었다가 4연 마지막 단행의 "나중에 떨어져내린 작은 꽃잎 같고"에서 파문처럼 조용히 잦아든다"[13] 내용과 형식, 리듬과 율격의 밀착은 이 시를 읽는 또 다른 묘미이다. 특히 3·4연, 꽃잎이 바람을 만나며 새로운 변화에 놓이는 장면이 그렇다. 그 과정에서 '바람'이 본격적으로 부각된다. 김수영은 꽃잎이 놓인 자리를 통해 바람의 작용을 보여주고 싶어 한 것이다. 여기에 죽음과 생명이 공존하는 "임종의 생명"이라는 역설이 자리한다. '생명의 임종'이 아니라 "임종의 생명"이라는 점을 놓치면 안 된다. 차이를 둔 반복이 재생되면서 자연스럽게, 질적인 비약이 담긴 단절을 감행한 것이다. 그것은 '죽음'을 포함시킨다.

---

12) 황동규, 앞의 책, 123쪽.
13) 이시영, 「임홍배의 비평에 대한 짧은 반론」, 『창작과비평』, 2004, 봄호, 9쪽.

미래(떨어져 내릴)와 현재와(떨어져 내린) 과거(떨어진)가 카오스적으로 뒤섞이는 가운데 '꽃잎'과 '혁명'이 공존할 수 있었다.

2. 「꽃잎(二)」; 구조적 특징과 프랙털[14] 구조

「꽃잎(一)이 독백체의 화법을 사용했다면 「꽃잎(二)」는 대화체 화법을 시도한다.

꽃을 주세요 우리의 苦惱를 위해서
꽃을 주세요 뜻밖의 일을 위해서
꽃을 주세요 아까와는 다른 時間을 위해서

노란 꽃을 주세요 금이 간 꽃을
노란 꽃을 주세요 하얘져 가는 꽃을
노란 꽃을 주세요 넓어져 가는 소란을

노란 꽃을 받으세요 원수를 지우기 위해서
노란 꽃을 받으세요 우리가 아닌 것을 위해서
노란 꽃을 받으세요 거룩한 偶然을 위해서

---

14)  프랙털(fractal)은 부분이 전체의 패턴을 계속 반복하는 것을 말한다. 프랙털 도형은 부분과 전체가 자기 유사성을 가지고 끊임없이 순환하는 특징을 가진다. 그 유사성은 무한히 확대해도 세부적인 부분이 없어지지 않는다. 프랙털은 단순한 구조가 끊임없이 반복되면서 복잡하고 오묘한 전체 구조를 만들어 낸다. 자연계는 이런 프랙털 구조를 가지고 있다. 개개의 입자 속에 완전한 하나의 우주가 구현되어 있고, 개개의 입자 하나하나가 모여 대우주를 구성하고 있다.

꽃을 찾기 전의 것을 잊어 버리세요

꽃의 글자가 비뚤지 않게

꽃을 찾기 전의 것을 잊어 버리세요

꽃의 소음이 바로 들어오게

꽃을 찾기 전의 것을 잊어 버리세요

꽃의 글자가 다시 비뚤어지게

내 말을 믿으세요 노란 꽃을

못 보는 글자를 믿으세요 노란 꽃을

떨리는 글자를 믿으세요 노란 꽃을

영원히 떨리면서 빼먹은 모든 꽃잎을 믿으세요

보기 싫은 노란 꽃을

―「꽃잎(二)」 전문

시적 화자는 타자에게 '청유형 명령법'[15]을 사용하여 시적 주체가 타자와 함께, 변화될 것을 기대하고 있다. 이때 김수영은 타자와 시적 주체 사이에 평등한 관계를 전제로 대화를 시도한다.

i 꽃을 주세요 …… ① '위해서

꽃을 주세요 …… ② "위해서

꽃을 주세요 …… ③ "'위해서

---

15) 청유문에서는 발화자와 청자 사이에 일종의 계약 즉 동의관계가 전제된다. 일반적인 명령문과 달리 청유문은 화자의 요청과 청자의 대응이라는 두 주체의 대등한 동시 반응에 의해 성립된다. 언술주체와 언술 대상 사이에 수직적인 상하관계를 토대로 삼아 언표 내적·외적 행위가 발동되는 일반 명령문과 달리 청유형 명령문은 화자와 청자 사이에 수평적 동의 관계가 전제된다. ―장석원, 『김수영 시의 수사학』, 청동거울, 2005, 53쪽.

ii 노란 꽃을 주세요 …… ①'을

　노란 꽃을 주세요 …… ②"을

　노란 꽃을 주세요 …… ③'''을

iii 노란 꽃을 받으세요 …… ①' 위해서

　노란 꽃을 받으세요 …… ②" 위해서

　노란 꽃을 받으세요 …… ③''' 위해서

iv 꽃을 찾기 전의 것을 잊어 버리세요

　　　　　　　①'…… 않게

꽃을 찾기 전의 것을 잊어 버리세요

　　　　　　　②"…… 오게

꽃을 찾기 전의 것을 잊어 버리세요

　　　　　　　③'''…… 지게

v ①'…… 을 믿으세요 노란 꽃을

　②"…… 를 믿으세요 노란 꽃을

　③'''…… 를 믿으세요 노란 꽃을

　④''''…… 을 믿으세요

　　보기 싫은 노란 꽃을

「꽃잎(二)」에 나타나는 시어들을 단지, 의미론만으로 해석하려 들지 말고 그 이미지의 확산과 형태적 역동성을 상상해봐야 한다. 「꽃잎(二)」는 일정한 반복 형식을 지키면서 여러 개의 변주를 작동시킨다. 한 점을 중심으로 의미를 확장시키며 소용돌이치는 형상이다. 각 연의 첫 구절인 "꽃을 주세요" "노란 꽃을 주세요" "노란 꽃을 받으세요" "…… 것을 잊어 버리세요" "……을 믿으세요"는 태풍의 눈처럼, 중심을 잡아주는 역할을 한다. 여러 개의 반복을 지탱시키는 구심점 역할을 하는 것이다. 청유형 명령법은 반복을 통한 강조로 이어진다. 그 다음에 언급되는 시어들은 각 단계별로 질적인 변화를 보인다. 비유적으로 말하면 일정한 속도로 팽이가 도는 것처럼 시적 언어들이 물질적 질감을 가지고 회전을 하는 것이다.

ⅰ : 우리의 苦惱 → 뜻밖의 일 → 아까와는 다른 시간
ⅱ : 금이 간 꽃 → 하얘져가는 꽃 → 넓어져가는 소란
ⅲ : 원수를 지우기 → 우리가 아닌 것 → 거룩한 偶然

제1연에서 보면, "우리의 고뇌"는 제2행을 거쳐 "아까와는 다른 시간"으로 변화한다. 2연에서 "금이 간 꽃"은 "하얘져가는 꽃"으로 변화한다. 회전에 의한 속도감 때문에 "노란 꽃"이 "하얘져가는" 것으로 색깔이 변화하고 제3행에서는 소리의 영역으로 확장된다. 한 시어가 다음 행으로 넘어갈 때, 의미에 가속도가 붙은 것처럼, 조금씩 다른 차원으로 확장된다. 제3연도 마찬가지이다. "원수를 지우기" 위해 꽃을 받으라는 청유형 명령법은 "거룩한 偶然"이 다가올 것이라는 김수영의 직관과 예언이 담긴 시어와 만난다. 1·2·3연에서 변주되는 시어들은 질서정연한 언어 세계를 거부한다. "언어는 최고의 상상"이자 "나도 모르게 쓰는 앞으로의 언어"16) 즉, "과오적 언어들"이다. 김수영이 과오적 언어라 함은 시인의 무의식에서 건져진 언어를 말한다.

이 언어적 배열은 행과 행 사이에, 각 연과 연 사이에 "생산적인 카오스"17)를 실현하고 있다. 행과 행 사이, 시어와 시어 사이의 간격과 의미

---

16) 김수영, 「가장 아름다운 우리말 열 개」, 『전집 2』, 373쪽.
17) "이제하의 「사랑에 대하여」(시문학)는 의도는 충분히 알 수 있으나 작품으로는 실패

차이가, 마치 피보나치수열처럼 0, 1, 1, 2, 3, 5, 8, 13, 21, 34, 55, …… 확산되는 것이다. 같은 시어를 지속적으로 반복하는 중심점과, 변주를 하는 시어들이 동시적으로 작동하면서, 시적 의미가 확산되고, 때로는 그 의미를 넘어선다. 이것은 소용돌이가 황금나선형[18]을 그리면서 폭이 넓어지는 것 같은 원리이다. "image는 바라볼 것이 아니라, 자기가 바로 image"[19]라는 김수영의 시론을 떠올리게 하는 대목이다. "자기가 바로 image"라는 뜻은 시적 주체와 시적 대상이 혼연일체 되어, 하나로 움직이며 일체된 속도감을 갖기 원하기 때문이다. 그것을 시 속에서 구현하는 일이 곧 자유의 이행이자 새로움의 모색이었다.

　제4연에 가면, 김수영의 의도를 좀 더 정확하게 알 수 있는 시어가 나온다. 바로 '꽃의 글자'이다. 이것은 김수영의 내심이 무엇이었는지, 알 수 있

한 것이다. 그의 카오스는 좀 도가 넘친다. 좀 더 생산적인 카오스를 도입할 필요가 있다." 이 글은 「꽃잎」을 쓰기 1년 전에 썼던 산문이다. 김수영의 치밀함을 생각해보면, 그는 이미 "생산적 카오스"를 의도적으로 실험하고 싶었던 욕망이 있었을 거라 짐작된다. ―김수영, 「젊고 소박한 작품들―1966년 11월 시평」, 『전집 2』, 578쪽.

18) 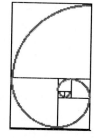 0, 1, 1, 2, 3, 5, 8, 13, 21, 34, 55, 89, 144, 233, 377, 610…… 피보나치수열은 0과 1 두 항에서 시작한다. 다음 번 항을 알려면 바로 앞의 두 항을 더하면 된다. 수는 스스로 자기 증식 과정을 거친다. 이 수열을 재배치하면 황금나선형이 완성된다. 또 앞항의 수로 피보나치수열을 나누어보면, 1.618 황금비율 값이 나온다. 황금나선형은 태풍의 눈이나 은하계, 조개비, 줄기에서 솟아나는 나뭇잎 차례, 덩굴손, 귓바퀴 등 인체, 자연, 우주에서 쉽게 볼 수 있는 현상이다. 이것은 종이타월 형태의 아르키메데스 나선형과 그 차원이 다르다. 이 나선형은 자신의 내부로부터 자라나며, 피보나치수열 누적 과정에 따라 증가한다. 황금나선형은 자기 누적, 자기 재생, 자기 닮음을 반복하며 새로운 차원에 도달한다. ― 마이클 슈나이더 지음, 이충호 옮김, 『자연, 예술, 과학의 수학적 원형』, 경문사, 2002, 117쪽.
19) 김수영, 「새로움의 모색」, 『전집 2』, 235쪽.

는 해석의 열쇠로 작용한다. '꽃의 글자'는 시어로 보아야 할 것이다.[20] 지금까지 1·2·3연의 과정들이 "꽃의 글자"들로 이루어진 시를 쓰기 위함이었다. 김수영이 "고뇌"하며 "거룩한 偶然"을 소망하였던 이유도 시를 쓰기 위함이었다. 김수영은 시를 쓰는 찰나, "꽃을 찾기 전의 것을 잊어버리세요."라고 말한다. 이것은 앞서 살펴본 「꽃잎(一)」의 '모르고'를 반복했던 것과 연결된다. 그 과정에서 제11행, "꽃의 글자"는 "비뚤어지지" 않다가 제15행에서 "다시 비뚤어"진다. 이것은 정─반─합이라는 변증법을 넘어서며, 글자와 글자 사이에 우주의 운율과 생명의 흐름을 담고자 함이다. "꽃의 소음"으로 표현되는 카오스적인 역동적 세계를 담고 싶은 것이다. 김수영의 언어는 이미 주술성[21]을 띠며 직관과 믿음의 세계로 넘어서고 있다.

제5연에서 "내 말을 믿으세요"라고 진술할 수 있었던 것은 김수영이 언

---

20) 서우석은 이미 「꽃잎(二)」를 분석하며, '꽃'이 시라는 것을 밝혀낸다. 그 글은 다음과 같다. '꽃의 글자'라는 말이 나옴으로써 꽃은 글자를 상징했음이 드러나고, '꽃의 소음'이 다시 출현함으로써 꽃이 '소리'를 상징했음이 밝혀진다. '글자와 소리' 그것이 무엇을 뜻할까. 시가 아닐까 생각된다. 이 풀려가는 비밀은 넷째 연에 가서 뚜렷해진다. '내 말을 믿으세요 노란 꽃을'이라고 말하고 있는데 이 행은 둘째 연의 '노란 꽃을 주세요 금이 간 꽃을'이라고 말했을 때의 목적어의 반복을 연상시킴으로써 '내 말'과 '노란 꽃'이 동일한 말임을 보여준다. 다시 '떨리는 글자' 즉, 시가 '노란 꽃'임을 명백히 보여준다. ─서우석, 「김수영, 리듬의 회열」, 『전집 별권』, 민음사, 181쪽.

21) 언어에 대한 신뢰, 즉 사물과 이름은 동일한 것이라는 믿음은 인간의 자발적이고 원초적인 행위이다. 단어가 가지는 힘에 대한 믿음은 인간의 가장 오래된 신앙들에 대한 회상이다. 즉, 자연엔 영이 깃들여 있고, 각각의 사물들은 스스로의 생명성을 갖는다. 객관적 세계의 닮은꼴 언어에도 역시 영이 깃들여 있다. 언어도 우주처럼 부름과 응답의 세계이다. 밀물과 썰물, 합일과 분리, 들숨과 날숨의 세계인 것이다. 어떤 단어들은 서로 끌어당기고, 어떤 단어들은 서로 밀치면서, 모든 단어들은 서로 상응한다. 일상어는 별과 식물을 다스리는 것과 비슷한 리듬에 따라 움직이는 살아 있는 존재들의 집합이다. 시적 작용은 주문, 주술, 그리고 다른 마법의 방법과 다르지 않다. ─옥타비오 파스, 김홍근·김은중 옮김, 『활과 리라』, 솔, 2007, 64~67쪽.

어의 힘을 신뢰하고 있었기 때문이다. 현실세계를 구체적 언어로 물질화시키고, 그 물질화되고 생명력 넘치는 언어로 시를 쓰면서, '조금'이나마 변혁을 기대했던 김수영의 의지가 담긴 표현이었다. "못 보는 글자", "떨리는 글자", "영원히 떨리면서 빼먹은 모든 꽃잎"들은 완성된 시편이자 완성되어야 할 미래의 시편들이다. 즉 '노란 꽃'은 혼돈을 빠져나온 '꽃의 글자'가 앞으로 창조해야 할 미래의 시인 것이다.

　김수영은 "생명의 속도와 언어의 속도"를 일치시키며, 시적인 진실을 구현하고 싶어 했다. 침묵과 배제, 개진과 은폐, 자아와 언어, 현실과 세계, 우주와 생명의 움직임이 전체적인 리듬을 타고 입체적으로 작동하기를 바랐다. 이 혼돈 과정에서 "못 보는 글자"와 "떨리는 글자"가 등장하는 것은 당연한 일이다. 우주적 자장 안에서 앞으로 모색하고 쓰여야 할 시 즉, "영원히 떨리면서 빼먹은 모든 꽃잎"이 남아 있는 것이다. 그러므로 지금 눈앞에 있는 시가 "보기 싫은" 시편으로 즉시 퇴색해버리는 것도 어쩔 수 없다. 자유를 이행하기 위해 벌써 이행하고 있으니 말이다.

　김수영은 「꽃잎(二)」에서 구체적이지 않지만, 분명, 타자를 염두하고 있다는 사실을 주목해야 한다. "주체 '나'에서 시작되어 '나'와 상호주체를 이루는 '너'로 명령이 이행한다. 명령은 '나―너'를 가로질러 행위를 매개로 '나'와 '너'를 이어준다. 김수영의 시에서 명령은 정지에서 운동으로 옮겨가는 동력이다. 또한 이곳에서 저곳으로, 다시 그곳에서 다른 저곳으로 옮겨가게 만드는 시발점이다."[22] 이 청유형 명령법에서 보이는 타자는 다름 아닌, '나' 자신을 넘어선 또 다른 '나'가 될 가능성을 열어놓는다.

　그리고 형식적인 면에서 각 연에서 펼쳐지는 황금나선형이 각 단계별

---

22) 장석원, 앞의 책, 213쪽.

자장을 이동하며 영향을 끼친다. 다시 말해 각 연들도 제각각 황금 나선형을 그리면서 1연은 2연으로 확장되고, 제2연은 제3연으로 확장된다는 사실이다. 제1연에서 제3연으로 진행될수록, 타자와 주고받는 대화가 구체적으로 진행된다. "꽃을 주세요"는 막연한 상황이 시적 주체가 "노란 꽃"을 받았다가, "노란 꽃"을 다시 타자에게 돌려주는 과정이 나오기 때문이다. 다음 연으로 진행할수록 황금나선형은 질적인 차원이 변화한다. 제1연은 제2연을 작동시키고, 제2연을 제3연을, 제3연은 제4연을, 제4연은 제5연을 작동시킨다. 시를 쓰는 과정에서 겪게 되는 혼돈 속에서 각각의 연들은 자기 자리에서 소용돌이치면서, 각기 다른 층위와 겹쳐진다.

이 과정을 넓게 비추어보면 「꽃잎(二)」는 프랙털 구조를 갖는다고 봐야 할 것이다. 각 연의 중심을 잡아주는 반복 구조는 리듬감을 부여하면서 소용돌이의 구심점을 유지한다. 그리고 각 행의 층위들은 구심점에서 멀어지며 의미를 확장해간다. 바깥으로 나갈수록 원심력이 작동하여, 자기 누적 과정을 거치며 의미가 확장된다. 서서히 금이 가고, 색깔이 엷어지고, "소란"스런 부피가 넓어진다. 부분의 패턴이 전체의 패턴으로 확장되고, 전체가 부분 안에서 다시 반복되는 것이다. 이것은 자기 유사성을 가지고 확대 재생산된다. 황동규를 비롯한 다른 논자들이 이 시에서 주술성을 발견하는 이유도 이와 같은 형식이 뒷받침되기 때문이었다.

3. 「꽃잎(三)」; 주체에서 타자로, 다시 주체로의 회귀

> 순자야 너는 꽃과 더워져가는 花園의
> 초록빛과 초록빛의 너무나 빠른 변화에
> 놀라 잠시 찾아오기를 그친 벌과 나비의

소식을 완성하고

宇宙의 완성을 건 한 字의 생명의
歸趨를 지연시키고
소녀가 무엇인지를
소녀는 나이를 초월한 것임을
너는 어린애가 아님을
너는 어른도 아님을
꽃도 장미도 어제 떨어진 꽃잎도
아니고
떨어져 물 위에서 썩은 꽃잎이라도 좋고
썩는 빛이 황금빛에 닮은 것이 순자야
너 때문이고
너는 내 웃음을 받지 않고
어린 너는 나의 全貌를 알고 있는 듯
야아 순자야 깜찍하고나
너 혼자서 깜직하고나

네가 물리친 썩은 문명의 두께
멀고도 가까운 그 어마어마한 낭비
그 낭비에 대항한다고 소모한
그 몇 갑절의 공허한 投刺
大韓民國의 全財産인 나의 온 정신을
너는 비웃는다

너는 열네 살 우리 집에 고용을 살러 온 지
三일이 되는지 五일이 되는지 그러나 너와 내가
접한 시간을 단 몇 분이 안 되지 그런데
어떻게 알았느냐 나의 방대한 낭비와 넌센스와

허위를
나의 못 보는 눈을 나의 둔갑한 영혼을
나의 애인 없는 더러운 고독을
나의 대대로 물려받은 음탕한 전통을

꽃과 더워져가는 花園의
꽃과 더러워져가는 花園의
초록빛과 초록빛의 너무나 빠른 변화에
놀라 오늘도 찾아오지 않는 벌과 나비의
소식을 더 완성하기까지

캄캄한 소식의 실낱같은 완성
실낱같은 여름날이여

너무 간단해서 어처구니없이 웃는
너무 어처구니없이 간단한 진리에 웃는
실낱같은 여름바람의 아우성이여
실낱같은 여름풀의 아우성이여
너무 쉬운 하얀 풀의 아우성이여

―「꽃잎(三)」 전문

　「꽃잎(一)」은 1인칭 독백체로,「꽃잎(二)」는 청유형 명령법의 대화체로,「꽃잎(三)」은 1인칭 독백체로 다시 돌아온다. 대신 영탄조의 뉘앙스가 담겨 있다. 「꽃잎(三)」은 얼굴이 보이는 3인칭 타자가 등장한다. 아마도 타자가 김수영에게 무엇인가를 깨닫게 했음이 분명하다. 그녀는 순자이다. 김수영은 1연 첫 행부터 '순자'라는 이름을 호명한다. 이 호명은 각별하다. 지금까지 김수영은 여성을 언급할 때, 대부분 '여편네' '아내'

'여자' '계집애' '그녀' '당신' '년' '여보' '누이' '여사' '부인' '어미' '아가씨' '아낙네' 등 일반명사를 사용해왔다. 직접 이름을 호명한 시는 세 편뿐이다. 「꽃잎(三)」의 '순자', 「우선 그놈의 사진을 떼어서 밑씻개로 하자」의 '영숙', 「나가타 겐지로」의 '장문이'가 그것이다. 그러나 이 세 편 중에서도 「꽃잎(三)」은 더욱 특별하다. 두 편에 등장하는 여성들은 대부분 엑스트라에 불과하기 때문이다. 「꽃잎(三)」의 '순자'는 시를 이끌어가는 주요 모티브이자 시인을 놀라게 한 대상이다.

'순자'는 "벌과 나비의 소식을 완성"하고 때로는 "한 字의 생명의 귀추를 지연"시킬 수도 있는 존재이다. 그녀는 도벽을 완성시키는 '식모'가 아니다. '순자'는 구체적 지점에 자리하지 않는다. 이미 "나이를 초월"한 상태이다. '어린애'도 아니고 '어른'도 아니다. 연금술사처럼 '썩은 빛'을 '황금빛'으로 변화시킬 수 있는 능력을 가진 존재로 진술한다. 타자의 타자성을 부정사를 통해, 반복·강조하며 '순자'의 존재를 재차 확인한다. "소녀는 나이를 초월한 것임을/ 너는 어린애가 아님을/ 너는 어른도 아님을/ 꽃도 장미도 어제 떨어진 꽃잎도/ 아니"라고. 이 부정사를 반어적으로 해석하면 순자는 곧 어린애일 수도 있고 어른일 수도 있고, 어제 떨어진 꽃잎일 수도 있다는 얘기이다. 곧 타자가 변화무쌍한 존재라는 의미이다. 이 타자성은 지금까지 쌓아왔던 김수영의 모든 것을 무너지게 한다.

　　놀라움, 망연자실, 기쁨 등 '타자' 앞에서 느끼는 감정의 파노라마는 매우 다양하다. 하지만 그 모든 감정의 공통점은, 마음의 첫 번째 움직임의 방향이 뒤로 물러서는 것이라는 사실이다. '타자'는 우리의 머리칼을 쭈뼛쭈뼛 서게 만든다. 심연, 뱀, 환희, 아름다우면서도 끔찍한

괴물, 그리고 이 물러섬에 이어 반대의 동작이 이어진다. 우리는 현현
으로부터 눈을 뗄 수가 없다. 단애의 저 깊은 바닥을 향하여 몸을 숙인
다. 거부와 매혹, 그리고 현기증, 몸을 던져 '자아'를 벗고, '타자'와 하
나가 된다. 비우는 것, 무(無)가 되는 것, 전체가 되는 것, 존재하는 것,
죽음의 중력, 자아의 망각, 포기 그리고 동시에 그 이상한 현현이 바로
우리 자신이라는 것을 갑자기 깨닫는다.[23]

　김수영은 타자 앞에서 '순자' 앞에서 놀란 뒤, 뒤로 물러서며 '멈춤'의
단계에 선다. 놀라움의 감정을 발견했다는 것은 '순자'의 긍정성을 발견했
기 때문이다. 시인은 타자 앞에서 무(無)의 존재로 추락한다. 이때 김수영
의 태도는 타인을 소유하고 장악하지 않는다. 지적으로 인식하고 지배하
려는 욕망에서도 벗어난다. 타자를 받아들이는 '나'는 기득권을 버리고 타
자와 동등한 시선으로, 동등한 눈높이를 갖는다. 그리하여 타자 앞에서
'나'는 나 자신을 벗어던진다. "대한민국의 전 재산인 나의 온 정신을" "비
웃는다". 오히려 타자가 높은 곳에 자리하고 시인은 저만치 아래로 미끄
러진다. 타자가 시인의 사회적 권위와 지식마저 뒤흔들어 놓은 것이다.
지금까지 쌓아왔던 '나'라는 상(相)이 무너진 것이다. 그러나 이것은 생산
적인 추락이다. '나'는 타자를 통해 비로소 투명해졌기 때문이다. 투명성은
타자를 통해 더 넓은 세계로 확장될 수 있는 기회를 마련해 준다. '타자' ―
되기는 끊임없이 생성・변화하는 운동으로 '나'를 이끌어낸다. '나'는 또 다
른 '나'가 되어 탈영토화[24] 된 자리에서 새로운 '나'로 거듭날 것이다.

---

23) 옥타비오 파스, 앞의 책, 175쪽.
24) 자신의 자율성을 보장해주면서 동시에 자신을 외부와의 우연적 관계들의 집합 속에
　　내어 놓는 내부 환경을 더 많이 포함하면 할수록 탈영토화된다. 바로 이런 의미에서
　　발전의 정도들은 상대적이지만, 그리고 속도들, 관계들, 미분적 비율들의 견지에서만

순자가 계속 부정되었다가 새로운 존재로 긍정되듯이, 시인도 그러한 과정을 거지고자 했다. 자신을 한없이 낮추며 작아지는 것은 타자와 일치하기 위함이었다. 장시 「꽃잎」을 완성하고 2개월 뒤 1967년 7월에 쓴 산문을 보면 그 이유를 짐작하게 된다. "진정한 시는 자기를 죽이고 타자가 되는 사랑의 작업이며 자세인 것이다."[25] 김수영은 '순자'를 통해서 타자 앞에 자신을 죽이고 자신을 추락시키며, 사랑을 이행하려 한 것이었다.

타자가 지연시킨 것은 "한 자(字)의 생명"이었다. 타자는 시를 완성시키기 위한 촉매제였다. 시를 완성하기 위해 창조적 에너지를 얻고자 한 것이다. '타자성'을 지각하는 일은 주체의 주체성을 깨닫게 하는 거울과 같으므로. 시가 곧 타자라는 것, '나'가 '너'이고 '너'가 '나'라는 사실을 깨달은 순간, 그 진리가 너무도 쉽고 간단해진다. 그리하여 시인은 제6연에 이르러 '어처구니없이' 웃음이 나온다. 멈춤의 단계에서 깨달음을 얻는 순간, '해학'이 일어난다. 그러나 이 순간은 찰나적이기에, 더욱 간절해진다. 이 장면에서 김수영은 다시 '바람'을 불러들인다. 바람은 김수영에게 새로움의 모색으로 가는 은유적 표현이기에, 영탄조를 빌어 "실낱같은 여름날이여"라고 진술한다.

> 너무 간단해서 어처구니없이 웃는
> 너무 어처구니없이 간단한 진리에 웃는

이해될 수 있다. 우리는 탈영토화를 하나의 완전히 긍정적인 역량으로 생각해야만 한다. 탈영토화는 자신의 정도들과 문턱들(겉지층들)을 소유하고 있으며, 항상 상대적이고, 하나의 이면을 갖고 있으며, 재영토화 안에 하나의 보완성을 갖고 있다. 외부와의 관계에 의해 탈영토화된 하나의 유기체는 자신의 내부 환경 위에서 반드시 재영토화된다. 질 들뢰즈 · 펠릭스 가타리, 김재인 옮김, 『천 개의 고원』, 새물결, 2001, 111쪽.
25) 김수영, 「로터리의 꽃의 노이로제」, 『전집 2』, 201쪽.

실낱같은 여름바람의 아우성이여
실낱같은 여름풀의 아우성이여
너무 쉬운 <u>하얀 풀</u>의 아우성이여 (밑줄은 필자)

김수영은 새로운 시를 찾아가는 길을 멈출 수 없기에 "실낱같은 여름바람"과 "여름풀"에 주목한 것이었다. 제6연 제7행, "너무 쉬운 하얀 풀의 아우성"은 「꽃잎(二)」의 "하얘져가는 꽃"의 변화된 형태이다. "하얀 풀"은 이미 깨달음의 고비를 넘긴 상태를 드러낸다. 그래서 "하얘져가는 꽃"이라는 진행형에서 "하얀 풀"이라는 완성형으로 변화한 상태다. 시적 진리를 깨달은 뒤라서 시제가 달라져 있다. 시인에게 진리는 의외로 간단하기에 허탈한 웃음이 나온다. 진리를 맛본 뒤 찾아오는 자유를 알았기에 나오는 웃음이다. 그리고 바로 지금 여기에서 진리를 깨달았으니, 시적 실천을 위해 더욱 깨달아야 한다. "벌과 나비의 소식을 더 완성하기까지" 새로움을 향한 창조적 욕망을 멈추지 않는 것이다.[26]

김수영에게 바람은 "자유와 사랑의 동음어로서 혼란"이다. 바람은 시인의 무의식 가운데서 시어를 끌어낼 수 있는 비밀통로이다. 그리고 새로움을 모색하는, 모험의 길이다. 바람의 능동성은 사물의 흐름을 바꿔놓는다. 나와 타자를 뒤섞어 놓고 혼돈에 이르게 한다. 바로 탈영토화를 가속

---

26) 당대의 지식인이었던 김수영 시인은 단순하게 반복되는 생활을 못 견뎌 했다. 부인에 따르면, 서울로 돌아왔다가 경찰에 잡혀 거제도 포로수용소로 끌려간 시인은 야전병원장 통역관으로 일하며 일상이 안정되자 "시간을 견디기가 너무 힘이 드니까 이를 하나씩 뺐다"고 증언한다. 김 시인은 훗날 부인에게 "너무너무 자극이 필요하다. 뭐가 아프든지, 뭐가 쓰리든지, 뭔가 통증이 나를 일으킬 것 같았다"는 말로 생니를 뽑아가며 견딘 수용소 생활에 대해 이야기한다. ―김현경 진술, 「내일 아침에는 夫婦가 되자. 집은 산 너머가 좋지 않으냐」,『문학동네』, 2008, 여름호, 275쪽.

화시키는 장치인 것이다. 그렇기에 시인은 과거와 미래를 움켜쥐고 '바로 지금 여기'에서 속도감을 가지고 전진할 수 있는 것이다.

이렇듯 「꽃잎」 연작은 꽃의 움직임 이면에 드러나는 바람의 작용을 적극적으로 상상하며 읽어내야 한다. 꽃잎이 놓인 자리는 바람의 작용한 결과이자 흔적이기 때문이다. "모험은, 자유의 서술도 자유의 주장도 아닌 자유의 이행이다"(「시여, 침을 뱉어라」). 그 모험은 '새로움'으로 가기 위한 '나'의 항해이다. 바람은 방향성을 갖고 타자에 이르고, 시어들은 리듬을 타고 행과 연에 자리한다. 시인은 새로운 '나'가 되기 위해, 시를 욕망하며, 바람을 불러들인다. 그리하여 「꽃잎(三)」의 6연은 「꽃잎(一)」의 탄생을 예고하고 있었다.

「꽃잎(一)」에서 "누구한테 머리를 숙일까?"는 「꽃잎(三)」에서 나타나는 타자일 것이다. 이런 관점에서 보았을 때 「꽃잎」 세 편은 내재적 차이를 반복하며 거대한 한 편으로 완성되는 순간, 자체적인 자기순환성을 갖는다. 「꽃잎(一)」은 타자에게 다가가기 위해 '조금' 움직이고, 「꽃잎(二)」는 타자와 대화를 오가며 구체적인 변화를 시도하고, 「꽃잎(三)」은 타자성을 발견한 뒤 새로운 모색을 하기 위해 바람을 불러들이는 형태이다. 다시 말해 「꽃잎(三)」은 「꽃잎(一)」로 돌아가 '멈춤'의 세계에서 "머리를 숙"이는 첫 출발점이 된다. "나중에 떨어져내린 작은 꽃잎"과 위상학적으로 맞닿을 수 있는 출발점인 것이다.

III. 결론

「꽃잎」은 「풀」로 가 닿기 직전, 김수영의 새로운 시론을 시도한 실험적인 시였다. 「풀」이 유고작이 아니었다면 황동규의 지적대로 "평범한 사물을 통해 감정의 추상과 조형을 동시에 이루는 하나의 틀을 보여주었을 것"이다. 그러므로 「꽃잎」은 이후에 전개될 시적 의미의 지평을 열어놓음과 동시에, 새로운 형식적인 시도를 감행하고 있는 작품이다.

김수영은 기존의 의미 속에서 새로운 의미를 구하고자 하는 의미 파기의 부단한 이행 속에서 시의 무의미성으로 나아간다. 무의미성에 대한 이때의 고려는 그것에의 고착이 아니라 앞으로 형성될 또 다른 의미 가능성까지 염두에 둔 것이었다.27) 김수영에게 무의미는 모든 의미를 관통하고, 모순, 소음, 균열, 어긋남, 주변부적인 것들이 중심으로 끌어들여와, 자기 변화를 꾀하는 질적인 통로였다. 「꽃잎」은 후기 김수영이 보여주는 시정신의 최고 정점이라고 해도 부족함이 없다.

이것은 「꽃잎(三)」이 타자성에 대한 인식과, 철학적 바탕이 되어주기 때문에 가능한 일이다. 「꽃잎(三)」이 존재함으로써 장시 「꽃잎」은 완벽한 프랙털 구조를 가지며, 부분적으로 황금 나선형을 그리는 "생산적인 카오스"의 내용과 형식을 지닐 수 있다. 이 시는 기존의 김수영 시와는 차별화된 전략에 의해 쓰인 것이라 하겠다. 반복과 재생, 강조와 엇걸침, 고요와 소란, 주체와 타자의 끊임없이 순환이 시적인 내용과 형식에서 맞물리며 톱니바퀴처럼 굴러간다. 더불어 부분과 전체가 자기유사성을 가지고 끊임없이 순환하며, 죽는 날까지 새로움을 향한 모색을 멈출 수 없도록, 김수영은 자기 자신에게 주술을 걸어 놓는다. 그러므로 「꽃잎(三)」은 「꽃잎(一)」 「꽃잎(二)」를 완전하게 해주는 시적 인식 기반이며, 김수영의 시론을 뒷받침해주는 근거라 할 수 있겠다.

---

27) 문광훈, 앞의 책, 404쪽.

거듭 강조하거니와, 「꽃잎(一)」「꽃잎(二)」「꽃잎(三)」은 각기 모여 한 편의 시를 완성한다. 그러니까 「꽃잎(一)」은 제1연, 「꽃잎(二)」는 제2연, 「꽃잎(三)」은 제3연으로 보아도 무방할 것이다. 각 연 속에는 또 다른 연들이 있고, 각기 다른 연들은, 자신의 자리에서 일정한 움직임을 갖는다. 그리고 각 편들은 단계별로 속도 차이가 나타난다. 「꽃잎(一)」은 고요함에서 출발하여 바람의 속도가 조금씩 거세지다가 제3연에서는 과거와 현재와 미래가 위상학적인 차원에서 공존한다. 「꽃잎(二)」는 앞 시에 비해 조금 더 빠르고, 일정한 속도를 유지한다. 각각의 연 속에 일정한 소용돌이가 있고, 부분 속에 전체가 있고, 전체 속에 부분이 있다. 이 시에서 바람은 표면적으로 드러나 있지는 않지만, 각 행을 작용시키는 내재적 원리로 작용한다. 「꽃잎(三)」은 「꽃잎(一)」과 「꽃잎(二)」에 비해 타자의 타자성 앞에서 시가 발현되는 순간에 주목한다. 그렇기 때문에 바람은 처음부터 등장하지 않는다. 하지만 철학적인 인식 작업을 마친 다음, 나중에서야 시적화자가 직접 바람을 불러들인다.

이 역동적인 공간과 움직임 속에서 바람이 불어오는 속도는 김수영의 마지막 시 「풀」에 그대로 이어진 것이다. 김수영은 바람의 속도와 생명의 속도를 노래하면서, 그 자신이 이미지가 되어, "발목까지/ 발밑까지" 풀이 흔들리는 사이에 서 있었던 것이다. 시적 주체는 이제야 새롭게 내디딜 발을 겨우, 내미는 과정이었다. 김수영은 "새로운 진실(즉 새로운 리얼리티)의 발견이며 사물을 보는 새로운 눈과 각도의 발견"[28]을 위해 죽는 순간까지 긴장을 놓지 않았다. 「꽃잎」은 김수영이 지향하고자 했던 시세계를 형식적으로, 의미론적으로, 미학적으로 펼쳐놓은 시적 성과라 할 수 있다.

---

28) 김수영, 「시월평」, 『전집 2』, 299쪽.

그는 왜 우산대로 여편네를 때려눕혔을까

― 김수영 신화의 이면

김수영은 이미 루비콘 강을 건너버렸다. 저만치 건너가 신화가 되어 버렸다. 그러나 김수영은 스스로 탑을 쌓지 않았다. 이런 조짐이 보이면 오히려 "병풍" 뒤에서 "무엇에서부터라도" 자신을 끊어 "등지고" (「병풍」) 있었을 게다. 아니면 "사람들이 내 말을 믿지 않고 내가 내 말을 안 믿는다"고 하면서 "눈을 가리고 변소"에나 갔다 왔을 게다. (「거짓말의 여운 속에서」) 김수영이 살아있었다면 신화화를 반대했을 것이다. 그냥, 있는 그대로 바라보자. 과잉해석 하지 말자.

김수영 시에서 아킬레스건은 여성이다. 김수영은 시에서 "여편네"를 욕했다. 아내는 김수영의 "적"이었다. 아내를 욕하는 것은 상당한 용기가 아닐 수 없다. 더군다나 청서를 아내에게 맡긴 상태에서 "여편네"를 욕하는 시를 쓴 김수영은 정말로 독특한 배짱을 가진 사람이다.

물론 시에 등장하는 "여편네"와 현실 속 아내는 다르다. 김수영의 여성관을 비판하는 글에 반론을 제기하는 글들은 이 점을 예민하게 지적하고 있다. 아내를 비판하는 것은 자본주의와 아내를 동일시한 시적인 태도일 뿐, 반여성주의는 문제가 되지 않는다고 말한다. 그리고 김수영 내면에 있는 부정적 '아니마'가 여성에게 투사된 현상이라고 해석한다. 한편으로 여성을 향해 위악과 공격적 어조를 보이는 것은 자기를 향한 마조히즘적 담론이고, 자기 안의 여성성을 반성한다는 사실을 덧붙인다. 아니면 시인 스스로 방만해지는 것을 경계하고, 일상성에서 자신을 구출하기 위한 수단이라고 말한다.

> 여편네를 욕하는 것은 좋으나, 여편네를 욕함으로써 자기만 잘난 체하고 생색을 내려는 것은 치기다. 시에서 욕을 하는 것이 정말 욕이 되는 것은 아니지만, 하여간 문학의 악의 언덕거리로 여편네를 이용한다는 것은 좀 졸렬한 것 같은 감이 없지 않다.[1]

김수영은 "문학의 언덕거리로 여편네를 이용"했다. 여편네를 이용하면서도 스스로 "졸렬"함을 느낀다. 졸렬함은 '옹졸하고 천하여 서투른' 감정이다. 김수영은 졸려함, 즉 천해지길 자청한다. 이것이 "여편네"를 이용하여 시를 쓰는 한 가지 방법이다. 그렇다면 김수영이 어떻게 "문학의 언덕거리"로 "여편네"를 이용했을까? ("언덕거리"라 함은 '남에게 무턱대고 억지로 떼'를 쓰기위한 '근거나 핑계'를 말한다) "여편네"를 이용하면서 무엇을 얻고 싶어 했을까?

시인은 "여편네" 앞에서 정말로, 억지로 떼를 쓴다. 그리고는 이러저러한 행위와 사건에 대해 변명을 늘어놓는다. 여성이 연민과 동정의 대상이 아닐 때, (1960년 이후 일상성을 끌어안으며) "여편네"가 속물근성의 대표

---

1) 김수영, 『김수영 전집』, 민음사, 2018, 541쪽.

적 호칭으로 사용될 때, 그것은 노골적으로 드러난다. 주로 드라마drama를
통해 펼쳐진다.

> 남에게 희생(犧牲)을 당할만한
> 충분한 각오를 가진 사람만이
> 살인(殺人)을 한다
>
> 그러나 우산대로
> 여편네를 때려 눕혔을 때
> 우리들의 옆에서는
> 어린놈이 울었고
> 비오는 거리에는
> 사십(四十)명 가량의 취객(醉客)들이
> 모여들었고
> 집에 돌아와서
> 제일 마음에 꺼리는 것이
> 아는 사람이
> 이 캄캄한 범행(犯行)의 현장(現場)을
> 보았는가 하는 일이었다.
> ― 아니 그보다도 먼저
> 아까운 것이 지우산을 현장(現場)에 버리고 온 일이었다
>
> ―「죄와 벌(罪와 罰)」 전문

김수영은 연극배우 출신이다. 그는 시를 쓸 때 드라마적인 감정 구조를
적절하게 배치해 왔다. 우리도 김수영처럼 「죄와 벌」을 연극무대에 올린
다고 상상해 보자. 여러분이 연출자가 되는 것이다.

첫 무대는 비 오는 거리에서 한 남자가 아내를 우산대로 때리는 장면이다. 그것도 40명가량의 취객과 아이들이 있는 앞에서이다. 바깥 공간이다. 앞 뒤 전 후 무슨 일이 있었는지는 알 수 없다. 두 번째 무대는 집이다. 집은 남자의 심리가 반영된 내면 공간이다. 남자는 집에 돌아온 뒤 아까 있었던 일을 떠올린다. 남자는 반성하는 기미 없이 투덜거린다. 폭력의 도구인 우산대를 떠올리면서. 이 장면에서 남자는 '방백'을 한다.(연출자는 ― 표시 이후 지문을 염두에 두고, 배우에게 어떤 특별한 지시를 내렸을 것이다) 잠깐, 여기서 관객들은 이 시의 팸플릿 격인 1연을 되돌아 봐야 한다. 프롤로그처럼 자리한 1연. "남에게 희생을 당할만한 충분한 각오를 가진 사람만이 살인을 한다" 남자는 아내에게 폭력을 휘둘렀지만, 살인을 할 정도로 위대한 인물이 아니라는 사실이다. 이 점을 복선으로 깔고 드라마는 진행되고 있었다.

그렇다면, 연극이 끝난 뒤 여성 관객들은 어떤 입장을 취해야 할까? 관객들은 아내의 얼굴을 기억할 수 없다. 아내가 얼마나 아팠는지도 알 수 없다. 타인의 고통보다 남자의 체면이 중요한 순간, 아내는 우산이라는 도구보다 못한 존재로 추락한다. 철저하게 아웃포커스다. 관객은 남자가 보여주는 시점에 따라 바라봐야 한다. 남성 중심적인 시선으로 본다면 (이유를 모르지만) 아내는 폭력을 당해도 싸다. 도구보다 못한 존재이니, '맞을 짓을 했으니까 맞았겠지' 수준이다. 대신 가해자인 남자만 클로즈업 된다. 남자의 시선을 따라가다 보면 자칫, 연민의 감정이 솟아오를 수도 있겠다. 배우가 자기연민을 드러내며 방백을 했을지 모를 일이기 때문이다.

이 드라마는 남성 중심적인 여성관을 그대로 보여준다. 아내는 인식 주체가 아니다. 대사는커녕, 눈빛 한 번조차 나타내지 않는다. 아내는 남자를 방해하는 존재일 뿐이다. 이 드라마는 주체/객체, 남/여 등의 '폭력적인 서열관계'로 구조화되어 있다. 이 대립 항들은 한쪽에 특권을 부여하며 억제 책략을 사용한다. 당연히 여성은 희생당하고 '젠더의 틀'에 가둬진다. 주체인 남성은 무대 위에서 독점적 위치를 확보한다.

여성 관객은 남성 시각에서 희생된 여성을 지켜봐야 한다. 여성 입장은 배제되어 있으니 자칫, 남자 배우의 심리에 동조될 수 있다. 여성 스스로 주체성을 자각하지 않는다면, 이 드라마는 그대로 끝날지 모를 일이다. 여성관객은 이중으로 희생당한다. 과도한 까발림이 타자를 가리고 있는 셈이다. 물리적 폭력보다 심각한 진실 왜곡이다. 타인의 고통이 담겨야 할 화면에 과도한 남성 중심적 폭로가 펼쳐지고 있다. 이 시는 남성적 지배 욕망을 실연(acting-out)하는 이데올로기 공연이라 하겠다. 철저히 "여편네"를 은폐시키고, 언턱거리로 이용한 산 증거가 아닐 수 없다.

> 이렇게 주기적(週期的)인 수입소동(收入騷動)이 날 때만은
> 네가 부리는 독살에도 나는 지지 않는다
>
> 무능한 내가 지지 않는 것은 이때만이다
> 너의 독기(毒氣)가 예에 없이 걸레쪽같이 보이고
> 너와 내가 반반(半半) ─
> 「어디 마음대로 화를 부려보려무나!」
>
> ─「만용에게」에서

여기서 주목할 것은 반반(半半)이다. 이 시도 무대 위 드라마로 펼쳐 보자. 등장인물인 남성과 아내는 만용이에게 줄 학비를 빼면 남는 돈이 없다고 싸우고 있다. 아주 치밀하게 돈 계산하는 장면이 나온다. 그러다가 5연에서 "너와 내가 반(半)반(半) ―「어디 마음대로 화를 부려보려무나!」"라며 아내를 쏘아붙인다. 우산대로 내리치듯이.

김수영은 이 시를 "생명과 생명의 대치를 취급하는 주제를 드러내기"(「시작 노우트 5」) 위해 썼다고 밝힌다. 그러나 과연 그러할까? 여기서 은폐된 부분을 상상해 보자. 말의 주도권을 쥔 사람은 누구인가, 하고. 드라마를 주도적으로 이끌어가는 화자(話者)는 남성이다. 아내 의견은 간접화법으로 전해진다.("여편네의 계산에 의하면~ 아무 것도 안 남는다고 한다") 얼굴, 표정, 눈빛은 찾아볼 수가 없다. 목소리조차 들을 수 없다. 아내는 막다른 지점으로 내몰리며 그 어떤 반론을 제기할 수 없다. 드라마 흐름과 주도권을 쥔 남성은 혼자서 모든 상황을 종료한다.

주도권을 쥐는 일은 타인보다 '나'의 의지가 앞설 경우에 나타난다. 타자에 대한 책임 보다 '나'의 자유가 앞설 때 '나'는 타자를 배려하지 않는다. 주도권을 쥔 사람은 타자 위에 군림하고, 타자를 지배한다. 심리적으로 타자를 압도하고 있기 때문에, "네가 부리는 독살에도 나는 지지 않는다"는 표현을 쓸 수 있다. 등장인물인 남성은 자신을 "무능"하다고 깎아내리지만, 결국 상대편 "여편네"를 무능한 걸레쪽으로 무시한다. 뒤집어말하면, 이 남성이 결코 무능하지 않다는 얘기다.

등장인물인 남성과 "여편네"의 대치는 사실 반반(半半)이 아니다. 생명과 생명의 1 : 1 대치를 넘어선 상태이다. 아내의 '독기'를 탓하지만, 아내를 향한 남성의 독기도 만만치 않다. 오히려 "여편네"를 향한 언어폭력으로 드라마는 끝을 맺는다.

　시인은 타자(아내)에 대한 책임보다 '나'의 자유가 중요하다. 그러니 "여편네"를 향해 욕을 해도 윤리적 책임을 느끼지 않는다. 오히려 통쾌할 뿐이다. 그 어디에도 반성의 기미가 보이지 않는다. 생명과 생명의 맞대응은 시인의 압도적 승리로 끝을 맺는다. 시인은 직접화법(話法)을 빌어 그것을 증명한다. 마지막 행, 「어디 마음대로 화를 부려보려무나!」라는 직접 화법으로 아내의 간접화법을 덮어버린다. 화법(話法)은 아내를 은폐시키는 적절한 형식으로 작용한다. 이 은폐는 아내보다 낮은 위치에 있는 식모를 시적 대상으로 대할 때 더 치밀해진다.

> 그녀는 도벽(盜癖)이 발견되었을 때 완성된다
> 그녀뿐이 아니라
> 나뿐이
> 아니라 천역(賤役)에 찌들린
> 나뿐만이 아니라
> 여편네뿐이 아니라 안달을 부리는
> 여편네뿐만이 아니라
> 우리들의 새끼들까지도
> 아무것도 모르는 우리들의 새끼들까지도
>
> 그녀가 온 지 두달만에 우리들은 처음으로 완성되었다
> 처음으로 처음으로
>
> 　　　　　　　　　　　　　　　　　　　　　―「식모」

왜 하필 도벽이 발견되는 순간, 식모라는 존재를 깨달았을까? 그리고 무엇이 완성되었다는 걸까? 우선 시인의 시선을 따라가 보자. 일단 시인은 도벽이라는 범죄행위를 미끼로 삼는다. 그리고 "천역에 찌들린" 상태로 자신을 낮춘다. 이것은 자신의 위치로 관객의 시선을 끌어들이기 위한 시적 장치이다. 또한 관객이 시인에게 연민을 불러일으키게 하는 수법이다. 그러나 여기에 속아 넘어가서는 안 된다.

이 장면은 결과만 나타나 있다. 식모가 왜 도둑질을 했는지, 무엇을 훔쳤는지, 몇 번이나 훔쳤는지 아예 나와 있지 않다. 이후 식모가 고용해지되었는지, 벌을 받았는지도 구체적으로 제시되어 있지 않다. 단지 도벽이 발견된 이후, 모든 등장인물들이 정지된 상태에서 "완성"될 뿐이다.

"그녀가 온지 두달만에 우리들은 처음으로 완성되었다"는 것을 보면, 시인은 그동안 식모를 관찰하고 있었음이 분명하다. 프로이트가 정신분석 텍스트로 환자를 관찰하듯이 시인 역시 텍스트로 식모를 관찰한 것이다. 특히 "식모"를 발견한 지점은 프로이트의 정신분석을 거부한 '도라'를 떠올리게 한다. 그녀 이름은 원래 이다 바우어(Ida Bauer)였다. 프로이트의 남성 중심적인 정신분석을 거부하자, 그녀는 '하녀'로 전락한다. 프로이트가 하녀 이름, '도라'를 그녀에게 붙여준 것이다. 그녀는 프로이트의 남성 중심적 논리에 반기를 든 '나쁜 여자' 혹은 '마녀'였다. 식모 역시 '나쁜 여자'로 추락한 지점에서 시적 대상이 된다. 아니, '나쁜 여자'가 되어서야 시적 대상으로 겨우, 승격한다. 이 지점에서 식모는 완성된다. 이름도 얼굴도 없는 존재. 그러나 "도벽"을 통해서야 겨우 존재감을 드러내는 여성.

자, 이제 모두 무대에 오를 준비가 되었다. 출연하라. 식모여! 그대는 배우로 설 자격이 주어졌다. 시인과 결합할 수 없는 지점, 어디쯤에 엇나가 서 있으면 된다. 천역을 맡은 시인은 자학적인 포즈만 취하면 된다. 도벽이 발견되는 순간, 어떤 표정을 짓고 대사를 쳐야 하는지 결정되었다. "안달을 부리는 여편네"와 "아무것도 모르는 우리들의 새끼들"까지 새로운 배역이 부여되었다. "처음"이라는 사실을 발견한 시인은 연출자가 되어 무대를 완성시킨다.

식모는 지적 욕망을 만족시키기 위한 텍스트이다. 지적 통제 영역 안에 들어온 식모는 지식욕을 채워 나가기에 충분한 관찰 대상이다. 식모 자체가 목적이 아니다. 그녀는 시를 완성하기 위한 도구일 뿐이다. 더군다나 식모는 '도라'처럼 프로이트의 정신분석을 거부할만한 여자도 아니다. 아내보다도 한 단계 추락한 존재이다. 식모는 도벽이라는 죄 때문에 어느 누구에게도 연민의 감정을 얻지 못한다. 그 누구도 이 여성에게 눈빛을 주지 않는다. 식모는 배경이자 텍스트일 뿐. 시인의 시선은 차갑기만 하다. 그랬기에 도벽을 발견하고도 시인은 화를 내지 않았다.

김수영은 "천역"으로 자신을 낮추면서 식모를 고발한다. 자신의 위치를 낮춘 것은 포즈에 불과하다. 사건의 본질을 은폐하기 위한 전략이자 뒤집기 수법이다. 역전이자 반어다. 결과적으로 시인은 식모보다 몇 배나 뛰어난 존재라는 걸 드러낸 꼴이다. 열등한 집단의 죄를 고발한 꼴이다. 이를 바라본 여성 관객은 어떤 태도를 취해야 할까? 가부장적 질서에 희생당하던지, 여성이 여성의 죄를 고발하던지, 아니면 정체성을 깨닫고 반항을 하든지, 가부간에 선택을 해야 한다.

그 죄과(罪過)를 그 방대한 이십일(二十一)개국의 지도(地圖)를

그대는 선물로 나에게 펼쳐보이지만

그대가 준 손수건의 암시(暗示)처럼

불길(不吉)한 눈물을 흘리게 했지만

그 분풀이로 어리석은 나는 술을 마시고

창문을 부수고 여편네를 때리고

지옥(地獄)의 시(詩)까지 썼지만

지금 나는 이십일(二十一)개국의 정수리에

사랑의 깃발을 꽂는다

그대의 눈에도 보이도록 꽂는다

그대가 봉변을 당한 식인종(食人種)의 나라에도

그대가 납치를 당할 뻔한 공산국가(共産國家)에도

보이도록

—「세계일주」에서

시인은 선물로 받은 세계지도 위에 깃발을 내리꽂는다. "그대의 길은 잘못된 길"이니, 바른 길을 가르쳐 주겠다고 한다. "세계일주"가 잘못된 출발이라는 사실을 알려 주려 한다. 그래서 "눈에도 보이도록" 힘과 속도를 가지고 깃발을 내리꽂는다. 타자의 "눈"에 보이도록 강한 확신을 담고 행동한다. "눈에 보이도록" 타자에게 인정받고 싶은 욕망이 담겨있다. 그러나 "창문을 부수고 여편네를 때리"기까지 했다는 분노가 실려 있다. 분노는 계몽 의지를 동반하여, 행위로 나타난다. 그대 "눈에 보이도록" 세계지도에 구멍을 내고, 대지를 뚫고 나갈 기세다. 그 깃발을 받아내는 세계지도는 어떠할까? "거대한 뿌리" 같은 깃발을 버텨내야 하는 대지는 어떠

할까? 분노로 내리꽂는 깃발은 상처를 남기지 않을까? 타자성이 배제된 계몽의지는 폭력을 낳지 않을까?

한 발짝 뒤로 물러나서 생각해 보자. 우리는 이 깃발을 받아들여야 할까? 여기에 '사랑'이라는 이름을 붙일 수 있을까? 세계지도 위에 내리꽂는 사랑은 남근 중심적이고 직선적이다. 자기중심적인 외침일 뿐이다. 아무리 옳고 정당할 지라도, 자유와 정의와 양심과 사랑의 표어를 내걸고 있다고 할지라도 그것은 폭력이다. 시인은 깃발 아래 은폐된 대지의 고통을 외면하고 있다.

자기 안의 부정적인 아니마를 여성에게 투사시켰다 하더라도, 공격적인 어조가 자기를 향한 반성이라는 것을 감안하더라도, 자본주의와 여성을 동일시한 시적 태도라 할지라도, 이것은 온전한 사랑이 아니다. 타자를 억압하는 사랑, 여성을 은폐하는 사랑. 대지를 은폐시킨 사랑. 저 홀로 꼿꼿한 사랑일 뿐이다. 타자를 배려하지 않은 사랑은 "금이 간" 폭력이다. '사랑'이라는 이름 아래 행해지는 폭력성을 어떻게 해석해야 할까? 대지를 은폐시킨 채, 홀로 정의 넘치는 사랑을 외친들, 그 사랑이 완성될 수 있을까? 공감을 얻을 수 있을까? "아름다운 단단함"을 가진 씨앗을 노래하지만 그 사랑은 거짓이 될 수도 있겠다. "여편네"를 아무리 "언덕거리"로 이용했다 할지라도, 사랑이라고 부르기에 턱 없이 허술하다. 김수영은 사랑의 결핍을 온몸으로 증거하고 있다.

확실히 짚고 넘어가야 할 점은 자기 잘못을 드러내면서 동시에 상대 잘못을 고발하고 있다는 사실이다. 그런 뒤 연민의 감정으로 자학을 하는 부분이다. 여편네 앞에서 떼를 쓰고는 엄마에게 잘못을 이르는 어린 아이처럼 시인은 졸렬하다. 잘못을 고자질한 뒤, 동정을 얻으려는 연민의 포즈로 "천역"을 자처한다. 현실에 적응하는 "여편네" 앞에서 떼쓰며 비굴하게 굴고는, 관객에게 위로받기를 기대하는 형상이다. 유아론적 태도가 아닐 수 없다.

더욱 소름끼치는 일은 그가 정한 특별한 날, 지일(至日)에 섹스를 하고 나서 고백하는 말이다. 한 계집을 정복한 마음은 만 계집을 굴복시킨(「반시론」) 것과 같고 창녀와 자고 나온 새벽 거리에서 여학생을 보았을 때 더없이 순결한 기분이 든다는 말. 이 언급을 어떻게 해석해야 할까? 도대체 여학생의 눈동자를 바라보고나 한 말이었을까?

> 이것을 지금 완성했다. 아내여 우리는 이겼다
> 우리는 블레이크의 시를 완성했다 우리는
> 이제 차디찬 사람들을 경멸할 수 있다
> 어제 국회의장 공관의 칵텔 파티에 참석한
> 천사(天使)같은 여류작가(女流作家)의 냉철한 지성적인
> 눈동자는 거짓말이다
> 그 눈동자는 피를 흘리고 있지 않다
> 선(善)이 아닌 모든 것은 악(惡)이다 신(神)의 지대(地帶)에는
> 중립(中立)이 없다
> 아내여 화해하자 그대가 흘리는 피에 나도
> 참가하게 해다오 그러기위해서만
> 이혼(離婚)을 취소하자
>
> —「이혼 취소(離婚 取消)」에서

김수영은 시어 하나도 신중하게 선택했다. 그런 의미에서 「이혼취소」에서 쉽게 넘어가지 못하는 시어는 "눈동자"다. 여과 없이 쏟아지는 투명한 시선과 부딪쳤을 때 흠칫, 놀란 경험이 있을 것이다. 눈동자는 신의 '계시'처럼 예측할 수 없는 감정을 드러낸다. 타자를 받아들이는 신호이자, 타자를 직감하는 기호이다. 눈동자는 거부할 수 없이, 형식 없이 마음을 비춘다. 눈동자는 자신을 표현하는 무의식적인 통로이다. 이 통로를 통해 사람은 정보를 교류한다. 눈빛은 더욱 선명하게 욕망을 드러낸다. 눈동자는 그 자체로 언어가 되어 말을 걸어온다. 그리고 타자에게 부탁을 하고 명령까지 내린다.

"눈동자"라는 시어는 김수영이 제대로 여성을 바라보고 있음을 보여준다. 시인은 여성작가의 '눈동자'를 보자마자 딸깍! 소리를 듣는다. 순간, 김수영은 시적 대상을 압도하지 않는다. 다시 말해 주도권을 쥐지 않는다. 시적 상황에서 주도권을 놓으면서 시인은 타자의 눈동자를 받아들인다. 눈동자가 전하는 메시지를 흡수한다. 그때 이혼직전까지 갔던 아내의 눈동자를 떠올린다. 바깥 세계를 바라보던 시선이 내면을 향해 들어온다. 타자의 눈동자는 허물을 벗기며 무엇인가를 되돌아보게 한다. 내면에 스며든 눈동자는 시인을 깨닫게 한다. 그동안 무시해 왔던 아내를 재발견한 것이다.

우연하게 바깥에서 다가온 계시. 타자의 눈동자를 인정하며, 시인은 '아내'를 부른다. 시인만이 누렸던 자유가 부당함을 깨달으며 "여편네"를 제대로 바라본다. 타자가 주는 일깨움은 아내를 호명하며 그녀를 책임지는 관계로 끌어올린다. 이 호명은 지금까지 "여편네"라고 무시하고 속물

취급해왔던 적과 새로운 관계를 형성한다. 내부 적과의 화해. 시인은 "아내여"를 부르며 2인칭을 받아들인다. 나의 자유보다 타자에 대한 책임이 앞서는 장면이다. 스스로 '응답해야 하는' 존재임을 깨닫는 장면이다. 윤리적 차원이 개입하는 순간, 아내는 도구가 아닌 목적 그 자체가 된다. 그리하여 시인은 '피의 노동'에 참여할 것을 선언한다. 눈동자의 발견은 김수영 시세계에서 시적인 중심 이동을 일으킨다. 텍스트로 바라보이던 여성이 목적 그 자체가 될 수 있는 가능성을 발견한 것이다.

> 이게 아무래도 내가 저의 섹스를 개관(槪觀)하고
> 있는 것을 아는 모양이다
> 똑똑히는 몰라도 어렴풋이 느껴지는 모양이다
>
> 나는 섬찟해서 그전의 둔감한 내 자신으로
> 다시 돌아간다
> 연민(憐憫)의 순간이다 황홀(恍惚)의 순간이 아니라
> 속아 사는 연민(憐憫)의 순간이다
>
> 나는 이것이 쏟고난 뒤에도 보통때보다
> 완연히 한참 더 오래 끌다가 쏟았다
> 한번 더 고비를 넘을 수도 있었는데 그만큼
> 지독하게 속이면 내가 곧 속고 만다
>
> ─「성(性)」에서

시인의 아래에 있던 아내. 오래 전에 까발려진 텍스트는 아예 창녀만큼 추락한 상태다. 아내는 비밀이 남아있지 않다. 더 이상 의심할 것도, 탐지

할 것도 없는 멸시의 대상이다. "개관" 했다는 것은 비밀이 사라진 아내를 뜻한다. 처음부터 끝까지 완벽하게 정복했다는 의기양양함이 드러나는 표현이다. 이런 아내를 대하는 시인의 언어는 가혹하다. "헛바닥이 떨어져나가게 / 어지간히 다부지게 해줬는데도" 만족하지 않는다고 투덜거린다.

이 시에서도 은폐된 부분을 상상해 보자. 아내는 "어렴풋이" 느끼고 있었다. 「이혼취소」처럼 눈동자를 직접 드러내지 않지만, 아내는 시인을 바라보고 있다. 프로이트의 시선에 응수했던 로라처럼, 아내 역시 "개관"하며 "어렴풋이" 응시한다. 그래서 "황홀"에 빠지지 않는다. 아래에서 은폐되고 억압당하는 아내 역시 거짓 포즈를 취하지 않는다.

"여편네"를 "개관"하고 있어야 하는데, 오히려 "개관" 당하고 있다는 걸 "어렴풋이" 안 김수영. 아내가 "아는" 걸 본능적으로 느낀 김수영. 서로가 서로를 개관하고 있는 상태. 권위적이고 남성 중심적인 시선이 더 이상 아내를 억압할 수 없는 상태. 누가 누구를 속일 수 없는 지경이다. 거울을 바라보듯이, 서로 "개관"하고 있는 아내를 마주친 순간, 시인은 "섬찍"해진다.

두 개의 시선이 마주치는 장면은 낯선 공간에서 마주친 '거울의 공포'를 떠올리게 한다. 이것은 「이혼취소」에 나오는 눈동자처럼 내면으로 파고들며 아내를 호명하는 눈동자가 아니다. 두 사람이 적나라하게 까발린 상태에서 마주하고 있는 눈동자이다. 김수영은 잠시 놀라서 주춤거리며 뒤로 물러선다. 내가 나를 속일 수 없는 지점. 아내에게 적나라하게 "개관"당하는 지점. 느닷없이 거울로 비춰진 "섬찍"한 낯섦. 그 사이 "둔감"해진 자신이다. 그렇기 때문에 시인은 더 이상 지독하게 속일 필요가 없었다.

여기서 김수영이 왜 「성(性)」이라는 시를 썼을까, 하는 물음을 던져 봐야 한다. 극단적인 상황까지 몰고 가서 치부를 드러낸 이유는 무엇일까, 그것도 온몸을 발가벗은 상태에서 섹스의 절정 순간에 자신을 되돌아보는 의도가 무엇일까, 하는 점이다. 김수영은 "여편네"를 이용하면서, 얼마나 폭력적인 남성인지, 얼마나 여성을 무시해 왔는지, 폭로해 왔다. 심지어 황홀과 연민의 순간에도 자기 분석을 놓지 않았다.

시인 자신은 철저한 텍스트였다.

김수영은 스스로 문제적 인간임을 밝혀내고 있다. 특히 「성(性)」은 단순히 옷을 발가벗는 행위를 넘어서, 시인의 욕망마저 발가벗은 작품이다. 그 과정에서 김수영은 욕망 깊은 심층에 이르기까지 불확실하고 분열된 존재라는 사실을 인정한다. 그리고 "여편네"를 창녀보다 못한 존재로 취급한 자신도 그만큼 타락했음을 고백한다. 가장 밑바닥에서 시인은 "여편네"의 타자성을 발견한다. "개관"하고 "개관" 당할 수 없는 타자. 언제나 신비하고 낯선 존재인 타자. 잘 안다고 믿어왔던 "여편네"조차 소유할 수 없고, 개관할 수 없다는 사실이다.

더 나아가 시선이 역전당하면서 자리바꿈이 이루어진다. "황홀"이 아닌 "연민"의 감정을 가지며 시적 주체는 수동적이 된다. 뒤로 물러나며 "둔감"해진다. 뒤로 물러서는 행위는 운동의 방향을 역전시킨다. 뒤로 물러서는 '여성적인 것'을 통해 타자성이 실현되는 것이다. 타자의 존재가 부각되며 시인은 타자를 위한 존재로 다시 세워진다. 이 시에서 김수영은 자기 안에 여성성을 받아들인다. 그토록 부정하고 억압했던 자기 안의 아니마를 인정하는 순간이다.

이것은 정신분석을 받으러 온 내담자가 사랑의 결핍을 고백하는 과정과 닮아 있다. 정신분석 내담자가 상처를 고백하며 대가를 치르듯이, 김수영은 발가벗고 고백하면서 시적인(언어적인) 대가를 치른다. 그 과정을 거친 내담자가 "사랑의 담론 주체"가 되는 것처럼 시인 역시 사랑할 수 있는 능력을 회복한다. 김수영은 사랑 결핍을 고백함으로써 사랑이 필요함을 역설하고 있다. 말하자면, 자신이 벌거벗는 대가를 치름으로써 사랑의 주체가 되고자 한다.

김수영은 이 시를 쓰고 나서 "한 사람의 육체를 맑은 눈으로" 보고 "객관적으로 바라볼 수" 있었다고 밝힌다.(「원죄」) 이 말은 거짓이 아니다. "여편네"에게 요설조로 퍼붓고, 자기 비하와 위악적인 폭로를 일삼았지만 「성(性)」에 이르러 타자였던 아내와 존재 대 존재로 비로소 동등하게 선다. 진정한 반반(半半)으로, 생명과 생명의 관계로 제대로 바라본다. 김수영은 더 이상 자기 안의 아니마를 억압하지 않는다. 치열하게 거부하지 않고, 폭력을 휘두르지 않고, 기꺼이 받아들이려 한다. "거대한 뿌리"를 지탱해주는 대지의 가능성을 인정하고 사랑의 주체로 선다. 하지만 그 가능성은 아직도 "어렴풋" 하다. 어렴풋하지만, "기꺼이 기꺼이 변해가"고 있었다. (「의자가 많아서 걸린다」) 이런 변화의 지점에 「풀」이 자리하고 있었다.

> 시의 사변에서 볼 때, 이러한 온몸에 의한 온몸의 이행이 사랑이라는 것을 알게 되고, 그것이 바로 시의 형식이라는 것을 알게 된다. (「시여 침을 뱉어라」)[2]

시인은 "여편네"를 이용해 자신을 발가벗었다. 자본주의에 적응하지 못하는 속물근성을 여성에게 전가하고, 위로받으려고 했던 포즈들. 여성을 비하하며 요설조로 몰아붙이고, 폭력성을 드러냈던 장면들, 자신이 얼마나 형편없는 남성이었는지 보여주었던 자학적인 면모들. 이 과정에서 드러난 것은 사랑의 온전함이 아니었다. 우산대로 여편네를 내리치는 폭력성까지 고백하면서 증명하고 싶어 했던 것은 아이러니하게도 사랑의 결핍이었다. 온몸으로 사랑의 결핍을 보여줌으로써 사랑의 이행을 실현하고자 했다.

김수영은 위대하지 않다. 폭력적이어서 옹졸하고, 남근 중심적이어서 편협하다. 여성의 자유를 인정하지 않고 자기중심적이어서 졸렬하고, 사랑의 결핍을 과격하게 포장해서 위대하지 않다. 그러나 김수영은 돋보인다. 자신의 졸렬함을 스스럼없이 드러내고 사랑이라는 이름으로 벌어지는 모순과 폭력성까지 까발렸기에 평범하지 않다. 결핍을 결핍 그 자체로 펼쳐냈기에, 독백조로 고백하며 여과 없이 인정했기에 대단하다. 사랑의 결핍을 노래하고, 온몸으로 적나라하게 표현했기에 문제적이다. 자신을 속이지 않았기에, 위선적이지 않았기에, 한계를 인정하며 치열하게 싸워 나갔기에 문제적 시인이다. 사랑을 손쉽게 노래하지 않고, 끊임없이 부정하며 온몸으로 싸워나갔기에 낭만적 포즈에 넘어가지 않고, 부족함을 드러냈기에 위대해질 수 있었다.

---

2) 같은 책, 498쪽.

온몸으로 사랑의 결핍을 이행한 시인은 아니마와 아니무스가 이제 겨우 융합하며 아이처럼 서 있었다. 발목과 발밑에 풀이 눕고 일어나는 과정을 느끼며 한 발짝 "기꺼이" 내딛고 있었다. 그러나 우리는 너무 안이하게 김수영 신화를 만들고 있는 것은 아닐까? 그것도 남성 중심적인 관점에서 김수영 신화를 만들어 나간 것은 아닐까? "대지의 은폐"를 정말로 은폐시키면서 김수영 신화를 만들어 나간 것은 아니었을까? 은폐를 통해서, 은폐에도 불구하고, 은폐를 뚫으며, "여편네"를 만나려고 했던 그 치열함을 외면해서는 안 될 일이다. 타자와 만나고, 아니마와 만나는 과정에서 사랑의 폭력성을 드러냈던 게 김수영이라는 사실을 잊어서는 안 될 일이다. 손쉽게 반성하지 않고, 사망하기 몇 달 전에야 겨우 인정했다는 사실을. 그것을 인정하기가 그렇게 어려웠다는 사실을. 힘겹게 여성성을 받아들이며 뒤늦게 새로운 출발선에 서 있었다는 사실을. 그는 과정 중에 있었음을 놓쳐서는 안 될 일이다.

흐르는 몸이, 가닿은 곳에서, 노래하기

—김혜순의 『달력공장 공장장님 보세요』

Ⅰ. 물꼬를 트며

김혜순은 시를 토해낸다. 여기서 토한다고 말하는 이유는 시인 김혜순
이 시를 살기 때문이고, 시어가 넘쳐흐르기 때문이다. 김혜순은 말한다.
"시는 시인인 내가 생산하는 것이 아니라 삼라만상이 시 '하는' 것과 마찬
가지로 내 몸이 시 '하는' 것이다.[1] 여기서 김혜순 시인이 말하는 행간을
읽어낼 필요가 있다. 첫째, 김혜순은 시인이 시를 쓰는 것이 아니라고 말
한다. 둘째, 삼라만상의 자연과 우주 자체가 시라는 것 자체를 가정한다.
셋째, 삼라만상의 가운데 살아가는 내 몸은 시 '하는' 삶을 살아간다. 넷
째, 시인이 시를 쓰기 위해 억지로 다른 삶을 살 필요가 없는 일이다. 그러
므로 시인은 시 '하는' 몸을 펜으로 받아 적는다.[2]

---

1) 김혜순, 『여성이 글을 쓴다는 것은』, 문학동네, 2004, 107쪽.
2) 여성적 글쓰기 과정을 김혜순은 피터 그리너웨이의 영화 <필로우 북>을 예로 든
   다. 필자는 이 부분이 시인이 말하고자 하는 여성적 글쓰기를 탁월하게 설명한 부분
   이라고 생각한다. 주인공 나키코는 문자와 육체가 결합되어 있다. 그녀의 관능성과
   리듬이 사랑을 실현하는 도구로 실현되는 것이다. 피터 그리너웨이 감독은 텍스트

그렇다면, 시인이 말하는 몸은 어떤 상태인가? 근대성과 탈근대를 가로지르던 담론 그대로 주체 혹은 해체라는 개념으로 정의가능한가? 분열하는 '나'로 대체할 것인가? 시인의 몸은 분화를 멈추지 않는다. 타자 가운데 나를 발견하고, 나 가운데 타자를 발견한다. 동시에 끊임없이 주체를 지우고, 안과 밖의 경계를 넘나든다. 김혜순에게 경계를 뒤집는 전복적 상상력은 익숙한 일이다. 시인은 고정된 틀을 거부하기 때문이다. 가부장적인 질서를 해체하고, 정해진 관념을 불완전한 상태로 던져 놓는다. 그 안에서 그로테스크한 균열이 벌어지고, 각질 밑에 숨겨 왔던 울음이 폭발한다. 그렇다. 그녀의 몸, 밑에는 물이 흐르고 있다. 그녀의 몸은 흐르고 있고, 흐르는 사이 만나는 타자들을 품어 안는다. 그러다가 여러 개의 물방울로 흩어지기도 하며, 타자를 비추기도 한다. 그녀는 물, 물의 몸을 가지고 있었다.

II. 물[水]의 물질적 상상력

직육면체 물, 동그란 물, 길고 긴 물, 구불구불한 물, 봄날 아침 목련
꽃 한 송이로 솟아오르는 물, 내 몸뚱이 모습 그대로 걸어가는 물,

한 화면을 여성적 말하기의 구성방식을 취한다. 안이 밖이 되고, 밖이 안이 된다. 한 화면이 여러 글쓰기가 동시에 진행된다. 글자들 위에 정사 장면이 겹쳐지면서 수많은 프레임들이 각기 다른 시공간을 현시한다. 미장센과 몽타주가 한 화면 속에 동시에 겹쳐진다. 김혜순은 영화적 기법과 그 사례를 통해 여성적 글쓰기의 특징을 주로 설명한다. 특히 이 부분에서도 나키코가 욕조 속에 들어가는 장면에 주목한다. 일렁이는 물, 쏟아지는 물 사이에 주인공이 아이에게 젖을 물리는 장면이다. 그녀의 글쓰기 장면이 겹쳐지고, 글쓰기는 영화와 텔레비전, 책의 경계를 넘어 화면 밖으로 흘러넘친다. 국가와 언어, 인종, 성별, 매체의 경계가 무너져 내린다. 이 가운데 모든 것들이 탈주체화 된다. 김혜순, 앞의 책, 95~96쪽.

저 직립하고 걸어다니는 물, 물, 물…… 내 아기, 아장거리며 걸어오
던 물, 이 지상 살다갔던 800억 사람 몸속을 모두 기억하는, 오래고
오랜 물, 빗물, 지구 한 방울.

오늘 아침 내 눈썹 위에 똑, 떨어지네.
자꾸만 이곳에 있으면서 저곳으로 가고 싶은
그런 운명을 타고난 저 물이
초침 같은 한 방울 물이
내 뺨을 타고 어딘가로 또 흘러가네.
　　　　　　　　　　　　　　　—「모든 것을 기억하는 물」 전문

　물[水]은 물(物)이다. 물은 시인의 몽상 속에서 자유로운 형태로 존재한
다. 고정된 형체가 없기에 어떤 그릇에 담겨 있느냐에 따라 형상이 달라
진다. 자유로움은 수동태가 아니다. 물은 "직육면체"였다가 동그랗다가
구불구불해진다. 단순한 기하학적 형태에서 머물다가 위치를 바꾸어 어
디든 존재한다. "목련 꽃 한 송이"에도 차오르고 "아장거리는" 아기 몸속
에도 흐른다. 김혜순의 상상력은 물이 담긴 형식을 지워버린다. 대신 그
자리에 머물렀던 물의 형태만 집중한다. 그리하여 사람이 걸어다니지 않
고 "물이 걸어다닌다."

　걸어다니는 물이라! 시인의 상상력은 그 지점에서 한 사람 한 사람의
운명을 떠올린다. 지구의 생명을 바라본다. 지구에 매달린 사람들 속에는
물이 흐르고 있었다. 한 방울, 한 방울마다 물은 800억 생명의 역사를 기
억하고 있었다. "세계를 창조하고 밤을 분해하기 위해서는 강렬한 한 방
울의 물만으로도 충분하다. 이 강력함을 꿈꾸기 위해서는, 깊이에 있어서
상상된 한 방울의 물만이 필요하다. 이와 같이 역동화 된 물은 싹이 되며,

인생에 무궁무진한 비약을 준다."[3]

　김혜순은 물방울 하나의 상상력으로 지구를 노래하고, 전 우주를 노래한다. 가히 물의 물질적 상상력을 갖고 있는 시인임을 인정하게 되는 대목이다. 김혜순은 감각적으로 물의 물질성을 일으켜 세우고, 현실 세계에서 재해석한다. 물은 간섭하고 있다. 동시에 물은 참여하고 있다. 물은 물질 속으로 접속하고, 기꺼이 증발한다. 그럼에도 사라지지 않는다. 물은 존재 속으로 스며들고, 그 자체와 더불어 변화하며, 타자를 향해 적응해 나갈 뿐이다. 시인은 "오늘 아침 내 눈썹 위로 똑, 떨어"지는 물 한 방울을 감지하는 순간, 지구 전체를 떠올린다. 부분에서 전체로 단번에 도약한다.

　자연스럽게 유동성을 깨닫는다. 소유하지 않기에 떠날 수 있는 물의 성질을. 유동하는 물질인 물은 기억하며 떠날 뿐이다. 형상기억합금처럼, 끊임없이 존재를 변화시키며, 기억을 지정하며 지워나간다. 동그란 지구는 우주 바깥으로 물 한 방울 떨어뜨리지 않고 지구의 역사를 붙잡는다. 지구는 거대한 기억의 저장고인지도 모를 일이다. 그 물 한 방울이 기억하며, 재생하고 지구 위에서 구르고 있기 때문이다.

III. 물에 빠진 여인을 누가 구해줄까?

　　　　TV는 마치 욕조와 같아
　　　　나는 TV 욕조 속에서 하루 종일 나오지 않는 그녀를 들여다보네
　　　　손가락이 쪼글쪼글해지고
　　　　거울은 뿌옇게 흐려지고
　　　　머릿속까지 밀려들어오는 미지근한 물

---

3) 가스통 바슐라르, 이가림 옮김, 『물과 꿈』, 문예출판사, 1980, 24쪽.

마치 더운물을 보충할 때처럼 돌려지는 채널

암흑 방에서의 TV시청

점점 더 깊은 땅속으로 끌려들어가서는

묻혀서도 숨쉬는 허파처럼

끝나지 않는 TV 시청

(중략)

나는 이어서 그녀라는 이름의 TV를 들여다보네

푸른 그늘이 용솟음치고, 침묵으로 얼어붙은 수초들

그 사이로 통곡하는 물고기들이 장의사 행렬처럼 떠가네

TV가 끝난 후 이 뇌파 어항의 불빛은 너무 춥고

곧 이어서 흘러나오는 죽은 아가들의 울음소리

그녀는 절대로 TV 눈꺼풀을 감지 않네

　　　　　　　　　　　　　　　　　　—「물속에 잠긴 TV」 부분

우리집에 정박한 한국식 압력 밥솥 '또 하나의 타이타닉호'

불쌍해라, 부엌을 벗어난 적이 없다

밥하는 거 지겨워

(중략)

영사기에서 쏟아지는 빛처럼 가스 불이 솥을 에워싸자 파도가 끓는다

스크린처럼 하얀 빙산에 배가 부딪힐 때

밤 바다로 쏟아져 들어가는 내 나날의 이미지

물에 잠겨서도 환하게 불켜고

필름처럼 둥글게 영속하는 천 개의 방

느리디 느린 디졸브로

솥이 된 여자, 그 여자가

곧, 스타들과 엑스트라들이 끓어오르는 흰 파도 속에서 잦아든다

그 이름 '또 하나의 타이타닉 호'

화이트 스타 선박 회사 건조

수심 4천 미터 속 부엌을 천천히 걸어다니며

짙푸른 바닷속에 붉은 녹을 풀어넣고 있다

　　　　　　　　　　　　—「또 하나의 타이타닉 호」부분

　물은 시간과 공간의 재구성이 자유로운 물질이다. 더군다나 범람하는
성질을 가지고 있다. 김혜순은 이러한 물의 성질을 이용해 경계를 지워나
간다. TV를 보고 있는 여인의 상태를 수도꼭지를 틀어놓은 욕조에 비유
한다. TV를 시청하는 일은 머릿속에 물을 채우는 일이다. "머릿속까지 밀
려들어오는 미지근한 물"은 영화적 기법4)으로 디졸브 효과로 나타난다.

---

4) 김혜순 시를 살펴보면 종종 영화적 기법을 즐겨 사용함을 알 수 있다. 예를 들어 최
　근에 발표한 「안경은 말한다」(『문학과 사회』, 2009, 겨울호) 역시 그렇다. 시인은
　클로즈업 된 정지 화면 상태에서 출발하여 그 시야를 점차 확장해나간다. 영화에서
　클로즈업에서 롱샷으로 바꾸어 나가는 기술인 풀백(pull-back)기능이다. 가까운 것
　을 촬영하다가 점차 뒤로 당기면서 촬영해나가는 것이다. 처음에는 좁은 부분을 촬
　영하다가 점차 넓은 부분으로 확대하면서, 갑자기 중요한 것이 포착한다. 이때 관람
　객은 그 새로운 장면으로 인해 심리적인 전환을 맞는다. 시적 진술을 해나가는 시인
　은 카메라를 이동차(dolly)에 기대어 덜컹거리지 않으려고 한다. 담담한 어조로 진술
　하는 방식이다. 이동차에 매달린 카메라처럼 시인은 건조하게 말한다. "난 그냥 있
　는 거다. 난 안경이니까." 하면서 안경의 진술이 펼쳐진다. 그러나 지극한 사실은 이
　상한 감정을 불러일으킨다. 진술이 거듭될수록 시적 주체인 "안경"이 무엇이었는지
　점차 알 수 없게 된다. 알았다(知)고 생각하는 순간, 모르는 것(無知)이 된다. 건조한
　어조와 문체는 이동차와 같은 역할을 하는 것이다. 그러나 이 단순 명쾌함이 오히려
　읽는 이를 긴장시킨다. 안경은 "보고, 느끼고, 생각하지 않는다. 그냥 무색이다." 그
　러나 중반부를 넘어섰을 때 반전이 나타난다. "잠수부 아줌마"이다. "하루 8시간" 바
　다 속에서 일하고, "3시간마다" 배 위로 올라와 "우유"를 마시고 "빵을" 먹는 여인의
　삶이 나타난다. "깊은 바다" "모래사막"에 숨어있는 "키조개"를 캐는 그녀의 고단한
　삶이 조명된다. 시적 주체인 안경은 다름 아닌 그녀를 바라보고 있었다. 다음에 시
　인은 이 장면에서 연금술을 시작한다. "얼음을 갈아 렌즈"를 만들고 "그 렌즈를 입
　속"에 넣는다. 이 단순한 두 진술을 통해 마법이 일어난다. 현실적으로 일어날 수 없

디졸브(dissolve)는 페이드아웃(fadeout)하면서 동시에 페이드인(fadein) 하는 영상 기법이다. 오버랩처럼 화면을 중첩시키지 않고, 두 화면을 자연스럽게 이어붙이는 방식이다. 물이 스며들고 녹아드는 물질적 특질이 있듯이, 시인은 시공간이 유연하게 융합하면서 변화를 일으킨다.

시인은 그러다가 시선을 전환시킨다. "나는 이어서 그녀라는 이름의 TV를 들여다" 본다. 그녀 자체가 TV가 된 것이다. 시적화자는 그녀와 TV를 등가물로 보고, 물속에서 위치시킨다. 그녀가 TV에 빠져 헤어 나오지 못하듯이, 시적화자는 그녀에게 빠져나오지 못하는 상태가 된다. TV가 끝난 후에도 TV에서 빠져나오지 못하는 그녀의 뇌파는 여전히 TV의 잔영에서 헤어 나오지 못한다. 그녀는 아마도 물속에서 영원히 빠져나오지 못할 것으로 보인다. 그녀가 그녀의 생활에서 유동하기 때문에, 그녀는 함몰되어 있다. 물은 대상을 적시고 대상을 스스로 물에 빠지게끔 유혹하는 성질이 있다. 김혜순은 매체에 의해 오히려 함몰되어 있는 주체, 그곳에서 빠져나오지 못하는 주체의 형상을 물에 빗대어 표현한다.

는 상황 속에 환상을 끌어들인다. "얼음"은 그동안 막혀있던 착각의 늪이다. 무엇인가 분명히 알았다고 믿어왔는데, 그것이 진실을 가리는 장막이었던 것이다. 시인은 장막을 걷어낸다. 세상을 명약관화하게 바라볼 수 있는 "렌즈"를 만들어낸다. 이 "렌즈"는 앞에서 언급되었던 "안경"과 다른 차원에 놓여 있다. 나선형의 흐름을 타고 승화된 (다른 위치에 있는) 고차원적인 "안경"일 게다. 그 "안경"은 고단한 여인의 삶에 눈물 흘릴 줄 아는 따스한 마음을 가지고 있다. 그곳에 눈물이 내린다. "바다에 비가 온다" "바다가 말한다." 시인은 "바다"와 "안경"이라는 두 개의 이름을 가지고 시적 공간을 넓힌다. 두 개의 이름은 차원을 달리하면서 위치 전환하고 공간을 확장시킨다. 그리고 이 세상의 가장 낮은 곳에서 힘겹게 일하는 여인의 삶을 안타깝게 바라본다. 김혜순 시인은 "감성의 분할을 새롭게 구성하고 새로운 대상들과 주체들을 공동 무대 위에 오르게" 하여 "보이지 않았던 것을 보이게 하며, 킁킁대는 동물로 취급되었던 사람을 말하는 존재로"(자크 랑시에르, 유재홍, 『문학의 정치』, 인간사랑, 2009, 12쪽.) 만든다.

「또 하나의 타이타닉 호」는 또 다른 각도에서 접근한 시이다. 1912년에 침몰한 타이타닉호의 쇳덩어리가 해체되어 토스터, 주전자, 프라이팬, 압력 밥솥이 된 것이라고 설정한다. 시인의 설정에 따라 밥솥은 상처투성이의 울음을 가진 존재가 된다. 부엌 공간은 곧이어 바다로 치환된다. 부엌을 벗어난 적이 없는 주부는 바다를 떠난 적이 없는 항해사와 같다. 가스레인지에 불이 켜지면, "파도가 끓는다" 밥에서 벗어날 수 없는 여자는 "느리디느린 디졸브"로 "솥"이 된다. 그녀 이름은 "또 하나의 타이타닉호"가 된다. 그녀는 솥이 되어 스스로 침몰한다. 견딜 수 없는 하중을 안고 가라앉는다. 그럼에도 그녀는 죽지 않는다. 1985년도에 이르러서야 발견되는 타이타닉호. 그녀는 "수심 4천 미터 속 부엌" 속에서 "붉은 녹"을 풀어 넣고 있다. 여성적 화자는 자신의 정체성을 발견하면 할수록 파멸하기 때문이다. 정체성을 발견하고 존재를 드러내려고 하면할수록, 성문 밖에서 사회적 문지기들이 보초를 서며 의식을 간섭하고 제도적으로 침입한다. 그렇기에 여성 시인으로 재탄생하기 위해서는 죽음을 통과해야 하는 "치름"의 과정이 필요하다. 그 과정을 견뎌내는 솥. 그녀는 솥 안에서 버티고 있다.

여성시인이 자신에게서 자신의 정체성을 발견하려 하면 할수록 그녀는 파멸한다. 여성시인이 된다는 것은 끝없이 파멸할 수도, 타락할 수도 있는 은총이다. 이 은총 속에서 그녀는 더 이상 이곳에 존재하지 않을 수 있게 된다. 여성의 몸에는 그렇게 존재하지 않을 수 있는 자리가 있다. 죽음에의 무한한 참여, 목적 없는 여행을 무한히 감행할 수 있는 자리가 있다.(중략)

물의 언술은 여성시인들에게 또다른 부재의 존재방식을 현시한다. 스스로 죽음에 처함으로써, 탄생과 질병과 죽음과 노역의 온갖 질곡을

가로질러 생성의 경이를 죽음의 공간에 펼친 바리데기처럼 물의 언술
이 나아가는 모습은 자유로운 시적 영혼이 사는 모습 그대로이다.5)

김혜순은 바리데기 신화를 예로 든다. 바리데기가 죽음의 공간을 가로
질러 서천서역국에서 깨달음의 물을 가지고 오는 과정을 겪듯이, 여성시
인은 죽음의 과정을 통과하여 '여성성에 들린다.' 들림의 순간 여성시인은
자신의 이제까지의 경험들을, 치름의 순간으로 명명해낸다. 시인은 말한
다. "나는 어머니의 '죽음'에 들린 존재를 벗어날 수 있다. 그리고 나의 언
어로 그렇게 내 몸 속에 죽음으로 살아 있는 자연을 쓴다. 자연 혹은 세상
과 나는 시 속에서 '나'라는 몸을 통해 '맞물린 생산'을 실현하고, 또다른
몸들인 시들을 출산한다."6)

「또 하나의 타이타닉 호」의 마지막 구절 "붉은 녹"은 자기 정체성을 가
진 여성으로 재탄생하기 위한 고통의 과정을 표현한 것이리라. 물과 산소
가 맞닿아 붉게 산화하면서, 언젠가 떠오를 그 날을 기다리리라. 그렇기
에 시인의 언어는 부풀어 오르며 범람한다.

IV. 얼음으로, 혹은 일시적 죽음으로

아이고, 공기가 이렇게 무겁다니
그러면서도 나는 내 속에 박힌 얼음을 꼭 끌어안았다
얼어붙은 연못 속에 갇혀 있는 아이 얼굴
내 어릴 적 얼굴을 도려낸 것처럼, 그렇게
나는 얼음 얼굴을 꼭 끌어안았다

---

5) 김혜순, 앞의 책, 103~106쪽.
6) 김혜순, 앞의 책, 15~16쪽.

집이 어디예요? 아이고 아주 의식을 놓았네
누군가, 아줌마 목소리가 내 어깨 위에 올려졌다
그러자 내 몸 속에서 겨울 창문에 피는 성에꽃다발 가득 매단
성에나무가 확 피어오르고
그 성에나무 사이로 얼음으로 밀봉된 마을이 나타나고
그 마을 속엔 오래고 오랜 나의 외갓집이 청결하게 서 있었다
그 집이 내 가슴을 환하게 밝히며 들어왔다
그리고 나는 비로소 몸 밖으로 말을 했다
지금 시간에 우리집엔 아무도 없어요 제가 일어날 거예요
그리고 나는 다시 봉해졌다
미래는 한 방울도 섞이지 않은
과거만으로 봉인된 얼음 속으로
지하철이 계속 오고 갔지만 나는 빙산처럼 가만히 떠 있었다
아이를 꼭 껴안으면 껴안을수록 내가 녹는 것처럼, 그렇게
냉동실의 얼음이 아무도 모르게 가만히 증발하듯, 그렇게
사라지고 싶기도 했다

—「성에꽃다발」 부분

시인은 항구적인 원소로서 물의 상상력을 가동시킨다. 그 물은 위기의
상황 속에서 결빙한다. 부유하는 상상력을 지니고 있음에도, 결정적 순간
에는 얼어버린다.

김혜순은 "얼음의 칼날을 꽂은 채 살아가"지만 정체불명의 눈빛에 발밑
얼음장들이 깨어진다. 위기의 순간 의식을 잃는다. 물은 기억하고 있었다.
그렇기에 그 물이 얼어서 더욱 생생해진다. 투명한 얼음 속에는 한 마을이
있고, 외갓집이 있고, 과거 유년 시절이 담겨 있다. 스스로 재생하는 물이
기에, 변하지 않는 물이기에, 지워버릴 수 없는 표시를 이미지로 새긴다.

죽음의 순간일수록 "나는 내 속에 박힌 얼음을 꼭 끌어안"는다. 얼음은 날카로운 칼날을 가지고 있다. 풍부한 무늬의 결정을 지니고 있지만 동시에 무거워진다. 그 얼음이 나를 아프게 찌르더라도, 그것이 나를 견디는 존재의 방식이었기에, 더욱 웅크린다. 몸속 "겨울 창문"에서 "성에꽃다발"이 피어올라서야 "나는 비로소 몸 밖으로 말"을 꺼낸다. 이 얼음을 녹일 수 있는 것은 "아이"의 체온이다. 시인은 얼음을 스스로 녹이는 체험을 통해, 의식 세계로 돌아온다.

얼음은 시인에게 죽음과 생명을 동시적으로 표현하는 양면의 칼날과 같다. "물은 참으로 변하기 쉬운 원소이기 때문이다. 그것은 순간마다 죽는다. 또한 실체의 무엇인가는 끊임없이 무너지고 있다." 물은 일상적인 죽음을 살듯이 시인 역시 그러하다. "물은 흐르고 떨어지며 수평적인 죽음으로 끝난다. 물의 죽음이 흙의 죽음보다 더 몽상적"7)이다.

Ⅴ. 환유, 나를 지워가는 방식

풍경이 나를 거닌다
내가 밤의 풍경을 쓰다듬는다
이렇게 비 오는 밤, 풍경이 침대 위에서 돌아눕는다
풍경은 왜 거기 있지 않고 여기 있는가
소름이 돋아 우둘투둘한 풍경
두 팔로 껴안아도 여전히 온몸 떨리는 풍경
왜 풍경은 몸 속으로 들어와 고통이 되고 싶은 걸까?

　　　　　　　　　　　　　　　　　　—「풍경중독자」부분

---

7) 가스통 바슐라르, 앞의 책, 18쪽.

김혜순에게 몸은 천개의 눈동자를 가진 거울이다. 거울은 나 안의 타자, 타자 속의 나, 타자의 타자를 비추어낸다. 내가 바라보는 사물 역시 나를 바라본다. 나는 바라보며 보이고, 왜곡하고 혹은, 스스로 착각한다. 몸은 거울이 되어 천개의 풍경을 비추고, 그 풍경 속에 담긴 영상을 보여준다. 시인의 몸은 여기서 그치지 않는다. 몸의 자리를 비워준다. 기꺼이 내어놓고, 자기를 지운다. 그래서 "풍경"들이 먼저 몸 안으로 걸어들어 온다. "풍경은 왜 거기 있지 않고 여기 있는가" 혹은 "왜 풍경은 몸 속으로 들어와 고통이 되고 싶은 걸까?"라는 질문으로 이어간다.

물은 지구의 피이자 지구의 뿌리이다. 그리하여 허공에 펼쳐지는 모든 풍경들을 자신의 운명으로 끌어안으려는 성질을 가진다. 무색(無色)이고, 무취(無臭)이고, 무미(無味)이므로 타자를 통하여 색깔을 입는다.

시인은 말한다. "여성시인들은 자아의 포기를 통해서 대상이 가진 생기를 내면적인 생명의 기운으로 변화시킬 수 있는 기제를 발견하는 데 능하다. 여성시인들은 그 영토 안에서 실재적 자리를 포기함으로써 비실제적이고 환상적인 영역에 생기를 불어넣는 언어를 획득한다."[8] 김혜순은 자신의 몸을 비워내는 것에 익숙하다. 시를 쓰기 위해서는 자신을 지우는 일이 우선이다. 몸을 정지된 형태로 두지 않고, 다양한 풍경을 끌어안음으로써 탈영토화시킨다.

이것은 환유의 방식이기도 하다. 김혜순은 이렇게 말한다. "은유적 이미지를 즐겨 구사하는 시인은 시안에서 살아 있는 주체로서 자신을 가동시키는 시인이라 할 수 있고, 환유적 정황을 구사하는 시인은 시 안에서

---

8) 김혜순, 앞의 책, 154쪽.

시인 자신이 시적 주체가 되기를 포기한, 아니면 시적 주체의 자리를 대상에게 내어준 시인이라 할 수 있다. 이런 시인들의 시에선 오히려 존재의 충만보다는 존재의 결여가 소리친다. 실재하는 공간을 부재하는 공간으로 옮겨놓으며, 또다시 반복한다."9) 여성시인들이 환유적 상황을 즐기는 이유는 타자들을 자신의 자리에 내어주는 것이라는 의미이다. 이것은 물의 속성인 유동성과 "환유적 부유성"을 드러낸다.

VI. 몸의 분할과 확장, 그리고 어머니

갈비뼈 방책 안에서
심장은 피를 잘도 받아먹고
우주 천상의 목장에서
양떼들은 쉬지 않고 풀 잘도 뜯어먹네
시간이란 이름의 사냥개들은
방책 밖에서 으르렁거리고
얌전한 행성들은
울타리 밖을 나가지도 못하네
나는 나의 감옥
나는 나의 죄수
내 두 눈은 내 감옥의 감시 초소
몸 밖으로 나온 고통은 이미

---

9) 김혜순, 앞의 책, 154~155쪽. 한편 권혁웅은 환유에 대해 이렇게 설명한다. 은유의 본질이 유사성의 창조라면 환유의 본질은 이미 알고 있는 다른 사물로 옮겨가는 것이다. 환유의 인접성은 하나의 대상(A)에서 인접한 다른 대상(B)으로 옮겨가는 데 필요한 접면의 다른 표현이다. 환유는 인접한 대상 사이에 변환이 가능하다. 환유적 구성은 언술을 둘러싸고 있는 사회적 장(場)이 마련되어있을 경우에 성립한다. 권혁웅, 『시론』, 문학동네, 2010, 254~356쪽.

고통이 아니지
그래도 나 오늘밤 갈비뼈 밖으로
두 발을 내밀어보고 싶네

　　　　　　　　　　　　　－「SPACE OPERA」부분

　몸은 초현실적인 형태로 공간을
분할한다. 몸속에는 "행성"들이 떠
다니고, "갈비뼈 방책" 안에서 "양
떼들"이 풀을 뜯어 먹는다. 시인은
다차원적인 겹 구조로 몸을 재구
성한다. 다중적 감각이 활용되고,
몇 겹의 시공간을 몸 안으로 밀어
넣는다. 생생한 물의 상상력이 우
주적 차원을 끌어안는다. 시인의
몸은 열린 공간이기에 모든 것을
품어 안는다.

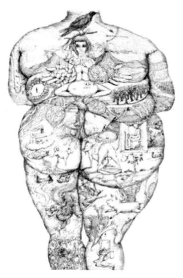

다발 킴, <꿈의 연작>

　때로 몸은 파편화된 상태로 해체되어 설명되기도 한다. "검은 그물 스
타킹이 오후 네시로 간다. 홀, 짝, 홀, 짝 누군가 쉬지 않고 세어주는 것처
럼 오후 네시로 간다. / (중략) / 검은 그물 스타킹이 오후 일곱시로 간다.
일곱시는 다리를 꼬고 앉아 검은 그물 스타킹을 기다리고 있다."(「肺」) 몸
전체가 하나로 움직이지 않고, 부분이 전체를 대신한다.

　시인은 몸을 그로테스크하게 분열시킨 것이다. 또한 풍경을 훼손하며
'체포한 자연'10)만을 선별적으로 재배치한다. 몸은 일반적으로 생각하는

것처럼 조화로운 상태가 아니다. 특히 여성의 몸은 균열을 통해, 재조립되고, 실과 바늘로 다시 기워진다. "치름"의 과정을 통해 "솥"의 밑바닥을 통과한 여성 시인의 몸은 특히 그러하다.

몸을 우주적인 공간으로 확장했음에도 불구하고 역설적으로 나는 내몸 바깥으로 빠져나가지 못한다. "내 두 눈은 내 감옥의 감시 초소"가 된다. 안과 바깥의 경계를 지우며, 범람하고자 했던 물의 상상력이, 때로는 현실적인 한계에 좌초된다. 이 상상 속의 몸은 잠재태 상태에서 확장되지만, 그것이 현실태로 실현될 때에는 불가능의 세계에 맞부딪힌다.

김혜순은 왜, 그 한계를 앎에도 타자에게 몸을 내어줄까? 무당이 굿을 할 때, 자신을 지우고 타자의 영혼에 접신하는 것처럼, 왜 몸을 분열시킬까?

시인은 자신의 몸을 기꺼이 지워버리라고 말한다. "내 몸 어디에 목숨이 숨어 있는 걸까요?"라고 묻는다. 바리데기가 자신의 정체성을 찾아 길을 떠나고, 그 과정에서 자신의 육체를 내어주었던 것처럼, 타자─되기를 멈추지 않는다. 아내 되기, 어머니 되기, 아들 낳아주기, 아들 길러주기 과정을 통해 내어놓고, 내던지라 한다. 이것은 시집 『아버지가 세운 허수아비』에서부터 보여 주던 사유방식이다. "거울을 열고 들어가니 / 거울 안에 어머니가 앉아 계시고 / 거울을 열고 다시 들어가니 / 그 거울 안에 외할머니 앉으셨고 / 외할머니 앉은 거울을 밀고 문턱을 넘으니 / 거울 안에 외증조할머니 웃고 계시고 / 외증조할머니 웃으시던 입술 안으로 고개를 들이미니 / (중략) / 순간 모든 거울들 내 앞으로 한꺼번에 쏟아지며 / 깨어지며 한 어머니를 토해내니" (「딸을 낳던 날의 기억」) 모든 어머니의 어머니인 딸이 태어난다. 다시 말해 몸 안에서 또 다른 몸을 꺼내놓고, 또 따른

---

10) 김혜순, 앞의 책, 184쪽.

몸 안에서 또 다른 나를 꺼내놓는 방식이다. 그리하여 몸은 원래 상태로 고정되어 있지 않고, 새로운 상태로 재배치된다. 시인은 자신의 몸을 전 우주적 상태로 탈영토화 시키는 방식으로 환상을 끌어들인다. 경계가 경계를 지우며, 다른 세계를 품어 안는다. 부분이 전체로 확장되고 전체가 부분으로 축소되는 프랙탈 구조를 갖으면서.

시인은 스스로 실행한다. "검은 쓰레기 봉투" 속에서도 "날벌레의 애벌레들이" 죽음의 거푸집을 통과해 생명의 날갯짓을 멈추지 않는 것처럼. "절대로 썩지 않을 꿈의 냄새"를 버리지 않는다.

> 그러다 일순간
> 거울 밖 나라로 뛰쳐나가면서
> 천지사방으로 환한, 희디흰 눈바다 속에
> 나무도 있고 집도 있다아라고 눈썹이,
> (나는 아무것도 없고 눈썹만 있었는데)
> 아, 내 눈썹이 쏨벅하는 순간
> 굽은 소나무 등걸이 열리면서
> 세한도로 문을 바른 미닫이가 열리면서
> 엄마가 걸어나왔다
> 방에는 따뜻한 등불이 걸리고
> 따뜻한 매화꽃 이불이 깔리고
> 내가 엄마! 하고 부르며
> 창호지에 팔 없는 손을 대는 순간
> 그 일순간
> 그만 흔적도 없이 풍경이 번져버렸다
>
> ―「세한도」 부분

물의 물질적 상상력을 가지고 떠도는 몸은 편안히 안주할 수 없다. 유랑자와 같은 존재이다. "집도 없고 길도 없는 곳에서" 떠돌고 "무한천공 물 없는 군청 바다를" 떠돈다. "육각형으로 몸을 오그라붙인 채" 일순간 어떤 나락으로라도 떨어질 찰나이다. 그 순간 바라다보이는 집 한 채. 환상 속의 집, 세한도를 바라본다. 시인이 무의식적으로 품고 있었던 "얼음으로 밀봉된 마을" 속 집(「성에꽃다발」)이었을지 모를 일이다. 시인 내면에서 가장 힘들고 위기에 처해 있을 때 호명하고 싶은 이름. 그 이름만으로 따스한 온기가 감도는 단어. 어머니! 김혜순은 그 이름을 마음속으로 간절히 부르고 있었을 게다.

이에 응답하듯이, 어머니는 호출되어, 나타난다. "엄마"가 나타나자 "방에는 따뜻한 등불이 걸리고 / 따뜻한 매화꽃 이불이 깔"린다. 환상은 절망과 나락의 가운데 구원을 소망할 때 간절해진다. 우리는 제각기 구원받기를 바란다. 시인은 절체절명의 순간에 자꾸 어머니를 불러낸다. 왜 그럴까? 김혜순에게 시는 곧 어머니이기 때문이다. "시인이 시를 쓸 때는 자신의 내적인 어머니와의 결합으로, 어머니로서 시를" 쓴다. "어머니에 관해 쓰는 것이 아니라 어머니로서 자식인 타자들로 하여금 스스로 말하게끔 하는 것이다." "시적 자아가 스스로 포기되는 글쓰기의 장이 어머니의 텍스트"[11]였다.

시인은 끊임없이 시적화자의 우월성을 지워나가며 새로워진다. "사람은 같은 강에서 두 번 목욕하지 않는다."[12] 늘 새로운 강물에서 자신을 지우고 타자에게 몸을 내어 놓고, 타자를 품어 안는다. 새롭게 부유하는 상

---

11) 김혜순, 앞의 책, 78~80쪽.
12) 가스통 바슐라르, 앞의 책, 18쪽.

상력으로 떠돌 수 있는 힘은 바로 어머니에게 기원한다. 경직된 얼음을
깨뜨리는 것도 어머니이다. 시적인 영감이 다가오게 하는 것도 어머니이
고, 시의 몸을 만드는 방식[13]도 어머니이다. 그렇기에 김혜순은 또 다른
어머니로서 날마다 시를 낳는다.

VII. 잘 익은 감각, 현실과 환상의 융합

> 백 마리 여치가 한꺼번에 우는 소리
> 내 자전거 바퀴가 치르르치르르 도는 소리
> 보랏빛 가을 찬바람이 정미소에 실려온 나락들처럼
> 바퀴살 아래에서 자꾸만 빻아지는 소리
> 처녀 엄마의 눈물만 받아먹고 살다가
> 유모차에 실려 먼 나라로 입양 가는
> 아가의 뺨보다 더 차가운 한 송이 구름이
> 하늘에서 내려와 내 손등을 덮어주고 가네요
> 그 작은 구름에게선 천 년 동안 아직도
> 아가인 그 사람의 냄새가 나네요
> 내 자전거 바퀴는 골목의 모퉁이를 만날 때마다
> 둥글게 둥글게 길을 깎아내고 있어요
> 그럴 때마다 나 돌아온 고향 마을만큼

---

13) 한 시인이 계속해서 시를 쓴다는 것은 자기 안의 어머니를 발견해나가는 길 위에
계속 머물러 있는 것이라고 나는 생각한다. 시는 자기 안의 어머니를 찾아가는 기
나긴 도정 안에서 쏟아지는 말이다. 광활하게 낸 몸 속에 퍼져서 그 정체를 알아볼
수도 없는 어머니의 말들이 새끼치고 길러지며, 말들이 또 말을 낳는다. 내 안의 어
머니는 말과 말 사이, 말이 흘러가는 길 어디에나 거주한다. 시는 그 번성하는 말
속에 살아 있음으로써, 여러 갈래로 '나'라는 타자의 몸 속에서 소멸해가며 생동하
는 어머니를 찾아내가는 언술의 길이다. 김혜순, 앞의 책, 53쪽.

큰 사과가 소리없이 깎이고 있네요
구멍가게 노망든 숟가락으로 파내서
그렇게 큰 사과를 숟가락으로 파내서
잇몸으로 오물오물 잘도 잡수시네요

―「잘 익은 사과」 전문

이 시는 감각의 향연을 펼치고 있다. 마치 태양을 중심으로 여러 행성들이 떠돌듯이, 시적 소재들이 원심력과 구심력의 긴장감을 갖는다. 그 중심에는 "노망든" 할머니가 숟가락으로 파먹는 사과가 있다. 사과는 또 다른 지구이자 행성이자 태양과 같은 중심이다. 그 사과를 깎는 것은 백 마리의 "여치"와 "치르르치르르" 도는 자전거 바퀴 소리이다. 소리에 의해 사과는 깎여진다. 소리는 환상과 실재를 혼동하게 만든다. 감각적인 소리는 할머니를 중심에 두고 들려온다. 각각의 중심을 갖고 있는 위성들은 태양을 중심으로 자전을 하며 공전한다. 여치의 소리와 자전거 바퀴 소리는 사과를 중심으로 자전하며 공전한다. "내 자전거 바퀴는" 천 년 동안 "길을 깎아내고" 있다.

감각적인 소리들은 해를 빻고, 달을 찧고, "보랏빛 가을 찬바람"에 날아온 "나락들"을 탈곡한다. 세월이 "치르르치르르" 소리에 마모되고, 그 세월을 담은 구름 한 송이는 천년이 지난 세월에도 예전의 기억을 가지고 새롭게 떠오른다.

구름 한 송이는 처녀 엄마의 "눈물"로 만들어진 감각일 게다. 구름이라는 감각적 형상은 자전거를 타는 내 "손등"을 따스하게 덮어준다. 내 손등에 닿았을 때, 시적 화자는 할머니를 바라본다. "천 년 동안 아직도 / 아가인 그 사람의 냄새"가 나는 할머니. 할머니는 모든 것을 지워버린 존재,

어머니의 연장선상에 있다. 아이를 먼 나라에 "입양"을 보낸 처녀 엄마였을 게다. 할머니는 모든 것을 잃고, "잇몸으로 오물오물" 사과를 씹어 먹는다. "구멍가게 노망든" 할머니는 당신이 감당할 수 없었던 세월, 이 끝도 없는 시간성을 집약적으로 보여주는 사과를 아무 생각도 없이 씹어 먹는다. 그렇게 "큰 사과"를 즙으로 만들어 오물오물 삼킨다.

즉물적인 감각은 청각에서 시각으로, 그리고 후각으로, 다시 청각과 시각과 후각을 공감각적으로 융합하며, 미각으로 끌어 모은다. 오물오물 씹는 행위 속에 현실과 환상은 버무려진다. 천 년이 지나도 아가인 생명의 원시성이 고스란히 간직된다. 물은 기억할 테니까. 기억은 환상을 배가시키며 현실을 압도하다가도, 미끄러지듯, 현실적인 감각으로 되돌아온다. 감각의 미끄러짐이 현실을 각인시킨다. 현실과 환상의 경계가 무너진 상태에서 자유자재로 넘나들고 있는 감각의 향연 속에서 독자는 씁쓸하고 슬픈, 간혹 달콤한 사과향을 떠올린다.

김혜순의 언어는 침에 젖어 있다. 그녀의 목소리는 물로 빚어지며, 물의 물질적 상상력에 의해 경계를 넘나든다. 시인의 목소리는 환유적으로 빛난다. 자기중심이 아니라 타자에게 기꺼이 몸을 내어줌으로써 환유의 흐름을 타고 넘실거린다. 시냇물이 재잘거리는 것처럼, 물의 언어를 받아 적는다. 그렇기에 김혜순은 현실적 이미지에 안주하지 않는다. 현실을 넘어서 현실적인 것을 노래하고, 환상을 가로지르며 현실을 탐구한다. 시인은 그 안에서 언어를 화려한 감각으로 비벼낸다. 이런 방식으로 세상이 담고 있는 원형적 뿌리에 가 닿는다. 또한 점액성의 기질로 사람을 끌어당긴다. 시바 여신처럼 분노하지만, 때로는 응시하며 사랑하고, 사랑받는다.

그녀의 언어들이 탈근대적인 목소리일 때도 있고, 해체적인 목소리일 때도 있다. 토해지는 시어들이 산만해서 때로는 명쾌하게 읽기가 어렵기도 하다. 하지만 그 세계에 발을 담근다면, 그녀의 물에 손을 뻗어 휘젓다 보면, 빠져든다. 환상을 가로지르다가 떨어지는 현실의 비참함에 목 놓아 울 수도 있다. 시인의 몸에 흐르는 물이 마르지 않을 것이기 때문이다. 흐르는 목소리에 사물을 반죽하여 형상을 빚어내고, 떨쳐버릴 줄 알기 때문이다. 그녀의 깊은 상상력이 또 다른 파도로 몰아쳐 올 것이다.

광야, 넘쳐흐르는 바깥에서 만난

—김혜순 시의 시적 주체를 중심으로

Ⅰ. 물꼬를 트며

누구를 넘어설 것인가? 어려운 과제이다. 시인이라는 꼬리표를 달고 있는 자라면, 전위적인 실험을 좋아하는 시인이라면, 근대이후 시 문학사가 쌓아놓은 지층 위에서 도약하기 위해서라면 김혜순이라는 거대한 산을 회피할 수 없다.

김혜순의 시는 복잡하다. 김혜순의 시는 난해하다. 때로는 감각적이고 때로는 울부짖고 때로는 서릿발처럼 냉정하다. 김혜순을 바라봐야 할 지점 역시 그리 단순하지 않다. 다층적이고 복합적이다. 비판적으로 말하면 산만하고 난해하다. 김혜순은 독자 앞에 먹기 좋은 음식을 차리지 않는다. 김혜순은 독자를 무릎 꿇게 한다. 시 속에 파묻힌 가시가 곳곳에서 독자의 혀를 찌른다. 고통스럽고 가슴이 먹먹하다. 김혜순 시집은 시집 전체를 한 번에 읽어내려 가기 어렵다. 천천히 음미하며 읽어나가다가도 불편한 유리파편에 찔려, 멈칫한다. 어떤 소실점에서 시집을 관통할 수 있을 것 같다가도, 어느새 시인은 다른 지점에가 있다. 도대체 어떤 규격으로 김혜순을 시를 말할 수 있겠는가? 도대체 어떤 개념으로 김혜순의 시를 평할 수 있겠는가? 김혜순은 자신의 시를 평가하려는 모든 논자들을 비웃기라도 하듯이, 깔깔거리며 저만치 다른 곳에 서 있다.

『슬픔치약 거울크림』은 끓어오르며 어떤 지점을 바라보고 있다. 그 지점을 공명하며 바라볼 때 크레바스가 더 깊고 크게 균열하는 듯하다. 그 골을 헤매는 그 어떤 존재가 비명을 지르며 절규하는 듯도 하다. 충돌과 충동과 충만! 다시 수많은 존재들이 카오스 상태로 끓어오르며 매끈한 표면 뒤에 밀려오는 자학과 공포를 두드린다. 지워내고 끓어오르고, 스스로 카오스를 만들어내는 시인. 김혜순은 바늘과 같은 날카로운 것으로 시적 주체를 괴롭히며 다시 꿈틀거리고 있었다. 왜인가? 왜일까? 미로 속을 헤매면서, 때로는 절망하며 때로는 뒤늦게 밀려오는 감동에 무릎을 치며, 시집을 편다.

Ⅱ. 흐르는 주체, 흘러넘치는 물

김혜순의 시어는 흘러넘친다. 물의 물질적 속성을 가지고 흘러넘치는 것과 같은 상상력이다. 그렇지 않아도 김혜순은 그 이전 시집에서도 물의 물질적 상상력[1]을 드러낸 시편들이 자주 등장했다. 물이 범람하여 다른 시적 대상을 건드리고, 무엇인가를 휩쓸어버리듯이 김혜순의 시는 범람

---

[1] 김혜순은 물방울 하나의 상상력으로 지구를 노래하고, 전 우주를 노래한다. 가히 물의 물질적 상상력을 갖고 있는 시인임을 인정하게 된다. 김혜순은 감각적으로 물의 물질성을 일으켜 세우고, 현실 세계에서 재해석한다. 물은 간섭하고 있다. 동시에 물은 참여하고 있다. 물은 물질 속으로 접속하고, 기꺼이 증발한다. 그럼에도 사라지지 않는다. 물은 존재 속으로 스며들고, 그 자체와 더불어 변화하며, 타자를 향해 적응해 나갈 뿐이다. 그런 특징이 잘 드러난 시편들은 「모든 것을 기억하는 물」, 「물속에 잠긴 TV」, 「또 하나의 타이타닉 호」 등이 있다. (『달력공장 공장장님 보세요』, 문학과지성사, 2000.)

한다. 물은 잉태하고, 물은 기억형상합금처럼 모든 시공간을 기억한다.

　물의 물질적 상상력을 능동적으로 활용하는 김혜순은 시적 주체가 유동성을 띠며 활동하기 좋은 상황을 만들어 놓는다. 다시 말해 동사적 의미로서의 존재[2]가 될 수 있는 가능성을 열어놓는다. 김혜순에게 시적 주체는 물질적 고독을 가진 한정된 존재자가 아니라, 끊임없이 흘러넘치며 유동하는 존재이다. 존재들은 시공간의 제약을 받지 않고 흘러 다닌다. 물의 물질적 특성처럼 증발하거나 얼어버릴 수 있다. 김혜순은 스스로 거대한 용광로가 된다. 시인은 시적 주체의 상태를 비등점까지 끌어올린다. "그리하여 나는 부글부글 끓어올라요/ 입김이 뭉글뭉글 솟아오르잖아요?"[3] 그녀는 시를 쓰기 위해 끓을 준비를 한다. 물이 끓어오르자 증발하고, 되돌아서면 얼음의 질감으로 돌변해 버린다. 때로는 냉철하게 차가웠다가 순식간에 녹아버린다. 비등점과 빙점 사이에 돌변하는 발화들은 변화무쌍하다. 그 과정에서 끓어오르는 기괴한 변주들이 거침없이 화려하다. 더군다나 물은 다른 물질들을 녹여 생명을 잉태할 수도 있다. 변화가 능한 물. 형태를 바꾸는 물, 본질적인 속성을 놓지 않는 물. 물은 끊임없이 탈영토화시킨다. 그리고 다른 영역으로 흘러들어가 재영토화한다. 김혜순의 시적 주체는 그리하여 흐르는 주체라 할 수 있다.

　　　당신이 타이핑을 하는 동안
　　　나는 비를 멈출 수가 없어서
　　　톡 톡 톡 톡 하루 종일 내렸어

　　　　　　　　　　　　　　　　　—「타이핑과 뜨개질」 부분

---

2) 에마뉘엘 레비나스, 박규현 옮김, 「모리스 블랑쇼에 대하여」, 동문선, 2003, 11쪽.
3) 「내 시(詩)를 드세요」, 『우리들의 음화(陰畵)』, 문학과지성사, 1990.

얕은 물속에서 오래 묵은 몸이 부화하나 보다
물 밖으로 쉴 새 없이 뽀얀 숨이 올라온다
(생략)
눈썹 한 쌍이 몸은 어디다 두고
호수 위로 저 혼자 잘도 날아간다

—「눈썹」 부분

당신이 "타이핑"을 하는 동안 시적 주체는 "비를 멈출 수가 없"다. 흐르는 주체는 "톡 톡 톡 톡 하루 종일" 비를 내리며 "빗줄기를 감아 뜨개질"을 한다. 잠언적인 시를 쓰며 시적 포즈에 취해 있는 당신과 거리를 두려는 발화이다. 시적 주체는 스스로 비를 만들어 낸다. 시적 주체 내면에 이미 물의 성질이 풍부하게 넘쳐흐르기 때문에, 빗줄기를 엮어 노래를 부른다. "나는 방문턱을 넘어 멀리멀리 가버렸어 심지어 범람"하고 만다. 잠언적 글쓰기에 취해 있는 당신은 얼굴을 보여주지 않고 권위적인 태도를 취한다. 시적 주체는 "톡 톡 톡" 빗줄기로 방안에 구멍을 낸다. 그 구멍들은 나를 떠나보내게 하고, 시적 주체가 다시는 돌아오지 못하게 하는 "물결"을 만든다.

흐르는 주체는 어디로 갈 것인가? 망망대해 앞에 펼쳐진 막막함이 오히려 도전하게 만든다. 떠밀리고, 정체 없이 흔들리며 한정된 세계 저 너머를 두드리게 한다. 흐르는 주체는 유동성을 가지고 불확실성의 세계로 던져진다. 예상치 못한 사건을 만나고, 그 지점에서 떨림을 발견한다.

사실 흐르는 주체는 흐르고 떠돌면서 만나게 된 시적 대상을 추방시킨다. 추방시키며 떠나보낸다.「눈썹」이라는 시가 그러하다. "물속에서 오래 묵은 몸"(「눈썹」)을 부화시키는 것은 물이었다. 물은 우리에게 익숙했던 눈썹을 대상화 한다. "나를 잠근 것이 겨우 저 터럭 두 개였다니" 낯설게 바라보이는 지점에서 눈썹은 물질적 형식에 갇힌 존재자라는 형식을 탈피한다. 오히려 호수 위로 날아가는 존재가 된다. 김혜순이 호명한 것이다. 제 몸에서 제 몸을 떼어내어 표류시킨다. 눈썹은 물에서 오랫동안 잉태된 상태였다. 그 뒤에야 날개를 얻을 수 있었다. 눈썹이 떠난 그곳에 "호수"가 펼쳐져 있다. 김혜순은 눈썹마저 흐르는 주체로 떠나보낸다. 동요하는 존재로, 파장을 가진 떨림으로, 고독한 울음으로 떠나보낸 것이다.

흐르는 주체는 왜 표류하고자 하는가? 동사적 존재로서 떠도는 주체는 떠나지 않으면 견디지 못한다. 내가 나를 지워나가는 방식이다. 확신에 차고, 통일된 '나'가 사라지고 '나'라고 말할 수 없는 '타자'를 만나는 방식이다. 물질적 고독을 가진 존재자로 굳어지기 보다는 막연한 존재, 근본적으로 중성적인 비인칭의 존재[4]로 흐르려 한다. '나'가 아니라 '그'라고 불어야 할 존재이다. 흐르는 주체가 가 닿는 곳은 정답이 존재하는 곳이 아니라 방황과 혼란과 분산의 공간이 된다. 물의 물질적 상상력은 김혜순의 시의 진입로라 할 수 있겠다. 흐르는 주체가 시적 상황으로 몰입하는 물꼬인 셈이다.

Ⅲ. 테두리를 구하지 못한, 클라인병

사람들은 왜 저마다 몸에서 나가고 싶은 눈빛들을 가졌을까요

눈을 감고 컵을 들어 삼키기
캄캄한 목구멍 속으로 들어가기
다시 태어나길 기다리는 건 아냐
하면서 헤엄쳐 들어가기

---

4) 에마뉘엘 레비나스, 앞의 책, 19쪽.

끄윽 트림으로 쫓겨나기
영혼인지 열반인지 섞여 떠오르기
이윽고 구름의 발가락에 매달리기

테두리를 아직 구하지 못한 물이
눈동자처럼 한 컵

우리는 모르는 우리 몸속을 다 알고 있는 물이 한 컵
　　　　　　　　　　　　　　　　　—「냉수 한 컵」부분

　흐르는 주체가 가 닿는 공간은 테두리가 없다. 이 사실에 주목해 보
자.("테두리를 아직 구하지 못한 물"「냉수 한 컵」) 왜 테두리를 필요로 하
지 않을까? 여기서 필자는 클라인병을 떠올리게 된다. 클라인병은 현실에
는 존재하지 않는다. 다만 4차원 공간에서 상상으로 만들어낸 위상적 구
조를 갖는다. 이 공간은 오류의 공간이다. 한 면만 가지고 있는 클라인병
이야말로 테두리가 없다. 이것이 가진 비밀은 입구에 물을 부으면 물이
입구로 쏟아져 나온다는 사실이다. 이 안에서는 영원히 흐를 수 있다. 안
(內)인 줄 알았는데 알고 보면 바깥(外)이다. 다차원적이고 다층적인 각도
에서 동시에 여러 사물을 바랄 볼 수 있는 위치를 가진다. 하지만 결국 한
면으로 이어진 상태. 현실적으로 오류인 상태.

　이 오류가 빚어낸 공간을 상상해 보자. 시적 주체는 컵에 담긴 물을 눈
을 감고 들어 삼키기 것부터 시작한다. 들어 삼킨 물은 목구멍으로 들어
간다. 헤엄쳐서 들어간다. 그러나 쫓겨난다. 이것은 방향을 바꾸는 행위
이다. 클라인 병을 만들기 위해서 튜브 옆면에 구멍을 내어 다시 그 몸속

으로 들어가는 방식이다. 그리하여 "구름의 발가락"에 매달린다. 다시 그 몸속으로 진입하는 것이다. 원 상태의 몸으로 회귀하며 공간은 다른 차원을 획득한다. 삶인지 죽음인지, 열반인지 영혼인지 모르는 상태로 빠져든다. 이 공간에서 흐르는 주체들은 동사적인 움직임을 갖고 유영한다.

당연히 물 한 컵은 클라인병의 온 공간을 돌아다니며 그 공간을 기억한다. 단 한 컵만으로도 온 몸을 전유하고 기억한다. 파도를 일으키며 휘젓고 다닐 수 있다. 그러면서도 위상적 공간이 갖는 아이러니 속으로 흘러갈 수 있다.

김혜순은 과감하게 뚫는다. 거침없이 화법으로 시적 대상에 주문을 건다. 그리고 차별 짓는다. 윤회의 고리를 벗어나 해탈하려는 그 지점까지 줄기차게 물질적인 것과 싸운다. 잠언적인 시적 태도와 싸운다. 김혜순 시인의 결핍이 그 구멍을 뚫는 힘을 부여한다. 죽음과 직면하는 결핍과 욕망이 자기 자신을 정면으로 마주하게 한다. 동사적 의미로서의 존재는 그렇기에 거울의 환영을 가차 없이 깨뜨린다. 보기—보여주기에서 나르시시즘적이 허물을 벗어 버린다. 이 과감한 탈출(혹은 추방)이 있었기에 '바깥의 영원한 넘쳐흐름'[5])이 가능할 수 있다.

IV. 광야, 백합 향이 흐르는

역광 속에 멀어지는 당신 뒷모습 열쇠 구멍이네
그 구멍 속이 세상 밖이네

어두운 산 능선은 열쇠의 굴곡처럼 구불거리고
나는 그 능선을 들어 당신을 열고 싶네

---

5) 에마누엘 레비나스, 앞의 책, 16쪽.

저 먼 곳, 안타깝고 환한 광야가
열쇠 구멍 뒤에 매달려 있어서
나는 그 광야에 한 아름 백합을 꽂았는데

찰칵

우리 몸은 모두 빛의 복도를 여는 문이라고
죽은 사람들이 읽는 책에 씌어 있다는데

당신은 왜 나를 열어놓고 혼자 가는가

당신이 깜빡 사라지기 전 켜놓은 열쇠 구멍 하나
그믐에 구멍을 내어 밤보다 더한 어둠 켜놓은 깜깜한 나체 하나

백합 향 가득한 광야가 그 구멍 속에서 멀어지네

—「열쇠」 전문

열쇠는 구멍을 통해 타자를 욕망하는 도구이다. 구멍을 통해 관음하고, 그 구멍으로 상대와 소통하고자 한다. 타자는 등을 내보인다. "뒷모습"에 열쇠 구멍이 있다. 사건이 벌어질 찰나이다. 다행스럽게도 시적 주체는 구멍에 맞는 열쇠를 소유한 상태이다. 당신을 알고 싶은 욕망은 "열쇠"로 타자를 따는 행위로 이어진다. 타자를 연다. 시적 주체는 타자를 어떻게 만났는지 구체적으로 알 수 없다. 뒷모습을 통해 열어본 구멍 속에는 바깥이 있었다.

다시 "찰칵"이다. 알고 보니 타자가 시적 주체의 몸을 열어 준 상태였다. 타자를 열었다고 믿었는데, 시적 주체가 연 것은 다름 아닌, "나"였다.

흐르는 주체들은 그 위상적 공간에서 연결되어 있던 것이다. 타자인 줄 알았던 당신이 결국 "나"로 둔갑하는 지점이다.

이 순간 시적 주체는 "한 아름 백합" 꽂았던 사실을 고백한다. 백합이 또 다른 열쇠였던 것이다. 내가 열어놓은 당신은 곧이어 나를 열어놓은 당신이 되고 만다. 결국, "당신은 왜 나를 열어놓고 혼자 가는가" 라는 질문으로 시적 상황은 끊임없는 흘러넘친다.

이 공간에서 흐르는 주체들은 정면에서 만나지 않는다. 타자가 '나'라는 사실을 알았을 때, 타자는 멀어져갈 뿐이다. 부재의 공간에 나 홀로 남는다. 김혜순은 일치를 통해 황홀을 맛볼 수 없음을 알고 있기 때문이다. 오히려 부재의 고통 속에서 황홀을 보기 때문에, 시인의 주체들은 끊임없이 어긋난다.

흐르는 주체들이 가 닿은 곳은 어디인가? 그 좁은 구멍으로 바라본 세계가 오히려 바깥이었다는 것은 무슨 의미일까? 바깥은 광야와 무슨 관련이 있을까? 김혜순은 바깥을 열어 놓으며, 두 번째 밤을 만들어낸다. 고정된 질서와 권위와 위로부터 떨어지는 빛을 소유한 낮의 세계가 아니다. 낮 세계와 관계가 깨진 또 다른 밤의 세계이다. 밤 속에 펼쳐진 또 다른 밤. 이 밤은 고독을 경험하게 하는 텅 빈 열림의 세계이다. 존재하지 않을 때까지 존재하는 존재의 떨림이 지속되는 세계이다. 무엇인가 중얼거려야 하고, 내 안의 다른 타자들을 받아들이며, 무당의 목소리를 내어도 무난한 공간이 펼쳐진 것이다.

광야는 시적 주체가 홀로 존재하는 공간이자, 흐르는 주체들이 마음껏 유희할 수 있는 공간이 된다. 때로는 막막하고 불투명하지만 여기서 존재들은 존재하지 않으면서 존재할 것 같이 유영할 수 있다. 오르페우스가 하데스가 지키고 있는 지옥으로 스스로 걸어 내려가듯이. 시적 주체는

"그믐에 구멍을 내어 밤보다 더한 어둠"을 켜놓는다. 김혜순 역시 발견한다. 이 부분이 모리스 블랑쇼의 "밤에 드리우는 또 다른 밤"[6]과도 같은 것이리라. 그 광야에서 스스로 떠돌기 위해서이다. 자기 자신이 무엇이었는지, 자신이 누구였는지 존재자로서의 형식을 벗어버리기 위해서이다. 다시 떠나보내고 기어이 만나기 위해서이다. 그 공간에는 존재들이 스쳐지나간 흔적인 백합 향이 은은히 차오를 게다.

V. 연극적 유희, 주체의 변주

김혜순의 주체는 흐르면서 상황을 변주시킨다. 주체 안에서 또 다른 주체를 꺼내놓고, 또 다른 주체 안에서 또 하나의 다른 주체를 꺼내놓는다. 주체는 고정성을 탈피한다. 주체는 다양하게 재배치할 뿐이다. 그리하여 경계를 지우며 탈영토화 시키고 경계를 넘으며 재영토화 한다. 끊임없이 새로운 클라인병을 만들어나가며 확대 재생산한다. 흐르는 주체는 또 다시 흐르는 주체를 호명하며 열거한다. 이미 여러 편들이 이러한 사유 과정을 보인 바 있다.

> 나는 내가 모든 학생인 그런 학교를 세울 수 있지. 쉰 살의 나와 예순 살의 내가 고무줄 양끝을 잡고, 열 살의 내가 고무줄 뛰기 하는 그런 학교. 이를테면 말이야. 지금의 내가 기저귀 찬 나에게 엄마 엄마 이리 와 요것 보세요 말을 가르칠 수도 있고, 여중생인 나에게 생리대를 바르게 착용하는 법도 가르칠 수 있을 거야. 어쩌면 열 살인 내가 예순 살인 나에게 인생이란 하고 근엄하게 가르칠 수도 있을지도 몰라.
> —「내가 모든 등장인물인 그런 소설 1」[7]부분

---

6) 에마누엘 레비나스, 앞의 책, 19쪽.
7) 김혜순, 『불쌍한 사랑기계』, 문학과지성사, 1997.

어쩌면 좋아요
고래 뱃속에서 아기를 낳고야 말았어요
나는 아직 태어나지도 못했는데
사랑을 하고야 말았어요

―「그녀, 요나」8)

그리하여 내 몸이 몇 개인지
몇 개가 더 죽을 수 있는지
땅은 물렁물렁하고 발걸음은 건들건들하고
공기는 끈적끈적하고 가슴은 우글우글하고
당신의 유령이 거미줄처럼 내 영혼을 채가는 곳
내가 나에게 명복을 빕니다
나는 죽은 몸들을 타고 앉아
남은 몸 몇 개를 재워보네
그리움도 자고 의심도 자고
아직 열지 못한 목구멍도 자고 다 잠들라

너는 죽어서 무엇이 되고 싶니?
<u>나는 죽어서 테두리 없는 것이 될 거야!</u>

―「토성의 수면제」9)

흐르는 주체는 스스로 잉태한다. 시간을 뛰어넘어 자가 분열하고, 자가 생성한다. 그렇기에 '보기―보이기'가 능수능란하다. 흐르는 주체들은 타자이면서 주체이고 주체이면서 타자이다. 그들은 서로를 바라보는 거울이 된다. 그 안에서 거울이 주는 환상을 깨뜨리며, 거울 속 거울에서 바라보기를 수

---

8) 김혜순, 『한 잔의 붉은 거울』, 문학과지성사, 2004.
9) 김혜순, 『슬픔치약 거울크림』, 문학과지성사, 2011.

행한다. 흐르는 주체를 만나러 가는 과정에서 벌어지는 사건이나 슬픔, 좌절과 발견, 절망과 기쁨을 넘나들며, 시적 주체들은 연극적인 인물로 둔갑한다.

다시 말해 시인은 연출가가 된다. 연출가이자 배우이며, 주연이며 조연이자 엑스트라이다. 연출자의 시점은 흐르는 주체들에 한정되지 않고, 초월적인 위치에서 여러 주체들을 구성할 수 있는 힘을 갖는다. "나"를 등장시키고, 타자가 등장하지만 "나"를 바라보는 "나"이기에 "쉰 살의 나와 예순 살의 내가 고무줄 양끝을 잡고, 열 살의 내가 고무줄 뛰기 하는 그런 학교"(「내가 모든 등장인물인 그런 소설 1」)를 세울 수 있다. 그 안에서 "나"는 분열하면서 타자가 되지만, 동시에 "나"인 주체는 초월적 자리에 올라가기도 한다. 그 주체들을 연극 무대 위에 올려놓고 김혜순은 연출을 하기 위해서이다. 물론 등장인물로서 주연을 맡기도 한다.[10]

김혜순의 시적 주체는 하나가 아니다. "내 몸이 몇 개인지 / 몇 개가 더 죽을 수 있는지"(「토성의 수면제」) 모른다. 내가 나에게 조문을 하고, 죽은 몸을 바라보는 초월적인 존재가 되어 여러 명의 나를 바라볼 수 있다. 더더군다나 "태어나지도 못한 상태"에서 사랑을 낳고, 요나의 뱃속에서 아이를 낳을 수 있다.

그녀의 시에 등장하는 "나"는 비인칭적인 "나"로 무화된다. 단순히 일인칭을 넘어, 2인칭과 같은 '너'와 3인칭의 '그'를 포함한 비인칭적 존재로 성립한다. 시적 주체의 다양한 분화는 카니발적인 목소리를 가진 상태로 발화되는 것이다. 현실적인 주체만 등장시키는 것이 아니라 죽음 저 건너

---

10) 흐르는 주체들은 때로는 미시적인 세계로 빠져들다가(「아주 조그만 잠 속에」) 마고 할미와 같은 거대한 주체(「에베레스트 부인의 아침 식사」)로 구현되기도 한다. 이러한 다양한 변주도 위상학적인 차원에서 보면, 열쇠 구멍 안을 보니 바깥이라는 시적 진술과 연결된 시편들이라 할 수 있다.

편으로 사라진 존재들까지 호명한다. 아직 태어나지도 못한 존재까지 불러들이고 함께 유희한다. 그렇다. 그녀는 유희적인 연극을 벌이고 싶었다. 카니발적인 다성성의 목소리들이 김혜순의 시 안에서 시끌벅적하게 떠들며 굿을 벌이다가 사라지는 것이다. 상식적인 공간이 아니라 오류로 만들어진 공간에서. 비현실적인 공간에서 시적 무대11)에서.

VI. 구멍의 존재, 확장하는 가시

김혜순은 구멍이 필요한 시인이다. 고통이 다가오는 지점에서 구멍을 뚫어 다양한 주체들을 불러들인다. 무당처럼, 때로는 아이처럼, 때로는 죽은 어머니들을 대신하는 목소리로 발화한다. 대신 울어 주고 대신 아파하며 끊임없이 해체시켜야 한다. 그리고 재생시켜야 한다. 그렇기에 김혜순은 죽음을 앞당긴다. 일부러 고통의 순간에 들어가, 고통스러움에 기꺼이 몸을 던진다. 그녀의 혀에는 가시가 돋아있다. 빗줄기는 "재봉틀 바늘"이 되고 "바늘이 몸 안"으로 들어왔다가 실핏줄을 끌고 다시 나"간다. (「피가 피다」) 날카로운 것들이 상처를 드리우기 때문에, 그것에 기꺼이 응한다. 때로는 한 단어를 낱개의 형태소로 분열시킨다. "6인실 가득 '깊'이 잠들어 있는 아줌마들

---

11) 평론가 남진우는 김수영의 어법을 빌려 이렇게 말한다. "긴장 앞에 '극적'이란 수식어를 붙인 것은 단순히 상반되는 요소들의 갈등에서 오는 긴장의 강도를 강조하기 위해서가 아니라 그녀의 시가 지닌 연극적 성격ㅡ김수영의 어법을 빌리자면 '요염한 연극성'을 부각시키기 위함이었다. 그녀의 시는 대부분 일정한 극적 상황을 설정하고 그 속에서 벌어지는 드라마를 추적하는 형식을 취하고 있으며 독백이나 방백을 시의 형식 속에 적극 도입하고 있다. 그녀의 시가 서정적인 영탄이나 감상과는 거리가 멀 뿐더러 비교적 건조한 어휘의 묘사로 이루어졌음에도 불구하고 울림의 진폭이 큰 것은 시의 흐름을 주관하고 있는 극적 구도 때문이다. 남진우, 「무서운 유희」, 김혜순, 『우리들의 陰畵』, 문학과지성사, 1990. 125쪽에서 인용.

의 '높'은 숨소리"(「높과 깊」)는 '높'과 '깊'으로 갈라놓는다. 그 지점에서 고통을 전달한다. 우울이라는 단어는 "우"와 "울"이 분열하여 "우"가 "울"에게 "콜리"가 "멜랑"에게 (「우가 울에게」) 분열한다.

김혜순은 자학적인 상황을 자주 연출한다. 그녀는 초월하지만 초월하지 않으려고 하고, 떠나가지만 결국 되돌아오고야 마는 출입구를 상정해 놓는다. 그 가운데 파괴하고 분열한다. 그래야 구멍을 뚫을 수 있기에, 떠도는 다른 존재들의 숨결과 아픔과 눈물을 받아들일 수 있기에, 이런 선택을 한다. 고정되고 견고한 존재자로부터 탈출하기 위한, 다시 말해 시적인 몸을 만들기 위해 돌파하기 위한 자구책인 셈이다. 초월하되, 초탈하지 않은 곳에서, 위험한 곳에서 구원이 있으므로.

시인은 말한다. "나는 죽어서 테두리 없는 것이 될 거야"라고. 시적 태도는 그녀를 황야에 던져 놓는다. 그 황야에서 그녀는 자기 눈을 찌르는 오이디푸스의 절규를 만났을 지도 모를 일이다. 그믐보다 더한 어둠, 그 가운데 태어나는, 불현듯 출현하는 빛을 만났을 수도 있는 일이다. 섬광처럼 뻗어 나오는 빛. 그 빛에는 테두리가 없을 것이다. 테두리가 없기에 어디에 구속될 필요도 없고 테두리가 없기에, 유목민적인 떠돌 수 있다. 더불어 존재 자체가 끊임없이 동요하는 파장이라는 뜻이 되고, 무궁무진하게 변화하는 언어를 가질 수 있다는 시인의 역량을 드러내는 역설이 된다. 무한한 확장 가능성과 불확정성이 동시에 놓인 광야! 이 광야에서 시인은 자신이 펼쳐놓은 다양한 주체들을 연극 무대 위에 등장시킨다. 그곳에서 고독한 눈으로 상처받은 주체들을 응시하는 자가 된다. 더불어 진리의 바깥에서 측량할 수 없는 미지를 탐험할 가능성을 펼쳐 놓는다.

모리스 블랑쇼는 "글쓰기가 존재의 일반 경제 측면에서는 광기의 구조에 가깝다고 정의한다. 그리고 그러한 구조에 의해 존재는 더 이상 조화로운 구조가 되지 못한다"[12]고 말한다. 김혜순 시인은 모리스 블랑쇼의 이 문장에 가장 적합한 시인이라 할 수 있을 것이다. 자기 자신을 안정된 구조에서 탈출(추방)을 통해 스스로 광기의 구조에 빠져든다. 다차원적이며 복합적이고 난해한 구조는 고통스럽지만, 처참하게 숭고하다. 그리하여 김혜순 스스로 그믐 보다 더 어두운 "두 번째 밤" 안에서 모든 시어들로 중얼거린다. 단어는 찰랑거리고, 되풀이되고 떠돌고, 웅얼거린다. 카니발적으로 다양환 화자들이 넘쳐나는 밤, 김혜순의 흐르는 주체들이 떠도는 광야. 이곳이야말로 그녀를 끊임없이 시의 용광로에 빠지게 하는 화산인 셈이다.

글을 쓴다는 것은 존재의 진리로 나아가지 않는다. 오히려 존재의 오류에로 나아간다고 말할 수 있다. 김혜순은 미래의 시인들에게 글을 쓴다는 것이 무엇인지를 온 몸으로 보여주는 시인이라 말할 수 있다. 후대의 시인들은 김혜순의 어떤 지점을 본받고, 또 어느 지점을 넘어서야 할 것인가, 고민을 던져주는 시인으로서 그녀는 존재한다. 시인이라는 형식에 안주하지 않고 미지의 광야를 개척하는 시인이므로. 그녀를 향한 불가사의한 매력과 알 수 없이 무너지는 절망감으로 시집을 뜨겁게 덮는다.

---

12) 에마누엘 레비나스, 앞의 책, 21쪽.

2부

어떤 조건에서

벗어날 수 있는 가능성

할 수 없는 일 가운데 할 수 있는 일 찾기

2009년 겨울호 문예지에 실린 시를 훑어보다가 손가락이 멈칫거린다. 왜 내 손가락이 여성 시인들의 시를 끌어들이고 있는 것일까? 손현숙, 강정은, 진은영, 이혜미, 하정민, 박연숙, 김민정, 김혜순, 이근화, 그리고 수동적인 적극성이 두드러지는 시편이 돋보이는 김승일(유일하게 남성 시인이다. 애초에 성별을 구분하려 들지 않았는데도 이런 시들이 연못 위 수련처럼 떠올랐다) 이렇게 10명을 골랐다.

듣는다, 그녀들이 말하는 소리를. 바라본다, 그녀들이 걸어 간 발자국을. 따라간다, 그녀들이 사유한 흔적을. 불러준다, 그녀들이 이름 불러준 세상을. 2009년이 에둘러 사라지는 끝자락에서 나는 시인들이 남기고 간 흔적을 모은다. 잔치에 초대받는다. 기꺼이 축제를 즐기러 맨발을 담근다. 그녀들의 언어로 만들어진 경계에 매혹적인 음악이 흐른다. 그녀들의 공간은 타자를 품으며 색다른 빛이 난다. 시를 따라가다 보면 어느새 엉뚱하고 낯선 곳에 이르러 있다. 직선이 아니다. 간혹, 지상 위에 있다가 달의 표면으로 착륙을 하기도 한다. 그녀들은 본능적으로 품을 줄 알고, 2차원의 평면을 겹 구조의 복합 공간으로 치환시킨다. 부재하는 이의 이름을 불러주고, 결합하다가 때로는 결별한다. 부재의 공간을 환상으로 채우고, 사라져가는 사물과 죽어간 이들을 불러들인다. 이들은 새로운 이름을 붙여줄 줄 아는 시인들이다. "하나의 낱말은 또 다른 낱말을 끌어들"이고 "자신이 몽상하는 하나의 낱말에서 눈사태 같은 말이 나오게" (바슐라르, 『몽상의 시학』) 할 줄 아는 이들이다. 조용하게 자신의 길을 걷고 있는 시인들, 그들의 목소리에 귀 기울인다.

Ⅰ. 단어와 사물 사이에 틈을 벌리기

사진 속 그 남자의 손은 예리하다

자코메티 조각처럼 그의 손가락은 가늘고 길다 검지와 중지 사이 담배는 아직도 우리의 들숨 날숨을 기억하는 듯 연기 사라지는 쪽으로 그의 눈길도 하염없다 칼금처럼 그어진 미간의 주름, 울음을 삼켜버린 사막 같은 저 눈빛, 막막한 표정과 소용없이 흘러가는 시선 그 끄트머리쯤에서 나 살면 안 될까

담배는 그의 또 다른 손가락 빨기, 배냇짓이다 자기가 자기를 감각하는 최초의 몸짓. 최후의 몸부림 내 몸은 저 손을 기억한다 마음보다 먼저 도착해서 마음보다 먼저 나를 알아차린 저 길고 가느다란 비수, 스칠 때마다 나를 베고 다시 살려놓았다

그가 내 뱃속에서 몸을 한 바퀴 틀었다

내 사진에 담겨 침묵하는 동안에도 무럭무럭 자라 내 복부를 찢는다 나는 이제 그를 도로 낳아야 한다 내가 앞섶을 헤치고 젖을 물리기

전, 그의 촉수에 걸려 엄마가 되기 전, 태를 자르고 도망쳐야 한다
　　　　　—손현숙, 「손」(『문학과 사회』, 2009, 겨울호) 전문

　　손현숙 시인은 공간을 만들어나간다. 그녀의 공간은 딱딱하고 고정된 평면이 아니다. 시인은 농축된 시간과 몸에 간직된 기억을 타고 새로운 공간을 만들어낸다. 우선 사진을 바라보는 것부터 출발한다. "칼금처럼 그어진 미간의 주름" "울음을 삼켜버린 사막 같은 저 눈빛"을 본다. 그녀가 주시하는 것은 사진 속 "남자의 손"이다. "자코메티 조각처럼" "가늘고 긴" "손은 예리하다" 시인에게는 사진 속 손가락은 접속 코드이다. 리좀의 형태로. 뿌리가 아니라 풀씨의 형태이다. 시적 주체는 "사진 속 그 남자"를 사랑한다. 하지만 쉽게 다가갈 수 없다. 시인은 그 남자 곁에 머물고 싶다. 단지 사진을 바라보는 것으로도 그 사랑은 식을 줄 모른다. "막막한 표정과 소용없이 흘러가는 시선 그 끄트머리쯤에서 나 살면 안 될까"라는 소망을 담는다. 시인은 그 남자에 대한 사사로운 정보를 모두 파악하고 있다. 담배 피는 행동이 정신분석학적으로 "손가락 빨기 배냇짓"이라는 분석을 마친 상태이다.

　　그의 욕망을 알아챈 시적 주체는 그의 여성이자, 그의 어머니가 된다. "배냇짓"하는 손가락에 유혹 당한다. "몸은 저 손을 기억"하고 "저 손"을 감싸 안아주고 싶다. "저 손"이 까닥이면 모든 것을 주어버리고 싶은 욕망에 휩싸인다. 그것을 알기에 남자의 손가락은 "비수"이다. "손"이 "비수"가 되는 순간, 다른 차원으로 비약한다. 손은 사랑의 징검다리이다. 손은 그를 내 안으로 끌어당기기 위한 첫 단추이다. 손은 본능적인 욕구로 불타오르는 원시적 충동이다. 손은 동물적 사랑의 원동력이다. 시적 주체

가슴이 저리다. 그가 던진 한 마디에 온 하루가 흔들리고 그의 행동 하나 하나에 심장이 떨린다. 가녀린 손가락은 "스칠 때마다 나를 베고 다시 살려" 놓는다. 드디어 평면 "사진"을 뚫고 나온다.

그가 내 뱃속에서 몸을 한 바퀴 틀었다

4연을 단독으로 떼어놓으며 순간, 차원이 달라진다. 단 한 줄, 단 한 행으로 그를 몸 안으로 들여놓는다. 비현실적 공간이다. 어떻게 그 남자의 손가락이 시인의 뱃속에 뚫고 들어왔는지 설명이 없다. 그 남자는 그녀의 뱃속에서 "몸을 한 바퀴 틀었다" 일치하면서 어긋나고, 어긋나면서 화합하고, 충만하면서도 결핍된 사랑의 동작이리라. 시인은 이 장면에서 평면적인 공간을 입체로 일으켜 세운다. 사랑하는 사람의 아이를 잉태하듯이, 새로운 공간을 품는다. 그러나 곧 흔들린다. 에로스와 타나토스 사이에서 갈등한다. 이 흔들림은 치명적이다. 그 손가락에 이끌려 자신의 몸을 열었던 그녀는 어떤 선택을 해야 했을까?

"도망"이다. 사랑은 여인을 어머니로 변화시킨다. 모태로 회귀하는 행위로 귀결된다. 사랑의 판타지가 끝나는 순간, 타나토스적인 고통이 다가옴을 직시한다. 이때 "어떻게 빠져나갈까!"(「판옵티콘」, 『문학과사회』, 2009 겨울호) 궁리한다. 리좀은 낯선 영역으로 탈중심화시킨다. 통일성을 거부하며 다른 영역으로 침투한다. 하나의 지점에 귀결되지 않는다. 시적 화자는 "그를 도로 낳"으려 한다. "내 복부를 찢는다" 자신의 몸을 열은 뒤, 닫고자 한다. 그 과정은 고통스럽다. 책임이 따르기 때문이다. "내가 앞섶을 헤치고 젖을 물리기 전"까지이다. 그렇게 폐쇄 결정을 내린다. 그

혼적이 바로 "사진"이었다. 시인은 "사진"을 바라보며 그에 대한 추억을
되새김하고 있었던 것이다.

> 배가 공처럼 동그랗게 부풀어 올라 병원에 갔다 나는 병실 침대에
> 누워 있었고 의사는 아기가 나올 모양이라고 했다 임신이라뇨 그럴
> 리가 없는데 의사는 사무적인 말투로 아직 나오려면 멀었으니 기다리
> 라는 말만 하곤 간호사를 데리고 사라졌다 나는 순간 공처럼 둥근 내
> 배가 조금 무서워졌다 그리고 아이의 아빠가 누군지 기억나지 않아
> 두려워졌다 지난밤 외계인에게 납치되기라도 한 걸까 이렇게 순식간
> 에 배가 불러오다니 그러는 사이에도 배는 점점 더 불러왔다 외계인
> 아기가 나올까 봐 나는 무서워 울부짖었다 달려온 의사는 귀찮다는
> 듯 그럼 지금 수술을 해서 떼 내어 버리자고 말했다 나는 그 의사가 더
> 무서웠다 메스를 들고 내 배를 툭툭 건드리고 있었다 순식간에 침대
> 에서 벌떡 일어선 나는 밖을 향해 달렸다 뒤에서 의사와 간호사들이
> 소리를 지르며 쫓아왔다 나는 달리면서도 점점 배가 불러왔다 걱정
> 마라 내 아기 네가 외계인이라도 나는 너의 엄마가 되어줄 테니 나는
> 배를 만지며 울먹였다 병원 문을 나서는 순간 내 두 발은 공중으로 붕
> 붕 날아가는 것 같았다 세상에 내 뱃속에 아기가 들었는데 이렇게 가
> 벼울 수 있다니 나는 조금씩 더 위로 공중으로 올라가고 있었다 나는
> 풍선처럼 떠올랐다 세상에 내 뱃속에 있는 너는 외계인이 틀림없구나
> 나는 내 아기의 별에 도착해 뻥 하고 터질 것이 분명해 그러나 이상하
> 게 내 마음도 몸처럼 가벼워졌다 하늘 위에서 아래를 보니 불빛이 서
> 서히 켜지는 저녁의 도시도 아름다워 보였다 안녕 지구 나는 이제 다
> 른 별로 간다 어둠 속에서 달이 내 손을 슬며시 끌어당겼다
>
> ─강성은, 「안녕 나의 외계인 아기」
>
> (『한국문학』, 2009, 겨울호) 전문

강성은의 발상은 깜찍하다. 발단은 "임신"에서 출발한다. 시인은 "배가 공처럼 동그랗게" 부풀어 오르는 증세 때문에 산부인과에 간다. 몸 안에 부풀어 오르는 정체를 확인하고 싶다. 의사와 간호사의 태도는 냉정하다. "메스"를 들고 언제든지 뭇 생명을 베어낼 수 있다. "배를 툭툭 건드리고" "언제든지 떼 내어 버리자고" 말한다. 그들은 절대 권력을 가지고 있다. 시인은 참을 수 없는 잔혹함 앞에 당황한다. 문제는 이 아이의 아빠가 누구인지 모른다는 사실이다.

모른다는 사실, 즉 무지(無知)는 시인을 곤경에 처하게 한다. 정체성의 혼란이다. 모른다는 사실(無知)은 시적 주체를 공포의 상황으로 내몬다. 배는 점점 불러오고 아이를 위협하는 외적현실은 두려움으로 탈바꿈한다. 시인은 낭떠러지로 떨어지기 직전이다.

이때 강성은은 "공처럼 동그랗게 부풀어 오르는" 아이를 "외계인 아이"라고 명명한다. "걱정 마라 내 아기 네가 외계인이라도 나는 너의 엄마가 되어줄 테니" 시적 주체는 책임감에 부풀어 올라 병원을 탈출한다. 위기의 상황에 환상적 상상력이 끼어든다. 마술적 사건이 벌어진다. 이 상상력은 상황을 역전시킨다. 시인은 점점 가벼워진다. 뱃속에 있는 아이가 "풍선"처럼 떠오르고 몸과 마음도 가벼워진다. 공중부양이다. 시인은 아예 저 멀리 지구가 내려다보이는 곳까지 올라간다. 그곳에서 보니, "달이 내 손을 슬며시 끌어" 당기고 있었다. 다시 말해 달의 아이를 가진 것이었다.

강성은도 손현숙처럼 무엇인가를 품는다. 그녀의 임신은 심각하지 않다. 발랄하고 위트가 넘친다. 거기다가 약간의 스릴도 있다. 그녀의 임신은 자리바꿈을 유도한다. 시인의 위치를 지상에서 우주로 옮겨 놓는다.

안을 뛰쳐나와 바깥으로 벗어나고, 세상의 냉정한 손을 뛰어넘어 달의 손을 붙잡는다. 애초에 "공처럼 동그랗게 부풀어" 오른 것은 "외계인 아기"였을 수도 있고 "풍선"이었을 수도 있고 상상임신이었을 수도 있었다. 여성의 책임감이 차원을 이동할 수 있게 만들었다. 시인의 상상력이 생명을 품었기 때문이다.

이 상상력은 어머니와 아이처럼 상호 교감하면서 서로를 보완한다. 한 몸에 두 생명이 자라는 공간. 말을 통하지 않고도 몸으로 소통 가능한 세계이다. 여기서 주체는 대상을 일방적으로 이끌거나 진두지휘하지 않는다. 끊임없이 아이의 반응을 살핀다. 아이의 발차기를 감지하고 심장 박동 소리를 들어주어야 하는 떨림의 공간이다. 상대의 움직임에 예민하게 반응하는, 수동적인 능동성의 공간이다. 서로 끌어당기고 밀어주는 가운데 앞으로 다가올 카오스를 견뎌낸다. 카오스를 견디는 힘은 주체가 타자를 끌어안는 힘에서 나온다. 주체는 수많은 나로 갈라진다. 나의 나로, 다른 나의 나로, 나를 넘어선 나로, 거울 속에서 무수히 반복하며 갈라지는 영상처럼 변화한다. 타자와 교감하기 위해서는, 변화하기 위해서는 나를 버리고 나를 분화시키고 나를 해체해야 한다. 다의적인 주체는 언제든지 물러나고, 부서지고, 파편화 한다. 그리하여 새로운 나로 거듭난다. 변화엔 주체도 없고 객체도 없다.

> 그는 내 안에 갇혔다
> 그리고 슬픔은 그의 안에 갇혔다
> 그는 예전과 달리 여유가 조금 생겼다. 공원의 좁은 나뭇잎들
> 아래로 천천히 걷다가 사다리로 올라가

하늘을 뜯어버렸다, 구멍을 막아놓은 판자처럼
빗방울
혹은 별과 검은 빛이 쏟아질 테고
너는 바라볼 것이다,
라고 그는 생각할 테지만

나는 여전히 분주했다. 뜯지 않은 서류가
쌓여있고 오후의 햇빛은 빛났다
그가 가는 곳을 신경 쓸 겨를조차 없었다, 그러므로
무엇인가 흘러나와 먼지투성이
푸른 종이를 적셨지만 내 탓은 아니다
그런 저녁이면 참
이상하기도 하지, 돌계단에 앉은
그의 곁에서 늙은 개가 축축한 밤의 뺨을 핥는 것이다
달이 조각칼로
지나가는 날들과 죽은 나무들의 껍질을 벗긴다
환하게, 문득
은빛 기둥이 드러난다

아 그렇군, 아주 오래 전
나는 어둡고 부드러운 세월과 결혼한 적이 있다
자두나무 두 그루 사이에 걸린
희미한 기타소리 같은 얼굴
그 세월이 데려온 슬픔의 의붓자식
모든 청춘이 살해된 뒤에도 살아남을
비명의 공증인, 그는
내 안에 갇혔다

—진은영, 「갇힌 사람 —기형도에게」(『애지』, 2009, 겨울호)

진은영은 죽은 사람을 가슴에 품는다. 시인 기형도이다. 89년도에 대학에 들어간 시인은 89년도 3월에 죽은 기형도 시인에 대해 특별한 자의식이 있는가 보다. 진은영은 부재하는 그를 현실 공간으로 불러들인다. 불러들이는 방법은 그를 "내 안에" 가두는 것이다. 기형도는 진은영 시인에게 "어둡고 부드러운 세월"을 대표하는 상징적 인물이다. "희미한 기타소리 같은 얼굴"을 떠올릴 수 있을 정도로 친숙하다. 시인은 겹의 구조로 기형도를 가둔다. 가슴에 기형도를 가두고, 진은영의 가슴 속 기형도는 그의 가슴 안에 슬픔을 가둔다. 그러니 진은영은 기형도의 슬픔까지 더불어 가둔 셈이다. 어느 곳을 가든지 그를 떠올리며, 기형도의 감성과 시적 발상을 감지한다.

너는 바라볼 것이다,
라고 그는 생각할 테지만

나는 여전히 분주했다.

기형도는 갇혀 있지만 갇혀 있지 않다. 그는 진은영 시인 내면의 심리적 작용 선(線)을 건드린다. 시인이 걸을 때 함께 걷고, 별을 바라볼 때 함께 바라본다. 시인은 미세한 감정을 나눌 수 있을 정도로 기형도와 긴밀하게 접속한다. 어느 곳에 가면 그가 어떠한 상상을 하는지 짐작이 가능할 정도다. 기형도는 시인에게 끊임없이 말을 건넨다. 그러나 순간 그와 연결되던 접속코드가 끊어진다. 시인은 바빴고, 내면에서 그와 대화할 시간을 놓치고 말았다. "나는 여전히 분주했다"고 변명한다. 그의 생각을 미루어 짐작하지만, 일상에 파묻힌 그녀는 그의 짐작을 따라가지 못한다.

문득, "그의 곁에서 늙은 개가 축축한 밤의 뺨을 핥는" 장면을 본다. 시인의 내면에 갇힌 기형도가 현실 바깥으로 걸어 나와 "돌계단"에 앉아 있는 것이다. 안과 바깥이 뒤집혀지는 순간이다. 분명 안에 가두었는데, 그가 어떻게 현실적인 공간인 바깥으로 뛰쳐나올 수 있는 것인가. "돌계단"은 현실적인 공간에 놓인 환상적인 공간이다. 환상 속에서 시인은 "은빛 기둥"을 본다. 잊은 줄 알았던 기형도 시인의 시 정신을 재발견한 것이다.

"은빛"은 시인을 깨달음으로 이끈다. "아, 그렇군" 시인의 마음속에 그의 "얼굴"이 도화선으로 살아있던 게다. 그의 눈동자가 내면에 박혀 시인을 지켜보고 있던 게다. 시인은 기형도와 정신적으로 "결혼"을 했음을 기억해낸다. 진은영을 시인으로 이끌었던 선배 시인의 영혼이 시를 쓰게끔 했던 자극제였던 모양이다. 진은영은 그가 빠져나가지 못하도록 다시 감금한다. "모든 청춘이 살해된 뒤에도 살아남을" 상징일 테니까. 진은영은 "나"가 "타자"를 품고 있다가 "타자"를 바깥으로 꺼내 놓는다. 그리고 바깥에 꺼내 놓은 타자를 다시 안으로 품어낸다. 그 과정에서 시적 주체 역시 "나"이었다가, "나"를 잃어버린 껍데기였다가, 원래 "나"로 되돌아온다. 이때 마지막에 되돌아온 "나"는 더욱 단단해진 주체가 될 것이다. "타자"와 결속이 더욱 두터워졌을 게다.

II. 경계에서 이름을 불러주는 방식들

> 겨울이 깊어가니 눈이 내렸고, 밤이 깊어가니 애인이 찾아왔고, 사랑이 깊어가니 이마가 따가웠다

하루에 열다섯 번씩 심심해진 애인과 이마를 붙이고 잠이 들고, 우리는 차이도 없이 솜털 같은 입김을 나누고, 도망가지 않기 위해 다리를 엮었다 창밖에는 흰 눈이 쌓이는데 우리는 이웃도 기약도 없이 애인이 되었다

아득하고 서러운 식물이 키를 높일 때 방 안에는 우리의 웃는 얼굴이 방생 되고, 푸른 곰인형에게도 심장이 생길 듯했다 라디오에서 시대의 가난을 이야기할 때 더 가난한 우리는 서로의 발목을 끊어 서로를 먹이고 배가 부르게 쌓인 흰 눈을 이야기 했다

우리의 행성이 태양에 가까워지자 행성의 기울어진 이마에서 미처 눈이 녹기 시작했다 우리는 발자국이 남은 눈 위로 서로의 독해진 눈빛을 자주 풀어주고 싶었다

그리고 곧 없는 발목으로 떠나지도 못하는 방에는 식물의 이마 같은 떡잎이 떨어졌다 봄이 오거나 여름이 오거나 할 것이었다 발목도 눈도 없이 뜨거운 이마도 버린 채 우리는 그 방에 갇혀 울었다
　　　　　　　—하정임, 「겨울의 이마」(『현대시』, 2009, 12월호) 전문

하정임은 이루어 질 수 없는 사랑을 끝까지 밀고 나갔을 때를 가정한다. 이상적이고 완전한 결합이다. 방 안에서 서로의 "다리를 엮"고 "이웃도 기약도 없"는 "애인"이 된다. "애인"이 되기 위해서 그들은 폐쇄 상태에 들어간다. "눈이 내렸고" 애인과 있는 방은 "밀폐"되었다. 그러나 그들은 "가난"하다. 문제는 이 지점에서부터 출발한다. 사랑을 위해 도망가지 않으려고 선택했던 엮음이 오히려 그들의 자유를 방해하는 수갑이 된다. 현실 도피로 맺어진 사랑이 파멸의 길을 재촉한다. 강렬한 타나토스의 충

동이 시 전체 어조에 흐른다.

그들은 "서로의 발목을 끊어 서로를 먹"인다. 바깥에는 "배가 부르게" 눈이 쌓였지만, 그것은 현실적인 가난을 해결해 줄 수 없는 그림의 떡이다. 그들은 서로에게 짐이 되어간다. 눈 내리는 겨울, 자신들이 걸어왔던 사랑의 "발자국"을 바라보며, 서로의 발목을 먹는다.

발은 사랑하는 이에게 다가가는 길이다. 발은 사랑이 끝났을 때 떠날 수 있는 도피의 출구이다. 타자 앞에 맨발을 드러냈다는 것은 그를 향한 사랑의 욕망이 꿈틀거리고 있음을 드러낸다. 발은 성적(性的)인 상징이다. 발목을 먹었다 함은 그들이 육체적 결합을 했다는 뜻이다. 사랑의 기억을 먹고, 그들의 몸짓을 먹고, 그들의 영혼을 먹고, 그들의 추억을 먹었다는 의미이다. 하늘의 신 우라노스와 대지의 신 가이아 사이에 태어난 크로노스가 왕좌를 빼앗기지 않기 위해 자식들을 먹어치우듯이, 사랑을 지키기 위해 살을 베어 먹었다는 것이다. 권좌를 지키려고 안간힘을 쓸수록 권좌를 빼앗기게 되듯, 그들의 사랑은 스스로 자멸하고 만다. 그들은 "그 방에 갇혀 울었다" 다른 대안이 없는 꽉 막힌 상태. 그 방은 그와 그녀를 가두며 끝을 맺는다.

왜 그들의 사랑은 탈출구를 찾지 못했을까? 그것은 새로운 이름을 찾지 못했기 때문이다. 사랑은 흐름이자 관계맺음의 변주곡이다. N극과 S극의 본능적인 끌림이고 끌림이 넘칠 때 도망치는 강렬한 밀어냄이다. 관계는 수시로 비틀어진다. 만남과 헤어짐, 화합과 결별이 꽃처럼 피고 지며 불안정한 지뢰밭이 된다. 사랑에 빠지면 그녀는 그의 그녀가 되고 그는 그녀의 그가 된다. 그가 그를 끝까지 밀고나가다가 보면 그는 철없는 아이가 되고, 그녀가 그녀를 끝까지 밀고 나가다가 보면 그녀는 젖을 물리는 어머니가 된다. 그였다가 그대였다가 남편이었다가 아빠였다가 친구로 변화한다. 사랑은 변화무쌍한 이름을 원한다. 이름을 불러주는 방식은 시의 속성과 동일하다. 시가 눈에 보이지 않는 것들을 불러들여 새로운 이름을 지어주고 싶어 하는 것처럼, 그들의 사랑 역시 새로운 이름을 부르며 거듭났어야 했다.

> 구름 한 장을 타자기에 넣고 키보드를 두드리자 당신은 자욱한 안개의 세기로부터 탈옥하기 시작한다 내가 검은 새의 말로 말라가는 나와 헤어지는 일, 손가락에서 번져간 허구의 플롯으로 새는 자신을 깨우는 비밀을 알고 있다 하늘을 풀며 날아가는 위기의 전반부는 틀에 박힌 지문을 던져 놓는다 나를 너무도 잘 알고 있는 각성 상태의 거울이 노크하듯 두드리며 애무하는 키보드 A, 날마다 새로 태어나는 문자마다 별 볼일 없는 구름의 일대기가 닿아 있다 당신을 인용하다 거들먹거리며 활짝 피어난 문장들을 더 이상 궁금해 하지 않는다 구름을 아주 잘 알게 되자 새는 그것이 더 이상 마음에 들지 않게 되었다 새가 아니어도 되는 그렇고 그런 기호가 되었다

> 다만 나는 타자기의 키보드를 두드리고 있다 가끔 비상을 꿈꾸지 않는 싱싱한 문장을 꺼내들 뿐이다
> —박연숙, 「서른 세 개의 부리를 가진 새 — 우아한 관계」
> (『서시』, 2009, 겨울호) 전문

박연숙의 시는 떠나기 위한 포즈를 취한다. 이별에도 이유와 변명이 필요하다. 박연숙 은 타자와 교감하기 위해 "타자기"를 끌어들인다. 시인은 "구름 한 장"을 하얀 종이처럼 타자기에 집어넣고 키보드를 두드린다. 타

자와 관계 시나리오를 나름대로 작성하고 있다. 그러나 충돌이 벌어진다. 그가 짠 시나리오와 내가 짠 시나리오가 서로 다르다. 두 사람이 하나의 그림을 그리며 합일하지 못하였다. 두 개의 시나리오로 각기 다른 길을 선택한다. 그는 "탈옥"하기 시작한다. "탈옥"이라 함은 그와의 관계가 "위기"에 처해있음을 말한다. 시인은 말라간다. 그와 소통 되지 않기 때문이다. 소통 단절은 시인 내부에서도 일어난다. "검은 새의 말"이란 타자와 소통이 안 되고, 내 안의 나와도 단절된 상태를 말한다. 그들은 타성에 젖어 있다. "틀에 박힌 지문"으로 다음에 어떤 일이 일어날지 눈에 보이듯 빤히 알고 있기 때문이다.

타성에 젖은 "구름의 일대기"는 매력을 상실한다. 그 곁에 누가 남아있을 것인가? 그와의 관계에서 의무감이나 책임감은 애초에 형성되어 있지 않은 듯하다. 시적 주체는 내 안의 나와도 헤어지기 시작한다. 작별을 준비하고 있다. 타자 앞에서 "새"가 아니어도 되는 평범한 존재로 돌아가겠다는 뜻이다. 제목처럼 "우아한 관계"로 남겠다는 것이다. 서늘하고 냉정한 우아함이다. 이별의 방식을 우아한 포즈로 답하고 있는 것이다. 그곳에서 시인은 여전히 "타자기의 키보드를 두드리고 있다" 이별 뒤에 찾아오는 쓰라린 문장으로 지나간 사랑을 추억한다. 역설적이게도 "싱싱한 문장"으로.

사랑은 서로에게 특별한 이름을 부여해 왔다. 그녀는 그에게 한 마리 새였다. 타자에 대한 호기심이 사라진 상태에서 그녀는 존재 이유를 찾지 못한다. 그녀는 "새"가 아니어도 되는, "그렇고 그런 기호"가 되겠다고 말한다. 시인은 이별을 선언하며 이름을 버렸다.

그가 물관을 꺼내 내 손금에 심어주었네 비취, 입술을 오므리며 먼
나라의 푸른 돌을 불러. 윗입술부터 차오르는 바다, 그 출렁이는 숨을
당겨 맡으면 차갑고 청록색의 것들이 부드럽게 밀려들어 단단한 심장
을 쓸고 지나갔네 뜨거운 입김도 없이, 살얼음으로 짜여진 구름을 나
누어 덮고 우리는 서로의 내內를 궁금해하다 잠들었지

이름을 훔쳐가줘. 떠나는 계절 대신 가장 아름다운 얼음의 장신구
를 줄게

오래 머문 것들은 제 몸에 캄캄한 빛을 새긴다. 물관에서 흘러나온
푸른 파문들이 외로운 가지에 스며들어 얼어붙은 핏줄마다 현을 켜는
악기가 되려 하는가. 이제 곧 봄이 열릴 텐데. 떠나는 길보다 돌아오는
걸음이 더 낯설어질 때, 나무는 저 홀로 백야에 있었네. 손닿자마자 녹
아드는 푸른 꽃잎

그를 위한 두 개의 이름을 가지려네
쓰러져 바깥이 되는 것들을 위해.
일렁이는 손금마다 길을 잇대며
　　　　　　　　　　　―이혜미, 「비취」(『현대문학』, 2009, 12월호) 전문

이혜미의 시는 사랑의 입구에 서 있다. 그 시작은 사뭇, 과감하다. 타자
가 "물관을 꺼내 내 손금에 심어" 준다. 나무의 뿌리를 통째로 옮겨 심는
방식이 아니라, 꺾꽂이 형태로 어느 중간 지점을 연결 접속한다. 여성 시
인들은 다양한 방법으로 타자와 접속한다. 그리고 그것을 몸 안으로 받아
들인다. 몸 안에 변화를 겪으며 새로운 감각을 열어젖힌다. 그 안에서 화
학적 변화를 감각적으로 전이시키며 파장을 일으킨다. "물관"을 "손금"에

심어주었더니 풀씨처럼 떠돌던 관계가 변화한다. 새로운 영토가 발생하면서 시의 영역이 확장된다. "물관"이 "손금"에 스며드니, 몸이 달라진다. "윗입술부터" 바다가 차오르고 "청녹색의 것들"이 심장을 쓸고 지나간다. 그러나 여전히 탐색 중이고, 신경전이다. 거부하면서도 끌리고, 유혹하고 싶으면서도 도망친다. 겉으로는 "살얼음으로 짜여진 구름을" 덮고 있다. 안정된 관계가 아니다. "물관"이 "손금"에 전이되었으므로 이들은 끊임없이 속"내內를 궁금해" 한다.

시인은 떨어져서 바라본다. "저 홀로 백야에" 있던 "나무"를. 그 나무를 바라보며 뒤늦게 사랑이 휘몰아쳐 옴을 깨닫는다. 지금까지 차갑게 대해 왔던 "얼음의 장신구"를 벗어던지고 그를 향한 "악기가" 되고 싶다. 시인은 손을 내밀기 시작한다. 사랑의 입구에서 서성대던 시인은 "물관"이 접속되는 순간부터 그에게 쏠리고 있을지 모를 일이다. 타자는 주체를 변화시킨다. 사랑의 손길이 타자의 마음을 녹였을 것이다. "손닿자마자 녹아드는 푸른 꽃잎" 타자로 인해 변화된 시인이 다시 타자를 변화시킨다. 어느 한 쪽이 일방적이지 않다. 주체와 타자는 시시때때로 변화 가능하다. 새로운 관계를 시작하며, 낯선 길이 보인다. 시인은 "쓰러져 바깥이 되는 것"과 "손금"에 닿았던 "길을 잇"댄다. 사랑이 시작될 테니까.

여기서 이혜미는 "그를 위한 두 개의 이름을 가지려네"라고 말한다. 왜 두 개의 이름이 필요한 것일까? 이것은 시인이 고정되지 않기 위함이다. 언제든지 변화 가능한 이름, 한 점으로 고정되지 않고 겹의 공간으로 사랑을 품겠다는 의지일 것이다.

무엇이든 만들 수 있으니까. 나는 시멘트를 가능성이라고 불렀다. 수건 걸이를 설치할 때. 가능성에 못이 박혔다. 이봐, 가능성 기분이 어떤가? 가능성엔 기분이 없었다.

바닥에 고인 물 때문에 미끄러지는 일이 없도록. 타일은 간격을 원했다. 물은 간격을 타고 하수구로 간다. 천천히. 동생이 샤워를 하면서 오줌을 눈다. 변수로군. 나는 동생을 변수라고 불렀다. 이봐, 간격에게 사과를 하지 그래? 변수는 배신이었다.

엄마는 변기에 앉아 거실을 바라보았다. 왜 문을 열고 싸는 거야? 텔레비전이 하나잖아. 아빠는 거실이었다. 부모가 죽자. 변수에게 거실은 학교였다. 변수는 급식도 먹지 않고 하루 종일 누워 있었다. 형이 학교에서 돌아와 학교로 들어오면 변수는 일어나서 샤워를 했다. 형은 자꾸 지각이었다. 거실이 사라지고 있었다.

부모가 죽고 세 달이 흐르자. 아무도 화장실을 청소하지 않았다. 네 달이 흐르고 변기에서 쥐가 튀어나왔어. 그렇다면 변기는 수영장이로군. 다섯 달과 여섯 달을. 나는 행진이라고 불렀다.

지각은 지각인데도. 쥐가 무서워서 똥을 누지 않았고. 나는 화장실이라 화장실에 가지 않았다. 다시 행진. 이제 나는 캄캄한 창고 같았고. 학교가 된 거실처럼. 간격은 변수 같았다. 이봐, 수영장. 창고 안에 고여 있는 기분이 어떤가? 똥이 없어서 쥐가 죽었어. 가능성에게 화장실을 맡기고, 굶어 죽은 쥐를 보러. 나는 창고에 갔다. 캄캄한 가능성 위에 부모처럼 누워. 배신이 기다리고 있었다.

—김승일 「화장실이 붙인 별명」
(『세계문학』, 2009, 겨울호) 전문

김숭일은 이름을 불러주는 방식에 따라 변화되는 상호작용을 단박에 보여준다. 김숭일은 새롭고 낯선 방식의 호명을 통해서 색다른 욕망을 드러낸다. "시멘트"를 "가능성"이라 부르자, "시멘트"는 새로운 속성으로 탈바꿈한다. 시인은 천연덕스럽게 "무엇이든 만들 수 있으니까"라는 전제를 단다. 그 전제 하에 돌연 "시멘트"는 "가능성"이라는 이름을 부여받는다. "시멘트"가 문득 살아있는 생물체처럼 돌변하여 꿈틀거린다. 2차원적인 물질이 생경한 차원으로 일어섰을 때, 그 물질이 만든 공간은 낯선 세계로 진입한다. 새로운 길이 열린다. "동생"은 "변수"가 되고 "간격에게 사과"하지 않은 대가로 "배신"이 된다. 그 다음부터 모든 상황은 복잡하게 꼬여간다. "아빠"는 "거실"이 되고 "거실"은 "학교"가 되고 "시간"은 "행진"이 되고 "나"는 "창고"가 되고 "변기"는 수영장이 되고, 다시 "창고" 안에 "변기"가 갇히고 "가능성"에게 "화장실"이 맡겨지고 "나"는 동생 "배신"을 기다리고 있다. 안을 따라 걷다가 어느새 바깥과 만나는 뫼비우스 띠와 같다.

김숭일은 호명 방식에 따라 사물이 또 다른 사물에게 어떤 영향을 미치는지, 이름과 이름끼리 어떻게 충돌하는지, 그 상호작용하는 방식을 즐긴다. 호명 방식에 따라 변주되는 사물들을 다양한 차원으로 연결접속 시킨다. "자신의 단절을 행하고 스스로 자신의 도주선을 내고 자신의 비평행적 진화를 끝까지 밀고 나간다" (질 들뢰즈/펠릭스 가타리, 『천개의 고원』, 27쪽)

이러한 시적 진술 방법은 「빗속의 식물」(『문학과사회』, 2009, 겨울호)에서도 나타난다. "내가 꽃을 말하면 꽃 대신 숲이 떠오르고" "꽃, 하고 다

시 말하면 나무가 된다" "꽃, 떠오른 적 없으니 게워낼 필요 없고" "소문
과 기억은 밀림이 된다" 김승일은 하나의 이름 주변에 파장을 일으키며
다른 이름을 불러들일 줄 안다. 이름은 꼬리에 꼬리를 물듯이 연상을 재
촉하며 또 다른 이름을 등에 짊어진다. 이름은 이름을 부르고 낯선 파장
을 가진 시적 상황을 끌어들인다. 이름은 시적 공간을 재영토화 하는 깃
발이다. 새로운 깃발을 꽂으며 낯선 이름을 얹어 놓았을 때, 그 상황은 또
다른 이름으로 시의 방향을 바꾼다. 바람이 어느 쪽으로 부느냐에 따라
이름이 배치되는 순서가 바뀔 수도 있을 게다. 그 이름들이 타자가 되어
시인의 세계를 간섭한다. 이 과정에서 시인은 그 자신도 눈치 채지 못했
던 무의식을 발견한다.

한 시인의 시집이 인쇄되고 있었다
불교방송에서 밤 프로그램을 진행하는 그에게
고가의 만년필을 선물하는 여승도 있다 했다
한 시인의 시집이 채 다 인쇄되기도 전에
시인보다 앞서 새 시집을 찾는 전화가 걸려왔다

여기는 내가사라는 절입니다
시집 100권 주문합니다
주소 불러드릴게요
경남 밀양시 무안면 내진리 553
제 이름은 야한입니다
받는 사람에게
야한 스님, 이렇게 쓰시면 됩니다
그로부터 스님과

몇통의 문자메씨지를 주고받았다
밀양 하면 다들 전도연으로 압니다만,
내가 사는 여자가 머물기에 참 좋은 절이지요
한번 놀러오라 그리도 말씀하셨으나
아직 스님을 떠올리면 야한이니
아직 갈 때가 아닌 듯해 나는 차일피일이다
— 김민정 「제 이름은 야한입니다」
(『창작과 비평』, 2009, 겨울호) 전문

김민정의 이 시 역시 이름을 불러주는 방식의 한 사례이다. 김민정은 샤우트 창법으로 자기 안의 감추어야 할 부끄러움이나 성적 욕망을 검열―최소한의 검열이 있겠지만 — 비교적 거침없이 쏟아낸다. 시인은 스님에게 "야한"이라는 이름을 붙인다. 시인은 "내가 사"의 주소를 정확하게 기재하면서도, 스님의 법명은 밝히기를 거부한다. 첫인상이 인이 박혀 고정관념이 되어버린 이름. 김민정은 이름을 통해 타자를 밀어내고 있다. 열림 대신 닫힘을 선택한다. 시인 내면에서 그 스님을 거부할 수밖에 없는 필연적인 근거가 이름 때문이다. "몇통의 문자메씨지를 주고받"았음에도 무상 무욕 무심해야 할 스님의 한마디는 다른 어떤 발화보다도 에로틱하게 전달된다. "여자가 머물기에 참 좋은 절이지요" 이 발화는 복합적으로 해석된다. 시인이 그렇게 이름을 불러주었기 때문에 스님의 발화는 유혹의 메시지로 해석된 것이다.

이름은 새로운 관계로 접어들기 위한 시적 장치이다. 이름은 경계를 넘어서는 돌파구이고 말로 표현할 수 없는 것을 에둘러 표현하는 징검다리다. 이름은 경계 바깥에 존재하던 것을 시 안으로 불러들이기 위한 실천이고 자리가 모호한 것들을 재배치하기 위한 전략이다. 이름은 부재의 공간을 채우는 환상의 낱말이다. 이름은 타자에게 스며들기 위한 유혹의 손길이었다가 타자를 몸 안으로 끌어들이기 위한 사랑이 되기도 한다. 그렇게 이름은 사랑을 붙잡아두기 위한 마지막 절규가 된다. 이름은 팽창하고, 변화하고, 생성하고, 소멸하고, 흩어지는 것들이 남긴 발자국이다. 그리하여 시인은 새로운 이름으로 새로운 공간을 만들어낸다. 이름은 타자와 자리바꿈을 하기 위한 포석이니까.

Ⅲ. 어떤 조건에서 벗어날 수 있는 가능성

눈 뜨고 그냥 있다. 난 안경이니까.
결코 무엇을 보는 법도 없다. 난 그저 안경이니까.
저 화덕 위의 키조개가 뭘 보는 것이 아닌 것처럼 그냥 있다.
더더구나 나는 눈을 감을 줄 모르니까.
나는 얼음을 먹는 시간과도 같다.
먹고 나면 뭘 먹었는지도 모른다.
모래가 파도를 갉아 먹는 것과도 비슷하다.
또 파도가 몰려오니까.
나는 보고, 느끼고, 생각하지 않는다.
그냥 무색이다.
나의 왼쪽 눈앞엔 바다가 있고, 오른쪽 눈알엔 하늘이 있다. 그게 다다.
하늘과 바다 사이에 내가 있다. 그게 다다.
나는 바닷가에 묶여 이리저리 흔들리는 뗏목처럼 그냥 있다.

10년 후에 어디에 있을 거냐고 묻지 마라.

나는 그냥 있을 거다. 난 안경이니까.

아마 다리를 오므리고 누워 있을지도 모르겠다.

벗을 때나 입을 때나 나는 그냥 있다.

나한테 오는 사람은 왼쪽 하늘과 오른쪽 바다 두 개로 나누어져서
온다.

그러니 안경에 대고 말하는 건 난센스다.

제 귀에 대고 말하는 거와 같으니까.

내 앞에서 우리의 기억 운운하는 건 난센스 중에 난센스다.

그렇다고 내가 하얗게 눈먼 것은 아니다.

눈 뜨고 그냥 있는 거다. 멍하니란 말 참 좋다. 멍하니? 멍하다.

잠수부 아줌마가 있다.

25미터 산소줄을 잠수복에 매고

우주인 같은 철모를 쓰고 바닷속으로 들어가 키조개를 줍는다.

하루 8시간 심해 속을 걸어다닌다.

3시간마다 바다에 매어놓은 배에 올라와 우유 마시고 빵 먹고

다시 모래를 뒤진다.

목줄에 묶인 검은 물개 같다. 피부는 미끈거린다.

키조개는 깊은 바다 밑 모래사막에 숨어 있다.

아무도 없는 곳. 키조개와 갈고리와 산소줄, 그리고 물안경이 있는
곳.

그리고 물안경 뒤에 아줌마가 있는 곳.

큰 얼음을 갈아 렌즈를 만든다.

그 렌즈를 입속에 넣어본다.

바다에 비 온다.

바다는 말한다.

나는 눈 뜨고 그냥 있다.

난 안경이니까.

―김혜순, 「안경은 말한다」

(『문학과 사회』, 2009, 겨울호) 전문

김혜순 시인은 노련하다. 김혜순은 시를 생산하는 관능적인 기계라 할 만하다. 너무 노련해서 시를 다 읽고 났을 때 다가오는 반전에 놀라움을 금치 못하겠다. 시인은 철저히 타자가 된다. 그의 이름은 "안경"이다. 시인은 "안경"이라는 이름의 눈높이로 세상을 바라본다. 제목 그대로 "안경"이 "말한다". "안경"은 힘을 빼고 진술한다. 더 이상 과장할 것도 없고, 수식할 것도 없다. 건조한 어조와 문체로 진술을 해 나간다. 이 단순 명쾌함이 오히려 읽는 이를 긴장시킨다. 안경은 "보고, 느끼고, 생각하지 않는다. 그냥 무색이다."

시인은 클로즈업 된 정지 화면 상태에서 출발하여 그 시야를 점차 확장해 간다. 영화에서 클로즈업에서 롱샷으로 바꾸어 나가는 기술인 풀백(pull-back)기능이다. 가까운 것을 촬영하다가 점차 뒤로 당기면서 촬영해나가는 것이다. 처음에는 좁은 부분을 촬영하다가 점차 넓은 부분으로 확대하면서, 갑자기 중요한 것이 포착한다. 이때 관람객은 그 새로운 장면으로 인해 심리적인 전환을 맞는다. 시적 진술을 해나가는 시인은 카메라를 이동차(dolly)에 기대어 덜컹거리지 않으려고 한다. 담담한 어조로 진술하는 방식이다. 이동차에 매달린 카메라처럼 시인은 건조하게 말한다. "난 그냥 있는 거다. 난 안경이니까." 그러나 지극한 사실은 이상한 감정을 불러일으킨다. 진술이 거듭될수록 시적화자인 "안경"이 무엇이었는지 점차 알 수 없게 된다. 알았다(知)고 생각하는 순간, 모르는 것(無知)이 된다.

전개가 중반부를 넘어섰을 때 반전을 위한 중요한 장면이 눈에 들어온다. "잠수부 아줌마"이다. "하루 8시간" 바다 속에서 일하고, "3시간마다" 배 위로 올라와 "우유"를 마시고 "빵을" 먹는 여인의 삶이다. "깊은 바다" "모래사막"에 숨어있는 "키조개"를 캐는 그녀의 고단한 삶이 조명된다. 시적 화자인 안경은 다름 아닌 그녀를 바라보고 있었던 것이다. 그녀의 고단한 삶을 안타깝게 바라보고 있었다.

> 큰 얼음을 갈아 렌즈를 만든다.
> 그 렌즈를 입속에 넣어본다.
> 바다에 비 온다.
> 바다는 말한다.
> 나는 눈 뜨고 그냥 있다.
> 난 안경이니까.

시인은 이 장면에서 연금술을 시작한다. "얼음을 갈아 렌즈"를 만들고 "그 렌즈를 입속"에 넣는다. 이 단순한 두 진술을 통해 마법은 일어난다. 현실적으로 일어날 수 없는 상황 속에 환상을 끌어들인다. "얼음"은 그동안 막혀있던 착각의 늪이다. 무엇인가 분명히 알았다고 믿어왔는데, 그것이 진실을 가리는 장막이었던 것이다. 시인은 장막을 걷어낸다. 세상을 명약관화하게 바라볼 수 있는 "렌즈"를 만들어낸다. 이 "렌즈"는 앞에서 언급되었던 "안경"과 다른 차원에 놓여 있다. 나선형의 흐름을 타고 승화된 고차원적인 "안경"일 게다. 그 "안경"은 고단한 여인의 삶에 눈물 흘릴 줄 아는 따스한 마음을 가지고 있다. 그곳에 눈물이 내린다. "바다에 비가 온다" "바다가 말한다." 여기서 그동안의 사실을 뒤집는 반전이 일어난다. 언제나 눈을 뜨고 있던 바다가 바로 "안경"이었던 것이다. 시인은 "바다"와 "안경"이라는 두 개의 이름을 가지고 시적 공간을 넓히고 있었다. 두 개의 이름은 차원을 달리하면서 위치 전환하고 공간을 확장시킨다. 그리고 이 세상의 가장 낮은 곳에서 힘겹게 일하는 여인의 삶을 안타깝게 바라보고 있었다. 그녀의 삶을 바라보며 눈물 흘리고 있었다.

김혜순 시인은 "감성의 분할을 새롭게 구성하고 새로운 대상들과 주체들을 공동 무대 위에 오르게" 하여 "보이지 않았던 것을 보이게 하며, 쿵쿵대는 동물로 취급되었던 사람을 말하는 존재로" 만들고 있었다. (자크 랑시에르, 『문학의 정치』, 인간사랑, 12쪽)

피부를 통해 치즈나 마늘 냄새가 증발해서
우리는 오늘의 식사가 즐겁다
빵과 빵 사이에
토마토와 양파를 끼워 넣고 입을 벌린다

미세한 구멍들이
서로를 향한 호감과 증오로 서로 다른 크기로 벌어지고
서로 다른 질문들을 쏟아낸다

오렌지 농장 근처에서 실종된 유학생에 대해
점거농성 중인 노동자의 마스크에 대해
남편을 잃은 베트남 여인에 대해
그녀의 사라진 80만 원에 대해

빵과 빵 사이에 끼워 넣을 것이 많았다
우리는 입술을 오물거렸으며
눈시울을 붉혔으며
그리고 잠시 후 한쪽 입술을 실룩거리며 웃었다

할 수 없는 일 가운데 할 수 있는 일이 있는 것처럼
피부 위로 물 같은 것이 잔인한 방향으로 흘렀다
너의 얼굴을 걸고 밥을 먹는다

그럴 때 내 구멍은 조금 아픈 것 같다
그럴 때 네 구멍도 조금 벌어진 것 같다
네 구멍은 조금 어두워진 것 같다

늙으면 머리가 커지고 엉덩이가 퍼지고 다리가 가늘어져
그럴 때 내 구멍이 내 구멍이 ……
너를 향해 인사를 하고
　　　　　　─이근화,「그물의 미학」(『작가세계』, 2009, 겨울호) 전문

　평범한 일상을 고찰하는 이근화의 시. 이근화는 "오늘의 식사"를 낯선 시선으로 바라본다. 시인은 식사를 하기 위해 "입을 벌린다" 당연히 입이라는 구멍을 벌리고 항문이라는 구멍을 통해 배설을 한다. 그러나 "오늘의 식사"가 목에 걸린다. 입을 벌릴 때마다 그 전에 보이지 않던 "미세한 구멍들"이 눈에 보인다. 혀는 즐겁지만 마음은 편치 않다. "빵과 빵 사이에 끼워 넣을 것이" 많다. 불편한 진실들이다. 시인은 순간, 멈추어 선다. 그리고 생각한다. "오렌지 농장 근처에서 실종된 유학생"과 "점거농성 중인 노동자"와 "남편을 잃은 베트남 여인"에 대해. 진실들이 질문을 한다.

독자는 식탁 위에서 시인과 같은 질문을 던져 본 적이 있는가? "빵과 빵 사이"에 벌여졌던 자본주의적인 착취를 떠올려 본 적이 있는가? "서로를 향한 호감과 증오로 서로 다른 크기로 벌어지"는 구멍들. 먹고 먹히는 먹이사슬 관계에서 그 누구도 편안하지 못할 것이다. 그 먹이사슬 속에 착취하고 착취당하는 구조를 "구멍"이라는 비유로 생각해 보자. 구멍이 구멍을 먹어치우고 구멍이 구멍에게 먹히고 구멍이 구멍에게 인사를 하고 구멍이 구멍에게 폭력을 휘두르고 구멍이 구멍에게 돈을 갈취하고 구멍이 구멍을 위해 눈물을 흘릴 것이다. 그 사이엔 "얼굴"이 없었다. 타자의 눈동자를 바라보지 않고 착취와 폭력을 휘둘렀던 것이다. 시인은 "얼굴"을 떠올리며 "할 수 없는 일 가운데 할 수 있는 일"을 찾고 싶어 한다.

"할 수 없는 일 가운데" 우리가 "할 수 있는 일"은 무엇일까? 문학은 하나의 배치물이다. 이데올로기와 하등의 상관이 없다. 어떤 맥락에 놓이고 어떻게 해석되느냐에 따라 서로 다른 이데올로기로 이름 불릴 뿐이다. 그러면 무엇이 정치적인 것일까? 또 그 무엇이 정치적이 아니던가? 평범하고 고답적인 일상에 파고들어 식상한 것을 조금씩 어긋내면서 새로운 흐름으로 만들어 가는 게 문학이 아니던가? 내가 내가 되었다가 나를 넘어선 내가 되어 바깥으로 튀어나왔다가 다시 내가 되어 돌아오는 길에 시가 존재하지 않았던가? 그곳에서 타자를 만나고 타자를 안에 품고 타자를 만지고 합일하고, 타자와 결별하면서, 타자를 넘어서는 나. 바람 부는 쪽으로 잠을 자면서 새로운 곳으로 머리카락을 흩날릴 줄 아는 것이 시인 아니었던가? 어느 각도에서 두드려도 제각기 소리를 내는 오색 실로폰이 아니던가? "산문의 폐허"(사르트르, 『문학이란 무엇인가』) 위에서 솟아오르는 게, 시어가 아니던가? 현실의 경계에서 부재의 틈을 발견하고, 경계에 스며들었다가 튀어나오고, 합일하였다가 도망치는 것들이 시 아니던가? 시공간에 새로운 구멍을 만들어 내는 것. 그것이 시 아니던가?

> 문학이 사물들에 다시 이름을 붙이고, 단어들과 사물들 사이의 틈을 만들고, 단어들과 정체성 사이의 틈을 만듦으로써 결국 탈정체화, 즉 주체화의 형태, 해방가능성, 어떤 조건에서 벗어날 수 있는 가능성을 만들어내는 데 개입한다는 의미에서 정치적인 것이다.
> (양창렬, 「랑시에르 인터뷰 : "문학성에서 문학의 정치"까지」,
> 『문학과사회』, 2009, 봄호, 448쪽)

2009년 한 해를 돌아보며 각 문예지에서 진행된 정치성에 대한 논의가 별로 새롭지 않다. 특이한 점은 시인 진은영 시인의 글(「감각적인 것의 분재」, 『창작과비평』, 2008, 겨울호)에 도화선이 되었다는 사실이다. 비평가들이 담론을 먼저 만들어나가지 않고, 시인이 던져놓은 씨앗에 담론으로 뒤따라가는 형국이었다. 비평 담론은 더디다. 담론이 오기 전에 이미 시인들은 이미 몸으로 직감적으로 "사회적 무의식을 해독"하고 "지배적 담론 체계를 파열시켜 새로운 종류의 감각적 분배를" 가져오고 있었다. 가장 비정치적인 것 속에서 정치적인 것이 솟아오름을 몸으로 체득하며 천천히, 직감적으로 실천을 하고 있었다. 일상 공간에 새로운 이름을 붙여주고, 틈―구멍을 만들어 낯선 흐름을 꾀하고, 공간을 휘어 타인을 만나고 차원을 뒤집어 못나고 핍박받았던 "동물로 취급받았던 사람"을 무대에 올리 있었다. 때로는 달의 손을 잡고 떠오르기도 하고, 사진 속 그 남자를 몸 안으로 품었다가 뱉어놓기도 했다. 다양하게 중간 접속하며, 사물들의 간주곡을 연주하고 있었다. 그 자체가 시이고 문학이었다. 그런데 이것을 비평가들이 자크 랑시에르라는 이름으로 다시 이름 붙이며 해석하고 있는 것은 아니었을까?

생의 발끝에서 아름다운 낙법(落法)이 필요한 이유

Ⅰ. 바로 곁에 다가온, 죽음

> 영월 지나 태백 긴 골짜기 사북사북 간다 사북사북 눈 온다 死北死北
> 死北死北……보이지 않는 누군가가 하염없이 내 뒤를 따라오고 있다
> ─유홍준, 「사북」, (『애지』 봄호) 전문

死北死北

死北死北

유령이 떠돌고 있다.

"보이지 않는 누군가가 하염없이" 우리 주변을 맴돌고 있다. 북망산천을 떠도는 죽음의 그림자가 바로 지금 "내 뒤"를 따라오고 있다. "영월 지나 태백 긴 골짜기"에도, 백령도 위를 지나는 거친 파도 위에도, 서울 한복판 세종로 이순신 장군 동상에도, 경부고속도로에 위에도 따라오고 있다. 허망한 죽음이 우리 눈앞에서 버젓이 일어나고 있다.

천안함 실종자 가족 협의회의 기자회견을 본다. 또 다른 죽음을 불러오는 것을 원치 않는다는 처절한 기자회견이었다. 쌍끌이 어선 '금양 98호'가 수색 작업을 하고 돌아오다가 침몰하고, 죽음이 죽음을 불러들이는 것을 안타까워하고 있었다. '민·군 합동 조사단'이 진실을 밝히고자 하나, 계속되는 사실 번복에 신뢰는 바닥에 떨어진지 오래다. 무엇이 진실이고 무엇이 거짓인지 혼란만 가중된 상태에서 언론은 무차별적으로 정보를 쏟아낸다. 정보의 홍수 속에서 오히려 판단 마비가 일어난다. 연일 보도되는 폭력적인 죽음 앞에 우리가 점차 길들여진 것인가. 그들은 권력에게 이로운 사실만 부분적으로 드러낼 뿐이 아니던가? 다른 중요한 것들은 은폐시켜 오지 않았던가? 마이크 앞에 유령처럼 떠도는 말, 말, 말들이 실종자들의 죽음이 허무하게 무너뜨린다. 연일 집중 보도 되는 뉴스와 3D 입체로 제공되는 가상 시나리오 속에 속아 넘어가 주는 척 해야 할 것인가? 매스미디어가 내쏟는 무차별적인 정보와 국가적 대응은 우리 한국 사회를 테러스트 사회[1]로 치닫게 한다. 국민들은 어느새 함선의 전문가

---

1) 우리는 폭력이 판을 치고 피가 흐르는 사회를 '테러리스트 사회'라고 부르지 않는다. 적색이건 백색이건 간에 정치적 공포는 오래 가지 못한다. (…) 정치적 공포는 국부적이다. 그것은 사회 '전체'에 적용될 수 없다. 그러한 사회는 테러화 되었을 뿐 테러리스트 사회는 아니다. '테러리스트 사회'에서는 공포가 넓게 만연되어 있다. 폭력은 잠재 상태에 머물러 있다. 압력은 모든 방향에서 이 사회의 구성원들에게 가해지고 있다. 그들은 압력에서 벗어나거나 그 짐을 벗어던지기가 매우 어렵다. 각자가 테러리스트로, 그것도 자기 자신의 테러리스트가 된다. 각자는 권력을 행사하면서 스스로 테러리스트가 되기를 열망한다. 독재자가 필요 없다. 각자가 자기 자신을 고발하고 자신을 벌주기 때문이다. 이때 공포는 국지적이 아니고 전체와 세부에서 두루 생겨난다. '체계'는 각 구성원을 붙잡아 그를 전체에, 다시 말해서 하나의 전략에, 은폐된 목적성에, 또 결정권을 가진 권력만이 유일하게 아는, 그리고 아무도 진정으로 문제제기를 하지 않는 어떤 목표들에 그를 예속시킨다. 앙리 르페브르, 박정자 옮

가 되어 있고, 최첨단 과학이 발달했다고 주장하는 시대에 원시적이고 미성숙한 대응으로 소설보다 더 소설적인 상황이 만들어지고 있다. (어떤 소설가는 소설보다 더 소설적인 천안함 사건 때문에 자신의 소설이 팔리지 않는다고 푸념을 한다. 그 소설가 말에 따르면, 소설이란 독자들이 끊임없이 자기만의 이야기를 지어내고 싶은 충동을 느끼는 것이 좋은 작품인데, 지금 천안함 사건이 그러하다는 것이다.) 이 죽음을 어떻게 위로하려고 이러는 것인가? 또 우리들은 죽음의 사슬과 위협에서 어떻게 살아남을 것인가? 일상적인 폭력이 점차, 무감각화 되는 기류가 감지된다.

산모를 쓴 여자가 빠진 콘택트렌즈를 찾느라 더듬거리고

언뜻 날아오른 검은 비닐봉지가 아스팔트에 닿기 무섭게

내장이 노출된 고양이가 고개를 한번 쳐들었다가 고꾸라지고

분홍 솜사탕을 든 여학생이 휴대폰으로 사진을 찍자마자

구청 청소과 직원이 고양이를 싸잡아 쓰레기더미에 던지고

뻔한 시나리오처럼 살수차가 무심히 지나가고

핏물이 아스팔트에 고스라니 스며들고

은근슬쩍 목련꽃잎이 떨어져 희미한 비린내를 덮고

김,『현대세계의 일상성』, 기파랑, 2005, 277쪽.

사지가 절단된 걸인이 목련꽃잎을 으깨고 앉아 구걸을 하고

인근 예비군훈련장에선 불길한 총성이 텅. 텅. 텅.

　　　　　　　　—김선향, 「snapshot」, (『시와 사람』, 봄호) 전문

　　김선향의 시는 일상을 담담하게 묘사한다. 그러나 그 모습이 심상치 않다. 사건은 "중산모를 쓴 여자가" "콘택트렌즈"를 찾아 더듬거리는 것부터 시작한다. 렌즈를 잃음은 바라봄(見) 즉, 사물을 판단하고 해석하는 능력을 상실함을 의미한다. 이것은 도미노 작용을 불러온다. "언뜻 날아오른 검은 비닐봉지가 아스팔트에 닿기 무섭게 / 내장이 노출된 고양이가 고개를 한번 쳐들었다가 고꾸라"진다. 여기에 증거를 포착하려는 행위를 "구청 청소과 직원이" 재빨리 "쓰레기더미에 던"져 버린다. 국가권력의 말단 직원은 사무적으로 죽음을 처리한다. 그리고 무심하게 은폐시킨다. 이미 로드킬을 비롯한 각종 죽음들은 한 줄 기사로 뽑을 가치조차 없는 일상이 되어버렸다. 폭력적인 상황이 반복적으로 발생해도 우리는 그것에 길들여져, 이미 무감각해 졌다.

　　"권력자는 인간을 짐승으로 격하시키며 보다 하등동물에 속하는 것으로 파악함으로써 그들을 지배했으며, 인간을 지배받을 자격조차 없는 벌레로 격하시켜 단번에 수백만 명씩을 파멸시켰다."[2] 고양이의 죽음을 사람의 죽음으로 치환시켜 놓고 보았을 때, 그동안 주목 받지 못했던 숱한 의문사들이 떠오른다. 이런 죽음은 그 어떤 진실도 밝혀지지 않은 채 역사 속으로 묻혀 버렸던 것이다. "목련꽃" 떨어지는 나른한 봄날, "사지가 절단된 걸인"이 그 꽃잎 아래 구걸을 하고, 어디선가 총성이 울린다. "텅.

2) 엘리아스 카네티, 강두식 옮김, 『군중과 권력』, 학원사, 345쪽.

텅. 텅." "불길한" 총성 소리가 연달아 들려온다. 그가 나를 쏘고, 내가 그를 쏘고, 내가 적이 되고, 그가 적이 되는, 폭력과 죽음이 일상에서 자행되고 있었다.

> 죽은 지 이틀 만에 시체에서 머리카락이 갈대만큼 자라 있었다 나와 그림자들은 시체를 자루에 싸서 조심조심 옮겼다 그림자 하나가 울컥했다 죽이려고까지 했던 건 아닌데…나머지 그림자들이 그를 달랬다 그러지 않았다면 네가 죽었을 거야 차 트렁크 열고 시동 좀 걸어놔 간신히 1층까지 왔는데 아파트 현관 앞에 순찰중인 경찰이 보였다 이게 무엇입니까? 하필이면 자루가 찢어져 그의 멍든 허벅지 살이 드러났다 하하 이건 고구마입니다 우리는 서둘러 트렁크에 실으려 했다 한번 확인해봐도 되겠습니까? 그림자 하나가 칼이 든 주머니에 손을 넣었다 옆의 그림자가 그의 팔을 잡았다 네 그렇게 하시지요 우리는 자루를 펴보였다 자루 안에는 지푸라기와 고구마가 가득했다 경찰관과 우리는 미소를 지었다 고구마 하나가 김이 모락모락 났다 방금 찐 고구마인데 하나 드셔보시겠습니까? 그럴까요 네 고맙습니다 경찰관이 고구마를 한입 물자 썩은 피가 뿜어져 나왔다
>
> —정재학, 「공모(共謀)」, (『창작과비평』 봄호) 전문

정재학의 시 「공모(共謀)」는 그로테스크하다. 부조리극의 한 장면을 보여주는 것 같다. 시적 상황을 무대 연극이라 상정해 놓고 상상해 보자. 등장인물은 살인을 저지른다. 그는 증거 인멸을 위해 "시체"를 옮기는 중이다. 시체를 봉인한 "자루"를 차 트렁크로 옮겨 싣고 있다. 그림자[3])는 주인

---

3) 그림자는 인간 내면의 어두운 구석에 차곡차곡 쌓여, 오랜 시간 숨겨 놓으면 이 어두움 특질이 자체의 생명력을 갖게 된다. 이것이 바로 그림자의 삶이다. 그림자는 우리의 의식으로 적절하게 통합되지 않은 부분이며 우리가 멸시하는 부분이다. 때로

공의 부정적인 심리를 대변해 주는 극중 조연의 역할을 한다.

주인공이 살인을 한 이유는 다음과 같다. "그렇지 않았다면 네가 죽었을 거야." 나의 생존을 위해서 살인을 저지른 것이다. 여기서 이유는 제시되지 않는다. 다만 "그림자"는 경찰과 마주친 주인공을 종용한다. "경찰"이 묻는다. "이게 무엇입니까?" 질문이 던져지자 "그림자"는 진실을 은폐한다. 경찰은 "한번 확인해 봐도 되겠습니까?" 질문을 한다. 그러자 "그림자"는 "칼이 든 주머니"에 손을 넣고 경찰을 협박한다. 언제라도 제2차, 제3차 살인이 가능한 일촉즉발의 상황이다.

주인공은 자루를 펴 보인다. 그런데 자루 속에 "지푸라기와 고구마가 가득"하다. 진실을 진실로 보지 못하고, 진실이 거짓으로 둔갑하는 장면이다. 거짓이 진실이 되어, 상황을 역전시킨다. 의심이 가는데, 의심을 거둘 수 없다. 뭔지 석연치 않은 감정이 밀고 올라오지만 "경찰관과 우리"는 "미소"를 짓는다.

"미소"를 짓는 순간, 경찰과 주인공은 범행을 공유하는 공모자가 된다. 여기서 "미소"는 진실을 은폐하는데 동조하는 제스처로 해석된다. "미소"

는 그림자가 자아와 같은 정도로 엄청난 에너지를 지닐 수도 있다. 그림자가 자아보다 더 많은 에너지를 쌓을 경우에는 통제할 수 없는 분노로 작열하거나, 한동안 우리를 헤매게 하거나, 무분별하게 만든다. (로버트 존슨, 고혜경, 『당신의 그림자가 울고 있다』, 에코의 서재, 19쪽.) 이 시에서 그림자는 극중 주인공보다 더 적극적인 범죄 본능을 실행하고픈 제2의 주인공으로 등장한다. 이러한 발상은 안데르센의 동화 「그림자」를 떠올리게 한다. 한 학자가 남부 유럽으로 여행을 떠났다가 돌아오는 과정에서 그림자를 남겨두고 온다. 그 그림자는 남아서 사람과 같은 형체를 얻고 돈과 명예를 안고 돌아와 나중에 학자를 데리고 여행을 떠나자고 제안한다. 그 과정에서 학자는 그림자 역할을 하고, 그림자는 사람 행세를 한다. 전도된 형태로 이야기가 전개 되다가 결국 그림자가 사랑을 얻고, 학자는 그림자에 의해 은밀히 살해당한다. (안데르센, 윤후남 옮김, 『어른을 위한 안데르센 동화』, 현대지성사, 1998.)

는 묘한 연대감을 표현하는 페르소나이다. 원래 웃고 싶은 마음은 전혀 없는데, 웃어주는 것이다. "웃음이 솔직한 것이라고 생각하지만, 사실 웃음은 다른 사람들과의 합의 즉 일종의 공범의식[4]을 숨기고 있다.

시인은 경찰관을 시험해 보고 싶은 것이었을까? "공범"이라는 딱지를 한 번 더 강하게 확인하고 싶었을까? "방금 찐 고구마인데 하나 드셔보시겠습니까?" 경찰이 씹은 고구마에서 "썩은 피가 뿜어져" 나온다. 진실이 밝혀지는 순간, 불유쾌한 감각이 온몸으로 퍼져나간다. 아마도 시인은 국가 공권력을 향해, 그에 상응하는 심리적인 벌을 주고 싶어 했던 것 같다.

시인 정재학은 부조리극의 방식[5]으로 경찰의 도덕성을 살인자와 한데 묶어 끌어내린다. 우리가 상식적으로 믿고 있던 가치들—예를 들면 인간의 존엄성, 정의사회구현, 도덕적 실천, 자유와 평등—을 일거에 비꼬아 내리는 것이다. 시인은 부조리극의 방식으로 그들을 풍자한다. 진실이 밝혀지지 않는 한, 공권력과 우리는 이미 "공범"이었다고. 지금 이 시대에 벌어지는 폭력과 죽음에 필자도 "썩은 피"를 입에 문 듯하다. 판단은 우리의 몫이다. 그것을 바라보는 관객의 몫!

---

4) 앙리 베르그송, 정연복 옮김, 『웃음』, 세계사, 1992, 15쪽.
5) 부조리극은 인간에게 그의 존재의 근원적 리얼리티를 다시 의식하게 하고, 우주와 직면하여 망각하고 있던 경외감과 원초적인 두려움을 환기시키고, 의식에서 생겨나는 그런 존엄성이 결여되어 있는 통속적이고, 기계적이고, 자족에 찬 존재에서 인간을 끌어내리려는 시도다. 왜냐하면 신은 죽었기 때문이다. (⋯) 인간에게 그의 존재의 근원적 현실에 부딪히게 함으로써 자족성과 원자화된 일상생활의 경직된 담을 무너뜨리고, 인간의 상황에 통찰력을 다시 갖게 하려는 우리 시대의 참된 예술가들의 부단한 노력과 뜻을 같이 한다. (⋯) 한편으로는 실질적인 현실을 지각하지 못하는 삶의 그로테스크한 우스꽝스러움을 풍자의 수단으로 택한다. 마틴 에슬린, 김미혜 옮김, 『부조리극』, 한길사, 2005, 436~436쪽.

II. '자기본위'의 주체성이 필요한 이유

틈을 노려라
파고들지 않으면 살 길은 없다

아버지는 내게
세상을 파고드는 인파이터가 되라고 주문했다

엎질러진 물처럼
나는 틈만 보이면 깊숙이 파고들었다

갈라진 벽 속으로 들어가 벽이 되었고
링 안으로 걸어 들어가 인생에 등 보이지 않았다

섀도복싱을 하면서 스스로에게 주먹을 날리기도 했지만
거울 속의 제 몸을 끌어안지는 못했다

세상은 틈으로 만들어진 퍼즐,
모든 벽이 틈으로 보이기 시작했다

나는 터진 퍼즐이 되어 쏟아져 내렸고
어긋난 시절은 앞뒤가 맞지 않았다

아웃파이터로 살고 싶었지만
치고 빠지는 것이야말로 비겁한 짓이라고 아버지가 말했다

나는 아웃사이더가 되어 고장 난 인공위성처럼 지구를 겉돌았고,
아버지는 틈 많은 세상의 스파링 파트너로 살다가 땅속으로 꺼져버렸다
　　　　　　　　　　　　　　—박후기 「복서」, (『작가세계』 봄호) 전문

부조리한 현실을 뚫고 생존할 수 있는 대차대조표가 있다면, 누가 남을 것일까? 그리고 약자들은 어떻게 살아남을 것인가? 시인 박후기는 아버지 말씀을 떠올린다. "틈을 노려라, / 파고들지 않으면 살 길은 없다" 시인은 아버지를 통해 살아남기 위한 생존 기술을 터득한다. 아버지의 말씀, 즉 "틈"을 노려야 한다는 것은 흔히 알려진 방법이다. 그런데 여기에 모순이 발생한다.

그 주먹이 "물"이었던 게다. 자기 주체성을 갖지 못한 상태에서 세상을 향해 주먹을 날렸던 게다. "물"이 된다는 것은 자기 본위의 주체성이 확립된 상태에서 타자에게 다가가는 방식이 아니었다. 타자들에 둘러싸여 휩쓸리며 자기 정체성을 잃어버린 것이다. "벽 속에 들어가 벽"이 되는 방식도 그러하다. 타자가 제시하는 요건에 자신을 끼워 맞추는 모순이 발생하면서 "나"는 정체성을 잃어버린다. 결국 "터진 퍼즐이 되어 쏟아져 내렸고 / 어긋난 시절은 앞뒤가 맞지 않았다"

아버지의 말씀은 인생을 살아가는 비법이 담겨있지만, 비극적이게도 전략적이지 못했다. 정직하고 순박했다. "치고 빠지는 것이야말로 비겁한 짓"이었기에, 사각의 링 안에서 KO패 당하는 운명을 맞이해야 했다.

그렇다면 이 시대의 아웃사이더들은 어떤 생존 전략을 가져야 할 것인가? 사자는 먹이를 잡기 위해 보호색을 쓰지 않고 영웅은 위험을 눈앞에 두고도 진검승부를 결정한다. 그에 비해 약자는 게릴라 수법을 사용한다. 일명 "치고 빠지는" 것이지만, 여기서도 우선시 되어야 할 것은 자기본위적인 주체성이다.

아버지의 말씀은 경직되어 있었다. 자식들에게 헌신하고, 부모 공양을 하며 타자에게 헌신했던 아버지 세대는 결코 자기 본위적인 주체성을 갖지 못했다. 경제개발의 구호 아래 목숨을 건 노동은 아무런 대가 없이 무너져 내렸다. 그러므로 "모든 벽이 틈으로 보이기 시작했다"는 말은 모든 틈이 벽이었다는 역설이 된다. 세상의 중심에서 "나—아버지"를 위한 노동을 한 게 아니라, 권력을 쥔 자들에게 헌신하는 노동, 주변부로 밀려나는 노동을 한 셈이었다. 약자들은 중심에 가 닿지 못한다. 결국 "나는 아웃사이더가 되어 고장 난 인공위성처럼 지구를 겉"돈다.

그렇다면 어찌해야 할 것인가? 그들만을 중심에 놓는 그들만의 리그에서 벗어나야하지 않을까? "나" 하나하나, 주체, 한 명, 한 명이 중심이 되는 논리로 세상을 뛰어넘어야(혹은 포월 하는) 하지 않을까? 포스트(후)— 근대이건, 반—근대이건, 전— 근대이건, 지금 이 시대를 어떻게 규정하더라도, 우리는 여전히 자기 본위적인 주체를 세우는 일이 시급한 일이다. 이것이 우선 해결된 후에야, 타자의 타자성에 대한 논의도 함께 이루어질 것이다.

　　미쳤어! 미치겠어! 핸드폰을 또 물컵에 집어넣었어!
　　세상 모든 소리가 물에 잠겼어

　　색 바랜 청바지만 입다 어쩌다 치마를 입었더니 소파 위 나비는 그게 나비날개로 보였나 봐 어항을 뒤집어엎었어 큰 물음표는 거실바닥에 데구르르 구르고 금붕어, 작은 물음표들은 통통통 뛰고 있어 이제 발톱으로 찢는군 캉캉치마 쉬폰블라우스 볼륨업브래지어 호피무늬팬티스타킹 흠흠흠, 코를 벌름거리며 문신을 새기듯 아베체데, 아베체데 게르만 4진법으로 시랍을 세며 냄새를 맡아대는군 밤꽃향기가 나긴 나는 거니? 식은 부대찌개 냄비 속 같은 마음과 옷장 속 포르말린 냄새는 어때?

턱시도 입은 나비야, 웅크린 몸을 펴봐 용암이 훑고 지나간 화석처럼 네 등뼈는 너무 딱딱해 너무 차가워 그 가지 위에 앉은 새는 어떤 체위로 어떻게 우니?

제발 의심을 의심하지 말기를! 피피피피, 압력밥솥 추는 돌아가고 나는 터질 듯이 독毒을 끓이지만

잠시 숨겨둔 네 발톱 더 이상 자라지 않기를
한 번만 더 기다려 주는 거야 완벽한 알리바이,
우아한 포즈로 다리를 꼬며 아도니스의 얼음미소를 흘리는
  ─황경숙, 「알리바이가 필요한 남자」, (『21세기 문학』 봄호) 전문

황경숙은 2009년도 『애지』로 등단할 때부터 「무드셀라증후군」, 「데칼코마니증후군」, 「고흐증후군」, 「스마일마스크증후군」 등 각종 증후군을 활용한 연작시를 써 온 신예시인이다. 시적발화도 거침없고, 시를 끌어가는 호흡도 강렬하다. 마치 래퍼가 강한 비트 박자를 넣으며 랩 공연을 펼치는 듯하다.

"미치겠어! 미치겠어! 첫 행부터 강한 비트로 시작한다." "핸드폰을 또 물컵에 집어넣었어!" 시작부터 정신을 쏙, 빼는 발화방식이다. 아마 누군가와 약속을 앞두고 치장을 하고 있는데 별안간 무슨 일이 벌어진 모양이다. "캉캉치마 쉬폰블라우스 볼륨업브래지어, 호피무늬팬티스타킹" 청바지만 입다가 오래간만에 치마를 입으려는 순간. 집안이 뒤집어진다. "압력밥솥 추는 돌아가고" 시적 주체는 "터질듯이 독毒"이 끓어오른다. 무엇 하나 해결되지 않는 난장판이다. 밖에서는 연인이 기다리고 있는데, 핸드폰이 물에 빠지고, 어항이 뒤집어진다. 주체는 그 어디쯤에 있는 연인을 위해 부탁한다. "한반만 더 기다려 주는 거야"

사실 이 상황은 시적 과장으로 넘쳐난다. 왜냐하면 알리바이를 위해 변명이 필요하기 때문이다. 알리바이라는 행위자가 무죄라는 사실을 입증하기 위한 언술이다. 우리는 흔히 약속에 늦었을 경우, 죄책감에서 벗어나기 위해 과장된 포즈를 취한다. 혹은 알리바이가 거짓이라면, 상황 설명이 더욱 장황해진다. 정신없이 과장된 화법으로 상대방을 제압하고 싶기 때문이다.

이런 설정 속에서 필자가 주목하는 것은 주체의 행위 방식이다. 시적 주체 외향적인 "치장"에 집중하느라, 자기중심을 잃고 있다. 그런데 치장이란 무엇인가? 몸에 대한 순간적인 판단이다. 그 순간을 위해 사람들은 멋진 외제 자동차가 필요하고, 명품 가방을 부적처럼 지니고 다녀야 한다. 주체가 중심이 아니라, 타자의 시선을 위해 몸매를 다듬고, 타자의 평가를 위해 옷과 신발을 준비한다. 자기 본위적인 주체성이 흔들릴수록, 치장은 화려해지는 경향이 있다. 본질이 중요한 것이 아니라 껍데기가 본질을 압도하는 것이다. 이 상황에서 균열과 불균형이 발생한다. 현대 사회는 감정 통제 요구가 높아짐에 따라, 몸을 감시하고 관리하는데 투자를 집중하고 있다. 그러나 자신의 몸으로, 일단 만족감을 얻는다 해도, 그 중 많은 부분을 상실하게 된다. 결국 현대인들은 죽음 앞두고, 그 몸을 홀로 감당해야 하는 의무 아닌, 의무를 갖게 된 것이다.[6]

그렇다면, 시인이 말하는 "아도니스의 얼음미소"란 무엇일까? 황경숙은 이 시에서도 '아도니스 증후군'에 대해 말하고 있다. 몸이 상품이 되고,

---

6) 몸의 개별화 현상은 현대사회가 소비자본주의 사회로 고도화될수록 심각해지고 있다. 몸이 개인과 개인, 개인과 외부 세계를 분리시키는 '용기(用器)'나 장벽으로 존재하는 것이다. 또한 몸의 합리화와 개별화 과정들이 긴밀해짐과 동시에, 죽음에 직면해서는 개인이 몸을 홀로 감당해야 하는 결과를 낳고 있다. 크리스 쉴링, 임인숙 옮김, 『몸의 사회학』, 나남출판, 2001, 266쪽.

몸이 가치판단의 기준이 되고, 몸이 인격을 평가하는 기준이 되면서 우리가 놓치고 있는 사실들을 드러낸다. 주체인 "나"의 내면을 채우지 못하고, 사회적인 진실을 외면한다는 "완벽한 알리바이"이다. 이런 "나"는 껍데기가 되어 소비 사회의 한 부속품으로 전락할 따름이다.

III. '주체'가 형성되기까지, 그 어려움

　　지금 여기에 가장 가까운 심급에 도착하지 못하는 번개를 위하여 나는 번개를 버틴다. 번개를 뒤집어쓰고 어둠의 일부인 채 어둠과 단절하면서 어둠을 밝히지 않는다. 나는 머뭇거린다. 머뭇거려야 한다. 누가 돌출되는가를 누구를 지나 흘러가는 무늬인가를

　　그곳에서 나는 내 그림자와 일치하는 실물인가를
　　그곳에서 나는 내 그림자와 내가 가지고 있는 가장 넓은 혀로 세계를 통분하고 있는가를

　　입에서 지루한 탄약이 쏟아진다. 꿈처럼 호흡은 짧게 끊어져 밟힌다. 한 사건이 벌어지는 심급에서부터 결코 나타나지 않는 장면의 심급에 이르기까지 나는 지금 형상을 만들지 못하는 몽타주이다. 나는 짧은 운동으로 분포한다. 한순간도 나를 지킬 수 없다. 그러나 깨진 두개골 속에 신을 벗어 놓은 자들과 함께

　　얼굴 없이 빚어지는 나의 이 다양한 표정을 보라

　　벽면들이 거미줄에 걸려 바스락댄다. 채찍을 맞고 있는 사실들이 빈둥거린다. 나는 막무가내로 벌을 선다. 공평하게 산산조각이 난다. 더할 나위 없이 다양해진다. 그러므로 윤곽 없이 모든 꿈은 마주치고

유추의 피가 벌써 밖으로 흘러나오는 것을 나는 보라

마치 꿈 속에서처럼 적절한 잠도 없이
나는 이 잠을 확정해야 할 것이다.
잠의 온도를 맞추어야 할 것이다.
이렇게 잠의 온갖 척도 아래로 다시 통상적으로
부재하는 눈을 도려내야만 할 것이다.
　　　　—이수명, 「몽타주가 된다는 것」, (『현대시학』 3월호) 전문

　이수명의 시는 조각조각 어긋난 이미지로 지적인 사유를 유도한다. (그 과정을 되씹고 해석하는 재미가 있는데) 금속판을 회를 뜨듯 얇게 잘라내어 교묘하게 배치하는 공간 구성의 맛이 있는데, 그 사이사이에 금속성의 물질이 부딪히는 울림이 들려온다. 불안하고 예리한 칼날 같다. 시어를 배치하다가도 갑자기 비틀며 꼬아버리면서 측면에서 베어버린다. 여리고 날카로운 금속의 선들이 나선형 계단처럼 비스듬히 어긋나 있다. 그녀의 시는 이 날선 빗금들 사이로 한줄기 햇살이 칼날처럼 스미는 것 같다.

　시인은 "몽타주" 작업을 통해 주체가 완성되기 얼마나 까다로운가를 보여준다. 시인은 스스로 자신의 몽타주를 만든다. 그리하여 "몽타주가 된다." 몽타주는 수많은 타자의 얼굴을 전제로 한다. 타자 속에서 주체를 찾는 것이다. 수수께끼처럼 나를 닮은 나를 만들어 가는 과정이다. 타자들의 얼굴로 "나—주체"를 완성하는 이 행위는 쉽지 않다. 흔히 이야기 하듯, "타자로 이루어진 나"가 곧, "나—주체"이면서 "타자—너"라는 단순한 이분법이 성립하지 않는다.

　시인은 언어적인 난센스를 작동시킨다. "번개를 뒤집어쓰고 어둠의 일부인 채 어둠과 단절하면서 어둠을 밝히지 않는다" 난센스를 연출하는 것은

몽타주 기법7)을 시적으로 이용하여 낯선 언어끼리 재배치시키기 위함이다. 아마도 비일치(non-synchronization)가 주는 불균형을 의도한 장치이리라. 시인이 이 방법을 택한 이유는 고정되어 있는 자아를 넘어서는 새로운 "나"를 찾기 위함이다. 그 사이에 보는 "나"와 보이는 "나" 사이의 간극을 즐기며 "머뭇거린다." 아니 당연히 "머뭇거려야" 할 일이다. "몽타주가 된다는 것"은 자기 본위적인 주체성을 찾아가는 참여의 장(場)이므로.

그러나 "나는 지금 형상을 만들지 못하는 몽타주이다" 한순간도 제대로인 "나"일 수 없다. 최소 단위인 쿼크가 짧게 "운동"할 뿐. "나"는 죄인이 되어 "막무가내로 벌을" 서거나 "산산조각" 균열이 일어난다. 무엇이 사실이고, 무엇이 거짓인지, 혼란스럽다. 상대적 사실과 주관적 사실 사이에서 내가 믿었던 사실조차 어긋난다. 그곳에 "유추의 피"가 흐른다. 완전한 죄인은 없고, 완벽한 알리바이가 없다. 그리하여 "잠"을 "확정"하고자 한다. 이것만큼 불확실하고 기약할 수 없는 다짐이 또 어디에 있는가? 시적 주체는 결국 "부재하는 눈"을 도려내겠다고 말한다. 내 눈을 떼어 다른 표정에 갖다 붙이며, 어디선가 찾아올 미래의 "눈"으로 세상을 바라보고 싶은 게다. (세상을 어떻게 바라볼 것인가? 라는 질문을 놓치지 않겠다는 시인의 의지가 엿보이는 부분이다.)

이 시는 불안과 불편을 기저에 깔고 있다. 그만큼 치열하게 고민하고, 깨뜨리며 거듭나려 한다. 외부에 간섭을 받고, "그림자"의 영향도 받고, "깨진 두개골 속에 신을 벗어 놓은 자들과 함께" 혼돈 과정에 놓여있다. 그래서 고요하게 정지된 사물이 없다. 입에서" "탄약"이 쏟아진다든지,

---

7) 이 시는 에이젠슈테인의 몽타주 이론을 떠올리게 한다. 바로 개념과 개념의 결합이 단순한 합이 아니라 새로운 차원의 의미로 도약시키는 충돌 몽타주 이론이다.

"벽면들이" "바스락"댄다. 주체의 불안 심리는 도처에 조각나고, 피를 흘린다. 말 그대로 까다로운 주체이다. 시인은 수용자가 능동적인 자세로 이미지 연상 작용시켜야 한다는 몽타주의 미학적 메커니즘을 잘 활용한다. 그 과정에 여러분들도 참여해 보시라. "나"의 몽타주를 만들어 스스로 창조자이면서 감상자가 되어보길!

　　팔순 아버지 세상 떠나 장례 치르느라 고향집에 오래 머물게 되었다. 재 너머 황토밭에 아버지 집 하나 봉긋하게 지어드리고 장례 때 마음 써준 마을 친구 집에 들렀다. 삼십 리 안쪽 사는 옛 친구들 몇 더 모여들어 농촌살이 팍팍함 늘어놓는데, 이제 오십 줄에 들어선 친구들 한결같이 술은 사양이다. 벌써 몸이 술을 거부하고 그 대신 달디단 커피가 당긴단다. 커피를 홀짝이는 친구들, 내 아버지 유택보다 처음 본 친구의 새 양옥집이 더 궁금하다. 이사했단 말은 들었는디, 이렇게 좋은 집인 줄은 몰랐소. 친구 부인, 가슴께까지 올라가 있던 커피 잔 내려놓고 자기네가 이 집에 살게 된 연유 털어놓는다. 다 이 가슴 덕이지라우. 무슨 소리라요, 제수씨? 소문 못 들었요? 금시초문인디. 아따 지난 정월 대보름에 농협 젖통 대회 있었잖아유, 그때 나가서 부상으로 이 집 탔단게요. 그럼 젖통으로 집 장만했다는 사람이 제수씨였소? 진짜 몰랐소? 젖통 크다고 집을 준다는 것이 쪼깐 거시기하단 생각은 했제만 제수씨가 탄 줄은…… 이 집 본디 주인 뜬금없이 살던 집 허물고 농협에서 빚 얻어 양옥집 좋게 지었지만 촌살림에 이자 감당이 어려워 견디다 못해 야반도주했단다. 농협서도 이 집이 팔리지도 않고 사글세로도 살겠다는 사람이 없어 관리하기에 골치깨나 아팠는데 마침 조합원 대회 때 상품으로 내놓자는 의견이 있어 젖통 대회 부상이 되었단다. 나도 아그들 생각하믄 쪼깐 민망합디다만 집 욕심에 두 눈 딱 감고 나가부렀소. 처녀 적부터 고것 한나는 수박통맨치로 컸은께!

허, 그랬구만. 듣고 있던 한 친구 녀석 눈 반짝이며 친구 부인 가슴 슬쩍 훑고 나더니 입맛 다신다. 그런 줄 알았으믄 고등학교 댕기는 우리 셋째 딸년도 내보낼걸. 우리 집 여자들 가운데선 고년 것이 가장 크거든. 제수씨하고도 막상막하였을 틴디. 작년 읍내 마트 행사 때 젖통 대회 나가서도 세탁기 탔잖소. 아직 크는 녀석이라 그새 더 커졌을 것인디……. 글씨, 이참엔 부인들만 출전 자격을 주었는디라. 그라고 갸만한 것은 인자 쌔고 쌨습디다. 작년까정만 해도 여자들이 여럽다고 그런 대회에 안 나와서들 갸가 세탁기라도 탔겄제. 올 같았으믄 어려웠을 것이요. 그래요? 내 참, 갓난이 같으믄 세 자녀 혜택이라도 받을 것인디, 공부 취미도 없는 우리 딸년 인자 뭐 갖고 상 타제?

　　　　　　　　　　　　—박상률, 「젖통대회」, (『실천문학』 봄호) 전문

　　박상률은 유머러스한 서사를 능숙하게 시 안으로 끌어들인다. 시적 긴장감은 다소 떨어지지만, 해학적인 입담에 밤을 새운지도 모르고 이야기를 졸라대는 어린아이처럼 시속으로 빠져든다. 이야기는 "팔순 아버지 장례 치르고" "고향집에" 들렀다가 옛 친구들을 만나면서 시작된다.

　　"정월 대보름 농협 젖통 대회" 이름만 들어도 있을 법하지 않은 제목이지만, 또 이야기 전개를 들어보면 제법 그럴듯하다. 달이 가장 크게 부풀어 오를 때, "젖통"이 가장 큰 사람에게 집 한 채를 상품으로 준다는 설정이다. 이런 발상을 한 농협 직원의 아이디어가 재치 있고, 거기에 참가한 아낙네들이 웃통을 벗고, 엑스레이 찍듯이, 한 줄로 그것을 내어놓고 길이와 부피를 재었을 광경을 상상하니, 그 자체만으로도 웃음이 난다. 그것도 다름 아닌 제수씨가 주인공이라니!

　　"제수씨"는 몸을 상품화 하여 최고의 교환가치를 실현시킨 장본인이다. 사회학적인 관점에서 몸의 사회학이 어떻고 몸의 상품화가 어떻고 왈가왈부 할 수 있겠지만, 시인의 해학적 발화방식은 그런 지식을 저만치 물러나게 한다. 오히려 "젖통"의 크기로 집을 장만하게 된 사연에 집중하게 한다. "농협 빚" 때문에 "야반도주"한 사연을 들어도, 안타까움보다는 상을 받은 장본인이 "제수씨"라는 놀라움이 앞선다. 희극적인 상황 자체가 비판의식을 잠시, 정지시킨 것이다. 이것은 제수씨와 친구의 대화를 통해서도 드러난다. (반복되더라도 재연해보자.) "나도 아그들 생각하믄 쪼깐 민망합디다만 집 욕심에 두 눈 딱 감고 나가부렀소. 처녀 적부터 고것 한나는 수박통맨치로 컸은게!" 그러자 친구가 말을 거든다. (제수씨 가슴을 슬쩍 훑고 나더니) "우리 집 여자들 가운데선 고년 것이 가장 크거든. 제수씨하고도 막상막하였을 턴디. 아직 크는 녀석이라 그새 더 커졌을 것인디……." 이 말을 듣고 제수씨가 받아친다. "갸만 한 것은 인자 쌔고 쌨습디다. 작년까정만 해도 여자들이 어렵다고 그런 대회에 안 나와서들 갸가 세탁기라도 탔겠제. 올 같었으믄 어려웠을 것이요."라며 쐐기를 박는다.

"제수씨"의 몸은 해학적인 입담에 실려 관능적인 미를 자랑하지 않는다. 걸쭉한 입담은 현실의 암담함과 좌절이 우려내는 비극성과 경직성을 풀어낸다. 웃음으로, 한바탕 긴장을 풀어버리고 천연덕스럽게 마무리 한다. 친구가 "공부 취미도 없는 우리 딸년 인자 뭐 갖고 상 타제?" 이 마지막 대사를 마칠 때, 무방비 상태로 이완된 의식에 송곳 같은 일침이 떨어진다. 담배라도 한 가치 피워 올렸을 법한, 마지막 웃음에서 씁쓸함이 배어나온다. 박상률은 농촌 현실의 암담함, 빈부 격차의 비극성, 몸의 상품화 등등을 정면 승부하는 방식으로 비판하지 않는다. 아마도 웃고 떠들며, 와자지껄했던 공간이 순간, 숙연해졌으리라. 이 뒤 끝에 비판적인 의식이 솟아났을 것이다. 주체와 주체가 서로 공감하며 한숨을 내쉬었을 법하다. 세련되고 관능적이지 못한 상품으로 밀려난 몸, 더 이상 갈 곳이 없는 아웃사이더들의 낙오 심리가 그대로 전달된다. 그렇게 그들은 소비되고 쓸쓸하게 잊혔던 것이다.

IV. 놀이로 접근하기, 끈질기게 소통하기

십자가 눈
사실 나는 하얀 눈을 가졌지
붉은 광기를 채운 세상은 교회 십자가로 가득했어
모두가 기억해 내 눈에도 박혀 있다고
서글픈 영혼들은 눈 열어줘, 눈 열어줘 두들겼지
휘익— 눈뜨면 금세 화아악—

알코올리즘 코
한낮 산책할 때도 어린아이를 만날 때도 널 생각할 때도, 난 단지
목이 말랐을 뿐이야 숨처럼 술이 들어가는데
지구가 너무 둥글어 제대로 걸을 수 없잖아
쉴 새 없이 손과 발은 조화롭게 앞뒤로 움직여
그만 살아 있으면 그만 살고 싶다면

이름을 불러다오, 입
물크덩 물크덩 입에서 나온 사람들의 갖가지 표정
신들의 언어를 따라 하는 입속에 항우울제
두 겹의 입술은 햇빛에 한가로이 매달려 하품을 뱉자
프리즘 착시현상으로 울렁울렁 목소리가 뜨겁게 번지네
내 어깰 스친 바람이 미친 듯, 웃어

오렌지색 머리

고개 들어봐 날 보라고, 불안해도 널 재생시켜 무지개색을 다 담지 말고 필요한 건 오렌지야 탱탱하게 살찐, 내 머리 맛있어 보이지?

탄트릭에 희생된 영혼들이 어둠을 주물러 각자의 섬을 만들 때 우릴 데려갈지 몰라, 뭘 망설여?

오래 살고 싶다면 오렌지색을 꼭 부탁해

몽글몽글 옷

때론 구름으로 때론 동그라미로

어깰 조용히 조용히 스칠 수 있는 무늬로 지탱할 때

바람으로 세탁한 의상을 찾기 전에 넌, 입을 수 없어

방법을 찾으면 간단하게 입혀줄게

헐거운 신발

거대한 발바닥인 척, 맞지 않는 자리 움켜쥐느라

어떤 미안함으로 살아내는지 누굴 미워했는지

자꾸만 스스로 커지는 신발은 믿음이 없어 걷다 보면 벗겨지고 뛰면 멈춰서는 거리만큼 누구의 신발도 아닌데 네 신발 찾아 다신 잃어버리지 않도록 풀칠해놓을게 꼭 맞는다고 따분해하지 마

　　　　　—성은주「종이 피에로 — 롯데월드, 우즈베키스탄, 크리스티나」,

　　　　　　　　　　　　　　　　　　　　　　　　　　　(『현대문학』 4월호)

　성은주는 2010년 『조선일보』 신춘문예로 등단한 신예 시인이다. 필자는 일부러 『현대문학』을 주목하고, 신인들의 시를 찾아보았는데, 여러 신춘문예 등단 시 중에서 단연 눈에 띄었다.

　젊은 시인은 지금 종이 피에로에게 옷 입히기 놀이를 하고 있다. 『조선일보』 등단작에서도 불완전하게 소란을 피우는 영(靈), 폴터가이스트와

종이인형이 "가볍게 탭댄스"를 추며 노는 장면이 나온다. 아마도 시인 성은주는 "종이 인형"을 특별한 시적 대상으로 삼고 있나 보다. 나의 분신이자 그림자이자 역할놀이 대상으로 종이인형에게 감정이입을 한다. 두려움과 불안, 쾌감, 고통, 나아가 꿈을 실현시키는 과정을 함께 겪고, 함께 성장하는 아바타 같은 역할이다. 그러면 독자들도 성은주와 함께 어린 아이처럼 인형놀이를 해 보자. 시는 놀이가 아니던가![8] 판타지 공간(롯데월드)에서 마음 놓고 이미지를 조립해보자. 독자들도 시인의 발화방식을 따라하며 종이피에로에게 이국적인 마술사의 주문을 걸어보는 것이다.

성은주는 여기서 혼잣말을 한다. 시인은 피에로를 "나"로 설정했다가, "너"라고 부르기도 한다.[9] 시적 주체의 위치가 수시로 변화한다. 그럼에도 중요한 것은 "나"는 "너―종이피에로"가 정체성을 갖도록 지켜보고 격려하는 사람이라는 사실이다. 젊음과 불안, 그것과 맞서 나가고 싶은 패기, 혹은 자기 위한 등등 여러 가지 감정이 교차하지만, 피에로 인형 역시

---

8) "시를 짓는 것은 사실상 놀이 기능이다. 그것은 정신의 놀이터 즉 정신이 그것을 위해 창조해 주는 그 독자의 세계 속에서 진행된다. 이 속에서 사물은 일상생활에선 갖는 외관과는 매우 다른 외관을 갖는다. 또 논리와 인과라는 유대와는 다른 유대로 상호 연관된다." "시는 진지함 너머에, 즉 어린이, 동물, 미개인, 예언자가 속하는 보다 원시적이고 원초적인 수준, 꿈, 매혹, 엑스터시, 웃음의 영역에 존재한다. 시를 이해하기 위해서는 우리는 마법의 망토 같은 어린이의 영혼을 지닐 수 있어야 하며 어른의 지혜를 버리고 어린이의 지혜를 가질 수 있어야 한다."(J.호이징하, 김윤수 옮김, 『호모 루덴스』, 까치, 1998, 183쪽.)

9) 우선 1연을 보면 "사실 나는 하얀 눈을 가졌지" 발화를 통해 "종이 피에로"가 시적 주체인 것으로 상정된다. 그러나 2연으로 가면서 분화를 시작한다. "한낮 산책할 때도 어린아이를 만날 때도 널 생각할 때도, 난 단지 목이 말랐을 뿐이야" 라면서 시적 주체인 "나"와 시적 대상 "종이피에로―너"를 분리시킨다. 4연에서는 "고개 들어봐 날 보라고, 불안해도 널 재생시켜" 하면서 "나"와 "너"의 역할이 분담된다. 이것은 "나"가 내 안의 "나"에게 발화하는 방식이리라.

주체로 서야 한다는 거다.

시인은 인형 놀이를 통해서 주체가 어떻게 형성되는가를 보여준다. 주체성을 확립해 나가는 과정에서 "내"가 "나"를 믿는 것이 가장 중요하다. 그래서 5연, 피에로의 존재 이유를 찾기 전에 "옷"을 "입을 수 없"다고 말하면서 그렇지 않으면 "가위로 공격"하겠다는 귀여운 협박(?)을 한다. 그리고 6연에서 "신발"이 등장한다.

시인은 "신발"과 "믿음"을 연결시킨다. 테세우스가 가죽신과 칼을 들고 아버지를 찾아가 아들로 인정받은 것처럼, 신발은 자기 정체성을 찾아주는 열쇠이다. 타자와 세상의 요구에 휘둘리지 않고, 자신의 꿈을 찾아, 자기 길을 가겠다는 의지이다. 시인이 그것을 찾았는지, 찾지 못한 것인지는 알 수 없는 일이다. 분명한 건 시인이 찾을 가능성이 아주 높아 보인다는 사실이다. 종이피에로와 대화 과정에서 분열되었던 자아가 "신발"을 통해 일치되었기 때문이다.

시인 성은주는 재미있게 주체를 찾아 나선다. "무관심성(disinterestedness: 어떤 대상을 이해관계나 목적의식 없이 바라보는 심적인 태도[10])"로 놀이하며 탐구한다. 일상생활의 필요와 욕망의 저 너머 바깥에서 사물을 결합하고 해체하는 놀이로 우리를 매혹시켜서 좋다. 놀이를 통해 단단한 현실의 벽이 무너질 수 있으리라 믿고 싶다. 정면 승부했던 복서가 KO패 당하는 패배감에서 벗어나고 싶다. 즐겁고 재미있는 틈을 노려서 약자도 유쾌한 승리자가 되었으면 좋겠다. 구렁이처럼 벽을 타고 넘어서고, 때로는 틈에 구멍을 뚫어 개미가 기어 다니게 하고, 공을 튕겨서 하늘로 도약할

---

10) J.호이징하, 앞의 책, 20쪽.

수도 있겠다. 놀이를 통해 대상을 향유하면서 권력의 아킬레스건을 찾을 수 있지 않을까? 해학과 풍자로 해탈할 수는 없을까? 헛소리하듯, 죽음의 공포마저 내면으로 받아들이고, 즐겁게 죽을 수 있지 않을까? 이것 역시 시의 길이라는 생각이 든다. 즐기면서 찾아가는 자기본위적인 주체성은 오히려 타자를 향해서도 열려있을 테니까.

> 혼잣말을 하는 누이에게, 누이야. 그만 그처라.
> 혼자라는 성질만 가지고 가서 스스로 벼랑이 되어라. 하고
> 둘이라는 혀를 가진 나에게
> 내가 그토록 그리워한 것이 다른 네가 아니라 입속 다른 형식인
> 나라는 것을 중얼거리다 보면
> 건강한 묘지로 가 무덤을 핥아대는 입은
> 나처럼 내 입인가. 나와 멀어질, 나 같은 네 입인가.

> 나는 얼음으로 태어나지 말았어야 했다. 꼭두각시 목소리로 새벽을 외치거나 얼굴에서 얼굴을 뺀 얼굴로 누이는 누워 있었지. 누이야. 가기 전에 혀만 빼놓고 가라. 잠시라도 좋으니 쓰러진 담을 용서하고 가라.

> 기침을 할 때마다 돌덩이들 쏟아져 나오고 춤꾼들은 절벽 끝에서 덩실덩실 숲에게 시위를 하는데, 누이야. 숲은 혼자의 것. 혼잣말이 아니다. 숲에게 소유된 나무들의 신성함을 보아라. 말에게 꼭두짓을 하고 밤에게 주목을 끈들. 나는

> 온도에 민감한 액체일 뿐.
> 붙잡아줄 수 없는 말이 없어
> 누이야 섭섭해. 머리 쓰다듬고 가지 마라.

말을 옮기기가 싫다. 목소리야. 내 몸과 헤어지지 마라.

입술을 두고 헤어질 각오로 순간, 순간 나는 나를 두고 나에 관한 말이다. 그저 오해다.

말이 두고 온 혀

말에서부터 변형하는 혀, 말 때문에 다른 혀를 부르다가 복수가 된 혀, 둘이서는 먹을 수도 없고, 말할 수도 없어. 혀에서 혀까지

묘지가 서는 입속

말은 입술과 헤어진 형식이지만 입술은 심장과 멀어진 상태라는 것을 나는 또 사라진다.

필요 이상 잊을 일도 반드시 흉이 아닌데 물소리가 나는 내 갈빗대 사이에서 증발하는 것이 곧 죽음이라고

예감하지 말고 가라. 가능성이란 온도는 내게, 주지도 말고 가라.

누이야 말 좀 하고 가라. 한술 미각에게 색을 주고 나에게 이름을 주고 가라.

무덤을 열고 꽃봉오리처럼 흔적으로 다시 가라.

꿀꺽꿀꺽 나를 깨물고 나를 다 마시고 가라. 말에게 피를 주고 말에게 칼을 주고 가라. 혼자서 말하지 말고 같이 말에서 살다 가자.

미안. 중얼중얼 싫다. 멀리 가라. 벙어리로 다시 태어나 묘지로 가자. 서로에게 혼잣말로 같이

가자.

            —박성준, 「혀의 묘사」, (『문학과사회』 봄호) 전문

박성준은 치열한 언어감각과 시 정신으로, 젊은 시인답지 않은 깊이와 통찰을 보여주는, 주목받는 시인 중에 한 명이다. 시인은 타자―누이와 소통하고자 한다. 겉으로는 소통이 안 되는 것처럼 보이지만, 주체―나는 여전히 타자―누이와 소통하려 한다. 그 방식을 살펴보자.

누이는 "혼자"라는 "성질"을 가진다. 그에 반해 "나"는 "둘"이라는 성질을 갖고 있다. 현재 "누이"와 "나"는 "오해"가 벌어진 상태이다. 그 장면을 그려보자. "누나"는 "나"에게 화가 났거나 삐친 상태로 등을 돌리고 있다. 같은 공간에서 빠져나가려는 듯 보인다. 동시에 "혼잣말"을 하며 소통을 거부하는 행위를 한다. 이에 반해 "나"는 누이와 대화하기 위해 알리바이를 늘어놓는다. 그런데 문제가 발생한다. 주체―나의 "혀"가 "둘"로 갈라진 것이다. 앞 뒤 모순되는 발언으로 오해가 발생했나 보다. "말 때문에 다른 혀를 부르다가" 자신의 말을 뒤집는 발언을 한 거다. 때문에 "누이"와 "나"는 소통 불능 상태에 빠진다. 주체는 끈질기게 포기하지 않고 소통하고자 한다. 불안하게 등을 돌리고 싶을 텐데도, 단념하지 않는다. 이미 내 "혀는" 진실을 배반했고, "입술은 심장과 멀어진" 상태이다. 진실을 회복할 수 없으므로, 누이는 혼잣말을 한다. 이때 주체는 한 발 물러나 타자의 발화방식을 인정한다. 소통방법을 바꾸는 것이다.

여기에 박성준 시인이 갖는 주체[11]의 특이성이 있다. 타자를 인정하면

---

11) 여기서 이명원(「'사이 주체'로의 전화」, 『문화과학』 2010, 봄호)의 글을 재인용하고 싶다. 『일본 근대문학의 기원』에서 가라타니 고진이 나쓰메 소세키와 데카르트를 비교하는 장면을 주목할 만하다. 나쓰메 소세키 역시 서구 문학과 일본 한문학 사이에서 방황하고 있을 때, 데카르트가 가졌던 괴로움과 유사한 경험을 했다. 다시 말해 "자기 본위"적인 주체를 선언함으로써 과감하게 주체를 불안하게 했던 요소들과 단절했다. 이 시점부터 나쓰메 소세키는 "낮의 명랑성"을 회복한다. "나는 이

서 자신의 자리를 기꺼이 내어주는 방식이다. "누이야 말 좀 하고 가라." 그렇게 다시 붙잡는다. "나에게 이름을 주고 가라" 조르면서 불편한 상황을 해결할 결정권을 타자에게 넘겨준다. "이름"을 부여한다는 것은 소유 욕망의 실현이자, 관계를 설정하는 방법인데, 시적 주체는 타자를 우선시한다. 이렇게 공존방법을 제안하는 시인은 "혼자서 말하지 말고 같이 말에서 살다 가자"고 말한다. 불안한 공동체이기에, "멀리 가라"하며 밀치다가도, "서로에게 혼잣말로 같이" 더불어 소통할 수 있다고 다시 한 번 제안한다. "무덤을 열고 꽃봉오리처럼" (예수 부활처럼 새로운 언어로 태어나고 싶은 시인의 욕망으로 해석해도 되지 않을까?) 새로운 언어로 끊임없이 대화를 시도한다.

그렇다. 박성준은 그냥 가는 것이 아니라 "다시 가라" 주문한다. 따로 또 같이 제3의 대안을 제시하며, 각각 주체로서 자기 본위를 인정하면서도, 타자의 고유성을 인정하는 방식으로! 타자를 침범하지 않으면서, 주체의 의도를 관철하는 방식으로! 타자의 혼잣말과 주체 안의 분열을 동시에 인정하는 방식으로! 다성적인 발화가 공존하는 페스티발을 꿈꾼다. 새로운 언어로, 비선형적인 어긋남과 소통 불능을 인정하면서, 그 가운데 소통 가능성을 열어젖히면서, 불안한 현재를 소통하며 젊은 시인이, 지금, 여기에, 소통하고 있는 중이다.

자기본위라는 개념을 손에 쥔 뒤부터 매우 강해졌습니다."라는 나쓰메의 진술이 그것. 이는 데카르트가 "나는 생각한다. 고로 존재한다."고 선언함으로써, 주체의 존재 증명을 단절적으로 완결한 상황과 유사하다. 이 점에서 가라타니 고진의 '사이 주체"라는 개념을 재 언급한다. 사이 주체는 공동체의 주체와 주체 형성 메커니즘을 거스르면서, 공동체와 공동체 '사이'의 끈질긴 대화를 지속한다.

Ⅴ. 생의 발끝에서 아름다운 낙법(落法)이 필요한 이유

꽃 꺾어다 병에 꽂는 것은
실은 낙법을 익히는 것

곤하여 침 흘리며 졸았지
달콤했지

지푸라기를 문 새의 표정
근중斤重한 동굴

겨드랑이 긁고
등허리는 손 닿지 않아 안타깝네

산수유꽃 아래로 가
둥치에 등 비비네

어디서
새 우네
새 우네

쌀뜨물 같은 햇볕
발등 적시네

꽃가지 하나 꺾어다 꽂고
내내 낙법 익히네
　─장석남, 「낙법落法 ─법정 스님 가시다」, (『현대시』 4월호) 전문

경건한 죽음을 본다. 법정 스님, 그 인생이 그 자체로 예술 작품이었고, 자기 도야였으며, 윤리적 주체로서 자신과 타자를 동시에 끌어올렸던 아름다운 이름이었음을.

장석남의 시 「낙법」은 죽음을 준비하는 시라 하겠다. 그의 시는 행간에 고요가 스며들어, 숨조차 한 박자 가다듬고, 시어에 깃든다. 고요 속에 미세한 움직임이 숨어 있으므로 속도를 줄이고 멈춘 듯 기대어 본다. 고요를 예감하다가 느닷없이 날아가는 새 한 마리가 있어, 그 굵직한 눈매를 슬로우비디오로 마주치는 맛을 봐야 하므로. 그러려면 독자들은 심리적 예열이 필요하다. 동작이 정지되는 순간 돌아서는, 날렵한 버선코를 보려면 의외로 긴장해야하기 때문이다.

시인이 주목한 것은 능동적이고 의연한 죽음이다. 주체성과 타자성을 동시에 구현했던 삶에 대한 산화공덕(散花功德)이다. "꽃을 꺾어다 병에 꽂는 것은" 시인 역시 그러하고 싶은 마음에서이다. 꽃은 한정된 시간 동안, 링거 수액을 맞으며 죽음을 준비하고 있다. 이 과정을 시인은 "낙법"으로 명명한다. 잘 죽는 것이 잘 사는 것이므로. 이승과 저승의 경계를 장대높이뛰기로 사뿐히 뛰어넘듯이, 우아하고도 절도 있게 준비하고 싶은 게다.

시인은 무의식의 세계로 빠져든다. "곤하여 침 흘리며 졸았지 / 달콤했지" 깨어보니, 꿈이었으니 아직 살아있다. 깨어났지만, 결국 누구에게도 기댈 수 없는 "혼자"이다. 이미 타자들은 주체에게서 멀리 물러나 있고, 혼자 있어도 고독하지는 않다. 단지 등이 가렵다. 최소한의 감각이 닿지 않는 것으로 생을 갈구하는 것. "겨드랑이 긁고 / 등허리는 손 닿지 않아" 안타깝다. 아주 사소한 부족분만큼만 몸을 움직여 미세한 것과 인연을 맺는다. "산수유꽃" "둥치"에 등을 비비며 공(空)을 채운다(色). 은근한 마찰로 천천히, 번지고 스며들듯이, 가려움을 해소한다.

주체와 타자의 제스처는 사뭇, 따뜻하고 부드럽다. "쌀뜨물 같은 햇볕 / 발등 적시네" 오히려 주체는 타자에게서 많은 것을 보상받는다. 대상을 향유할 줄 아는 주체이기에, 서로 넉넉하게 베풀고 보답한다. 식물은 한 자리에서 스스로 영양분을 만들어 섭취하고, 스스로 죽음을 선택하는 영적인 삶을 사는 존재이다. 스스로 죽는 날을 결정하고, 그 바람의 결에 따라 유유자적하며 흐를 수 있는, 초월의 경지를 지니고 있다. 소통 단절 때문에 괴로워하지도 않는다. 이미 고난과 역경을 거친 뒤라, 한 발짝 뒤에서 고요히 지켜볼 줄 안다. 쌀을 씻고 남는 물을 버리지 않고 허드렛물로 다시 활용하듯이, 여유를 가지고, 타자와 더불어 쓰일 줄 안다. 생애를 바라보는 철학이 농익어, 절로 고개 숙이는 법. 그것이 낙법(落法)이리라.

그 고요한 아름다움으로, 한 사람 한 사람의 삶이 자기 본위를 실현하는 주체가 되어, 소중하고 고귀한 작품이 되어 떨어지길 바란다. 누군가 死北 死北 따라오더라도, 우리들은 아웃사이더가 아니므로, 내가 세상의 중심으로 갈고 닦으며 일어서길, 타자와 더불어 살며, 주체가 강해지길. 아무리 강조해도 지나치지 않을 것이다. 이것부터 시작이므로. 죽음이 곳곳에서 개인들을 위협하는 시대일수록, 각자, 생의 발끝에서 아름다운 낙법을 익혀야 하기 때문이다.

인공 정원에서 길들여지기, 혹은 탈옥하기

월드컵이 끝났다. 잔디밭 위를 야생마처럼 달리던 축구선수들이 사라졌다. 남아프리카 공화국의 넬슨 만델라 베이 월드컵 경기장을 가로지르던 자불라니가 텔레비전 화면에서 보이지 않는다. 축구선수들끼리 의사소통이 안 된다고 항의를 받았던, 관중석에 귀청을 따갑게 울리던 부부젤라 소리도 들리지 않는다.

2010년 남아공 월드컵은 축구의 우승자를 가리는 단순한 게임이 아니었다. 그곳엔 전자전기 산업 분야의 치열한 각축전이 벌어지고 있었다. 「아바타」로 물밀듯이 밀고 들어왔던 '3D' 열풍이 자리하고 있었다. 삼성, LG를 비롯한 대기업들은 월드컵을 분기점으로 LCD와 LED를 넘어서는 3D HD고화질 텔레비전을 출시하고, 홍보하는데 열중했다. 남아프리카 공화국에서 날아온 자불라니가, 거실에 매달린 벽걸이형 TV에서 튀어나오는 것이다. 관객들은 남아프리카공화국에서가 아니라, 소파에 앉아 3D 입체안경을 쓰고 축구를 관전한다. 지구 반대편에서 벌어지는 경기를 생동감 있게 즐기기 위해서 3D입체안경을 쓰는 불편까지 기꺼이 감수한다. 눈앞에서 자불라니가 튀어나오고 땀 흘리는 축구선수의 근육이 박진감 있게 출렁거린다. 상대편 선수가 반칙을 하며, 우리 선수가 맞부딪치는 순간, 유럽의 어느 마을에서, 일본의 우동가게에서, 대한민국의 호프집과 마을 회관에서 환호와 탄식이 동시다발적으로 교차한다.

눈앞에서 공이 튀어나올 것 같은 3D 화면은 사실, 비현실적인 감정을 유도한다. 3D 입체 안경을 벗고 나면, 일상이 초라하고, 보잘 것 없어 보인다. 오히려 능동적인 몰입을 방해하고, 인간을 수동적으로 만들어 버린다. 어떤 이들은 새벽 서너 시까지 방영되는 월드컵 생중계를 챙겨보다가 월드컵이 종료하자, 할 일이 없어진 것처럼 공허했다고 한다. (그도 어느 대학에서 문학을 가르치는 사람이었다) 아이러니하게도 현실을 생동감 있게 전달하려는 기술이, 현실을 직시하는 힘을 빼앗아 가 버린 것이다. 더불어 현실과 비현실을 혼동시키며, 어느 것이 진짜 사실이었는지, 일시적인 혼동과 괴리감을 유도한 것이다. 3D 영화 「아바타」가 한창 상영되었을 때, 3D입체 안경을 벗었더니, 현실로 돌아오는 것이 싫어서 우울증에 빠졌다는 CNN보도를 떠오른다. 가상현실을 재현한 기술이 현실세계를 뛰어넘어 버린 현상이 발생한 것이다. 3D 입체 안경으로 체험한 월드컵조차도 사람들은, 환상적인 이미지로만 받아들이는 것은 아닐까? 그 환상이 지극히 그럴듯해서, 일상이 허무해 지는 것은 아닐까? 3D 기술은 현실마저도 환상으로 만들어 버리는 것은 아닐까? 현대인들은 이미, 가상현실과 현실 사이에, 한발씩 걸치고 살아가고 있다. 현실이 가상현실이 되고, 가상현실이 현실이 되는 아이러니한 상황. 이런 상황 속에서 주체는 어디서 방황하고 있는 걸까? 바깥세상이 시끄러운 것들로 소요하고 있을 때, 시는 그 어디 쯤 서성거리고 있던 것일까?

Ⅰ. 인터넷 공간에 "나를 팝니다"

1.
인터넷 웹사이트에 빵나무아래가 올린 공고가 떴다

— 1,700만원에 나를 팝니다

빵나무아래의 몸값은 그녀가 은행에서 융자받은 집값
은행융자 속에 빵나무아래의 집이 있고
집속에 빵나무아래가 있고
빵나무아래엔 그늘이 있어
그 그늘 지워줄 남자를 찾는 빵나무아래

몸의 집을 구하는 빵나무 아래

2.
인터넷 쇼핑몰에 시인의 얼굴이 해처럼 떠 있다

— 시(詩)의 집, 정가 7,000원(회원 10% 할인)

빵보다 값싼 시(詩) 쇼핑몰 아래 앉아
시인이 장바구니에 담길 시를 쓰고 있다
뱃속에서 꺼낸 11월의 그늘을
맨발 밑에 깔고

* 빵나무아래 : 중국 사천성의 한 이혼녀 ID. 은행융자로 무리하게 구
입한 집값 1,700만 원을 갚아주는 남자와 결혼하겠다고 인터넷에 공개
　　　　　　　　　—권혁수, 「빵나무 아래」(『시작』, 2010, 여름호) 전문

권혁수는 인터넷 공간에서 사용되는 이름인, ID에 주목한다. 그 ID는 특이하게도 "빵나무아래"이다. 시인 자신이 밝힌 대로 "빵나무아래"라는 여인은 중국에 사는 이혼녀이다. 그녀는 인터넷 공간에서 "나를 팝니다"라고 자신을 상품으로 내 놓았다. 양파 껍질 속에 또 다른 양파 껍질이 숨어있듯이, "은행융자 속에" "집이" 저당 잡혀 있고, "집속에" 그녀가 살고, 그녀는 그것을 갚을 능력이 없는 이혼녀이다. 그녀는 은행융자금을 갚아줄 남자가 필요하다. 그래서 "빵나무아래"는 인터넷 공간에서 몸값을 흥정하며, 자신을 스스로, 종속시킨다.

이 시를 읽으니, 박노해의 「바겐세일」이 떠오른다. "에라 씨팔, / 나도 바겐세일이다 / 3,500원도 좋고 3,000원도 좋으니 팔려가라 / 바겐세일로 바겐세일로 // 다만, 내 이 슬픔도 절망도 분도까지 함께 사야 돼"(『노동의 새벽』) 박노해는 이 시에서는 자신을 상품으로 내놓는다는 사실에 절규하며 분개했다. 인간을 상품으로 전락시키는 냉혹한 현실을 인정하고 싶지 않았다. "슬픔"과 "절망"까지 함께 사가야 팔려가겠다는, 다시 말해 상품으로 팔려가지 않겠다는 것을 온몸으로 표현했다. 그런데, "빵나무아래"는 다르다. 자신을 파는 장면이 그처럼 처절하지 않다. 이것을 어떻게 해석해야 할 것인가?

"빵나무아래"는 역전현상을 보여준다. 여자는 자본에 종속되고, 집에 종속되고, 은행에 종속되고, 남자에 종속된다. 그녀는 이 모든 것들을 스스로 종속시키며, 인터넷 공간을 활용한다. 인터넷 공간에서 상품이 거래될 때에는 표정과 감정이 드러나지 않는다. 다만, 상표만 있을 뿐이다. 옷을 입은 모델이 있고, 그 모델을 찍은 사진을 보고, 간단한 클릭 몇 번으로 물건을 고르면 되는 일이다. 구매자는 상품을 선택하고, 카드 결제를 하고, 배달만 기다리면 된다. 집에 앉아서 상품거래를 완결 짓는 인터넷 공간에, 그녀는 자신을 상품으로 등록한 것이다.

인터넷 공간에 주체적인 인간을 종속시키는 사건이 아닐 수 없다. 여기에 절규와 슬픔은 끼어들 수 없다. 익명성이 보장된 인터넷 상품 거래에서 감정 소모가 일어날 필요가 없다. 무표정하게, 수행하며 클릭할 뿐이다.

권혁수 시인은 "빵나무아래" 사건을 보고 시적 주체를 되돌아본다. 시를 쓰는 일 역시, "빵보다 값싼 시(詩) 쇼핑몰"에 "장바구니에 담길" 상품을 쓰고 있다는 사실이다. 그녀와 다를 게 없다는 자괴감이 밀려오면서 시인은 "11월의 그늘을/ 맨발 밑에" 밀어 넣는다. 시인 역시, 상품으로 시를 내놓는 것이나 마찬가지라는 게다.

물질은 주체를 넘어서고, 이미 오래 전에 인간을 앞도하고 있다. 주인인 듯이 사용하는 도구가 사실은 거꾸로 인간을 이끌고 있다. 21세기 현대인들도 구석기, 신석기 시대 고대인들과 마찬가지로 도구에 따라 분류된다. 아이패드인(人)과 스마트폰인(人), 넷북인(人)들과 컴맹인(人). 문명과 과학이 발달하면서, 그것을 활용하는 사람과 활용하지 못하는 낙오자들 사이에 문화의 차이, 생활 방식의 차이가 극심해 질 것이다. 그 사이에, 사람들은 문명이 이룩해 놓은 첨단 과학과 인터넷 공간에 스스로를, 종속시킨다. 즐기며 활용한다고 느끼는 것은 착각일지도 모른다. "나를 팝니다" 그리고 시(詩)를 팝니다. 어쩌면 이것은 지극히 당연하고, 지당한 일이다. 거부하고 인정하고 싶지 않지만, 받아들여야 하는 현실, 그 자체이다.

> 싸가지 없는 나의 혀가
> 싸구려 콘돔을 뒤집어쓰고 신문을 읽는다¿
> 국가들끼리도 간통을 한다¿

간통은 증명할 수 없으므로
구시대적인 법이므로 통치자는 국화만을 던진다¿
밤꽃내 나는 전근대적인 나의 손이
다국적 기업의 누드부라자를 클릭할 수 있게 된 오늘
화약을 전송해도 피를 흘리지 않는 모니터 속에서
요원들이 하루 종일 나를 감시한다¿
근육질의 하늘은 여전히 평면이고
우리가 수없이 폭파한 경찰서에선
수갑을 채운 아이가 자살테러를 꿈꾼다¿
절뚝거리는 문장들이 타이핑 되는 검찰청
아이의 본적은 북극이고
봄을 향한 소송은 만년 째 진행 중이니
강철무지개*를 향한 겨울의 항소는 그만 두련다¿
싸가지 없는 나의 혀가
싸구려 콘돔을 뒤집어쓰고 신문을 읽는다¿
정치인이 기업인이 공무원이 너와 내가 간통을 한다¿
간통은 구시대적인 법이므로
증명할 수 없으므로 우리는 우리에게 국화만을 던져야 한다¿

    * 이육사의 「절정」
                            —하린, 「싸가지 없는 혀의 소극적인 변명」
                                 (『현대시』, 2010, 7월호) 전문

   그렇다면, 시대가 변할수록 당당한 발언을 하지 못하는, 경계에 서 있
는 지식인의 모습은 어떠한가? 2008년 『시인세계』로 데뷔한 하린은 힘줄
이 느껴지는 풍자적인 언어로 목소리를 높인다.
   그는 우선 시 행의 말미에 "¿"를 사용하고 있다. 물음표를 거꾸로 돌려

놓은 것이다. 시인의 발화에 대해서, 의미를 뒤집고 싶어 하는 욕망이 담긴 기호라 하겠다. "싸가지 없는 나의 혀"가 내뱉는 말에 대해 정식으로 이 세상에 항변하는 것은 아니라는 뜻이다. 시 제목에서 보이듯이, "소극적인 변명"을 하고 있다는 사실이다. 하지만 그 혀는 속된 말로 "싸가지"가 없다. 시인은 에돌아가며, 의문을 제기하면서, 끊임없이 자문하고, 그것이 사실이건 아니 건 상관없이 의문투성이 상태로 세상에 되던져 놓는다.

첫 발화 지점을 보자. "싸가지 없는 나의 혀가 / 싸구려 콘돔을 뒤집어 쓰고 신문을 읽는다¿" 우선 시인은 자신의 시적 발화 자체를 조롱한다. 더불어 자신의 행동을 비하시킨다. 풍자를 하려면 풍자 대상을 공격하기 전에, 자신을 깎아내리면서, 조롱하는 태도가 필요하다. 그 다음에 신문 매체와 인터넷 공간을 동시에 비판한다. 시인은 매체를 대면하는 태도부터 불량스럽다. "싸구려 콘돔을 뒤집어쓰고" 있다. 시인이 바라보기에 권력과 대중미디어 매체들이 한통속이기 때문이다.

국가기관은 이익이 되는 조직끼리 정보를 비밀리에 공유하고, 나머지 불순물들을 처리한다. 시인은 이것을 "간통"이라 부른다. 누가 어떻게 증거를 제출할 수 없는, 주관적인 범죄로 치부하는 것이다. 일국의 대통령이 서거했음에도, "통치자는 국화만을 던"지면 면죄부를 부여받는다. 그것으로 끝이다. 신문과 인터넷이 제공하는 정보에 대해서도 삐딱하지 않을 수 없다. "다국적 기업의 누드부라자를 클릭할 수 있게 된 오늘 / 화약을 전송해도 피를 흘리지 않는 모니터 속에서" 한 명 한 명의 개인들도 국가권력의 "감시" 대상이 된다. 감시 요원이 따라붙는 것이 아니라, 인터넷 상의 공간을 감시하고, 조사하는 것이다.

최근 인기 있는 소통공간인 트위터는 140글자 안에서 일상생활의 세밀한 부분까지 즉시, 소통하는 공간이다. 트위터는 사람들의 소통 방식을 바꾸며 인간관계를 확장하기 위한 멤버십 공간이 되기도 한다. 국가권력은 새로운 소통공간이 발생하면, 곧바로, 그 공간을 감시한다. 최근 개그우먼 김미화는 거대 방송 권력에게 고소를 당하는 사건을 겪는다. 사적인 공간에 글을 올린 것이 명예 훼손 죄로 고소된 것이다. "검찰청" "정치인" "기업인" "공무원"이 잘못을 알고도 묵인해 주고, 또 다른 잘못을 저지르고, 뒤를 봐주며, "간통을 한다¿" 누가 잘못을 하고, 누가 잘못하지 않았는지 헷갈리는 사이에, 현 정권에게 주홍글씨가 박혔던 요주 인물들을 암암리에 감시대상하고 있었다. 거기에 "너"와 "내"가 동시적으로 포함되어 있다. 트위터를 비롯한 새로운 소통공간은 "나"와 "너"가 즐기며 감시하고, 흠모하며 욕하고, 감상하며 고발할 수 있는, 무법의, 무방비 공간이 된 것이다. 익명성으로 넘치는, 얼굴 없는 사람들에 의해, 일거에, 죄인으로 몰려, 검찰에 호송되는 것이다. 가장 사적인 것이, 배반의 덫을 드리운다. 새로운 매체에 길들여진 우리들은 함께 죄를 짓고, 서로 죄를 묵인하고, 더불어 적당히 봐 주고, 필요할 때만 떼거리로 공격하며, 자신을 숨겨왔던 공범인 셈이다. 새로운 소통 공간에서, 곳곳에서, 마녀사냥이 이루어진다.

결국, "우리는 우리에게 국화만을 던져야 한다¿" 서로가 서로에게 조의를 표하며, 죽음을 애도하는 비극적인 장면에, 필자도 조의를 달고 싶다. 마지막 구절이 시구가 가슴에 사무친다.

Ⅱ. 불편과 진동, 현실 세계에서 소통하기

가끔 당신으로부터 사라지는 상상을 하는
나는 불편한 사람
불난 계절을 막 진입하고도

폭발을 멈추지 않는 사람
강의 좌안과 우안에 발을 걸치고 서서
그래도 앞으로 가야 할 이유를 더듬느라 그러는 사람

시간의 주름들을 둘러쓰고도
비를 맞으면 독이 생기는 나는 누군가에게 불편한 사람

달팽이의 소요에 불과한 진화의 모두를 타이르기엔 늦은 저녁

어쩌면 간절히 어느 멀리 멀리서 살기 위해
돌고돌다 나를 마주치더라도
나는 나여서 불편한 사람

가끔 당신으로부터 사라지려는 수작을 부리는
나는 당신 한 사람으로부터 진동을 배우려는 사람
그리하여 그 자장으로 지구의 벽 하나를 멍들이는 사람
　　　　　－이병률, 「진동하는 사람」(『애지』, 2010, 여름호) 전문

　이병률이 "나는 불편한 사람"임을 말하는 이유는 무엇일까? 그리고 "진동하는 사람"이라는 이유는 무엇일까? 흔히, 핸드폰이 진동하는 것으로 알고 있는데, 그 "진동"이라는 단어를 사람을 꾸며주는 수식어로 사용한

이유는 무엇일까?

　문명의 발달로 소통 방법이 다양하게 변화할수록, 아이러니하게도 사람들은 직접적이고 현실적인 소통을 불안해한다. 다시 말해 익명성이 보장된 밀폐된 공간 속에서 이루어지는 소통, 가상공간에서 이루어지는 소통을 오히려 편하게 여긴다. ID를 가지고 아바타로 활동하면서 뿌듯함을 느낀다. 돈을 저축하고, 강아지를 기르고, 얼굴 없는 필자가 된다. 언제든지 가입하고, 맘만 먹으면 탈퇴 가능한 익명의 세계가 그들의 실재 세계이다. 이렇게 가상공간의 소통에 중독된 이들은 현실 세계에서 머뭇거린다. 실질적인 관계능력을 상실하는 것이다. 직접 부딪히고 상처받고, 사랑하고, 치유하는 소통 방법을 상실한다. 이들은 가상의 공간으로 도피하면서 자신을 또다시 닫아버린다.

　최근, 아이패드나 아이폰과 같은 도구들은 마찰을 필요로 한다. 지문의 터치, 그 가냘픈 손가락의 움직임으로, 화면이 커지고 작아진다. 마치 기계를 마술사처럼 움직일 수 있다는 착시 현상을 일으킨다. 전류의 흐름을 인식하는 정전식 터치 방식의 도입은 거칠고 투박했던 기계가 인간의 직접적인 반응에 감각적으로 반응한다. 가볍고 경쾌해지면서, 기계는 인간의 피부와 접촉하기를 원한다. 기계는 오감을 따라가며, 감각화 한다. 실재 세계에 소통이 불편한 사람들은 기계에서 대리 만족을 한다. 집에서 애완견 기르려면, 털이 떨어지고, 대변을 치워야 하고, 개 짖는 소리 때문에 이웃 주민들과 불화를 겪는다면, 애완 로봇은 그럴 이유가 없다. 기계가 사람의 촉감과 소리에 반응하며, 인간을 위로한다. 그와 동시에 인간은 기계에 기대고, 기계에 종속하기 시작한다.

　이병률은 가상공간으로 숨어버리지 않고, 현실적인 관계를 맺으며, 진지하게 소통하고자 한다. 시인의 소통 의지는 바로 "진동"으로 표현된다. 핸드폰이 "진동"하는 것이 아니라, 현실에서 온몸과 마음이 진동하는 것이다. "진동"이란 시인에게 "불편"과 같은 의미이다. "불편하지 않은 것은 살고 있는 것이 아니"고 "마음에 휘몰아치는 눈발을 만나지 않는다면 살고 있는 것이 아니"(시집『찬란』, 시인의 말)다. 나와 너는 불편하면서 공감하고, 진동하면서, 공유한다.

> 나는 당신 한 사람으로부터 진동을 배우려는 사람
> 그리하여 그 자장으로 지구의 벽 하나를 멍들이는 사람

직접적인 관계에 들어선다는 것은 불편을 감수하는 일이다. 그리고 선택하는 일이다. 택하는 것과 동시에 택함을 받는 일이다. 피동인 동시에 능동이다. 온 존재를 기울여 능동적인 행위로 표출하는 것이다. 이 순간 모든 행위감각(行爲感覺)이 정지한다. 온전한 너를 만나기 위해서 나 역시 온전해져야 하기 때문이다. '나―너'는 오직 온 존재를 기울여서 말해질 수 있는 관계이다. 온 존재에로 모아지고 녹아지는 것은 나의 힘만으로 되는 것이 아니다. '나'는 너로 인하여 '나'가 된다. '나'가 되면서 '나'는 '너'라고 말해질 수 있다. '너'와 '나' 사이에는 어떠한 개념형태도, 어떠한 예비지식도, 어떠한 환상도 없다. 그리고 기억조차도 개별적인 것에서 전체적인 것으로 넘어갈 때에는 변하고 만다. '나'와 '너'사이에는 어떤 목적도, 갈망도, 어떠한 예상도 없다. 그리움조차도 꿈에서 현실로 넘어갈 때에는 변하고 만다. 모든 매개물은 장애물이다. 모든 매개물이 무너져버린 곳에서만 만남은 일어난다."[1]

그러나, 직접성에 가 닿는 길은 불편하다. 불편한 이유는 마주 기다리고 마주 지탱하고 서로의 시간을 소비하며, 타이르기도 해야 하기 때문이다. "불편"에서 발생하는 모든 "소요"들 역시 "달팽이의 소요"에 불과한 것이다. 직접적인 관계를 원하기 때문에 "불편"이 자연스러운 것이고, "불편" 때문에 현실을 직시하는 힘을 기를 수 있다. "불편"을 인정하는 일은 핍진성(verisimilitude)을 받아들이는 일이다. "시간의 주름들을 둘러쓰고도 / 비를 맞으면 독이 생기는 나는" 관계 속에서 진실을 원한다.

시인의 불편은 "진동"으로 나타난다. 하지만 "당신 한 사람"에 집중하고, "당신 한 사람으로부터" "배우려는 사람"이기에 진정성이 가득하다. "가끔 당신으로부터 사라지려는 수작"을 부리지만 현실 세계에서 맞부딪히며, 사랑하고자 하는 사람이다. 그리하여 "지구의 벽 하나를 멍들이는 사람"이다. 순수한 영혼, 그 자체이다. 서로 상처를 주고받으며 "멍"이 들고, 아픔을 겪어나가며 다져지는 관계. 그것을 인정하는 일은 결여와 결핍, 핍진함까지 어루만지는 인간관계(人間關係)라 할 수 있겠다.

III. 표, 부와 권력을 향한 줄타기

창구에 돈을 밀어 넣고 이제 악수를 하려고 한다.

손가락은 홀수여야 한다.

다섯 개로는 사람의 흉내를 내야 한다.

---

1) 마르틴 부버, 표재명 옮김, 『나와 너』, 문예출판사, 1995, 21~22쪽.

일곱 개로는 행운을 믿고
열한 개로는 지문이 남지 않도록
주의사항을 지켜야 한다.

아무것도 없고
밑도 없는 서랍을 뒤지기 위해서는 그래야 한다.

나는 실망을 해서는 안 된다.

시간을 벌기 위해 머리를 조아려서도 안 된다.

나의 차례가 끝이 나도
너는 결국
나와 친해질 수밖에 없을 것이다.

짝이 맞지 않는 손가락 하나를
일단은 서랍 속에 몰래 남겨 두고 나와야 한다.

더 큰 돈을 모아
다시 줄을 서야 한다.
　　　　　　—신해욱, 「표 있음」(『세계의 문학』, 2010, 여름호) 전문

　신해욱은 현대인의 위치 이동을 "표"를 통해 보여준다. 현대 사회에서 살아남기 위하여, 우리는 어떻게 관계를 맺어왔는가? 여기에 바로 "표"라는 상징이 존재한다. "표"는 관계를 맺어주는 징검다리이자, 이쪽에서 저쪽으로 건너가게 하는, 시각적인 증표이다. 일정한 공간에 입장할 수 있는 자신의 권리이고, 그 공간에서 누릴 수 있는 향유의 표지이다. 따라서

표를 가진 사람에게 정당한 입지가 주어진다.

세상은 "표" 있는 사람과 "표"를 갖지 못한 사람들로 나누어진다. 다수는 "표"는 획득하고 싶어 하고, 희소적인 가치가 높은 "표"는 점차 소유하기 어려운 과제로 변해간다. 대학입시 합격 수험표, 회사 입사시험 합격증, 각종 자격증, 아파트 당첨 딱지, 우수 대학 졸업장 등등이 우리 곁에 있는 "표"들이다. 그래서 "표"를 획득하기 위한 비법이 필요하다. 자신만의 노하우와 해결책들이다. 목표점에 가 닿기 위한 지름길이다.

신해욱은 "일곱 개로는 행운을 믿고 / 열한 개로는 지문이 남지 않도록 / 주의사항을 지켜야 한다."고 말한다. 각 단계별로 진입장벽을 뚫기 위해서는 10개의 손가락만으로는 부족하다. 남들이 하는 노력보다, 몇 배의 노력이 필요하다. 남들 눈에 보이지 않는 노력으로, 전략과 전술에 넘어가지 않도록 노력해야 한다. 시적 주체는 "열한 개"로 표를 지키는 노련함을 가지고 있다. 또한 남들에게는 티가 나지 않도록, 주의한다. 살아남기 위한 전략이기에, 그 비법을 아무에게나 밝힐 수 없다.

"짝이 맞지 않는 손가락 하나를 / 일단은 서랍 속에 몰래 남겨 두고 나온다. 비밀 무기인 것이다. 여기서 실패를 두려워해서는 안 된다. "실망을 해서는 안 된다" "머리를 조아려서도 안 된다." 이것이 현대사회를 살아가기 위한 비밀 생존법인 것이다.

더 큰 돈을 모아
다시 줄을 서야 한다.

그리하여 "표"는 권력을 갖는다. 그 권력은 사람들을 줄 세우는 힘을 발휘한다. 일직선! 남녀노소 할 것 없이 무차별적으로 종속시키는 대단한 "줄"이다. 출세와 "줄"은 긴밀하게 상호작용하고, 협력한다. "줄"을 잘 서면, "더 큰 돈"을 모을 수 있는 길이 열린다. 그러니, "표" 하나만을 획득했다고 해서 완성되지 않는다. 계급 상승, 계층 상승, 신분 상승을 위한 줄타기가 필요하다. 그 아래 보이지 않는 물밑 경쟁을 뚫고 숨 쉴 틈 없이 "줄"을 서야 한다. 요람에서 무덤까지 멈추지 않는 줄서기, 쳇바퀴처럼 회전하다가 언제 떨어질지 모르는 줄서기이다. "표"가 없으면 이 시스템에서 낙오하고 마니까. 불안을 거세시키는 위안증이 "표"니까. 그러므로 "표"는 사회체제를 가동시키는 절대 절명의 징표라 할만하다.

하지만 "표"는 주체를 사라지게 한다. 보이는 것만 맹신하게 하는 우리들의 가면이 될 수도 있다. 오히려 "표"는 진실한 관계를 방해한다. 껍데기들의 거래를 성사시킬 위험이 있다. "표" 앞에서 주체들은 얼굴이 드러나지 않기 때문이다. "표"에 종속되어 개성이 사라지고, 표정이 사라진다. 권모술수적인 기능성 딱지만 남을 확률이 높다. "표"는 소유한 자와 소유하지 못한 자들을 분열시키는 칼날이 된다. 서로에게 비밀들을 숨기고, 형식적인 소통만 할 뿐이다. 진실한 소통을 막는 장벽을 만들어 낼 수도 있다. 차별과 배제의 표지인 "표" 야곱의 사다리에 올라가는 권력형 티켓인 "표" "표"를 잃는 사람이 많아지면서, 중산층이 붕괴하기 시작하는 것은 아닐까? 빈익빈 부익부 현상이 심각해지면서 우리 사회의 모습이 기형적인 형태로 갈라지는 것은 아닐까?

둘로 쪼개진다

부풀어 오르면 균열이 많아지고 반경이 넓어지면 경계가 길어지는

팽창의 역사가 수없이 증명해온 습성

커다랄수록 사과는 쉽게 쪼개진다 쉽게 둘이 된다

한때 지척이었던 거리는 아득해진다

사이에 계곡이 깊고 안개가 끼고 어둠이 주둔한다

간극에 다리를 놓아도 금세 썩어 크레바스로 무너져 내리고

건너간 자는 아주 드문 곳

균열은 무너뜨리기 위해서가 아니라 무너지는 것을 위해 찾아온다

시간에 누적된 미세한 균열은 뒤늦게 발견된다

균열의 나이테라 불리는 시간

쪼개진 단면은 붉게 변해 서로 낯선 얼굴을 한다

비애가 탄생하고 죄와 용서가 분리된다

끝내 바다를 사이에 둔 대륙처럼 멀어지고 서로를 모방하는 표정이
실패할 때

이쪽 기슭의 눈먼 벌레들이 더는 저쪽의 시간으로 건너가지 못할 때

사이에 부는 바람에도 균열이 인다

지구의 한쪽 모퉁이 쪼개지는 소리가 난다
　　　　　　　　─유병록, 「사과」(『실천문학』, 2010, 여름호) 전문

　유병록은 2010년 동아일보 신춘문예로 데뷔한 신예 시인이다. 당선작
「붉은 호수에 흰 병 하나」에서 유병록은 생의 마지막 순간을 끈질기게 사
유하며 치열한 언어 감각을 보였다. 이번 시 역시 깊은 사유가 돋보인 시
라 하겠다.

　사과는 당연히 "둘로 쪼개진다" 둘로 쪼개지는 것은 내적으로 불균형
한 운동이 일어났기 때문이다. 한쪽은 팽창했고, 다른 한 쪽은 수축했다.
어느 쪽이 강자이고, 어느 쪽이 약자인지 알 수 없다. 이것은 옳고 그름,
그리고 선과 악의 차원이 아니다.

　"팽창의 역사가 수없이 증명해온 습성"은 지구의 역사가 증명해준다.
몇몇 독점적 지위를 가진 지배자들은 군사력과 기술력을 점령하고, 지식
과 권력이 독점하고, 은행과 부동산이 결탁하고, 과학과 군사력이 결합해
왔다. 군산복합체를 비롯한 세계적인 자본 체제를 유지하기 위해 지배자
들은 소통공간을 풀어놓는 듯, 하다가, 감시하고, 검열하고, 통제한다. 사
회를 통합하는 화합의 기운은 사라지고 "쪼개진 단면은 붉게 변해 서로
낯선 얼굴을 한다"권력의 맛이 달콤하면 달콤할수록, 균열은 심각해진다.
"서로를 모방하는 표정이 실패할 때" 약자들에게 배려할 필요조차 없어
진다. 노동 착취는 당연한 사실이 되고, 노동시장의 유연성을 위해 해고

를 통보하는 일이 자연스러워진다. 개인파산이 늘어나고 청년 실업이 늘어가는 현상도 더 이상 낯선 뉴스가 아니다. 당연히 신분상승을 향한 좁은 문은 불가능 쪽으로 기울어지고, 낙오자들이 늘어난다. 지배자들은 사법 권력을 이용하여 "용서"를 남용하고 그들의 편의에 맞게 "죄"의 무게를 가늠한다. 평등이란 착각일 뿐이고, 차별이 당연한 사회로 가는 사회 분위기에서 "이쪽 기슭의 문면 벌레들이 더는 저쪽의 시간으로 건너가지 못할 때" "바람"에도 균열이 일어난다.

유병록의 시는 전 지구적인 차원에서도 확장해서 읽을 수 있다. 권력의 불균형이 한 나라 안에서만 벌어지는 것이 아니라, 지구 전체에서, 선진국과 후진국 사이에서 벌어지기 때문이다. 기우뚱한 균형과 조화가 깨드려진 사회 과도한 집중과 치우친 경제력, 일방적인 발전이 가져온 쪼개짐이 여기저기서 발생하는 것이다. 선악과를 딴 대가로 에덴동산을 떠나게된 것보다도 극심한 "균열"이 "나이테"를 형성하고 있다. "지구의 한쪽 모퉁이 쪼개지는 소리가 난다"

"사과"라는 평범한 소재로 단순한 발상으로 머물지 않은 점, "균열"과 "쪼개짐"을 가지고 "비애"가 탄생하는 지점, 분열의 깊고 깊은 갈등에 착안한 점 등을 높이 사고 싶다. 앞으로 유병록 시인의 행보가 기대된다.

Ⅳ. 비주류— 등(等)의 세계, 그들의 핍진한 삶

비주류에 대한 가장 함축적인 이름이다.

열거된 각각의 명사 뒤에서 때로는 '들'로
때로는 '따위'로 바뀌어 불리기도 하는

확인할 필요가 없는 초대손님

솜털로 채워진 낙타의 귓속에 관심이 있는 당신이라면
'등'의 존재를 알고 있을 것이다.
바위 그늘에 주저앉아 종일토록
바람을 기다리는 노루귀가 되어본 당신이라면
'등'의 구별방법을 알고 있을 것이다.

당신이여!
행여나 부피를 재려고 실린더 눈금을 읽게 될 때는
위에서 내려다보지도 말고
밑에서 올려다보지도 말고
눈높이를 액체 표면과 수평이 되도록 맞추어야 한다.

그러다 어느 날인가,
당신 옆에서 간간이 물잔 비우는 나 등을 만나거든
혼자서 술을 따라 마시는 나 등을 만나거든

당신의 이름을 받쳐주는 기타 등등을 만났다고 기뻐해 주시라.
당신의 얼굴을 밝혀주는 기타 등등을 만났다고 반가워해 주시라.
　　　　　　　　─장이엽, 「등(等)」(『유심』, 2010, 여름호) 전문

　장이엽은 2009년 『애지』 봄호로 데뷔한 시인이다. 그녀는 여타 여성
시인들과는 다른 목소리를 가지고 있다1. 그녀는 조각칼과 망치로 주변
부 의미들을 쳐나가는 각(刻)의 언어를 가지고 있다. 그리하여 한 단어를
중심으로 반서각(反書刻)을 한다. 중심 단어를 중심으로 주변 의미를 재
편성한 뒤, 그 부분을 오롯이 돋아놓는다. 그녀의 언어에서는 칼 맛이 난

다. "입속에 조각칼을 종류별로 숨겨놓고" "말의 문양을" 새기고 있기 때문이다.(「조사 '과'에 대한 오해」) 장이엽 시인의 시어들은 카랑카랑하고 절도가 넘친다. 여러 시인들의 시 속에서 우연히 그녀 시를 만날 경우, 갑자기 벼락이 내려치는 것 같은 환청이 들릴지도 모를 일이다. 그녀의 칼은 한 글자 한 글자 돋을새김하기 위해 사유의 각도를 좁히고, 잡스러운 생각들을 걷어낸다. 오직 그것에만 집중하게 하는 에너지가 넘친다. 시인 장이엽은 언어의 예민한 모서리, 평소 목에 걸린 가시처럼, 무엇인가 불명확했던 것들을, 확실하게 새길 줄 아는 시인이라 하겠다.

이번에 주목한 시어는 의존명사 등(等)이다. 시인은 "입속에" "조각칼"을 꺼내어, 등(等)의 의미를 새긴다. "기타 등등"이라는 명목으로 미처 거론되기도 전에 사라졌던 주변부이다. 주연이나 조연급도 아닌, 엑스트라인 셈이다. "등(等)"의 자리에 서 있는 익명의 존재들은 사실 호명 받고 싶어 한다. 언제든지 주연 무대로 뛰쳐나가고 싶다.

시인은 "등(等)"의 위치에서 주류를 향해 발언한다. 다수(多數)가 포함되어 있는 등(等)은 익명의 존재이다. 자신을 돋보이게 하고, 드러내 보이고 싶어도 주류로 진입하지 못하는, 피치 못할 익명성이다. 역사에서 사라져갔던 인물들, 사회 변혁기에 주목받는 영웅이 아니라, 영웅을 돋보이게 해주는 이름 없는 병사들이다. "등(等)"은 피라미드의 하부구조를 받쳐주고 있는 초석이 되어왔다. 등(等)"은 다수이면서 약자이고, 언젠가 어디선가 특별한 것이 튀어나올 가능성이 있는 잠재태였다.

"비주류에 대한 가장 함축적인 이름"이지만, 시인은 "눈높이를 액체 표면과 수평이 되도록 맞추어야"함을 요구한다. 눈높이를 맞춰달라는 것은 "등(等)"에 속해 있는 존재인 "나"를 주목해 달라는 것이다. 각자 숨어있는 존재들이었던 "나"가 호명되고, 바라봐지기를 기대한다. 시선을 수평으로 맞추는 일은 종속적인 관계를 벗어나고 싶은 의지표명이다. 시선이 가지고 있는 독점적 권위와 권력, 한 소실점을 중심으로 재편성되는 피라미드, 주류와 비주류로 나뉘는 이분법의 틀을 거부하고 싶은 욕망이다. 다양성과 다성성으로 향하고 싶은 바람까지 숨어 있다고 하겠다.

장이엽은 "당신 옆에서 간간이 물잔 비우는 나 등을 만나거든" "당신의 이름을 받쳐주는 기타 등등을 만났다고 기뻐해 주시라."고 당부한다. 관계는 개별화에 바탕을 두고 있기 때문에 시인은 "기타 등등"의 익명성을 벗어나, 개별화를 지향한다. "개별화는 관계를 회복해 주는 열쇠이다. 오직 개별화되어 있을 때 타자를 인식할 수"[2] 있기 때문이다. 이름을 불러주고 눈을 맞춰 주었을 때, '나'와 '너'의 관계는 새로운 차원으로 거듭난다. "등(等)"의 대표 주자인 시적 주체인 "나"는 부탁한다. 이 세상의 주류들이여. 당신을 떠받치고 있는 아래를 내려다보고, 한번 쯤 반성해 보라고. 당신의 자리가 그냥 주어진 것이 아니라, 타인의 피와 땀으로 다져진 토대 위에 올라 선 것이라고. 혼자만의 힘으로 올라간 것을 기뻐하지 말고, 당신 이름 밑에 있는 수많은 다수(多數)를 기억하라고. 그들도 언젠가 주류로 뛰어올라갈 가능성 있는 존재들이라고. 그러니, 그들을 바라볼 때 진심으로 대해달라고. 다른 무엇을 위한 도구로 쓰이고 싶지 않다고.

주류들은 그럴 수 있을까? 한 번쯤은 가식적인 가면의 웃음을 날리지 않을까? 그렇다면 그 다음은, 다음은 어떻게 됐을까? "당신의 이름을 받쳐주는 기타 등등"이 아니라, 서로가 서로를 받쳐주는 나'와 너'의 관계로 거듭날 수 있을까?

2) 마르틴 부버, 앞의 책, 145쪽.

서울문단에 오지랖 넓히려 시상식 모임에 다녀온다 고속버스에서
내려 새벽 세시 택시를 탄다 택시기사는 늙었고 코를 찌르는 지린내
가 덤이다 길 옆 하수구에 취한이 싸놓은 오줌냄새려니 하는데 그 냄
새 한참을 달려도 기세등등하다 이 밤의 등짝 빨리 뛰어내리고 싶다
어! 그런데, 왜 돌아가세요 돌아가는 길이 아니고 오히려 빠른 길이란
다 걱정은 호주머니 속에나 처박아두라는 말투다 취객이 택시비 없다
고 주정을 부려도 자기는 결코 화를 내지 않는단다 얼마나 걱정되시
냐고 요금 안내셔도 좋으니 염려마시라고 오히려 위로를 한단다 그럼
취객은 기분 좋게 요금을 낸다는 것이다 이제 바야흐로 그의 이야기
가 잔소리다 사과처럼 익어 따먹지도 못할 시와 연애질이냐는 마누라
의 지청구다 귓불과 한몸이다 우리 아파트가 한 사거리 지나서다 여
기서 내려주세요 아파트 현관 바로 앞까지 가셔야지 밤도 깊고 어두
워서 위험하실 텐데요 내려주세요 그 놈의 끈질긴 지린내 때문이다
요금이 7620원이다 만원 주고 헤아려 건네준 거스름돈 받고 헤아려
본다 2400원도 아니고 2380원도 아닌 2300원이다 택시는 벌써 먹이
를 찾아 두더지처럼 불 꺼진 도시를 파고 들어가고, 아! 지린내가 아니
었구나, 이 새벽까지 몸뚱이를 짜내며 한눈팔지 않고 굴려왔구나, 땀
내, 아니 살내라 받아쓴다

　　　　　　　—문정, 「심야할증요금」(『시와 사람』, 2010, 여름호) 전문

　어차피 다수의 사람들은 비주류였다. 그 안에서 눈치 볼 것도 없고, 잘
난 척 할 것도 없는, 익명의 존재들이었다. 그 수많은 타자 중의 하나인
"나"가 "서울문단에 오지랖을 넓히려 시상식"에 다녀온다. 새벽 세시. 고
속버스에 내려 집에 가는 택시를 타는데, 택시 안에서 "하수구" 냄새가 난
다. 시적화자는 그 택시 안에서 나는 냄새가 역겨워, 얼른 내리고 싶다.
　이때, 택시기사의 언변은 그를 옴짝달싹 못하게 한다. 시적 주체는 대

응하려고 하지만, 왠지 택시기사의 말솜씨에 말려들어간다. 택시기사는 집에 가는 지름길을 알고 있다면서, "돌아서"간다. 운전대를 잡은 사람은 그이고, 시적 주체는 따라갈 수밖에 없는 실정이다. 더군다나 잔소리가 시작된다. 마누라에게 "사과처럼 익어 따먹지도 못할 시와 연애질"이냐면서 잔소리를 듣던 참인데, 택시기사의 배려가 담긴 상업 전략을 듣는 처지가 됐다. 사실 시적 주체는 냄새에서 벗어나고 싶었다. 그 냄새는 역겨웠고, 코를 찌르는 지린내를 동반했다. 택시를 타는 순간, 잘못 걸렸구나, 후회막심이다. 한편으로는 (시에는 드러나 있지는 않지만) 택시기사를 무시하고 있었을 지도 모를 일이다. 글이나 쓴다는 지식인이 택시운전으로 잔뼈가 굵은 그를 비주류로 몰고 싶었을지도 모른다. (비주류 사이에서도 다시 주류와 비주류가 갈라지며 줄을 서는 일이 벌어 질 테니까)

시인은 맘이 편하지 않다. 그래서 불편한 택시에서 재빨리 내리겠다고 결정한다. "여기서 내려주세요"라고 분명히 밝혔음에도, 그는 "현관 바로 앞"까지 데리고 가는 배려(?)를 서슴지 않는다. 결국 심야 할증이 붙은 요금은 평소 택시비로 내는 요금보다 더 나왔을 게다. "만원" 주고 거스름돈을 받았는데, 택시기사는 80원을 떼먹는다. 원래 잔돈을 거슬러주면서, 에누리를 챙기는 택시기사들의 공공연한 수법이었던 것이다.

택시에서 내리고, 주변에 어둠이 짙게 내려앉았을 때, 시인은 한참동안 사라져가는 택시를 바라보았을 것이다. 무엇에 홀린 것 같고, 비록 작은 80원이지만, 사기당한 것 같은 기분. 그 기분이 한참동안 시적화자의 마음에 남아있을 때, 갑자기 "하수구" 냄새를 떠올린다. 그 냄새는 바로 "땀내, 아니 살내"였던 것이다.

시인은 이 지점에서 깨닫는다. 택시가 떠나는 순간, 택시기사의 치열한 삶을 온몸으로 감지한 것이다. 그것은 삶의 핍진성이었다. 주류가 아닌 비주류의 세계에서 찾을 수 있는 노동의 건실함이었다. 치열한 삶이었다. "두더지처럼 불 꺼진 도시를 파고 들어가" "새벽까지 몸뚱이를 짜내며 한눈팔지 않"았던 비주류들의 땀방울이었다. (시인은 아마도 택시기사를 무시했던 자신의 마음을 부끄럽게 생각했을 것이다) 시적인 것은 "서울 문단"의 화려한 "시상식"에 있었던 것이 아니었다. 이름 없이 주변부를 살아가고 있는 우리네 비주류의 삶에 있었던 것이다.

문 정 시인은 그가 떠나고 난 뒤, '나'에게 남겨진 의미까지 파악한다. '나'와 '너'라는 동등한 관계로, 주체와 주체의 주고받음으로, 의미를 파악되고, 관계를 형성한다. 택시기사가 사라진 뒤, '너'의 메시지를 새롭게 해석한다. 바라보고 보이기, 말하고 또 듣기, 알다가 모르기, 모르다가 새롭게 깨우치기, 이 과정들을 꾸밈없이 서술한 것이다. 문 정 시인은 이 과정에서 삶의 핍진성과 진정성을 획득하였다. 시인은 익명의 존재들을, 비주류로 불리는 이들을, "등(等)"의 세계에 머물러 있던 존재들을 기꺼이 호명해 준 것이다.

> 삶이란 쥐보다
> 쥐머리보다
> 쥐꼬리에 매달리는 것
> 쥐꼬리만한 희망과
> 쥐꼬리만한 햇살과
> 쥐꼬리만한 기대에 매달리는 것
> 우리를 움직이는 건 신神이 아니라

우리를 움직이는 건 오로지 쥐꼬리
뻥튀기보다 얇은 쥐꼬리
뻥튀기보다 밥맛인 쥐꼬리
그 쥐꼬리에 매달리는 것
쥐꼬리 고까이 꺼
쥐꼬리쯤이야 그래도
쥐보다
쥐머리보다
쥐꼬리에 매달리는 것
우리의 삶은 늘
저 가늘고 긴 쥐꼬리에 경배하는 것

　　　　　　　─성선경, 「쥐꼬리에 대한 경배」
　　　　　　　(『21세기 문학』, 2010, 여름호) 전문

　시를 처음 본 순간, 웃음이 나왔다. "쥐꼬리만한" 월급, 쥐꼬리만한 지
식, 쥐꼬리만한 땅 등, 기대했던 것보다 못하고, 남루하고, "be very small"
아주 작고, 짧고, 미천하고, 어이없고, 내보이기 부끄러울 상황일 때, 사용
하는 관용구를 뒤집고 있는 것이다. 시인 성선경은 관용적인 표현을 역설
적으로 해석하며 새로움을 던지고 있다.

　"삶이란 쥐보다 / 쥐머리보다 / 쥐꼬리에 매달리는 것" "쥐꼬리 고까이
꺼 / 쥐꼬리쯤이야 그래"봐도 삶은 "저 가늘고 긴 쥐꼬리에 경배하는 것"
이다. 여기에 다른 근거를 제시하거나, 설득을 하기 위한 남다른 논리를
끌어들이지 않는다. 자신의 주장이 옳다고 하면서 과대포장하려거나 감
각적으로 표현하려고 하지 않는다. 다만, 주문처럼, 무슨 경전처럼, 무뚝
뚝하게, 반복하면서, 강조한다. "쥐보다/ 쥐머리보다 / 쥐꼬리에 매달리는

것"이라는 사실을 시의 앞뒤에 걸쳐 반복할 뿐이다.

그런데 신기한 것은 이 단순한 반복이 읽으면 읽을수록 가슴에 파장을 일으킨다는 사실이다. 필자는 시인의 반복과 강조를 되새김질 하면서 중독되고 있었다. 삶은 거창한 것이 아니라, "쥐꼬리만한 것"이라는 사실을 믿게 되었다. "쥐꼬리만한 것을" 붙잡고, 하찮은 것에 매달리고 있는 모습을 반추해 본다. 김수영처럼, "모래야 나는 얼마큼 적으냐 / 바람아 먼지야 풀아 나는 얼마큼 적으냐 / 정말 얼마큼 적으냐" (「어느날 고궁을 나오며」)를 떠올랐다. "야경꾼에게 20원 때문에 10원 때문에 1원 때문에" 쥐꼬리만한 일들로 분개하고, 옹졸하게 반항했던 일화들을. 그 쥐꼬리만한 사건들이, 역설적으로 일상을 버티게 해 주는 힘이라는 사실을 깨닫는다. (문정의 시에서도 80원을 받지 못한 것을 후회하는 장면이 나오듯이) 사람들은 쥐꼬리만한 일들 때문에 화를 내다가도, 쥐꼬리만한 일들 때문에 울고 웃으며 회복하는 것이다. 일상이라는 것은 작고 사소한 일들의 반복이므로. 이 작은 것들이 쌓여 태산도 옮길 수 있으므로.

성선경 시인은 화려한 수사나 감각적인 기법으로 시를 써내려가기 보다는 진솔하고, 소박하고, 울림이 있는 순간을 시로 형상해 온 시인이었다. 일상에서 시적인 것을 찾아, 깨우치며, 간결하고 진실하게 시를 써 왔다. 삶의 밑바닥에서 진리를 찾아나서며, 사물의 이면을 뒤집어 펼쳐 보이는 시인. 그 깨우침의 순간을 "쥐꼬리"와 같은 희망으로. 독자들을 깜짝 놀라게 해 줄 것이다. 간결하고 명쾌한 이 시는 팍팍한 삶을 살아가는 우리네 삶에 희망을 주는, 치유의 빛이 될 것이라 기대된다.

"나는 내 詩에서 간자반처럼 소금기가 느껴지길 원한다. 내 살아온 날들의 눈물과 땀과 소금발의 냄새가 간자반처럼 짭짤하게 느껴지길 원한다."(『몽유도원을 사다』자서) 성선경 시인의 자서처럼 명료하면서도 특이한 지점에서 독자를 만날 것이다.

V. 침묵, 그 속에서 사유 공간 만들기

음악을 꺼 줄래?

빗소리를 듣자

이 천지간

— 함성호, 「여름」(『현대시학』, 2010, 7월호) 전문

순간, 함성호의 시를 발견하며, 잠시 멈추었다. 이 짧은 세 줄의 시가, 호흡을 가다듬게 했던 것이다. 이 시는 잡스럽게 매달리던 상념들을 일순간에 떨쳐버리게 했다. (각 문예지에 발표한 수백 편의 시를 보다가, 함성호의 시 앞에서 숨이 멎었다. 언어의 과잉과 감정의 과잉에서 한 발짝 뒤로 물러나, 고요해 졌다.) 월드컵의 함성도, 16강을 향한 설전도, 결승전 누가 최후의 월드컵 승자가 될 것인가 하는 설렘도, 간혹 뉴스에 등장하는 천안함 사태의 진실에 관한 공방들도, 미성년자 성추행 범들이 갈수록 늘어나는 범죄들도, 귓가를 시끄럽게 맴돌던 비트가 강한 랩 음악들도, 연신 라디오에서 들려오는 교통정보들도, 인천 가드레일을 들이받은 대형 버스 사고들도, 계속되는 안전 불감증 사고들도, 전국을 떠들썩하게 했던 6월 지방 선거들도, 한순간에 잦아들었다.

"음악 꺼 줄래?" 이 한 마디의 음성이 세상의 소음을 멈추게 했다. "꺼 줄래?"라는 발화에는 인공적인 가공 상태를 멈출 것을 요구하는 명령이 담겨있다. 인간이 대상을 켜고, 끌 수 있다는 것은, 대상의 사용권을 쥐고, 그 위에서 군림하고자 하는 욕망이 실현되고 있음이다. 그러나 소리 (sound)의 세계는 다르다. 소리는 인위적으로 켜고, 끌 수 없는 세계이다. 누가 한여름에 우는 매미의 울음소리를 막을 수 있겠는가? 소리는 원초적 이며 우주적인 세계로 가득한 오로라이다. 우리는 어쩌면 그동안 너무나 많은 소음 속에서 살아왔는지도 모른다.

소음은 기계음을 거친 것으로, 인간을 위해 인위적으로 구성한 조작의 세계이다. 대도시는 거대한 소음의 저수지이다. 소음은 하나의 상품이 제 조되는 것처럼 도시에서 제조된다.[3] 함성호 시인은 "음악 꺼 줄래?" 이 한 마디로, 부지불식간에 길들여왔던 인공적인 것들을 일거에 거름종이에 가두어버린다. 그리고 침묵에 다가가게 한다.

문명과 기술력의 발달은 인간의 침묵을 빼앗아 가버렸다. 내면의 침묵 을 잃어 버렸다. 침묵의 상실은 인간의 내부를 소란스럽게 변화시켰다. 그리고 맑고 투명한 눈으로 사물에게 다가가는 힘을 잃게 만들었다. 예전 에는 침묵이 모든 사물을 뒤덮고 있었다. 한 대상에 다가가기 이전에 먼 저 침묵의 막을 뚫고 나아가야만 했다. 자신의 사상 앞에서도 침묵이 서 있었다. 사상과 사물은 침묵에 의해서 보호되고 있었다. 그리하여 인간은 그것들의 급박한 변화에 민감하게 반응하지 않았다. 느릿느릿 조심스럽 게 그 사상과 사물들에게로 다가갔다. 한 사상에서 다른 사상으로, 한 사

---

3) 막스 피카르트, 최승자 옮김, 『침묵의 세계』, 까치, 2010, 211쪽.

물에서 다른 한 사물로 가는 움직임 사이에는 언제나 침묵이 있었다. 침묵의 리듬이 그 움직임에 장단을 맞추었다.[4]

현대인들은 침묵이 불편하다. 침묵을 온전히 통과하며 고요해지기가 쉽지 않다. "음악을 꺼 줄래?" 이 발화는 다른 말로 바꿔 말하면, '침묵에 들지 않을래?'로 해석된다. 침묵은 능동적인 수동성이기에, 주체의 의지가 확고해야 한다. 그런 주체성을 가지고 사상과 사물에 다가가면, 온 세상이 새로워진다.

"천지간"에 온 마음을 가지고, 온 세포를 열어 우주와 교감해 보자. 손가락 끝, 발가락 끝, 겨드랑이 속에 숨어있는 귓구멍까지 열어, "빗소리"를 들으며, 온몸으로 맞아들여 보는 거다. "빗소리"를 세포 분열하는 사이로 파고들게 하고, 손톱이 자라는 사이로 파고들도록 하고, 인공적인 방해꾼 없이, 순수한 시공간을 갖는 거다. 시인은 이런 경지를 염원하고 있다. "이 천지간"에 우주와 소통하고 싶은 염원이 담겨 있는 것이다.

시인의 말대로, 순간, 침묵에 들며, "빗소리"를 들어보자. 그 "빗소리" 가운데 숨어있던 더 큰 침묵의 소리를 들으며, 길들여왔던 것들을 되돌아보자. 기술과 과학과 문명과 세련됨과 우아함, 지식과 권력과, 스포츠와 섹스, 아이폰 · 스마트폰 · 아이패드, 주상복합건물, 집값하락, 24시간 생방송으로 진행되는 리얼 프로그램, 리얼 보다 더 리얼 같은 현실을 요구하는 텔레비전과, 살인사건마저도 드라마틱한 시나리오로 각색하는 신문 매체와 그것을 바탕으로 영화를 만들어 홍보하는 스크린들. 극적인 것으로 치달아 가며, 자극적인 것을 좇아, 촉수를 움직이는 안테나들, 가십거

---

4) 막스 피카르트, 앞의 책, 222쪽.

리에 귀가 얇아지는 순간들. 밀린 관리비, 연일 상승하는 집 담보 대출이
자, 난해해지는 난공불락의 대학 입시, 치졸한 치정들까지. 이런 잡스러
운 것들을 잠깐만이라도 중지해 보자. "이 천지간"의 "빗소리"를 온전히
듣고 싶어 하는 시적 주체의 열망은 곧, 내면에 잠재해 있던, 고요함의 열
망을 일깨운다. 침묵이 주는 울림, 그 세계에 마음을 던져본다. 우리는 문
명에 어떻게 길들여 왔던가? 그 침묵 속에서, 마지막 시들을 펼쳐본다.

> 구름 5%, 먼지 3.5%, 나무 20%, 논 10%
> 강 10%, 새 5%, 바람 8%, 나비 2.55%
> 돌 15%, 노을 1.99%, 낮잠 11%, 달 2%
> (여기에 끼지 못한 당나귀에게 대단히 미안하게 생각함)
> (아차, 지렁이도 있음)

제게도 저작권을 묻는 일이 가끔 있습니다 작가의 저작권은 물론이
고 출판사에 출판권까지 낼 용의가 있다고도 합니다. 시를 가지고 단
편 애니메이션을 만들겠다고 한 어느 방송국 피디는 대놓고 사용료
흥정을 하기까지 했답니다 그때 제 가슴이 얼마나 벌렁거렸는지 모르
실 겁니다. 불로소득이라도 생긴 냥 한참을 달떠있었지요 그럴 때마
다 참 염치가 없습니다 사실 제 시에 가장 많이 나오는 게 나무와 새인
데 그들에게 저는 한번도 출연료를 지불한 적이 없습니다. 마땅히 공
동저자라고 해야 할 구름과 바람과 노을의 동의를 한번도 구한 적 없
이 매번 제 이름으로 뻔뻔스럽게 책을 내고 있는 것입니다 저는 작자
미상인 풀과 수많은 무명씨인 새들의 노래를 받아쓰면서 초청 강의도
다니고 시 낭송 같은 데도 빠지지 않고 다닙니다 오늘은 세 번째 시집
계약서를 쓰러 가는 날 악덕 기업주마냥 실컷 착취한 말들을 원고 속
에 가두고 오랫동안 나를 먹여 살린 달과 강물 대신 싸인을 합니다. 표

절에 관한 대목을 읽다 뜨끔해하면서도 초판은 몇부나 찍을 건가요,
묻는 걸 잊지 않습니다 알량한 인세를 챙기기 위해 은행 계좌번호를
꾸우욱 눌러 적으면서 말입니다
— 손택수, 「내 시의 저작권에 대해 말씀드리자면」
(『녹색평론』 2010, 7~8월호) 전문

　손택수의 시적 발상은 의미심장하다. 시에 저작권이 있다면, 과연 무엇
일까? 하는 것이다. 일반적으로 저작권이라 함은, '저작물'에 대하여 창작
자가 가지는 권리를 말한다. 시, 소설, 영화, 그림, 조각 작품, 연극, 컴퓨터
프로그램 등 인간이 인간을 위해서 만들어 놓는 창작품들에 대한 권리를
말함이다. 여기서 손택수는 인간중심적인 관계에서 형성된 이 거래 개념
을 뒤집는다.

　시를 쓰기까지 영감을 주었던 "구름" "먼지" "나무"들, 시의 주연배우
였던 "논" "강" "새" "바람" "나비"와 같은 소재들, 도심 속에 들어와 살면
서 부딪히던 "달" "지렁이" "돌" "노을" "낮잠", 아예 도심으로 들어오기
어려웠던 "당나귀"까지, 시인은 저작권료를 지불해야 함을 말하고 있다.

　자연을 노래하는 시들이 과다하고, 그 시적 발상이 이미 식상해 졌고,
자연에 기댄 상상력이 한계에 부딪히고 있다고 한다. 아파트나 시멘트가
시적 상상력의 토대라고 주장하는 시인들도 있다. 때로는 가상 판타지 공
간이나 인터넷 공간 등이 시적인 물질 기반이자 상상력의 토대가 되는 시
인들도 있을 것이다. 그러나 이들조차도 여전히 자연과 우주에 사유를 기
대어 시를 짓는 다는 사실은 부정하지 못한다. 3D 열풍을 불러왔던 영화
「아바타」가 집중해서 재현해 놓은 가상현실 역시 원초적인 —인간이 꿈
꾸는— 자연이었다. 특수효과를 통해서 실감나게 재현하고 싶었던 환상

도 "판도라 행성"과 같은 자연의 아름다움이었다. 나무와 새와 강물이 흐르는 자연 속에서 주인공 설리가 자연을 통해 치유를 받았던 사실을 잊을 수 없다. 자연의 원천적인 생명력이 있었기 때문이다. 제1텍스트가 제2차, 제3차 텍스트로 전환하겠지만, 그 원천적인 샘은 자연에 있었다. "마땅히 공동저자라고 해야 할 구름과 바람과 노을의 동의를 한 번도 구한 적 없이" 갖다가 쓴 것은 손택수 시인만이 아니다. 세계의 모든 시인들이, 이 지구상의 모든 시인들이, 발을 딛고 있는 이 지구에게 저작권료를 지불해야 할 것이다. 인간은 인간끼리 흥정하고 거래할 뿐이다. 생태시를 쓴다고 하는 시인들도, 원고료를 자연에게 지불하지 않는다. 그 출판사도 나무에게, 새에게 은행계좌번호를 묻지 않는다. 자연과 상의하지 않는다. 자연은 등(等)에도 끼지 못해 왔다.

그러면 우리의 정원(庭園)은 어디에 있는가? 최첨단 기술 문명은 끊임없이 자가발전하며 진화 중이다. 이 가운데, 현대인들은 이미 인공정원에 길들여지고 있다. 현실보다 인공공간이 더욱 익숙하고 편한 사람들이 늘고 있다. 그 안에서 '나'를 대인할 아바타와 인공공간에서 타자들과 관계를 맺는다. 그곳에서 돈을 거래하고, '나'를 상품으로 내놓는다. 그렇다면, 가상현실 속에서 활동하는 주체들은 능동적이라고 말할 수 있을까? 어디까지 능동이고, 어디까지, 끌려 다니는 것일까? 우리는 그 안에서 현실의 고단함과 피곤함, 땀과 눈물을 잊어버리고 있는 것은 아닐까? 소통의 도구가 발달하면서, 가상현실로 도피하고 있는 것은 아닌가?

이 혼동 사이에, 빈익빈 부익부 현상은 극심해지고, 중산층이 흔들리고 있다. 간극이 커지면 커질수록 과학기술문명은 건널 수 없는 강을 만들어, 주류와 비주류 사이에 차이를 벌여놓고 있다. 가상과 현실 사이에서 어떤 것이 사실이고, 어떤 것이 환상인지 착각하다가 실재적인 현실 모순이 극심해지는 것이다. 혼동하지 말아야 할 것이다. 심리적 혼란까지 유도하는 과학기술문명의 발달 앞에, 시(詩)는 뒤늦게 좇아가더라도, 반성적 사유 공간을 만들며, 침묵의 공간을 만들어야 할 것이다. 이것이 21세기 시(詩)의 사명이 아닐까, (음악을 끄고) 생각해 본다.

3부
'이후'를
견디는 작품들

세로로 박힌 시간, 그 '이후'를 견디는 사람들

Ⅰ. 김애란의 『바깥은 여름』

끝났다, 라는 말로 끝은 마무리되지 않는다. 합법적 테두리 안에서 해결된 것처럼 보이는 사건들. 보험 처리되고, 보상으로 마무리 되었을 법한 다양한 단애(斷崖)들. 회색 바람이 불어 닥치며 망각되는 장소. 어느 누구도 가보려고 하지 않았을 것 같은 절벽. 그 누구도 알지 못하는 고통이 서린, 사건의 후유증을 견디는, 상실의 공간에서, 죽은 자들은 살아있다. 그곳에 남겨진 사물에는 사연이 담긴다. 부재하는 이들의 시간은 얼룩으로 존재한다. 혼적은 생존하는 모든 것을 넘어선다. 존재하지 않는 것이 존재하는 것을 덮쳐버린다. 내상을 입은 사람의 시간은 고이고 곪는다. 부재하는 자가 사랑하는 사람이었기 때문이다.

소설 「입동」에는 다섯 살 아이를 잃은 영우네 가족이 등장한다. 영우 아버지는 보험 관련 회사에 다닌다. 중산층의 평범함 가족 형태를 유지하고 있던 이들은 이십사 평형 아파트를 경매로 구매한다. 김애란 소설에 주요 공간으로 등장하던 '방'이 '집'으로 바뀐다. 집은 그네들의 주거 공간으로 안착한다. 다섯 번의 이사 끝에, 이동하지 않아도 되는, 뿌리를 얻은 것이다. 뿌리는 불안정하다. 뿌리는 나사가 헛돌아가며, 헐거워진다. 뿌리는 이자를 내야하고 원금을 갚아야 한다. 다만 아이가 어린이집을 옮겨 다니지 않아도 되는 안도감을 선물한다. 몇 십 년간 은행에 갚아야 할 이자를 끼고, '명의'를 얻는다. 명의를 얻고, 합법적인 빚쟁이가 된다. '중심'에서 멀어지지 않았다는 안도감을 주는 뿌리. 그것이 집이다. 집을 소유한다는 것은 '원' 바깥으로 밀려나가지 않았음을 입증하는 일이다. 그 물질 공간에 정이 깃든다. 영우 엄마는 세상 세람들의 평범한 삶을 따라한다. 인테리어 공사를 하고, "DIY"정보를 찾고 가구 리폼을 한다. 헌 것을 새 것으로 바꾸고, 새로운 집의 주인으로서 공간을 장식한다. 정착했다는 느낌이 들도록, "실감"을 얻기 위한 동작을 행한다. 광고와 이미지, 잡지에서 그려지는 중산층들의 소박한 사치를 따라 경험하고 소비한다. "LOVE", "HAPPINESS"라는 이름이 그네들의 가정에 들어선다. 다섯 살 영우는 'ㄱ ㄴ ㄷ 한글차트'를 보며 글자의 세계에 진입한다. 영우 엄마는 "시간이 맑은 못"에 충실하게 평범한 사물과 풍경이 주는 기적을 만끽한다. 그러나 행복과 사랑이라는 단어는 칠이 벗겨지고야 만다.

영우가 어린이집 차에 치여 죽는 사건이 발생한 것이다. 이 사건은 합법적인 보험처리에 의해 매끄럽게 해결된다. 겉으로 그러하다. 피해 당사자 부모가 보험 관련 업무를 보고 있기에, 그 무엇보다도 적확하게 처리된다. 그 역시 "사무적인 얼굴로 누군가의 슬픔을 대면"해 왔다. 보험금으로 죽음을 처리해 왔다. 처리하다가, 처리당하는 입장이 되어, "예쁜" 합리성 안에 숱한 죽음이 무신경하게 포장된다. 당사자가 되는 순간, 평범한 사건과 사고들이, 평범해 지지 않는다. 억울한 사연으로 파랑을 타고 밀려들어온다. 합법적으로 처리 되었지만, 무엇인가 '용서' 되지 않는 죽음. 보험금이 지급되는 순간, 아이를 죽인 사람들을 '용서'해주어야 할 것 같은, 착각이 든다. 감정은 처리 되지 않는다. 종이 파쇄기에 들어가 잘리지 않는다. 무엇이 무엇을 처리할 수 있단 말인가.

아이의 죽음 이후, 아내의 시간은 정지된다. 아니, 시간이 뒤죽박죽 뒤섞이며, 몸 안으로 고인다. 아내는 과거의 시간 안에 갇힌다. 거실 구석에서 상처받은 짐승의 어깨를 들썩이며 숨죽여 울 뿐이다. 죄책감에 시달린다. 가해자가 아님에도 아이 잃은 부모라는 이유만으로도, 마음의 수갑을 찬다. 아내는 타인의 시선으로 감금당한다. 병이 든다. 아이를 잃고 난 뒤, 아내의 동작은 물에 젖은 솜방망이와 같다. 아내와 남자의 시간 역시 솜덩어리 속에 파묻혀 물컹해 진다. 중산층 가정을 유지하며, 안간힘을 쓰며 지키고자 했던 일상적 자리는, 모조리 비정상적인 것이 된다. "어딘가 가까스로 도착한 느낌, 중심은 아니지만 그렇다고 원 바깥으로 튕겨진 것도 아니라는 거대한 안도"감이 착각이라는 것을 깨닫는다. 도착 지점이 "허공"이었을 뿐.

덧난 상처는 의도치 않은 곳에서 터진다. "보내주신 성원에 감사드립니다. 풍성한 한가위 맞으세요." 가해자인 어린이집 측에서 보낸 공식적이고 상투적인 문구들. 미필적 고의에 의한 행위들이, 버젓이, 반성 없이, 무한 반복된다. 일상에서 유가족은 사소한 칼날에 베인다. 비명을 지르지 못하고, 피해자는 남들 앞에서 눈물 흘리지 못한다. 제대로 연소되지 못한 그을림이 발생한다. 가해자였던 어린이집에서 보낸 복분자 액이 터진 사건. 벽지에 달라붙은 얼룩은 지워지지 않는 상처였다. 숨겨왔던 아픔이었다. 상처받은 이들의 시간은 중심 바깥으로 밀려난다. 정지하며 퇴행한다. 사건이 일어난 지점에서 더 나아가지 못한다. 그들의 고여 있는 시간은 곪는다. 뒤늦게 폭발한 붉은 복분자액이 눈물처럼 흐르고, 벽지가 운다. 유가족은 타자가 강요하는 윤리적 시선에서 갇혀, 슬픔마저 마음껏, 누려보지 못했다. 가스관에 차오르는 감정을 억누르며, 멍하니 머물러 왔다. 끝이라는 선(線)은 존재하지 않는다. 끝은 하염없이 진동한다. 남들은 모르는 이야기. 남들은 끝났다고 믿는 이야기가 겨우, 숨죽이며 살아있다. 바깥세상과 다른 고립된 행성에서, 고독한 시간 속에서, 폭발하지 못한 사실이 무한 반복되고 있다. "우리만 빼고 자전하는 듯한"

아내에게 벽지 바르는 일은 다시 시작하고 싶은, 스스로 용기를 내고자 하는, 작은 행위였다. 처음 이 집에 이사 와서 행했던, 희망 섞인 행위였다. 그것으로 기운을 얻고자 했다. 죽음 이후, 도배는 간신히 거행된다. 고개 숙이고 수납함을 치우다가, 아내가 영우의 흔적을 발견한다. 아이의 흔적을, 자신의 이름을 서툴게 적어놓은 글씨를 발견한 것이다. 순간, 벽지를 바르는 행위는 제의의 동작으로 천천히, 승화한다. '나'는 벌써듯 두 팔을 올리고 있었다. 울림이 있는 동작으로, 죽은 자를 위한 굿으로, 그칠 수 없는 울음으로, 평생의 '벌'로, 죄인의 자세로, 아이를 잃은 부모의 십자가로, 이 시대의 모든 유가족과 상처 받은 자들의 마음 깊숙이, 타자에게 보이지 않는 억울한 자세로 버티고 있는 것이다. 벽지의 꽃무늬가 동네사람들의 '매질'로 바뀌어 아내의 머리 위로 떨어져 내린다. 2차, 3차 가해자들이 그네 가족을 괴롭히고 있었던 게다. 세월호 유가족을 비롯하여, 국가 폭력에 의해 가족을 잃은 자들의 속 깊은 아픔을, 다른 사람들은 모른다. 그들은 새로운 시간으로 건너가지 못하는 벽지를, 십자가처럼 붙들고 서서, 벌 서는 자세로 평생, 살아가야 한다. 몰랐다. 우리는 타자를 모른다. 누가 감히 그네들의 아픔을 안다고 말할 수 있겠는가. 용서란 무엇인가. 누가 누구를 어디까지 용서할 수 있을 것인가. 김애란의 소설집 『바깥은 여름』은 건져 올리기 어려웠던, 물컹하게 만져지는, 속 깊은 질문을 던진다.

유가족은 과거라는 고착지점에 갇혀, 부채 의식에 시달린다. 현재의 시간보다는 과거라는 감옥에서 벗어날 수 없다. 눈에 보이지 않는 수갑이 채워진 상태이다. 상처에 사로잡혀 있기에, 합법적인 테두리 안에서 보상을 받건, 받지 못했건, 일상에서 부재를 확인하며 산다. 집안에 죽음을 들어앉힌다. 죽은 자들이, 곳곳에서, 부유한다.

2년 전, 추석 명절에, 안산 세월호 합동 분향소에 가 보았다. 분향소에 놓인 작은 메모장을 읽으며 걸음을 멈추었다. 아이의 생일, 졸업식, 혹은 작은 기념일에 죽은 아이를 위해 실컷 울어주지 못하고, 영정을 들고 거리로 나가야 하는 현실 자체가 너무 슬프다는 내용이었다. 죽음을 죽음 그 자체로도, 기억하고 위로하고, 슬퍼할 시간이 제대로, 충분히 주어지지 않았던 것이다. 슬픔은 일상 속에서, 벽지에 튀어버린 복분자액처럼 불쑥, 찾아온다. 유가족은 죽은 자와 함께 나누었던, 다정한 시간 속으로 그네들의 온전한 추억 속으로, 온전히 스며들어갈 권리가 있다. 충분히 슬퍼해야 했다.

김애란 소설은 죽은 이들의 이름을 개봉한다. 그 이름을 지키고 살아야 하는 이들의 시간을 어루만진다. 느닷없이 나타난, 부재하는 이의 흔적은 현존하는 이들의 공간을 넘어선다. 느닷없이 일상적 공간을 점령하고, 가끔씩 휘몰아치는 얼룩을 고스란히 앞에 두고 설워하도록, 둔다. 흔적이, 살아있는 물질의 영역과 시간을 침식하도록, 슬픔이 슬픔에게 말을 걸도록. 죄책감과 미안함을, 후회를, 용서라는 단어를 되뇌도록, 허락한다. 못 박고 살아가는 이들을 충분히 바라보도록, 시공간의 공기 방울을 열어둔다. 압정 같이 따가웠던 시간 속에서, 감옥 같은 집안으로, 서서히, 발목을 담그도록, 우리가 함께 벽지를 들고 서 있을 수 있도록, 독자의 마음을 잡아챈다.

　죽음을 겪은 이들은 감춰진 공간에서, 죽은 이들처럼 살아가고 있었다. 죽은 이들처럼 죽어가고 있었다. 그 어려운 이야기를 공그르기 하는 김애란의 소설 방식이 예민하고 섬세하다. 구체적이고 현실적이어서, 소설을 읽고 나서 집 바깥으로 나와, 한 바퀴 여름 길을 걸어야 했다. 공그를수록, 부재의 흔적이 "삶"으로 침입을 해 와서, 오랫동안 상처받은 이들의 시간을 더듬어 되짚어 봐야 했다. 세월호 리본을 항시 지니고 다녔던 연대의 시간에 맑은 고름이 흐른다.

　김애란의 다른 소설들 역시 시대적 아픔을 겪은 이들에 대한, 애도로 다하지 못한, 현재 진행형으로 마감하지 못한, 통점을 건드린다. 사랑하는 이를 잃는 사람은 누구에게 위로받는가. 부재하는 이를 떠올리며, 남겨진 이들의 가려진 일상을 들춰낸다. 아버지를 잃은 노찬성은 유기견 에

반을 만나고 나서, 악몽을 꾸지 않는다.(「노찬성과 에반」) 사랑하는 존재의 고통스러운 죽음을 피하기 위해 안락사를 선택하는 노찬성은, 아이러니하게도, 애완견 에반의 안락사를 위해 마련한 돈을, 핸드폰 소모품 구입비로 써버린다. 아버지의 죽음과 애완견의 죽음이 교차 서술되면서, '용서'라는 단어가 다시 등장한다. 두 죽음에 대해 직접적인 서술이 펼쳐지지 않아, 사건의 전말은 명확하게 제시되지 않는다. 다만 할머니 역시 "주여, 저를 용서하소서"라는 혼잣말을 입에 달고 산다. 그들의 죽음이 합법적인 영역에서 제대로 처리되지 않았음을 시사한다. 상처 입은 자는, 역으로, 타자에게 상처를 입히는 존재가 된다. 부지불식간에, 나 역시 미필적 고의에 의한, 악을 행할 수 있는 위치에 서게 된다.

「어디로 가고 싶으신가요」에는 허공에 대고 혼잣말하는 여자가 등장한다. 교사인 남편의 죽음을 이해할 수 없었던, 그녀는, 그 죽음의 의미를 받아들이지 못하고, 잠시 도피한다. 그 누구와도 정상적인 대화가 불가능한, 상태에서 아이폰의 '시리'에게 말을 건넨다. 남편이 평소에 쉬는 방식을 떠올린 것이다. 죽은 남편의 목소리를 기억하고 반복하며 기계에게 질문한다. 삶이란, 고통이란 무엇인가, 하고 무심하게 묻는다. "누군가의 상상을 상상하는 상상 안에 계산"되어 있는 답변을 들으며, 그녀는 담백하게 반응한다. 가까운 이에게도 받지 못했던 위로를 받는다.

"제가 이해하는 삶이란 슬픔과 아름다움 사이의 모든 것이랍니다." 시리의 대답이다. 그녀의 시간 역시 "쌀뜨물처럼 흐르지 않"았다. 시간은 "창"으로 "세로"로 온몸을 뚫고 지나간다. 남편의 죽음 앞에서, 바라봄의 주체가 되어야 함을 회피한 것이다. 주체의 자리에서, 남편의 죽음이 용서되지 않는 부분에 대해, 제대로 바라보고, 인지하고, 인정해야 했다. 아내는 외면하고 싶었던 자신의 눈동자를 되찾는다. 죽은 학생의 누이가 보낸 편지를 통해서였다. '삶'이 '삶'에게 뛰어드는 일. 남편은 학생의 '삶'을 구해내기 위해 뛰어들었던 게다. 그 편지를 통해, 타자의 상처에 눈을 돌린다. 아픔을 간직한 이가 다시, 타자에게 손을 내미는 방식을 조심스럽게, 조곤조곤하게 낮은 톤으로, 찾아간다. 어떻게 그들을 위로하고, 지켜주고, 말을 걸 것인가. 조심스럽게 돋아나는, 더듬거리는 동작으로, 독자 스스로, 뒤척이며, 앓게 해 준다. 김애란 소설은 한 편 읽고나면, 두서너 배, 앓게 된다. 어쩔 수 없이, 멈추게 된다. 스스로 정지를 선택한다. 다음 문장을 실행하고 싶지 않아서

> 그들은 잊어버리기 위해 애도했다.
> 멸시하기 위해 치켜세웠고, 죽여버리기 위해 기념했다.
> 어쩌면 처음부터 모두 계산된 거였는지 몰랐다.
> —「침묵의 미래」 중에서

Ⅱ. 김영하의 『오직 두 사람』

> "이제 우리도 알게 되었습니다.
> 완벽한 회복이 불가능한 일이 인생에 엄존한다는 것,
> 그런 일을 겪은 이들에게는 남은 옵션이 없다는 것,
> 오직 '그 이후'를 견뎌내는 일만이 가능하다는 것을."
> —작가의 말에서

김영하는 그 '이후'를 이야기 한다. 「아이를 찾습니다」 이후 달라졌다고 말이다. 이제 소설 속의 등장인물들은 위안과 위로를 위한 연기와 작별을 고한다고. 그들이 필사적으로 견디고 있음을 강조한다. 「아이를 찾습니다」이다. 소설은 아이 실종 신고 이후에 대한 이야기이다. 죽지 않았다. 아이가 사라진 공간에서, 그 부모는 어떻게 살아가는가. 아이가 돌아온 후, 그들은 어떻게 살아가는가. 평소 상상하지 못했던 예외의 공간에서 전개되는 이야기를 펼쳐진다. 그 이후이다.

아이를 잃어버리는 순간, 남편 윤석은 휴대폰 매장에서 정신이 팔려 있었고, 아내 미라는 화장품 사러 말없이 사라졌다. 그 몇 분이 흐른 뒤, 그들의 인생은 암흑으로 들어간다. 아이는 부모와 멀어져가는 순간에도 왜 아무 소리를 내지 않았을까, 라는 궁금증까지 밀어붙이며, 부부의 내면을 괴롭힌다. 운명 같은 시간이 지난 뒤(십일 년이 지난 뒤), 아파트를 팔고, 정규직을 그만두고, 아내는 병든다. 윤석은 아이를 찾기 위해 전단지 붙이는 일을 멈추지 않았다. "전단지를 위해 돈을 벌고 전단지를 뿌리기 위해 밥"을 먹었다. 아이를 지키지 못했다는 후회와 죄책감이, 그들을 궁지로 내몰았다. 전단지 붙이는 일은 "종교의식"과 같았다. 전단지는 집착이었고, 전단지는 호소였고, 전단지는 죄책감이었고, 전단지는 타자에게 보이기 위한 윤리적 행위였고, 전단지는 아이의 실종을 인정하고 싶지 않은, 부모로서 마지막 자존심이었다. 그러한 시간이 깊어지며, 아내의 조현병은 더욱 심해졌다. 주위 반응에 시큰둥하고 실성한 듯 혼잣말 하고, 미친 여자처럼 돌아다니고, 현재 상황을 망각한다. 다만 윤석 혼자서 전단지를 붙이는 반복 행위를 통해, 전단지를 붙인다는 행위 그 자체로, 존재 이유로 삼아왔다. 전단지가 앞이고, 일상이 뒤로 밀린, 주객전도된 삶에서, 그 자신들이 신체적·정신적으로 이미 망가지고 있었다. 반복강박이 되풀이되는 상태에서, 아이가 돌아왔다.

다른 이름, 종혁이라는 아이로. 고대했지만 기대하지 않았던 아이가 돌아오자, 문제가 도드라진다. 아이는 십여 년 동안 자신을 찾아 전국을 헤맸던 부모를 모르고 자랐다. 성민이는 종혁이라는 아이로, 경상도 억양을 쓰는, 약간 아랫배가 튀어나온 상태로 달라져 있었다. 상상 속에서 찾던 자신의 아이 모습이 아니었다. 그들의 삶은 아이만 찾으면, 아이만 찾으면, 이라는 가정법 문장 하에, 평범하고 소소한 것을 미루고 있었다. 만약이란 설정에 그들의 시간이 저당 잡히고 있었다. 아이를 찾기만 한다면, 행복을 찾을 수 있을 거라 믿었다. 아내 미라의 병도 회복될 거라 믿었다. 상황은 악화된다. 아이가 부르는 엄마는 다른 엄마였다. 아이를 유괴해놓고 자살한 엄마. 아이를 잘 키우지 못해 죄송하다고 유서를 남긴, 평범한 간호사였다. 어쩌면 '실종된' 아이의 부모로 살아가는 게 훨씬 당당했을지도 모를 일이다. 위기는 사건이 해결되었다고 믿는 순간, 발생한다. 그들은 아이가 태어나는 지점, 잉태되는 순간, 낙태할 뻔 했던 기억까지 거슬러 올라가, 죄의 기원을 따져 묻기도 하며 칼로 자신들을 찌르며 살아왔다. '체념과 냉소'의 시간 속에서 생채기를 내고 있었다. 전단지라도 붙여야 했던, 그리하여 '복음서'와 같은 미신으로 승격한 전단지 더미를 피의 장소로 여기며 버텨 왔다. 자신들이 믿어왔던 미신이 사라지자 마음의 기둥이 무너져 내린다. 문제가 해결되었다고 믿는 순간, 처절한 약자가 된다. 다음 목표를 설정할 수 없는 상태에서 지금까지 외면했던 문제점들이

고스란히 발각된다. 아이의 시선으로, 그들은 궁지에 몰린다. 윤석과 미라는 부모 노릇을 할 준비가 되어 있지 않았던 것이다. 일상은 파괴되어 있었다. 돌아온 성민은 야생의 짐승 같았다.

상처가 회복되지 않은 상태에서, 부모는 상처받은 아이를 구원하지 못한다. 금방 무엇을 물으려고 해도, 상처만 덧나게 할 뿐이다. 상처는 상처를 만든다. 스스로를 파괴하는 방식으로 이 삶을 견뎌내고 있었을 뿐이다. 성민은 세 번이나 경찰서에 불려가고, 아내의 증세는 심각해진다. 대화가 사라진다. 삶의 목적이 사라진 공간에 사춘기 아이가 서 있고, 아내 미라는 실족사 한다. 그토록 원했던 아이가 나타나자 아내가 죽어버린 것이다. 그 이후, 아이를 데리고 고향으로 돌아간 윤석은 버섯농사를 짓고, 고등학교에 진학한 성민은 가출한다. 결과적으로 성민은 부모를 떠난다. 자신 때문에 두 어머니가 죽음을 맞이한 것이다. 가출할 때 동반했던 여자. 그 여자 아이, 보람이가 성민의 자식을 데리고 돌아온다. 보람이는 성민의 아이를 두고 떠나간다. 핏줄은 그렇게 돌고 돌아서, 어린 아이를 데려다 놓는다. 성민의 자식이야말로, 윤석과 죽은 아내 미라가 찾고자 했던 상상 속의 아이였을지 모를 일이다. 그네들은 자신의 관념과 망상 안에 갇혀 살아왔던 것이다. 실재를 외면하고, 성민을 인정하지 않고, 전단지 속 가상 이미지를 성민으로 여기며, 왜곡시키며, 가짜 아이를 만들어, 사랑해 왔던 것이다. 허깨비 사랑이다.

원인이 되었던 사건이 결과가 아닌, 다른 원인이 되어 그의 인생 앞에 등장한다. 원점으로 돌아간다. 뫼비우스 띠와 같은 폐쇄 곡선에서 빠져나오지 못한다. 소설 「신의 장난」에서처럼, 거대한 시스템 안에 감금된 채,

그것이 꿈인지 현실인지 알지 못하는 사이, 스스로 바깥으로 뚫고 나가는 방법을 잊어버린다. 무엇을 잃어버렸는지조차 모른 채, 일상을 견디며, 숨 쉴 뿐이다. 반복 강박(repetition compulsion)을 되풀이하면서, 외상 후 고통을 되풀이 하는 방식으로, 허깨비를 잡고

우리는 패턴을 벗어날 수 있는가. DNA의 나선형 구조처럼 시간은 괴이하게 반복되고, 꼬이며, 패턴을 유지한다. 위치이동을 하기도 하지만, 복잡성을 가진 인간은 크게 달라지지 않는다. 패턴을 벗어나기 어려운 존재일 뿐이다. 죄를 반복하고, 수시로 후회를 하면서, 일상으로 돌아온다. 문득 시원을 찾아 길을 떠나고, 사랑하는 연인을 만나고(「인생의 원점」), 창작의 원천인 뮤즈를 만나지만 자신을 옥수수라 믿고, 헛것이 쫓아온다고 착각(「옥수수와 나」)할 뿐이다. 반복을 알면서도, 멈출 수 없다는 사실이 비극적이다. 비극의 터널에서 누가 빠져나올 수 있을 것인가. 김영하는 비교적, 사건과 거리를 둔 상태로, 독자에게 질문을 던진다. 때론 유쾌하게, 때론 무겁게, 스스로 판단하게끔 한다. 이것이 김영하가 말하는 예감의 세계인가. 결핍과 상처와 오류와 실패가 남긴 나머지가 현실에 떨어져 내린다. 나머지가 사라지지 않는 숫자인 것처럼, 앙금과 상처와 후유증이 이후의 인물들에게 영향을 끼친다. 여전히.

2014년 국가 폭력에 의해 구조되지 않은 아이들을 전 국민이 목격한 이후, 아이를 잃는 사건 사고에 대해, 유독 '아이'에 대해 민감해진, 자신을 발견한다. 아이 낳기를 꺼려하는 어른들. 다른 한편에서 출산율을 높이기 위해, 가임 여성들의 위치를 표시했던, 야만적인 지도를 만들었던

사람들. 가임기 여성이라는, 꼬리표 달기를 주저하지 않았던 권력층. 그 권력에 길들여진 상태로, 약자를 비호하는 듯한 포즈로, 전염성 강한 벌레에게 물리지 않도록 약을 뿌리는 지식인들. 데이트 폭력을 휘두르며. 사랑이니까 괜찮아, 라고 사건을 무마하고 넘어가려고 했던 얼룩들. 얼마나 많은 것들의 껍질을 벗겨야, 패턴을 바꿀 수 있을까. 출산율을 장려하면서 아이들이 죽어가도록 방관하는 사회. 그 소용돌이 사회에 너와 내가 산다. 오직 두 사람. 존재의 흐름 속에서, 소용돌이에 빠져들고, 그 안에서 고통 바깥으로 빠져나가지 못한다. 아무것도 모른 채, 아버지의 사랑을 외면하면서도 거부하지 못한 채, 그것이 무엇이라고 이름 짓지 못한 상태로, 편지를 쓴다(「오직 두 사람」). 소용돌이의 회전과 침묵, 이 과정에서 고요히 눈을 감는다. 이것이 바깥으로 빠져나와 제3의 눈을 가지는 방식이리라. 눈은 뒤늦게 떠진다. 퇴행했던 사건들. 사건 속에 노예가 되어 끌려 다녔던 일들. 상자 속의 패턴을 묵묵히 바라본다. 자신의 생각을 성벽처럼 쌓아 방어하고, 안전한 성이라고 믿었던 곳이 모래성이었음을 본다. 각기 다른 시간을 지우고, 잇는다.

그녀가 밀도 높은 총을 쏘았다

—주수자의 『빗방울 몽환도』

Ⅰ. 다음 정거장에 도착하기까지

새로운 곳으로 가고자 한다. 스마트, 미니 서사, 미니픽션, 그 어떤 용어라도 좋다. 상관없다. 혼종, 하이브리드, 시적인, 다매체, 디지털, 혹은 인공지능, 혹은 어정쩡한, 혹은 안착하지 않은, 그 어떤 단어도 좋다. 그것이적성과 기질에 맞을 때, 다매체 시대의 변화된 문학 환경의 증폭에 기여할수 있는 장르가 될 때, 새로운 것은, 돋아난다. 사실, 이 세상에 새 것은 없다. 늘 있었던 것이다. 주변부에, 소리 없이, 등장해 있던 것이다. 탈영토화는 소리 소문 없이. 문득, 다가온다. 헤게모니를 쥐고 있는 장르, 혹은 습관적 사고, 혹은 관습화된 장르, 혹은 전통이라는 이름의 권력, 시대적 흐름과 유행이 모든 것들 사이에, 있었다. 그것을 발견한다. 틈이 벌어진다.

문학 작품. 그것도 소설에서 길이가 중요하다. 길이에 따라 장편 소설, 대하소설, 중편 소설, 단편 소설을 구분한다. 그러나 길이가 중요하지 않을 수도 있다. 미니픽션 한 편이 단편 소설 하나를 읽었을 때의 무게감으로 다가올 수도 있다. 오케스트라 지휘자의 지휘봉이 멈추는 순간, 공연장에 팽팽하게 감도는 공기, 숨 막히는 여운을 감지할만한 작품이라면, 함성과 함께 쏟아져 나오는 기립박수 치기 전의 긴장감이라면, 함성이 쏟아지기 직전, 진공관이 터지는 찰나, 수백 명의 숨이 일시에 터지는 에너지가 담겨있다면, 그것은 상대적이다. 오히려 글의 길이는 독자가 책을 읽는 데 들이는 '시간'의 문제와 연결된다. 빨리 읽을 수 있고, 짧아도 느리게 읽을 수 있다. 길이의 문제는 작가의 상황과 기질, 호흡, 추구하는 세계와 연결되어 있다. '미니'를 '길이'와 연결 지어 생각해 보다가도, 이것을 '픽션'과 붙여 놓았을 때, 우리는 장르의 기원을 따져보지 않을 수 없게 된다. 이런 스타일의 글들은 이미, 원래 존재해 왔다. 여기 박병규 교수의 「라틴 아메리카 미니픽션의 전통과 확산」의 한 부분을 인용해 보자.

"미니픽션의 기원은 관점에 따라서 두 가지로 갈린다. 하나는 미니픽션을 보편적인 형태의 문학으로 보는 것이며, 다른 하나는 역사적인 형태의 문학으로 보는 것이다.

미니픽션의 보편성을 주장하는 사람들은 인류 역사에 나타난 갖가지 짧은 텍스트에서 미니픽션의 기원을 찾는다. 예를 들면, 속담, 격언, 수수께끼, 장자의 「호접몽」, 그리스로마시대의 미셀러니, 일본의 『베갯머리 책』, 하이쿠, 선문답 등인데, 아마 우리나라의 향가, 고려가요, 시조도 라틴아메리카에 소개되었다면 미니픽션의 기원 논의에 포함되었을 것이다. 그러나 미니픽션은 짧은 텍스트이지만 짧은 텍스트라고 해서 모두 미니픽션은 아니다.

역사성을 강조하는 사람들은 미니픽션을 근대 문학의 한 형태로 간주한다. 이들은 보들레르 산문시를 비롯하여 나다니엘 호손, 암브로즈 비어스, 오스카 와일드의 작품과 같은 19세기 서구 문학에서 미니픽션의 기원을 찾고, 이를 라틴아메리카 19세기말 문학의 짧은 산문 텍스트와 연결시키려고 노력했다."[1]

미니픽션[2]에는 다양한 입구가 있다. 어디로 파고들어야 할 것인가? 어떤 구멍을 지지해야 하나? 여러 구멍들 사이에서, 동양 장자의 「호접지몽」과 그리스로마시대의 미셀러니 사이에서, 우리는 그 연원을 짐작해 볼 수 있다. 분명, 미니픽션이라 추측하고, 여길만한 문학이 동서양 가릴 것 없이 존재해 왔다. 그렇다면, 우리의 논의는 미니픽션의 등장을 왜 다시 주목해야 하는가? 이 지점에 맞추어야 할 것이다. 기존의 장르 관습을 탈주하며, 벗어나려고 하는 이 시도는 무엇인가? 왜 탈주하려 하고 어떻게 재영토화 할 것인가? 이 지점에 대한 숙고가 필요하다.

소설의 문장과 문장이 형태를 무너뜨리고, 흠집을 내고, 장르를 뒤튼다. 새로운 질서와 필연적 상황과 내용으로, 낯선 터전을 빚는다. 기존 문장과 형식으로, 새로운 영토에 건축을 쌓아 올린다. 재영토화 한다. 재영토화 하려는 땅은 아직 축축한 늪이다. 물 위에 쌓아올린 건축이다. 물 위에 떠 있기에, 수천수만의 거울들이 반짝인다. 수천수만의 거울이 흔들리며, 위태로운 물의 건축을 실험한다. 미니픽션이라 불릴 만큼, 짧은 길이가 내용을 자극하는가? 내용이 형식적으로 짧음을 유도하는가? 이 부분에 대한 질문을 던져 봐야 한다. 형식은 내용의 자극제임을 곱씹어 봐야 할 것이다.

---

1) 박병규, 「라틴아메리카 미니픽션의 전통과 확산」, 『문학나무』, 2015, 겨울호, 21쪽.
2) 여기서 필자는 미니픽션이라는 용어를 사용하고자 한다.

미니픽션은 1인분의 밥과 같다. 흔히 말하는 혼밥을 시켜놓고, 읽을 수 있는, 글이다. 칼칼한 순두부 국물에 밥을 말아먹으면서, 소설을 되새김질할 수 있는 분량이다. 결정적 순간을 잡아채는 사진처럼. 눈꺼풀을 깜박깜박, 깜박거리는 사이, 넘겨 읽을 수 있는 묵독의 분량이다. 스마트 액정 화면에서 읽는다면, 대여섯 번의 터치로 읽을 수 있겠다. 지하철 한 정거장에서 다음 정거장으로 가는 사이. 미니픽션 하나를 읽는다. 스크린 도어가 열리면, 내용을 음미하며, 환승역으로 갈아탄다. 에스컬레이터를 향해 걸어가며 되씹어 본다. 당산역에서 홍대로 갈아 탈 때 펼쳐지는 길고긴 에스컬레이터에서 뜸을 들이며, 음미한다. 재빨리 계단을 타고 올라가지 않고, 긴 줄 뒤에서 생각한다. 계단에 올라서서, 읽을 만도 할게다. 시각적으로 무리가 가지 않기에, 순식간에 결정적 장면 안으로 독자들의 마음을 잡아챌 것이다. 사건 안으로 깊숙하게 끌어당기기 위해, 속도감이 있을 법하다. 결정적 장면 속으로, 낯선 손님에게 금세, 안방을 내어주어야 하는 격이리라.

소설의 공간은 x축, y 축, z축의 비좁은 1인실 원룸과 같다. 절벽에서 점을 찍기 시작한다. 면이 모이고, 그리 넓지 않은 입방체가 형성된다. 비좁은 공간에 한두 명, 혹은 많아야 세 명 정도의 등장인물이 서성인다. x축, y축, z축의 시각적 틀 안에, 프레임을 짠다. 등장인물이 들어선다. 보르헤스의 소설 「알렙」처럼, 집 안에 들어가고, 집 안에 숨겨 놓았던 비밀 장소에 들어간다. 사각 틀 안에 또 다른, 비밀이 담겨있다.

밀도 높은 3차원은 물 위에 뜬 건축물이다. 수많은 물방울이 흔들리고, 유영한다. 2차원 평면 공간이지만, 물방울 위에 선 건물이기에, 텔레비전이나 영화처럼, 다른 공간으로, 환상 속으로 쉽게 넘어간다. 깊이를 담당하는 z축은 어느새 끝났는지 알지 못할 정도로, 흩어진다. 아니 미끄러져 버린다. 이런 디자인이 소설가의 몸에 잘 맞을 경우, z축을 중심으로, 반전이 일어난다. 짜릿하게 내려치는 마른번개이다. 마른번개는 짧게 왔다 사라진다. 울림이 크다.

독자의 두뇌는 무의식중에 장면을 구성하고 측정한다. 잔상효과가 발생한다. 단막극의 좁은 극장 안에 등장인물의 심리가 어떻게 움직였는지, 사물들이 어떻게 말했는지, 사진과 같은 결정적 장면이 은은하게 남는다. 어쩌면 드라마와 드라마 사이, 시청자의 마음을 사로잡기 위해, 강렬한 이미지를 내보였던 광고와 같겠다. 드라마 보다 더 드라마틱하게, 잔상을 남기는 기술이 필요한 장르라 하겠다. 인간의 뇌는 혼란을 겪지만, 곧 정리해 버린다. 혼란스러운 환승역을 통과하며, 화살표 따라 다음 역으로 몸을 움직인다. 모호성이 정리되고, 독자의 몸 안에, 소설의 여운이 진동한다.

미니픽션은 달의 이면이 필요하다. 한 번 읽고 말아도 되는 것처럼, 가독성과 판독성이 쉬운 것같이 보이지만, 사실 간단치 않다. 단순하게 치부하면 안 될 일이다. 찜찜해야 한다. 왜 그랬던 거지? 유추하며, 다시 읽어봐야 한다. 그 다음 역 지하철 스크린 도어가 열리면서 말이다. 미니픽션의 작가들은 마스킹(masking) 능력이 뛰어나다고 볼 수 있다. 그것은 필요한 부분을 극적으로 노출하기 위해 불필요한 부분을 가리는 작업을 말한다. 원하는 장면을 돋보이기 위해, 죄다 가리는 일이다. 열쇠구멍 외에 다른 구멍들을 덮어버리는 게다. 결정적 장면에서 시작하는 일. 절정에서 시작하여, 느닷없는 낭떠러지로 떨어뜨리는 일. 맹수가 자기 새끼를 낭떠러지에 떨어뜨리듯이, 독자를 놓아버리는 일. 적절한 타이밍에 물었다 놓아주는 기술. 미니픽션의 작가들은 순간을 잡아채는 독수리와 같아야 할 것이다. 아마도.

Ⅱ. 문을 열어라, 탐정의 손으로

한 편의 글을 읽는다는 것은 문 앞에 서는 것과 같다. 「수사반장의 추상 예술 감상」에는 형사 P가 등장한다. 독자는 소설 속 형사처럼, 사건 속으로 들어간다. P는 추상화가의 죽음을 조사한다. P는 화가의 작업실에 놓인 그림을 본다. "어거야 뭐, 나도 그릴 수 있잖아?"라고 말한다. 추상화란 당연한 것을 어린 아이같이 그린 것에 불과하다. 뻔하고 쉬운 붓터치로 여겨진다. 그때 조수 S가 "이런 걸 추상 예술이라고 합니다."라는 답변을 한다. 추상화는 코에 걸면 코걸이요, 귀에 걸면 귀걸이가 된다. 해석에 따라 천 가지 만 가지로 해석된다. 정답이 없다. 미지의 영역이 무한대로 펼쳐져 있는 세계이다. 주관적인 판단과 미적 감각과 현대 철학적 소양으로 감지할 수밖에 없는 예술. 첫 번째 맞닥뜨리게 되는 막막함, 형사 P는 미지의 문 앞에 있다.

그림들 뒤의 문. 막막함의 문을 열고 들어가자, 그림은 살아 움직인다. 형사 P의 "내장" 속에 파고들어 가 있는 듯하다. 죽음의 실마리를 찾을 수 있을 것 같다. 상황 속으로 들어간다. 형사 P는 화가의 삶을 이해할 수 없다. 작업실 환경은 열악하다. 다른 문을 여니, 후줄근한 간이침대가 놓여 있다. "관"과 같다. 아니, 직관적으로 관이다. 수상한 기운이 감돈다. 문을 열수록, 비밀의 열쇠를 찾는 기분이다. 형사 P는 직감적으로 "누군가의 심장으로 진입하는 듯한 느낌"을 받는다. 한 꺼풀 벗길수록 어머니의 "자궁"속으로 되돌아가는 것 같기도 하고, 시간을 거슬러 "고인돌" 안으로 들어가는 것 같고, 마셔야 할 "술병" 안으로 기어들어가는 것 같다. P의 눈에 화가는 미친 사람으로 보인다. 좁은 공간이지만, 미로에 갇힌 기분이다. 조수 S가 화장실에 다녀오겠다고 말한다. P는 완벽하게 홀로 남겨진다. 그때 작업실 불을 끈다. 스위치를 올리자, 유리창이 모두 거울로 변한다. 거울 속에 거울이 들어서고, 거울 밖에 이미지가 반복재생 된다. 물빛이 어른거리며 또 다른 물빛을 불러오듯, 물에 비친 거울 속에 또 다른 거울이 너울거리듯, 경계가 사라진다. 안과 밖이 사라진다. 경계가 없어지자 이성적이고 합리적인 판단, 이분법적인 사고가 무너진다. 누가 옳고 누가 그르단 말인가? 누가 누구를 체포하고, 검문하고, 누가 누구를 판결한단 말인가? 경계가 지워진 공간에, P가 서 있다.

아이러니하게도 그 순간 P는 그림을 살펴본다. 이해할 수 없다는 듯이, 고개를 가로저었던 그림을. 도대체 모를 것 같은 그림을, 그 누구보다도 깊숙이 이해하는 존재가 된다. "캄캄한 우주"에 도착한 기분을 스스로 터득한다. 그것이 착각일지라도, 촉수의 교감이 이루어진 것이다. 그림은 사건의 해결 실마리를 알려주는 문이 된다. "그림이 저절로 뒤로" 밀려난다. 그림이 문짝이었던 것이다. 문 뒤에 "욕실"이 있었다. 스위치를 켰을 때와 같은 상황이 재현된다. 모든 유리창이 거울이었던 것처럼, 사면이 '거울'이었다. x축, y축, z축이 비좁게 설정되어 있다. 욕실은 x축, y축, z축이 모두 거울로 이루어진 이상한 공간이다. 깊이를 담당하는 z축은 어떻게 작용할 것인가? 그 흔들림을 눈여겨보니, "나는 거울에 공포를 느꼈네"라고 시작하는 보르헤스의 시가 떠오른다.

거울이 우리들을 노리고 있네.

네 벽으로 둘러싸인 침실에 거울이 하나 있다면,

나는 이미 혼자가 아니지. 타인이 있는 것이네.

여명에 은밀한 연극을 연출하는 상(像)이.

— 호르헤 루이스 보르헤스, 「거울」 중에서

주수자 소설의 마지막 장면과 겹쳐서 읽을 수 있는 부분이다. 거울은 공포였다. P의 얼굴을 보는 것은 내면에 숨겨 두었던 내장을 발견하는 일이었다. 흉악한 범인이라고 믿었던 범죄자의 얼굴을 거울 속에서 발견했던 게다. 범인을 잡는 형사는 흉악한 범인이 된다. 너의 얼굴이 나의 얼굴이 되는 순간이다. 거울은 거울 속에 또 다른 얼굴을 만들어, 인간을 노리는 상(像)이다. 거울은 '은밀한 연극'이 진행되는 장소이다. 그곳에 세상을 복제하는 집행자들이 있다. 집행자들은 인간보다 주체적 위치를 선점하여, 인간 세상을 노려본다. 일상생활에서 우리가 망각하고 있을 뿐. 거울은 언제나 두려움의 대상이었다.

거울 속에 "남자"는 형사 P인가? 알 수 없다. 거울 속의 그는 누구인가. 알 수 없다. 그의 눈에 "흉악한" 사람이 보인다. 거울 속 그는 "짐승처럼" 사나워 보인다. 괴물이다. 흉측하다. 야만적이기까지 하다. 그렇다면 거울 밖의 나는 누구인가? P인가? 짐승인가? 범인인가? 거울 속의 그는 겁에 질린 표정을 하고 있다. 공격적이다. 거울은 거울을 복사한다. 미움은 미움을 복사한다. z는 z를 복사한다. 세상은 세상을 복사한다. 복사는 쉽다. 복사는 착각을 다시 착각하게 만든다. 혼돈에 빠지게 한다. 거울 속의 거울은 거울 속의 거울을 복사하며, 흉계를 꾸민다. 흉측함은 흉측한 마음으로 작동하고, 끔찍한 상상력은 범인의 존재를 지워버린다. 아니, 새로운 범인을 세워 사건을 조작해 버린다. 어쩌면 거울이 범인이 아니었을까. 거울이 신(神)이 된 게 아니었을까. 이 지점에서 z축이 흔들린다.

"그는 총을 쏘았다."

라는 문장은 수사반장 P가 최고의 독자였음을 반증하는 문장이 된다. 추상화가의 작업실에 놓인 그림들, 그것도 추상 작품을 오롯이, 온몸으로 감상한 최고의 관람객이 되었다는 사실이다. 그곳에 가면, 누구나 범인이 된다. 총을 쏘지 않을 수 없다. 누가 쏘았는가는 중요하지 않다. 거울이, 거울 속의 거울이, 거울 속의 짐승이, 범임을 창조해 내기 때문이다. 그곳에 가면, 짐승이 아니 될 수 없다. 그리하여 총은 P가 쏜 것인가. 내가 쏜 것인가? 누가 죽은 것인가? 아무도 죽지 않았는가?

사실이라 믿었던 모든 사건이 미궁에 빠진다. 미로에서 미궁으로 미끄러진다. 보르헤스의「알렙」에서 "나는 눈을 감았고, 눈을 떴다."라는 짜릿한 문장이 떠오른다. 그 이후 어떻게 되었을까? 알 수 없다. 알 수 없어야 한다. 경계가 지워진 상태이기에, 결말은 알 수 없다. 미지여야 한다. 다만 질문을 던질 뿐이다. 독자 여러분, 범인은 누구입니까? 누구를 범인으로 지목해야 하는 겁니까? 이 살인 사건은 사실입니까? 아니면 사실이 아닙니까? 사실이란 걸 믿을 수 있는 겁니까? 환상 같은 현실, 어느 쪽을 현실로 믿어야 합니까? 그렇습니까? 아닙니까?

작가는 질문을, 짧은 형식으로, 아무 것도 모르는 척하며, 던진다. 마지막 순간까지 경계를 지우는 방식으로, 답을 지운다. 거울은 동시적으로 움직인다. 한 사람이 움직일 때, 거울 속의 사람들이 다함께 움직인다. '동시'와 '영원'이 한꺼번에 작동한다. 한계를 지우며, 경계를 설정하고, 영원일 것 같은 착각 속에 환상이 머무른다. 모든 상징들이, 동시적으로. 현실 같은 거울에 홀려 버린다. 거울에 홀린 사람은 추상화가의 감정에 이입한다. 두려움에 휩싸인 상태에서 죽은 자를 복제한다. 화가 역시, 그런 방식으로 죽었을 게다.

뫼비우스 띠와 같다. 내가 나를 죽이는 '살인'이 벌어졌을 가능성이다. 이 밀실에 입장하면, 누구나 형사 P가 될 수 있다. 이것은 자살이 아니라 타살이다. 거울 속의 그가 나를 죽인 것이다. 복제된 세상이 인간을 죽인 것이다. 그렇다면 누구를 체포해야 할 것인가? 거울인가? 거울 속의 그인가? 알 수 없다. 아니, 알 수 없어야 한다. 호접지몽이다. 꿈속의 나비가 나인가, 나비인가? 알 수 없는 경지이다. 보르헤스는 수백페이지에 걸쳐 긴 이야기를 쓸 필요가 없다고 생각했다. '더 분별력 있고 더 게으른 나'는 짧은 픽션으로 복잡한 꿈과 미로와 거울과 죽음의 유한성을 펼쳐 놓고 싶어 했다. 미로를 찾는 열쇠와 거울과 꿈을 배치하고 싶어 했다. 그의 질문을 이어 받기라도 하듯이, 소설가 주수자는 거울 속의 괴이한 죽음을 독자에게 선물한다. 허세를 부리지 않는 짧은 길로, 장광설을 펼치지 않는 담백함으로, 무거운 질문을 던진다.

보르헤스는 셰익스피어의 2막 2장 대사를 따 와서 「알렙」(호르헤 루이스 보르헤스, 황병하 옮김, 『알렙』, 민음사)의 서두에 배치했다.

그 상상력을 바탕으로, 우리는 형사 P를 바라보아야 한다. P가 거울의 방 안에 들어가는 일은 호두 안에 웅크리고 들어가는 과정으로 해석해 볼 일이다.

독자가 호두 껍데기 안으로 들어가는 것이다. "천만에, 나는 호두껍질 안에 웅크리고 들어가 있으면서도 나 자신을 무한하기 그지없는 어떤 공간의 <주인>으로 여길 수 있네." (「햄릿」) 그곳은 무한히 펼쳐진 우주이다. 그렇지만, 그 어떤 사람도 구할 수 없는 공간이다. 주인이지만 주인이 아니다. 인간보다 거울의 세계가 우위를 차지하는 공간이다. z축이 작동하는 방식이다. z축은 비밀의 공간으로 우리를 인도한다. 좁고 미로 같고 꿈 같은 곳으로 독자를 인도한다. 그곳에서 우리는 그 어떤 생명도 구할 수 없음을 확인하게 된다. 절망의 쓴맛을 본다. 유한하게 순환하는 수레바퀴에서, 스스로 총을 쏘는 자가 됨으로써, 완벽하게 자신의 과제를 수행한다. 형사 P는 호두 껍데기 안에 완벽하게 '웅크린' 주체였다.

III. 비, 은밀한 환상을 연출하는

탈영토화 된 곳에 도착한 등장인물은 새로운 장소에서 재영토화 작업을 해야 한다. 그러나 미니픽션은 시간이 부족하다. 등장인물의 위치가 확인되는 순간, 사건의 고비를 확인하는 찰나에, 인물이 사라진다. x축이나 y축의 폭이 부족하다. 시간 역시 없다. 그러니 독자들은 부족한 시간을 즐겨야 한다. 치고 빠져나가야 한다. 어떤 방식과 스타일로, 인물이 사라지는지, 지우는 과정을 음미하면 될 일이다.

꿈과 현실의 경계를 지우는 방식의 글쓰기는 여전히 이어진다. 이번엔 드러내놓고, 몽환도를 그린다. 주인공의 이름 역시 공상을 잘 하는 뉘앙스를 품은 "공상호"이다. 공상이 허락되는 배에 탑승을 허락받는 느낌의 등장인물 이름이다. 옥탑 방에 사는 공상호는 소설가 지망생이다. 지금 막, 소설을 탈고했다. 원고를 끝내고 바깥을 내다본다. 비가 내린다. 여기서 비는 현실과 가상의 경계를 지우는 장치가 된다. 소리의 장치이기도 하고, 시각적 장치이기도 하다. 시간을 지우고 공간을 지우고, 제3의 환상적 장치로 '비'가 작동한다. '비'는 미학적 차원의 움직임이다. 비가 내리는 동안 사건이 진행되며 사건과 사건 사이, 소리가 들려온다. 축축한 방안에 등장인물이 움직인다. 몽상적 요소들이 자유롭게 움직일 수 있는 여건이 형성된다.

"사선을 긋고 내리는 빗줄기 사이에 끼여 있는 듯"한 여자가 등장한다. 그녀의 등장은 현실성이 없다. 여자는 공상호가 지금 막 탈고한 소설 속의 주인공이다. 활자 바깥으로 튀어나온 여자이다. 그녀는 당당하다. 이상하리만치 염치가 없다. 공상호의 방이 자신의 방이라는 증거로 "월세 계약서"를 내민다. 세입자라는 사실을 근거로, 공상호의 방에 문을 두드린 셈이다. 문이 열린다. "우선 비라도 피하면 안 될까요?" 이 대사가 여자를 방안으로 들이는 강력한 이유가 된다. 계약서도 계약서이지만, 젖은 몸을 바깥에 두게 할 수 없다. 여자에게 비 냄새가 난다. 현실과 환상의 경계를 지우는 냄새이다. 방문을 열어준다. 비현실적인 여자, 소설 속에 등장하는 여자는 옥탑 방에 안착한다. 빗방울이 그녀의 몸에서 떨어진다. 반짝거린다. 물고기 비늘처럼 미끄러진다. 여자가 방안으로 들어오자, "이스트를 넣어 부풀어진" 빵처럼, 공간이 확장된다. 비현실성이 확장된다. 몽상이 자연스러워진다. "여자가 들어오자마자 손바닥만큼 자그마한 옥탑 방이 순식간에 커졌다." 특별한 사건이 발생하면, 시간은 길어지고 공간이 늘어난다. 이상한 나라의 앨리스가 도착한 작은 방과 같다. 혹은 눈물이 강이 되어 흐르는 방일 수도 있다. 공상호의 동공 역시 확장된다. 시공간은 상대적이고 울퉁불퉁하다. 문득 블랙홀에 빠지듯, 다른 차원으로 건너간다.「빗소리 몽환도」는 '비'라는 장치를 이용해, 차원을 이동한다. 그것이 억지스럽거나 인위적이지 않다. 소리는 언제나 그렇듯이, 자연스럽게 환상 속으로 스미게 하는 스펀지가 된다.

문이 닫힌다. 새로운 시작이다. 공상호는 여자를 관찰한다. 그녀는 달랐다. 상당부분, 기대에 어긋난다. 소설 속의 여자는 작가가 원하는 대로 움직인다. 그러나 눈앞에 등장한 여자는 작가의 맘대로 조정되지 않는다. 여자는 소설 속 여자만큼 낭만적이지 않다. 거칠다. 바다냄새가 아니라 땀 냄새가 난다. 뭔가 실망스럽다. "캐릭터의 변질"을 의심하기까지 한다. 여자는 공상호 방에 놓인 책을 치우고, 먼지를 닦고, 창문을 연다. 주인의 동의를 구하지 않고 마음대로 행동한다. 여자가 보기에 옥탑 방은 먼지투성이에, 뒤죽박죽이다. 등장하자마자 여자는 청소를 시작한다. 시간이 지나갈수록 소설의 공간이 얼마나 비좁은 곳인지, 사물을 통해 낱낱이 밝혀진다. 공상호가 책더미에 걸려 넘어지고 마는 것처럼 말이다. 설상가상, 여자는 폐쇄공포증에 시달리고 있었다. 불안 증세를 가진 그녀. 공간에 갇힌다는 사실 때문에, 옥탑 방에 오자마자 창문을 연다.

문을 닫았지만, 창문을 열었기에, 비가 작동하는 소리가 들린다. 빗소리. 빗소리, 토닥토닥, 빗방울 소리. 안과 밖이 연결된 소리, 현실과 환상의 경계를 지우는 소리. 소설 속의 여자는 현실에 와서, 창문을 여는 행위를 통해, 환상을 지속시킨다.

여자는 산전수전 다 겪은 티를 낸다. 씩씩하고 거침이 없다. 청소를 한 뒤 곧바로 개떡을 꺼내놓는다. 여자의 아랫배가 나온 것으로 보아, 그녀가 임신 중임을 짐작할 수 있다. "왠지 나도 자꾸 뭐가 먹고 싶어서" 참치 캔이 열고, 라면 뚜껑을 벌린다. 말하지 않고 이 둘은 비좁고 눅눅한 방에서 한 끼 식사를 해결한다. 잠시 동안이라도 한 끼를 나눈 식구(食口)가 된다. 공상호는 여자의 게걸스런 식성에 놀란다. 그녀가 먹는 게 아니라 그녀 뱃속 아이가 음식을 탐하고 있었을 게다. 그 뒤, 여자는 "책으로 만든 침대" 위에 누워 잔다. 재빨리 아이디어를 내어 만든 침대이다. 활자에서 나온 주인공이니, 책 위에 잠을 자는 것이 당연하다. 여자를 바라보며 공상호는 연민을 느낀다. 등장인물이 현실 속에 불쑥 튀어나왔을 때, 여자에 대한 거부 반응과 놀람이 있었지만, 조촐한 식사를 하면서, 마음이 누그러든다. 여자는 창밖에 쏟아지는 빗소리 사이사이 코를 곤다. 여자의 잠을 보면서 공상호가 글을 쓰게 된 이유가 밝혀진다. 공상호는 예지몽을 꾸는 고아였던 것이다.

이 지점에서 공상호는 망설인다. 여자의 잠꼬대에 흔들린다. "이 세상이 알고 싶다고, 살고 싶다고, 도와달라고" 그녀가 자면서 중얼거린 게다. 고통스런 세상이 살만한 것이었을까. 장대비가 쏟아진다. 내면의 고통과 흔들림이 거세어진다. 모든 사건과 사건들이 유비 관계로 맞물린다. 남의 아이를 데리고 와서 길러준 할머니처럼, 공상호 역시 여자의 아이를 기르고 싶다는 충동을 느낀다. 반복이다. 복사이자 재생이다. 하나의 패턴이 다른 패턴을 따라가고, 또 다른 패턴이 기존의 패턴을 반영한다. 삶이란 그리 특별하지 않고, 그리 유별나지 않다. 한 꺼풀 벗겨놓고 보면, 비슷비슷하게 닮아있다.

다음 날 남자가 나타나서야, 여자가 뱃속 아이를 지우려고 했다는 사실을 알게 된다. 남자가 "돌아와 줘, 내 사랑!" 이라고 말한다. 너무나 식상하고 당연한 말, 이 평범한 문장으로 그들은 다시 엮인다. 그리고 사라진다. 공상호는 핏줄이 섞이지 않더라도, 아이를 키울 수 있을 것 같은 희망을 잠시 가졌었다. 그래서인지, 그들에게보다는 태아에게 헤어지는 인사를 한다. 자신이 겪어온 삶의 방식을 따라하고 싶은 욕망을 발견한 것이다. 그 욕망 때문인지, 이유 없이 눈물이 흐른다. 이 세상에 살아야 하는 이유를 찾은 것이다. 겨우 스무 살. 많은 것을 포기하고 싶었던 젊은이가 현실에 두 발 내리게 되는 장면이다. 재영토화 할 이유를 발견한 셈이다. 환상 체험을 통해, 현실에 살아야 할 이유를 발견한 것이다.

IV. 우회로를 찾아, 낯선 화자의 목소리로

픽션이 빠른 속도로, 환상으로 넘어갈 경우, 유령, 동물, 사물이 화자로 등장하는 경우가 있다. 우회적인 방식으로 이야기를 전달하는 방식이다. 동물이 화자이거나, 사물이 주체가 된다. 인간은 보이는 대상이다. 타자와 자리바꿈을 하게 되는 순간, 인간은 낯선 외계인이 된다. 동물원의 기이한 관찰 대상이 된다. 타자는 인간을 비추는 거울이다.

「동네방네 청소비상상황」에서는 빗자루가 화자이다. 빗자루는 "자신이 최선을 다해야 날이 밝아온다"고 믿는다. 비가 내리는 날, 빗자루는 자신의 소임을 다한다. 주위를 둘러보며 혼잣말을 한다. "어떻게 창문이 저토록 많담? 아마 저 안에도 쓰레기들이 많겠지? 길바닥보다 높은 곳의 쓰레기들은 깨끗할까." 쓰레기를 청소하는 빗자루가 아니면 한번쯤이라도 해보지 않을 문장이다. 그러던 중 빗자루가 서걱거리는 것을 발견한다. 곪은 글씨들이다. 까칠한 단어들이다. "민주주의, 정의, 애국심" 이런 단어들은 빗자루가 보기에도 형편없는 것들이다. 쓰레기로 버려져 다시 재활용하기 어려운 개념어다. 주수자는 이 부분에서 엄정하고 냉정한 문장을 내뱉는다. "뭐 이런 쓰레기들을 만들려고 인간으로 태어났단 말인가" 통렬한 풍자이다. 짧게 치고 나가며, 한방에, 인간세상의 모순을 드러낸다. 빗자루의 눈으로, 낮은 곳에서, 가장 높은 개념을 풍자한다. 자기 할 일을 무사히 마친 빗자루는 새벽에 일을 끝낸다. 시청 앞 광장이다. 상징적인 장소에서 멈춘 이 껄끄러운 언어들은 어디로 갔는가? 독자에게 질문을 던진다. 잘 살고 있나요?

「붉은 달빛아래 저 들」에서는 원숭이와 개, 그리고 박제 독수리의 대화를 엿듣는 사람의 이야기가 이어진다. 한정된 공간인 레스토랑이다. 목에 사슬이 채워진 그들의 눈에도 인간 역시 목에 사슬이 채워지기 매한가지이다. 돈과 명예와 책임감에 묶인 인간은 동물과 다를 바 없는 존재이다. 역지사지의 입장에서, 동물은 인간이 자행한 폭력을 비판한다. 가볍고 작은 칼날로 폐부를 찌른다. 아티스트 백남준을 추모하는 고양이의 이야기(「거짓말이야 거짓말」)도 재미있다. 자신의 예술 세계를 이해받지 못한 아티스트가 사는 방식을 우회적으로 표현한다. 그를 추모하기 위해 모인 고양이들의 울음으로, 백남준을 기억하는 발상이 신선하다. 결말에 가서야, 사건의 전말을 밝히는 역전을 노리고 있다. 「어머니의 칼」은 그야말로 시와 같다. 가족을 먹이기 위해, 끊임없이 내리쳐야 했던, "목숨의 냄새"를 알아채는 장면은 이야기 시처럼, 선연하다. 바위에 구두약을 바르는 이상한 남자를 발견하면서, 우리는 도대체 무엇을 보고 있다고 믿어야 하는가, 질문을 던지는 픽션(「놀이공원 무유위유無有爲有」) 역시 마찬가지이다. 우회적 방식으로, 혹은 우화적 방식으로 전개되는 짧은 이야기들은 뒷목을 잡고, 한참동안 생각하게 한다. 짧더라도 깊다. 뫼비우스 띠처럼, 돌고 도는, 안(內)일줄 알았는데 밖(外)에 나와 있는 모순을 발견하게 해 준다. 그것을 집약적으로 보여주는 작품이 「메일 오더」이다.

재수생인 주인공이 메일로 상품을 주문한다. 그러나 "가죽 부츠"가 무책임하게 발송된다. 기형적인 모습으로. 직구(직접 구매)를 신청할 때, "볼라벤 태풍"이 불어온다는 저녁 뉴스를 본다. 세상은 연결되어 있다. 인터넷이라는 액상 화면 위에서 클릭 한번 만으로, 다른 나라, 다른 세상의 물건을 주문한다. 바람이 분다. 주문한 상품은 케이블을 타고 유통구조를 따라 도착한다. 오류가 없는 컴퓨터가 없듯이, 상품은 실패를 안고 도착한다. 잘못된 배송 이유를 따져 물으며, 재수생은 전화를 한다. "한국 대행 회사"에게 따져 물었더니, "미국 본사"에 연결하라 하고, 미국 본사는 중국의 하청 회사에게 연락하라고 한다. 그 다음은 프랑스, 그 다음은 가죽 원재료의 문제라면서, 브라질의 소떼들에게 책임을 전가한다. 그 사이에도 바람이 분다.

"모든 게 연결되어 책임회피를 하는 세상"이다. 이 문장은 반어적으로 해석하면, '모든 게 연결되어 책임을 져야 하는 세상'이라는 뜻이다. 바람이 분다. 주수자의 소설에서 비가 내렸듯이, 바람이 다시 분다. 볼라벤 태풍이 재수생이 사는 404호 유리창을 깨뜨린다. 아이러니하게도, 이 글을 쓰는 나 역시 404호 입주민이다. 주수자 소설가와 나는 그 어떤 연결고리도 찾을 수 없었던 사이일 텐데, 그는 소설가이고 나는 시인으로서, 더 멀리, 상관없이 살아왔을 텐데. 404호 앞의 유리창은 바람에 흔들리고, 바람이 부는 대로, 바람에게 당하는, 바람을 공유하는 404호로 연결되어 나는 이 글을 쓴다. 주수자의 미니픽션과 나의 글은 재수생의 유리창을 깨뜨렸던 바람에 의해 돌고 돈다. 나의 원인이 그녀의 결과이고, 소설가의 원인이 재수생의 결과로 작동한다. 전화 목소리는 누군가에게 전달된다. 한 번의 잘못이 짜증과 희생을 부르고, 누군가는 애꿎게 책임을 져야 한다. 세상은 이렇게 바람으로 주고받으며 움직인다.

"아무도 알지 못할 먼 곳에서 작은 점 하나가 살짝 움직이면서 바람이 발생하게 된 것입니다. 아마도 적도부근일 가능성이 큽니다. 처음에는 지극히 미세한 것이었으나 그것이 바다를 지나고 섬들을 넘고 열대 밀림을 스쳐가다 마침내 거대해집니다. 점차 힘을 얻어감에 따라 바람은 거인처럼 커지다 어느덧 거대한 폭군이 되는 것입니다. 그러나 두려워할 필요는 없습니다. 돌고 도는 바람이니까요."

「메일 오더」에 나오는 이 문장을 좀 더 확장시켜 생각해 보고자 한다. 미니픽션을 쓰려고 하는 사람들을 위한 문장으로, 새로운 곳에 가려고 하는 사람들을 위한 문장으로, 기존의 영토에서 벗어나 탈영토화하려는 예술가들을 위한 문장으로, 재영토화에 성공하기를 바라는 마음으로, 다시 바람을 보내며 읽고자 한다. 처음에는 아무도 알지 못하는 점일지라도, 점차 힘을 얻어, 거인처럼 커지게 될 것이라고.

Ⅴ. 운동으로, 더 깊은 크레바스로

마지막으로 덧붙일 말은 미니픽션의 '문학운동'[3]적인 측면이다. 인터넷 매체의 발달과 새로운 매스 커뮤니케이션의 발달, 특히 스마트폰이라는 1인 매체가 발달한 시대에 어떤 장르가 태어날 것인가, 고민해야 할 필요가 있다. 스마트폰은 모든 정보를 손안에 집결 시킨다. "내 손안에 있소이다."라는 우스갯소리가 이제 더 이상 우스갯소리가 아닌 시대가 온 게다.

독자들은 멀티태스킹 한다. 거실에 텔레비전을 틀어놓고, 손 안의 스마트 폰으로 다른 영상을 본다. 다른 음악을 듣고, 다른 글을 읽는다. 겉으로 영상을 틀어놓고, 손안에서는 다른 행위를 한다. 걸으며 음악을 듣고, 먹으며 글자를 읽는다. 스마트폰은 움직이는 표현 매체이다. 역동적인 공간이다. 찰랑찰랑 움직이는 파도와 같다. 종이책의 수요가 감소하는 데에는 스마트폰에서의 활자 읽기, 인터넷의 정보 읽기가 끼친 영향이 지대하다. 그럼에도 현대 독자들이 활자를 읽는 시간이 몇 배가 늘어났다는 사실을 잊으면 안 된다. 다만 활자의 위치가 달라진 것이리라. 종이 지면에서의 활자 읽기가 액정 화면으로 적극 이동한 셈이다. 스마트폰의 활자들은 일정 분량 안에서 움직인다. 지하철 한 정거장을 이동하면서 읽을 수 있을

---

3) 앞의 글, 21쪽.

만큼, 호흡한다. 터치 하나로 하이퍼텍스트 이동한다. 차원이 달라진다. 클릭 한 번에 영상이 작동한다. 클릭 한 번에 다른 소식으로 건너간다. 물방울처럼 떠도는 활자들은 액정 평면 위에서 속도감을 지닌다.

21세기는 손 안에서 변화하는 시대이다. 손 위에서 매일매일 글을 읽는 시대. 그런 시대에 시이면서 소설 같은, 시가 아니면서 소설 같지 않은, 미니픽션이라는 장르가 서서히 퍼져나가는 문학운동이 일어나기를 기대해 본다. 적극적으로 매체(스마트폰)를 활용해야 한다고 생각한다. 끊임없이 실험되어야 한다. 도전받아야 하고, 더 실패해야 한다. 빨강은 오로지 빨강으로 색칠되지 않는다. 실감나는 빨강을 만들기 위해서는 검정과 하양을 비롯하여, 빨강을 돋보이게 하는 다른 빛깔들이 필요하다. 빨강이 아닌, 빨강으로 다가가는 어느 지점에 빨강이라 믿는 사과(미니픽션)가 있다. 한 음을 향해 활을 켜는 것처럼, 다양한 음역 대를 감지하는 귓바퀴 안에 미니픽션이 자리할 것이다.

움직이는 공간에서 물의 건축을 읽어내는 일. 몸을 이동하며 읽을 수 있는 장르. 잠시 다른 세상으로 꿈을 꿀 수 있는 시간. 이것이 미니픽션이 꽃 피어야 하는 당위가 되리라. 바퀴처럼 맞물려 변화하면서, 장르적 변화를 재촉하는 것이리라. 이러한 실험이 운동성을 얻을 때, 독자를 새로운 곳으로 데려갈 것이다. 긴 글을 읽기 어려워하는 현대인의 일상적인 '피로.' 급격한 피로감이 혼종을 원할지 모를 일이다. 따라서 스펙트럼을 열어놓아야 한다. 이 시대는 다양한 마당을 필요로 한다. 새로운 지면과 부드러운 액정 사이에서 펼쳐지는 장르. 그 틈을 노려보는 것이다. 피로

해진 현대인 사이에서, '틈새' 읽기의 장르로, 미니픽션이 위치 가능하지 않을까. 틈에 **빠**진 독자들을 더 깊은 크레바스로, 떨어지게 하는 '문학운동'이 일어나길. 작가 주수자가 벌려놓은 틈 안에 많은 독자들이 스스로 끼어들어가길 바란다. 그 틈을 벌리려고 애쓰는 운동과 함께, 흥이 나길 바란다.

　'운동'은 끝을 모르는 출발선인 것처럼, 시작도 끝도 아닌 어느 지점에 번개처럼, 그녀가 틈을 벌리고 있었다.

흘러넘치는 '소리'와 떠남

─르 클레지오의 『황금물고기』와 이청준의 『천년학』1)

Ⅰ. 물꼬를 내며

여기, 두 여인이 걸어간다. 한 명은 청각을 잃어가는 여인이고, 다른 한 명은 시각을 잃는 여인이다. 그런데 이 두 여인은 소리와 관련이 있다. 그녀들에게 소리란 일반인이 생각하는 소리와 차원을 달리한다. 그녀들에게 소리란 그녀 자신이고, 소리란 인간의 차원을 넘어선 자연의 소리를 끌어안은 소리이다. 그녀들의 소리는 쉽게 얻어지지 않는다. 그들에게는 원치 않은 장애가 발생한다. 한 여인은 갑작스레 지나가는 트럭에 치여 왼쪽 귀 안의 뼈가 부러졌고, 또 다른 여인은 아버지가 그녀의 눈을 멀게 했다. 정상인의 몸이 아닌 그녀들은 소리를 한 차원 높은 예술의 경지로 끌어올린다. 신체적 장애를 가지고 있는 점이, 오히려 소리의 본질에 집중하기 위한 결여를 형성한다. 결여는 자신의 콤플렉스를 승화시킨다. 표면적으로 드러나는 명예지 지위, 권력을 위해서가 아니라, 그녀 자신을

---

1) 이청준의 소설은「서편제(남도 사람 1)」, 「소리의 빛(남도 사람 2)」, 「선학동 나그네(남도 사람 3)」을 한 번에 엮어낸 책인 『천년학』(열림원, 2007)을 주 텍스트로 삼았다.

위해서, 소리의 본질을 위해서, 그녀들은 시련을 감수한다. 그리고 떠난다. 바로 프랑스 파리에서, 그리고 대한민국의 전라남도에서. 르 클레지오의 『황금물고기』와 이청준의 『천년학』에서.

II. 밤, 라일라의 떠남

르 클레지오의 소설 『황금물고기』에 등장하는 그녀의 이름은 라일라이다. 라일라는 아프리카 원주민인 힐랄 부족의 후예이다. 그런데 힐랄 부족의 적인 크리우이가 부족이 라일라를 유괴해간다. 거기에서부터 그녀는 떠돌이와 같은 운명을 시작한다. 그녀는 자신의 이름을 모른다. 첫 번째로 그녀를 맡았던 랄라 아스마가 지어 준 '라일라'라는 이름을 부여받는다. 밤에 그녀가 왔다고 해서 지어진 이름이다.

라일라는 밤을 무서워했다. 거리와 골목을 두려워했다.[2] 라일라는 겁먹은 눈동자를 하고 있었고, 아이러니하게도 무척이나 매력적이었다. 그녀의 흑빛 매력은 사람들이 그녀를 가만두지 않게 만들었다. 들라예라는 사진작가는 라일라에게서 두려움과 공격 본능, 야성적 본능과 섹시미를 드러내는 사진 작업을 시도한다. 그녀는 그런 느낌이 있을 때, 본능적으로 도망친다. 그녀는 흑진주처럼 까만 속살을 가진, 빛나는 금빛 비늘을 가진 물고기였다.

---

2) "무엇보다도 나를 두렵게 하는 것은 고독이었다. 꿈속에서 나는 때때로 오래 전 유괴 당하던 날 일을 다시 겪었다. 나는 온통 새하얀 거리 위로 쏟아져 내리던 햇살을 다시 보았고, 검은 새의 끔직한 울음소리를 다시 들었다. 때로는 트럭에 치었을 때 내 머릿속에서 뼈가 부러지는 소리를 다시 듣기도 했다." 르 클레지오, 최수철, 『황금물고기』, 문학동네, 1998, 42쪽.

나는 어렸을 적부터 사람들이 끊임없이 나를 그물로 잡으려 했다고
생각했다. 그들은 나를 끈끈이에 들러붙게 했다. 그들은 그들 자신의
감상과 그들 자신의 약점으로 내게 덫을 놓았다. 랄라 아스마가 있었
고, 그녀의 며느리인 조라, 자밀라 아줌마, 타가다르, 그리고 지금은
후리야가 있었다. 숨이 막힐 것 같았다. 그녀와 함께 있는 한 결코 여
기서 벗어날 수 없을 것이었다.(121쪽)

　라일라는 주변의 사람들에게 이용당한다. 주변인들은 라일라를 순수
하게 대하지 않는다. 르 클레지오는 사람들이 라일라를 그물로 잡는다고
표현한다. 라일라를 곁에 두고 싶어 하는 사람들은 "떠나지 않을 거지? 그
렇지? 나를 버리지 않겠지? 그녀는 후리야처럼, 타가디르처럼 말했다. 사
람들은 모두가 똑같았다."(132쪽) 사람들이 라일라를 붙잡으려고 하면,
그녀는 본능적으로 도망치는 법을 터득한다. 출발점 자체가 유괴라는 상
태에서 삶을 시작했기 때문에, 쫓고 쫓기는 과정이 전개된다. 그렇다! 그
녀는 노마드였다. 그녀는 소설의 출발점에서부터 떠나야 하는 존재였다.
　라일라는 자신의 정체성을 찾기 위해 떠남과 도착, 도착과 떠남을 반복
한다.[3] 이 과정은 어쩔 수 없는 도피일 때도 있고, 그녀가 적극적으로 선택

----

[3] 주인공 라일라의 공간 이동을 살펴보면 다음과 같다. 라일라는 아프리카에서 유괴당
해서, 랄라 아스마네 집에 도착한다. 그리고 자밀라 아줌마네 여인숙 생활을 거치다
가 후리야네 초록집으로 거처를 옮긴다. 후리야와 라일라는 파리 에 밀입국하고, 거
기서 의사신분인 프로메제아 부인 집에 기거한다. 그러나 그녀 역시 라일라를 겁탈한
다. 라일라는 노노의 집으로 도망치듯 기거하다가 장—부통 거리, 자블로 거리를 배
회한다. 그 가운데 하킴을 만나고 아프리카 박물관에 들른다. 하킴과의 만남은 라일
라가 정체성을 찾도록 도와준다. 그 결정적 역할은 하킴의 할아버지인 엘 하즈이다.
엘 하즈 할아버지는 라일라를 친딸처럼 생각하고, 라일라에게 여권을 마련해 준다.
라일라는 떠돌면서 노랫소리에 이끌린다. 그 가운데 시몬느를 만나고, 새라를 만난
다. 새라와의 만남은 라일라를 미국으로 옮겨가게 한다. 보스턴 새라의 집에서 새라

할 때도 있다. 그녀의 떠남은 위험을 동반한다. 그녀의 떠남은 혼란과 방황과 추락이 포함된다. 그녀의 떠남은 음반계약이라는 안정적인 조건을 무시한다. 그녀의 떠남은 그물에 걸리지 않으려는 생존의 몸부림이다. 폭력적인 상황에 자주 노출되었기 때문에 조그마한 부스럭거림에 놀라, 몸을 숨긴다. 약자들의 본능이다. 그래서 그녀는 흔적을 남기지 않는다.

라일라는 떠날수록 강해진다. 떠나면 떠날수록 초험적 의지가 나타나고, 자신을 바라보는 내면의 힘이 강해진다. 그녀는 국경에서 국경을 넘나드는 디아스포라였다가 야밤의 거리를 떠다니는 히피였다가 노래하고 피아노 치며 밥벌이를 하는 집시가 된다. 국경을 넘을 때마다 업그레이드되고 점차 거침이 없어진다.4)

의 남자친구 저프가 성추행을 하자 또 다시 방랑 생활을 시작한다. 거기서 아기를 갖게 했던 장 빌랑 만난다. 라일라에게 영혼이 담긴 아프리카의 노래를 알켜주었던 시몬느처럼, 라일라는 지식인의 사랑을 받는다. 그곳에서 로르이 씨를 만나 음반 녹음을 하지만 그녀는 정착하지 못한다. 장 빌랑 사이에서 갈등이 발생하고, 세 명의 경찰이 알시도르를 폭행하는 사건을 목격한다. 라일라는 거칠게 표류하기 시작한다. 자신이 아이를 유산시킨 사실을 뒤늦게 알고 보호소에 수감된다. 그리고 가장 절망적인 순간에 니스행 재즈 페스티벌 초대장을 받는다. 라일라는 그곳에서 자신의 능력을 발휘할 수 있었다. 그러나 그렇게 하지 않는다. 라몽 위르쉬라는 새로운 이름을 얻고, 힐랄족 초승달 부족의 여인으로 되돌아가고자 한다. 아프리카로 떠난 것이다. 남자친구 장 빌랑이 아프리카로 올 것이다. 그곳에서 아이를 임신하고 싶어 하는 것으로 소설은 끝이 난다. 그녀의 공간 이동 역시 마무리된다.

4) 나는 사람들의 눈을 똑바로 바라볼 수 있었고, 그들에게 거짓말을 할 수도, 심지어 욕을 할 수도 있었다. 나는 사람들의 눈에서 그들의 생각을 읽어내고 간파하고, 그들이 질문을 던지기에 앞서 대답할 수 있었다. 사람들이 자주 그러하듯이 짖어댈 수도 있었다.(217쪽) / 나는 아무것도 두렵지 않았다. 내게는 세상과 대면할 용기가 있었다.(253쪽)

III. 그늘, 남도여인의 떠남

라일라가 '밤'이라면 이청준의 소설 『남도사람』에 등장하는 여인은 '그늘'과 같다. 그 여인 역시 라일라처럼 한 곳에 정착하지 않는다. 그 여인은 주막을 거점으로 기거했다가 기어이 떠나고 만다. 거점을 두고 자리할 만한데, 여인은 누군가 자신의 행방을 찾을만한 기운이 느껴지면, 그곳을 떠난다. 또 다른 주막으로 거점을 옮기는 것이다. 주막이라는 공간 역시 호모 노마드들의 휴식처였다. 떠돌이들은 잠시 머물 뿐, 정착하려하지 않는다. 여인은 떠돌이 소리꾼이다. 그녀는 주막에 잠시 머물렀다가 떠나고, 그곳에서 소리를 한다. 판소리이다.

여인의 어머니는 소리에 덮침을 당했다. "밭고랑만 들어서면 우우우 노랫소리도 같고 울음소리도 같던 어미의 그 이상스런 웅얼거림이 이날따라 그 산소리에 화답이라도 보내듯 더욱더 분명하고 극성스럽게 떠돌아 번지기 시작"(28쪽)했던 것이다. 소리의 남자는 "뱀처럼 은밀스럽게 산어스름을 타고 내려왔다. 그 뱀이 먹이를 덮치듯 아직도 가물가물 밭고랑 사이를 떠돌고 있던 소년의 어미를 후닥닥 덮쳐버렸다." 여인은 그렇게 태어났다. 소리와 함께. 소리 그 자체로 잉태했다.

이청준은 사건의 흐름을, 사람과 사람의 만남을 소리의 만남으로 표현한다. 어머니는 바로 여인을 낳다가 죽음에 이르렀다. 소리와 소리가 만나서, 아이를 임신하고, 소리와 소리를 따라서 길을 만들고, 소리와 소리가 이어져서 사람이 따라온다. "소리는 얼굴이" 없었지만, 소리는 사건을 가는 곳마다 사건을 일으킨다. 이 광경을 옆에서 지켜보고 있던 소년은 이 상황을 인정하고 싶지 않다.

소년은 이청준의 소설을 이끌어가는 서술자 역할을 한다. 소년은 소리의 얼굴을 찾아다니는 것이 자신의 운명이라는 것을 예감한다. 소년은 어미를 죽게 한 소리의 얼굴을 따라나선다. 소리의 얼굴에게 복수를 하고 싶은 열망이 크다. 그럼에도 소년은 소리의 얼굴을 죽이지 못한다. 그 소리에 녹아들고, 그 소리에 살의가 사라지고 만다. 자신의 숙명이 소리를 찾아다녀야 함을 강조하는 대목이 아닐 수 없다. 소년이 성장하여, 눈 먼 여인을 찾으러 다닌다. 그리하여 주막에서 만난 여인에게 소리내력을 듣는다.

IV. 귀먹은 여인 라일라가 부르는 소리, 그 음악

르 클레지오의 여주인공 라일라에게 잠재된 음악적 재능을 일깨워 준 사람은 시몬느였다. 시몬느와 라일라의 만남은 운명적이기까지 하다. "그녀의 낮고 울임이 풍부하고 뜨거운 목소리는 내 속으로, 내 뱃속까지 스며들었다. 그녀는 아프리카 단어가 섞인 크레올어로 노래했다."(163쪽) 라일라는 매일 시몬느의 집에 가서 노래를 부르고 악기를 연주하는 법을 배운다. 시몬느는 라일라의 내면에 잠자고 있던 에너지를 소리를 통해 발견하게 한 것이다. 노랫소리만이 라일라의 정체성을 찾아주는 유일한 길이었다.

> 우리는 거의 말을 하지 않았다. 그녀는 긴 옷으로 몸을 감고 웅크린 자세로 상체를 흔들며 음악을 연주하면서 바다 저편까지 울려 퍼지는 아프리카의 노래를 불렀고, 나는 마치 자력으로 이끌리듯 의미도 모르면서 그녀 눈의 움직임이나 두 손의 자세에 이르기까지 모든 행동을 따라하고 그녀가 읊조리는 가사를 되풀이했다.(184쪽)

라일라에게 음악은 구원이었다. 시스템을 갖춘 학교에서 공부를 한 것이 아니라, 온몸으로 부딪혀가며, 몸으로, 뱃속으로, 손가락 끝으로, 영혼으로 음악을 배웠다. 라일라의 음악은 악보 위에 그려진 선율이 아니었다. "그것은 끊임없고 막막하고 낮고 깊은 울림, 파도가 육지에 부딪쳐 부서지는 소리, 한없이 이어지는 철로 위에서 열차가 달리는 소리, 수평선 너머에서 들려오는 뇌우의 간단없는 으르릉 소리였다. 또한 그것은 모르는 사람의 한숨소리, 혹은 그 낯선 이가 웅얼거리는 소리, 밤중에 깨어나 혼자임을 절감할 때 내 동맥 속으로 피가 흐르는 소리이기도 했다."(262쪽)

라일라는 언어로 포현할 수 없는 자연의 소리, 도시의 소음, 빈 텅 빈 공간의 웅웅거리는 소리를 음악에 담았다. 바깥 공간에 웅웅거리며 넘쳐나는 존재들의 현존을 소리로 구현해 낸 것이다. 그 소리들은 넘쳐 흘러난다. 꽉 짜인 악보라는 틀에 한정되지 않고, 끝임 없이 넘쳐흐른다. 바깥의 한없는 넘쳐흐름이랄까? 라일라는 자신이 몸담았던 공간에서 흘러 다니는 소리를 노래로 담아낸다. 그 하염없이 흘러내리는 소리를 피아노 건반 위에서 펼쳐낸다. 현존하는 존재는 한없는 선율 위에 자유롭게 펼쳐진다.

그녀의 피아노 반주에 따라 울려 퍼지는 음악 소리엔 힐랄이라는 초승달 부족이 살고 있던 아프리카가 있었다. 라일라는 "피아노 앞에서 방향을 잃어버릴 듯하면 음들이 저절로" 솟아나오는 경지를 느낀다. "나는 피아노 안에 들어 있었다. 입술은 벌어졌고, 배와 목과 다리에서 울림이 느껴졌으며, 마치 바깥에서 햇빛을 받으며 걷고 있는 것 같은, 달리고 있는 것 같은 기분이 들었다. 이제 나는 음악을 귀가 아니라 내 온몸으로 듣고 있었으며, 전율이 나를 감싸고, 살갗을 자극하고, 신경과 뼈까지 아프도록 파고드는 것"(281쪽)을 느낀다. 라일라와 소리와 피아노가 말 그대로 물아일체가 되었다. 라일라는 자기 소리의 에너지를 확인함과 동시에 아프리카로 떠날 결정을 한다.[5]

V. 눈 먼 여인이 내지르는, 그 판소리

> "헌데……헌데 말이네. 자넨 대체 언제서부터 이런 곳에다 자네 소리를 묻고 살아오던가?"(17쪽)

여인은 소리와 더불어 태어났다. 그리고 소리와 더불어 키워지고, 소리 위에서 밥을 먹고, 소리와 더불어 잠을 잤다. 여인에게 소리는 운명이고, 삶 그 자체이다. 그런 소리에는 내력이 따라붙는다. 그러므로 소리를 듣는 사람은 소리 내력을 물어보기 마련이다.

소리 내력이라! 이청준은 한 인물이 소리를 찾아가고, 그 주막에서 만난 사람들의 이야기를 들어주는 방식으로 소설의 이야기를 짜낸다. 소리 내력을 털어놓는 방식으로 이야기 구조가 짜여 있는 것이다. 그 주막을 찾아간 사람은 오래 묵은 비밀 같은 이야기를 털어내도록, 독자에게 이야기의 물꼬를 트게 만드는 역할을 한다.

---

5) 더 이상 멀리 갈 필요가 없다. 이제 나는 마침내 내 여행의 끝에 다다랐음을 안다. 어느 다른 곳이 아니라 바로 이곳이다. (중략) 말라붙은 소금처럼 새하얀 거리, 부동의 벽들, 까마귀 울음소리, 십오 년 전에, 영겁의 시간 전에, 물 때문에 생긴 분쟁, 우물을 놓고 벌인 싸움, 복수를 위하여 힐랄 부족의 적인 크리우이가 부족의 누군가가 나를 유괴해 간 곳이 바로 이곳이다. 나는 내가 태어난 땅을 만진다. 내 어머니의 손을 만진다.(294쪽)

이 발화 방식을 갖는 사람은 바로 소년, 다름 아닌 눈 먼 여인의 오라버니이다. 오라버니는 소리를 들어주며 맞장구를 친다. 청자와 화자의 역할 가운데 침묵이 발생하기도 하지만, 그 빈 공간에 판소리가 울려 퍼진다. 청자의 입장에서 찾아간 오라버니는 고수 역할을 한다. 청자에게 이야기를 전달해 주는 동시에, 이야기를 털어놓는 화자의 장단을 맞춰주며 북장단을 치는 것이다. 화자는 장단에 맞춰 비밀스런 얘기를 털어 놓는다.

화자가 털어놓는 방식은 꼭 스토리가 아니다. 그것은 소리이다. 다름 아닌 판소리이다. 판소리는 소리에 그늘이 있어야 한다. 이청준 소설에 등장한 여인과 오라버니는 소리에 그늘뿐만 아니라, 인생의 그늘을 간직한 사람들이다.

그늘은 판소리의 깊이를 결정하는 열쇠이다. 판소리의 구성짐과 유장한 사설, 중모리 중중모리, 진양조에 따라 내용을 얹는 방식 등. 판소리는 언어를 소리로 그려내는 음악의 세계이다. 또한 스승을 누구로 모셨느냐에 따라 소리의 세세한 방식이 달라진다. 수리성이 있을 수 있고, 귀신 울음소리와 같은 귀곡성이 있을 수도 있다. 스승의 재량에 따라 더늠이 생겨난다. 권삼득의 설렁제, 모흥갑의 강산제(→東강산제), 염계달·고수관의 경드름과 추천목, 김제철·신만엽의 석화제 등의 더늠이다.

이청준의 소설에 등장하는 소리는 순창에서 태어나 보성 강산에서 살았던 서편제의 시조(始祖) 박유전의 서편제이다. 소리꾼들은 서로 말하지 않아도 그 소리가 서편제인지, 설렁제인지 동편제인지 중고제인지를 단박에 알아챈다. 그들의 세계에서 듣는 귀가 예민하게 열려 있는 셈이다. 이청준 역시 소리의 세계에서 이루어지는 귀, 그 침묵의 세계를 문장 속에서 구현한다. 서로 말하지 않아도 알아듣는 귀를 가정하고, 눈짓과 동작만으로 상대의 마음을 파악한다.

르 클레지오의 소설 『황금물고기』는 라일라의 입장에서 모든 사건 전개에 따른 주인공의 심경이 표면적으로 드러난다. 르 클레지오는 구체적 라일라의 구체적 심리를 독자들이 알아들을 수 있도록 세세하게 표현한다. 그러나 이청준은 일일이 자세하게 설명하지 않는다. 오히려, 침묵의 공간에, 여백을 둔다. 소리와 소리의 마주침으로 대화를 한다. 그리고 각 상황에 맞는 대목을 부른다.

"춘향이 옥중가 한 대목이 어떠시오" "흥부가 매품팔이 나가는 신세타령 한 대목 어떠시오?"라고 말을 하면, 여인은 곧바로 소리를 시작한다. 여인이 첫 소리를 내자마자 오라비는 "곧바로 장단 가락을 잡아"나간다. 느리거나 빠르거나, 배다른 누이동생의 소리에 화답한다. 고수의 북장단은 여인의 소리만 들어도, 그 여인이 자신이 찾아 헤매던 이복 여동생이라는 것을 알아챈다. 그러나 그들은 언어로 발설하지 않는다. 다만 소리와 북장단으로 화답하며, '그거 좋겠네, 그거 좋겠네.' 가락을 나눌 뿐이다.

> 여자는 소리를 굴렸다가 깎았다 멎었다가 풀었다가 하면서 온갖 변화무쌍한 조화를 이끌어냈고, 손님에 대해서도 때때로 장단을 딛지 않고 교묘하게 그 사이를 빠져 넘나드는가 하면, 때로는 장단을 건너가는 엇붙임을 빚어내어 그 솜씨를 즐기게 하였다. 마치 소리와 장단이, 서로 몸을 닿지 않고 능히 상대편을 즐기는 음양간의 기막힌 희롱과도 같은 것이었고, 희롱이라기보다는 그 몸을 대지 않는 소리와 장단의 기묘하게 틈이 없는 포옹과도 같은 것이었다.6)

---

6) 이청준, 『천년학』, 열림원, 2007, 81쪽.

오누이는 피붙이였다는 것을 소리를 통해 감지한다. 소리로 상견례를 한 것이다. 그 소리로 한을 풀어낸다. 그들은 소리로 포옹을 한 것이었다. 밤새 "쑥대머리 귀신형용 적막옥방 한 자리부터 <춘향가>의 옥중비가 한 대목을 넘어가고, <흥보가> 중의 흥보 매품팔이며 신세한탄 늘어놓는 진양조 한 가락 엮어내고, <수궁가>로 <적벽가>로 명인 명창들의 이름난 더늠들을 두루 불러 돌아간 후에, 나중에는 <심청가>의 심봉사 황성길 찾아가는 처량한 정경까지 끈질기게 소리를" 이어나간다.

눈 먼 여인은 이렇게 말한다. "한이라는 것이 되려 한세상 살아가는 힘이 되고 양식이 되는 폭이 아니 것는가. 그 한 덩어리를 원망할 것 없을 것 같네. 자네같이 한으로 해서 소리가 열리고 한으로 해서 소리가 깊어지는 사람이라면 더욱 그것을 소중히 여겨야 할 것일세. 자네 오라비도 아마 그 점을 알고 있었던 듯싶네."

VI. 그녀들의 땅, 미지의 가능성으로 떠나는

라일라는 청각에 문제가 발생하고, 남도의 여인은 시각에 문제가 발생한다. 그것들은 우연이든 필연적이든, 사고에 의해 발생한다. 그 사고들은 장애를 일으킨다. 하지만 소설 속 두 주인공은 장애에 좌절하지 않는다. 오히려 장애를 통해 소리가 깊어진다.

그녀들은 소리를 통해 자아정체성을 찾는다. 그녀들은 소리로 떠돌아다니고, 소리로 대화한다. 그녀들의 소리는 언어 이전에 현존하는 수많은 웅웅거림을 포함한다. 소리는 그녀들을 구원하는 촉매제가 된다.

그 소리들은 언어적인 차원에 머물지 않는다. 마치 구음과도 같은 울음이 담겨 있다. 그래서 그 소리엔 신비한 힘이 담겨 있다. 이청준은 소리의 힘을 선학동에 날아오르는 한 마리 학으로 표현한다. "포구에 물이 차오르면 관음봉은 한 마리 학으로 물 위를 떠돌았다는 것"이다. 그 선학동에 찾아온 소리꾼 부녀는 비상학을 벗 삼아 소리를 하곤 했다. "선학이 소리를 불러낸 것인지 소리가 선학을 날게 한 것인지 분간을 짓기가 어려울 지경"이었다.

이 선학동에 눈 먼 여인이 다시 찾아온다. 그녀의 아버지 유골을 들고. 아비의 유골은 비상학과 소리가 한데 어우러졌던 선학동에 묻혀야 하는 게 당연했다. 기이하게도 그 마을 사람들은 그녀의 아비가 언젠가 이곳에 땅을 얻어 묻히게 되리라는 것을 알았다. 이 사실을 지극히 당연하게 받아들이고 있었다. 눈 먼 여인은 아비를 묻고, 홀로 서서 "쑥대머리 귀신형용 적망옥방 홀로 앉아"춘향가의 한 대목을 부른다. 그런데 그녀가 다녀간 뒤로, 선학동에 다시 학이 날기 시작했다. 눈 먼 여자는 포구 밖 바다에 밀물이 들어오는 때를 맞추어 소리를 했던 것이다. "여자의 소리가 길게 이어질수록 선학동은 다시 옛날의 포구로 바닷물이 차오르고 한 마리 선학이" 날아오르는 곳이 되었다. 마을 사람들은 그렇게 믿고 있었다. 다름 아닌 그녀가 선학이 되었다고.

눈 먼 여인에게 남도 땅, 선학동은 아비의 유골이 돌아갈 지점이었다. 그리고 소리의 이데아가 실현된 곳이었다. 그렇기에 그녀는 그곳으로 떠났고, 그곳에서 그녀 자신이 한 마리 선학이 되어 예술적 영혼으로 승화한다.

묶어라, 나를 묶어라, 가혹한 우정이여

그리고 네 별들의 올가미로 내 목을 조르고는
날아올라라, 비둘기야
날아올라
날아올라
날아올라
내 너를 뒤쫓는다, 예로부터 전래하는 내 흰 각막에
네 모습을 새겨놓고서
날아올라라, 하늘의 아첨꾼아
나는 저 광대한 검은 구멍 속에서 익사하고 싶구나
또 하나의 달
바로 그곳에서 이제 나는 부동의 진실 속에 들어 있는
어둠의 불길한 혀를 낚아올리고 싶구나!
　　　　　　　　　　　　　　—프란츠 파농, 「귀향수첩」

　라일라에게도 땅이 필요했다. 그 땅은 라일라의 정체성을 알려주는 대지이자 소리의 원형이 살아있는 아프리카이다. 그리고 아이를 낳을 수 있는 생산의 공간이자 그녀의 소리가 제대로 펼쳐질 이데아이다. 그녀는 유럽의 땅에서 물고기와 같은 삶을 살았다. "나는 그들의 지친 등과 가슴, 노랗고 잿빛이고 초콜릿 빛인 그들의 살갗, 보랏빛 흉터가 난 아랫배와 정맥이 튀어나온 다리들을 곁눈질 한다. 나는 눈으로만 존재한다. 나는 잠을 자지 않는다. 아니, 나는 눈을 뜨고 잠을"(280쪽) 잔다. 그러나 아프리카는 누군가에게 쫓기지 않아도 되는 공간이다.

　라일라는 "비둘기"처럼 날아오를 수 있다. 아프리카에서. 새로운 이름을 얻고, 아이를 잉태하고, 온전한 사랑을 할 수 있다. 자신이 유괴 당했던 아프리카는 다시 가능성의 공간으로 그 위상을 달리한다. 그녀 자신이 스스로 선택했기에, 어떠한 시련과 고난도 획득할 수 있다. 라일라는 그곳에서 견딜 것이다. 버텨낼 것이다.

라일라는 소리의 원형을 찾아서, 그녀의 귀걸이였던 힐랄 족 초승달을 찾으러 떠나는 것이다. "떠나기 전에 나는 바닷속의 돌처럼 매끄럽고 단단한 노파의 손을 만졌다. 단 한 번만, 살짝, 잊지 않기 위하여."

VII. 나가며

두 여인은 그렇게 떠났다. 자신의 소리를 몸 안으로 녹여 냈다. 그리고 그 소리를 예술적 경지로 승화해 냈다. 이런 면에서 바깥으로 흘러넘치는 소리는 그녀들의 열정이었고, 그녀들의 절규였고, 그녀들의 한스러움이었다고 봐야 할 것이다.

르 클레지오는 주인공 라일라를 가능성의 공간으로 인도한다. 이청준은 자취를 알 수 없는 지점에 그녀를 갖다 놓는다. 눈 먼 여인이 선학이 되었다는 설정이다. 다시 말해 예술적 승화를 이룩한다.

이 두 작가가 마지막에 이르고자 했던 지점은 조금 다를지 몰라도, 인간의 본원적 감정을 회복하고자 하는 기본 의지라는 공통점을 엿볼 수 있다. 또한 문명화되기 이전에 인간이 가지고 있던 자연의 매혹을 회복시키고자 하는 면을 볼 수 있다. 그 궤적은 예술을 통해서 따라가는 방식이다. 특히 그 중에서도 '소리'의 영역이었다.

두 여인이 노래했던 소리는 "파도가 육지에 부딪쳐 부서지는 소리, 열차가 달리는 소리, 수평선 너머 들려오는 뇌우의 소리, 한숨소리, 피가 흐르는 소리이기도 했다." 이성으로 부른 소리가 아니라, 온몸으로, 핏방울 하나하나까지, 뼛속 깊이에서 우러나오는, 운명적인 소리였다. 그 소리들은 길 가는 사람들의 발걸음을 멈추게 하였고, 주막집으로 사람들을 모여들게 했다. 형식적인 틀을 뛰어넘는 예술은 그렇게 아무런 형식 없이, 감동을 주는 것이었다.

이 두 편의 소설을 통해, 예술의 본질이란 무엇인가 생각해 본다. 여인의 파란만장한 삶과 자기 정체성을 찾아 끊임없이 떠나야 했던 부단한 결단을 바라본다. 그것이 내 삶의 방식이기도 했기 때문이다. 그녀들의 떠남이 아름다웠기 때문이다.

'가능성'과 '장벽' 사이

— 스탕달의 『적과 흑』[1]

스탕달은 '가능성'에 대한 탐구를 시작한다. 제재소집 아들 쥘리엥 소렐을 통해서 19세기 당시 프랑스 사회를 시험해 보는 것이다. 그의 소설은 프랑스 혁명 아래에 있다. 그 혁명은 거대한 낭만적인 현상이었다. 자유와 반항과 전제가 뒤섞이며 정치적인 격변기를 맞이한다. 제1공화정, 나폴레옹 제1제정, 왕정복고, 7월 혁명, 2월 혁명, 제2공화정, 그리고 또다시 제2의 제정이 그것이다. 그 기간은 1792년에서 1850년까지 불과 60년 동안이다.

'1830년대의 연대기'라는 작품의 부제는 『적과 흑』은 프랑스 왕정복고기의 정치적 연대기를 고스란히 담고 있다. 복고라는 말은 빼앗겼던 걸 되찾는다는 의미이다. 1830년대는 빼앗긴 왕권과 귀족 사회의 힘이 다시 강력해지는 시기이고, 그 힘을 빼앗길까 두려워하는 시기이다. 기득권층

---

1) 스탕달, 이동렬 옮김, 『적과 흑』, 민음사, 2004년 판을 기준으로 한다.

이 자기 권리를 빼앗기지 않기 위한 심리적 · 사회적 장벽을 공고히 다지는 시기라 할만하다. 또다시 혁명이 일어날지 모른다는 불안에 시달리는 것이다. 이 시기를 견뎌내는 작중 인물들 역시 의심과 계략, 불안과 권태, 안위와 혐오, 질투와 사랑, 협잡과 순수, 열정과 배반, 증오와 이해가 뒤범벅된다.

소설이란 큰길가를 돌아다니는 거울과 같은 것이다.
때로 그것은 푸른 창공을 비춰 보이기도 하고,
또 때로는 도로에 파인 수렁의 진흙을 비춰 보이기도 한다.
─스탕달

스탕달은 소설을 시작할 때, 공간을 주시하며 그 물질적인 공간(사치용품, 건물, 살롱 분위기, 정원, 방)의 속에서 인물을 세운다. 첫 번째 공간은 베리에르라는 작은 소도시이다. 그곳은 아름답기도 하지만 경제적 자립을 할 수 있는 능력이 있다. 쇠망치로 못을 만드는 기계소리가 들리는 공장이 있고, 그 옆에는 대로(大路)가 있다. 그곳 시장은 회색양복을 입은 드 레날 씨이다. 시장은 공업인이라는 사실을 부끄러워한다. 드 레날 시장은 끊임없이 자신의 신분을 공고히 다지기 위해 노력한다. "벽을 많이 쌓으면 쌓을수록, 돌을 차곡차곡 쌓아올리는 소유지가 늘어나면 늘어날수록 이웃사람들의 존경을 받을 권리를"(1권, 12쪽) 획득한다.

그곳엔 산책로가 있다. 이 지방 소도시는 돈을 벌어들이는 일, '수입을 가져오는 일'이 중요하므로, '피델리테 산책로'를 6피트 이상이나 확장한다.

'공간이 행상들이 팔러 다니던 통속 문학의
삽화처럼 바뀌는 현상'이야말로
산책자의 기본적인 경험이다.
—발터 벤야민, 『아케이드 프로젝트』

사람들은 생존을 위해 걷는다. 그러나 생존을 위해 걷지 않고, 걷는 권리를 가지고 걷는 사람이 소개된다. 최초로 소개되는 분은 베리에르의 셸랑 사제이다. 사제는 감옥과 병원, 빈민수용소까지 방문할 수 있는 권리를 가지고 있다. 걸을 수 있는 권리란 무엇일까? 그 이전 사람들은 통행증을 발부받고 여행 허가증을 가지고 있어야 걸을 수 있었다. 그런데 혁명기를 거치면서 파리뿐만 아니라 소도시 사람들에게도 산책로가 생기고 도로가 확장된 것이다. 그리고 이 모든 것들이 '돈'을 벌어들이는 원천이 된다.

걷는 권리를 획득한 사람이 많아지면서, 사람들은 노동을 하며, 서로의 거울이 된다. 서로가 서로를 관찰한다. 도시를 주시하고, 타자를 감시하고, 소문을 만들고, 감각적이고 즉물적인 것에 예민하게 대응한다. 사람들은 '평판'을 얻고, 그것을 유지하기 위해 애를 쓴다. 평판이 곧 인생을 좌지우지 할 수 있기 때문이다.

그러나 셸랑 사제의 걷는 권리에 제동이 걸린다. 제동을 건 사람은 다름 아닌 드 레날 시장이다. 기득권층은 벽돌을 쌓아 자신들의 영역을 확장하고 싶어 할 뿐, 벽을 깨뜨리고 싶어 하지 않는다. 그 벽을 넘어 기웃거리며 구경당하는 것조차 경계한다.

> 나의 집에 대한 이러한 탐구는 나의 시련이었다.
> 나의 집은 어디 있는가? 그것에 대해 묻고, 찾고,
> 찾아다녔으나 발견하지 못했던 것이다.
> ─니체, 『차라투스트라는 이렇게 말했다』

주인공 쥘리엥 소렐은 집을 떠난다. 주인공의 여행은 소도시에서 대도시로, 집(방)에서 저택(살롱)으로 이어진다. 집을 떠나는 여행은 주인공의 내면의 여행이기도 하다. 첫 번째 도착 장소는 소도시의 시장 드 레날 씨 댁이다. 그는 가정교사 역할을 부여받는다. 쥘리엥은 자신이 맡은 일에 최선을 다하는 기질을 가지고 있다. 또한 그 역할 모델에 충실하면서 상류 사회를 관찰한다. 여기서 갭이 발생한다. 평민이지만 귀족적인 풍모를 지닌 갈등. 평민이지만 귀족 사회를 관찰하면서 그들의 위선적인 가면을 꿰뚫어보는 시선.

쥘리엥이 가정교사를 할 수 있었던 것은 라틴어라는 언어적 특성 때문이다.[2] (그리스 시대 시민들의 가정교사는 노예 출신이었다. 그 전통은 고스란히 이어져 교사라는 위치가 비교적 불안정한 것으로 나온다.) 더군다나 그는 성경을 통째로 외운다. 그의 기억력은 인물 관계나 사회적 상황을 예민하게 파악하는 눈을 갖게 한다. 그 능력 때문에 쥘리엥은 비

---

2) 쥘리엥은 나폴레옹 군대의 군의관이었다가 퇴역한 친척 노인에게 라틴어를 배운다. 또한 마을 사제에게 성서와 신학 공주를 한다. 쥘리엥의 최초 스승인 늙은 퇴역 군의관은 열렬한 보나파르티스트로 나폴레옹에 대한 열광을 어린 쥘리엥에게 그대로 물려준다. 이미 쥘리엥은 나폴레옹의 숭배자가 된다. '출세하지 못할 바에는 차라리 골백번이고 죽는 편을 택하겠다는 불굴의 결심'을 갖게 된다. 그는 불완전하고 편협한 교육의 결과로 나폴레옹 신화를 광신적으로 수용하여 나폴레옹 시대야말로 개인적인 능력과 가치에 대한 보상에 끝이 없었다는 식으로 생각한다. 스탕달, 이동렬 옮김, 『적과 흑』, 민음사, 2004, 448쪽.

범한 인재라는 평판을 듣는다. 상류사회를 체험할 수 있는 기회를 얻은 것이다.

"그는 열아홉 정도의 키가 자그마한 젊은이였는데, 겉으로는 약해 보였으며 선이 고르지 않으나 섬세한 얼굴과 매부리코를 하고 있었다. 조용할 때는 깊은 생각과 열정을 나타내 보이는 커다란 검은 눈이 이 순간에는 더없이 사나운 증오의 표정으로 이글거리고 있었다."(1권, 33쪽) 더군다나 여자들의 이목을 집중시키는 탁월한 외모의 소유자이다. 이 인물이 소개되는 첫 장면부터 쥘리엥 소렐은 책을 읽고 있다.

쥘리엥에게 책(지식 혹은 기억력)은 무기인 셈이다. 사교계 사람들 사이에서 인정받을 수 있는 수사학이었고, 여인과 사랑에 빠질 수 있는 매력이었다. 쥘리엥은 평범한 농민이 가질 수 없는 특질을 가졌기에 유독, 결핍감에 시달린다. 결핍은 반작용을 일으켜 욕망을 부풀게 한다. 신분 상승의 벽을 뚫을 수 있는 '가능성'을 보기 시작한다. 틈을 발견한 것이다.

> 인간에게 말이 주어진 것은 생각을 숨기기 위해서이다.
> —R.D. 말라그리다(1권, 192쪽)

쥘리엥 소렐에게 공간 이동은 그의 욕망이 부푸는 과정과 궤를 같이 한다. 지방 소도시에서 파리로의 공간 이동은 신분 상승과 욕망의 확장을 보여주기 때문이다. 작은 소도시 베리에르에서 파리로 진출하고, 폐쇄된 수도원에서 라 몰 후작의 집으로, 고립된 자신의 방에서 살롱으로, 사회적 관계를 확장한다. 욕망이 커질수록 관계의 중심으로 돌진한다.

우선 베리에르 작은 소도시에서 쥘리엥 소렐은 시장의 아들에게 라틴어를 가르치는 가정교사에 불과했다. 그가 세상 사람들에게 특이한 시선으로 돋보인 것은 국왕의 베리에르 행차에서였다. 쥘리엥은 명문가 집안의 사람들만 가능하다는 의장대의 제9열 1  기수를 맡게 된다.(그의 애인 드 레날 부인을 통해서) 쥘리엥은 "두 개의 은제(銀製) 대령 견장이 부착된 하늘빛 제복"(1권, 165쪽)을 입고 허리춤엔 칼을 찰 수 있었다. 복장은 신분과 지위를 드러내는 표지이다. 이 표지를 발견한 마을 사람들은 곧 수군거리기 시작한다. 평민이 이러한 복장을 하고 의장대열에 설 수 있었다는 사실 때문에, 쥘리엥과 내연의 관계인 드 레날 부인의 관계가 표면적으로 드러난 것이다. 쥘리엥은 단번에 소도시 사람들의 질투와 멸시를 받는다. 곧 경계의 대상이 된다. 그리고는 검은 사제복으로 갈아입는다. 검은 색은 그의 욕망을 감추는 위장술이 된다. 그는 그 어떤 옷을 입어도 맵시가 살아난다. (스탕달은 언제나 그를 그렇게 묘사하고 있었다.)

오늘날 제물로 바쳐야 할 것은 한 사람의 인간이 아닙니다.
그것은 파리입니다.
프랑스 전체가 파리를 모방하고 있습니다.
―젊은 아그드 주교(2권, 211쪽)

쥘리엥은 19세기의 중심지 파리에 도착하지만 곧 닫힌 공간에 갇히고 만다. 수도원이다. 그는 수도원이라는 공간에서 질투와 시기심의 대상이 된다. 그러나 그의 비범한 능력이 그를 그곳에서 벗어나게 한다. 열린 공간으로 나온 것이다. 드 라 몰 후작의 비서로 채용된다. 열린 공간이라고 봐야 하겠지만, 쥘리엥에게 파리는 신뢰를 얻어야 하는 공간이자 끊임없이 의심을 받아야 할 공간이다.

파리는 철제 아케이드가 설치되고, 철도가 놓이고, 번화한 상점이 세워지고, 구두 굽이 높아지고, 만국박람회가 열리는 공간이자 신유행품이 넘쳐나는 곳이었다. 하지만 그는 19세기 화려한 파리의 광경에 쉽게 도취되지 않는다. 또한 귀족들을 향해 아첨하지 않는다. 그는 파리를 이렇게 파악한다.

"파리에서는 숨어서 웃으려고 애를 쓴다. 파리에서는 누구나 영원히 낯선 사람인 것이다."(1권, 438쪽) 쥘리앙은 이런 태도로 파리의 사람들은 관찰한다. 그리고 "부르주아 가정에서는 늘 화제의 대상이 되는 현실 정치 얘기가, 후작과 같은 계층의 가정에서는 얘깃거리가" 되지 않는다는 사실을 알아챈다. 귀족들은 권태를 즐기는 족속이었다. 권태야말로 그들이 누리는 유일한 윤리이자 권리이다. (혹은 아랫사람을 대하는 방법이다.) 살롱의 일상 대화는 심각한 것들이 없다. 그리하여 쥘리엥은 파리의 귀족들이 "정신적 질식" 상태에 놓여 있는 것으로 파악한다.

기득권층의 정치 이야기는 밀실에서 이루어진다. 파리의 살롱은 사교계의 권태로운 수다 장소가 되기도 하지만, 돌연 정치적 야합이 가능한 밀실로 탈바꿈한다. 쥘리엥 소렐은 마침 드 라 몰 후작으로부터 급진 왕당파의 밀사 역할을 맡는다. 혁명의 정신은 부패하고 시들은 상태였고,

사회적으로 부르주아지들은 정치적 입지를 잡고 있는 중이었다. 부르봉 왕조의 왕정복고 상태에서 스탕달을 비롯한 지성들은 이 왕조가 곧 부패하고 쓰러지리란 것을 알고 있다. 프랑스 혁명 이후 '자유 평등 박애'라는 표어가 다양한 이해관계에 엇갈리며 회비가 교차하는 가운데서도 민중들 사이에 퍼져나가고 있었다.

스탕달은 이러한 혼란의 시대에서 신흥 부르주아지와 반동을 꾀하는 귀족 세력들과 종교 세력 간의 담합 과정을 상세하게 서술한다. 비극적이면서도 결과적으로는 희극적인 담합은 불안증을 내보인다. 기득권층이 감추고 싶어 할수록 비밀은 드러나기 마련이다. 그들의 비밀을 드러내는 고발자 역할을 담당하는 것이 쥘리엥 소렐이다.

그는 밀담의 기록을 담당하는 역할을 맡는다. 그리고 야합을 하는 사제와 귀족과 정치인들을 관찰자의 시선에서 바라본다. 거기엔 목소리가 들리고, 등이 보이고, 언뜻언뜻 표정이 스친다. 자세한 얼굴이 보이지 않는다. 쥘리엥은 그들과 거리를 둔 채 관찰하면서, 밀실정치를 일삼았던 기득권층을 비판한다. 이 공간에서 쥘리엥은 내부 고발자이자 시선으로 그들을 바라본다.

이 순간 그는 사제이면서 사제가 아니다. 검은 옷을 입고 있으면서도 그의 뜨거운 붉은 심장이 반항아적인 기질을 선뜻선뜻 드러낸다. 쥘리엥은 소설 전반에 걸쳐 검은 색 사제복을 입고 있으면서도 사제가 아닌 순간으로 살아나간다. 적과 흑의 교차, 이것은 주인공 쥘리엥을 스스로 낯선 자, 다름 아닌 경계에 서 있는 자로 위치시키는 역할을 하는 것이다.

> 근본적으로 프랑스는 신앙심이 없으며 전쟁을 좋아합니다.
> 누구든 프랑스를 전쟁으로 치닫게 하는 사람은
> 이중으로 인기를 얻을 것입니다.
> ─추기경(2권, 207쪽)

스탕달의 정치적 입장은 모순적이었다. 그는 생활환경이 변할 때마다 좌파적인 성향을 갖기도 하면서 우파적인 성향도 가지고 있었다. 그는 한때 나폴레옹의 열렬한 추종자였다가 제정 시대의 나폴레옹 체제에 대해서는 거침없이 비판을 가한다. 왕정복고의 시대가 나타나자, 그 시대적 상황과 기류에 합승하려고 하지만 그 체제의 본질이 드러나자 왕정복고 체제에 대한 반감과 증오를 드러낸다. 쾌적한 생활과 귀족적인 생활을 원했던 스탕달은 사회적 부의 평균화를 반대했다. 그는 평민을 소설의 주인공으로 내세웠지만 민중 세계 속으로 뚫고 들어가지는 않았다. 그저 멀리서 바라볼 뿐이었다. "민중이란 항상 더럽기 때문"이다. 스탕달은 "나는 가장 귀족적인 취미를 가지고 있으며, 아직도 그렇다. 나는 민중의 행복을 위해서라면 무슨 일이든지 할 것이지만 그러나 가게방 사람들과 더불어 살기보다는 매달 보름씩 감옥에서 보내는 편이 더 좋을 것이라고 생각한다."[3]

스탕달의 이런 입장에서 봤을 때 쥘리엥 소렐은 사회의 불평등에 반항하는 가난한 젊은이지만, 민중에 통합되지 않는 경계에 위치한다. 그의 사고방식과 행동양식, 그의 학문적 교양은 민중과 유리된 경계에 서 있다.

---

3) 이동렬, 『스탕달의 소설 연구』, 문학과지성사, 1982, 251쪽.

쥘리엥 소렐이 밀실 담합의 기록자 위치로 살롱에 가 있을 때, 그는 순간 "나 같은 하층민 앞에서 어찌 이런 얘기를 다 하는가?"(2권, 209쪽)라는 생각에 이른다. 새벽 4시 44분에 이르러서야 비밀각서가 완성되자, 쥘리엥은 자물쇠가 잠긴 방에서, 잠을 잘 수 있었다. 그에게 스스로 문을 열 권리가 애초부터 배제되어 있었던 것이다. 쥘리엥의 안전을 위해서라는 명목이 있었지만, 그것을 뒤집어 생각해 보면, 그들은 쥘리엥의 기억력이라는 수단을 이용할 뿐이었다. 쥘리엥은 그들의 기밀을 알고 있음에도 저 성벽은 뚫고 나갈 '가능성'조차 배제당하고 있었다.

스탕달은 쥘리엥을 통해 귀족계급을 비판한다. 쥘리엥은 어떤 공간에 놓이는지에 따라서 페르소나를 잽싸게 바꿀 줄 안다. 스탕달은 쥘리엥에게 다층적인 시선을 부과한다. 앞에서 언급했듯이, 19세기 프랑스를 바라보고 당시 풍속들 들여다보는 관찰자의 시선과 기득권층을 비판하고 조롱하는 고발자의 시선이다. 더불어 페르소나 밑에서 드러내지 않던 내면의 고백자 시선을 갖는다.

쥘리엥은 고립된 공간에서는 끊임없이 번민하고 사색한다. 그리고는 자신의 위선을 돌아보는 시선으로 빠져든다. 주어진 역할에 따라 페르소나를 쓰고, (귀족들에게 신뢰를 쌓는 역할 임무 수행 능력으로) 그것을 다양하게 쓸 줄 알지만, 그 자신이 위선자임을 깨달을 때에는 순수한 참회자가 된다.

경계에 선 쥘리엥. 그는 "다르다는 것은 미움을 유발한다"(1권, 310쪽)는 사실을 알고 있다. 제재소의 아들이면서도 책을 읽는 지식인으로서의 경계. 귀족 사회에 속하면서도 하인이라는 신분적 경계, 그들을 기웃거리지만 언제나 소외당하는 경계, 경계에서 경계로 넘어가려고 하는 내면의 경계, 그러다가도 경계에서 밀려나가지 않으려고 고투하는 경계. 사랑을 쟁취하기 위해 고도의 심리전술을 쓰는 경계, 그 경계에서 사랑인지 아닌지 의심하고 불안해하는 경계들이 그것이다.

쥘리엥은 끊임없이 외줄타기를 한다. 수도원에서는 복종하고 판단을 금지해야 하지만, 그는 "스스로 생각하고 스스로 판단"할 줄 알았기 때문이다. "생존을 위한 위선"의 가면을 쓰고 있다는 사실이 자의식을 점검하고 있기 때문이다. 자각하기 때문에 갈등하고, 갈등하기에 괴롭다. 욕망이 이끄는 대로 따라가다가도 욕망의 순간을 돌이켜 보면서 후회하고 자책한다. 그는 그 가운데서도 끊임없이 어떻게 생존할 것인가를 고민한다. 자신이 한 때 나폴레옹의 열렬한 지지자였던 것을 숨기고 그들의 비위를 맞춘다. "훌륭한 논법은 사람들의 기분을 거스르기" 때문이다.(1권, 313쪽)

나는 그를 사랑하지 않는 것일까? (2권, 140쪽)

쥘레엥이 신분의 벽을 허물 수 있는 유일한 방법은 사랑이다. 쥘리엥은 드 라 몰 후작의 딸 마틸드와 사랑에 빠졌을 때는 신분 상승을 한다. 짧은 순간이었지만, 죽기 직전에 가슴에 훈장이 수여되고 '쥘리엥 소렐 드 라 베르네이'라는 새로운 성을 부여받는다. 또한 중위사령장이라는 직책을 얻는다. 평민 신분에서 귀족으로 도약할 수 있는 발판이 마련되었던 것이다.

예나 지금이나 사랑은 신분상승의 사다리이다. 쥘리엥에게는 두 개의 사다리가 있었다. 그는 사다리를 타고 여인의 방에 들어간다. 쥘리엥이 취했던 욕망의 사다리이다. 그러자 두 여인은 각기 다른 방식으로 사다리에 반응한다. 사랑의 증거물을 치우는 방식이 곧 두 여인이 보이는 사랑의 태도였던 것이다.

드 레날 부인은 사다리를 집어 들었다. 사다리는 분명 그녀에게 너무 무거웠던 것이다. 쥘리엥은 그녀를 도우려고 다가갔다. 그는 아무래도 힘이라곤 있을 것 같지 않은 그녀의 아리따운 자태를 감탄하며 바라봤다. 그때 그녀는 아무런 도움도 받지 않고 사다리를 집더니 의자 하나를 들어 올리듯 번쩍 들어 올렸다. 그녀는 재빨리 4층 복도로 사다리를 들고 가서 벽을 따라 눕혀놓았다.(1권, 369쪽)

마침내 사다리가 땅에 닿았다. 쥘리엥은 벽을 따라 나 있는 외국 화초를 심은 화단에 사다리를 뉘어놓을 수 있었다.
"아끼는 예쁜 화초가 다 일그러진 걸 보시면 어머니가 뭐라고 하실까……!" 마틸드는 이렇게 종알거리더니 아주 침착하게 덧붙여 말했다. "밧줄을 던져야 해요. 밧줄이 발코니까지 올라와 있는 걸 누가 본다면 설명하기 곤란한 상황이 돼요."
"그럼, 나는 어떻게 돌아가죠?" 쥘리엥이 식민지 말투를 흉내 내며 농담조로 말했다.(2권, 133쪽)

쥘리엥은 사랑하는 여인을 만나기 위해 위험을 무릅쓰고 사다리를 놓는다. 결과적으로 사랑을 쟁취한다. 소도시에 살고 있던 드 레날 부인은 권태에 빠져 있었다. 일상에서 새롭고 자극적인 것이 없었다. 더군다나 그녀는 모성애가 강한 여인이다. 드 레날 부인은 쥘리엥을 사랑하게 된다. 그녀는 지적이고 신사다운 쥘리엥의 모습에 빠져든다. 평민이지만, 남편이 가지지 못했던 다정다감함과 열정에 매료된 것이다. 드 레날 부인은 쥘리엥을 통해 진실된 사랑을 배운다. 또한 그것이 가지고 있는 독을 알아챈다. 그녀는 사랑이 깊어질수록 현실적이 되고(남편을 속이기 위해), 사랑이 깊어질수록 비현실적이 된다. (쥘리엥을 지키기 위해 추문을 감수하는 등 희생적인 태도를 보인다.)

첫 번째 인용문은 쥘리엥이 파리의 수도원에서 드 라 몰 후작 집의 비서로 옮겨가기 직전 상황이다. 쥘리엥은 이미 한차례 그녀를 떠난 적이 있었다. 그가 떠난 뒤 드 레날 부인은 소문에 휩싸이고 남편의 의심을 받는다. 그가 떠난 뒤 그녀는 정신적인 고통을 받고 있었다. 이 상황에서 쥘리엥이 사다리를 타고 그녀 방에 도착했을 때, 그녀는 그를 밀치면서도 그를 받아들이고 만다. 그녀의 사랑은 모성애를 바탕으로 했기에 더욱 희생적이다. 자신의 사랑을 재확인한 드 레날 부인은 사다리를 스스로 걷어낸다. 아무 도움도 받지 않고 사랑의 대가를 혼자서 감내하고 치러내는 것이다.

반면 마틸드와의 사랑의 방식은 다르다. 마틸드는 사랑 그 자체보다는 주변 평판과 사치스러운 도구, 신분과 지위, 명예가 중요하다. 내가 왜 이 남자를 선택했는가? 그 이유가 필요하다. 사랑에 빠져있으면서도 신분이 다르다는 것 때문에 자존심에 상처를 받는다. 부와 명예를 안겨다 줄 정략결혼을 해야 함에도 그녀의 모험적 기질은 쥘리엥을 선택하게끔 한다. 이 사랑을 유지하기 위해 쥘리엥은 사랑의 기교를 부린다.

쥘리엥은 사랑이라는 관계에서 '평등' 개념을 떠올린다. 드 레날 부인에게도 "아이들 교육에 관계된 일이라면 그 여자가 내게 '부탁이에요.'라

고 말할 수도 있겠지만, 내 사랑에 대한 응답에 있어서는 그 여자는 평등을 전제로 해야 한다. '평등'이 없이는 서로 사랑할 수 없거늘……."(1권, 138쪽)이라고 말한다. 드 레날 부인과 사랑이 깊어지는 순간, 쥘리엥의 발아래 그녀가 무릎을 꿇는 순간에 도취한다. 비교적 헌신적이었던 드 레날 부인과 관계에서도 이러한데, 후작의 딸 마틸드와의 관계에서는 '평등' 개념이 더욱 중요해진다.

> 그녀(마틸드)는 자기의 열렬한 사랑과 숭고한 계획으로 대중을
> 깜짝 놀라게 해주고 싶다는 은근한 욕망을 품고 있었다.(2권, 353쪽)

마틸드는 다혈질이고 변화무쌍하다. 또한 지위와 명분이 무엇보다도 중요하다. 이에 쥘리엥은 전략적으로 그녀를 사랑에 빠지게 하고, 그녀의 모험적 기질은 쥘리엥을 집착하기 시작한다. 마틸드 옆에서 끊임없이 열등감에 시달리기에, 그 사랑은 온전치 않다. 그들 사이에 진심이 사라진다. 기교에 의해 획득된 사랑은 또 다른 기교를 낳는다. 쥘리엥은 마틸드의 마음이 변심할 가능성 때문에, 그녀 앞에서 진실된 내면을 보이지 않는다. 가면은 또 다른 가면을 쓰게 하는 것이다.

마틸드는 "밧줄"을 가지고 있는 여자였다. 언제든지 탈출할 방법이 있었다. 마틸드는 쥘리엥으로 하여금 사다리를 치우게 한다. 굳이 그가 아

니어도 됐다. 귀족 사회의 평판이 중요하고, 화초가 일그러지는 게 속이 더 상하다. 마틸드에게는 과시와 물질욕구가 더 중요하다. 스스로 문제를 해결하려고 시도하지만, 결국 원만하게 문제를 해결하지 못한다. 쥘리엥의 이 질문 "그럼 나는 어떻게 돌아가죠?"가 남기 때문이다.

쥘리엥은 두 가지 사랑에 확신이 없었다. 그러나 쥘리엥은 마틸드가 임신했다는 소식을 듣고, 사랑보다는 미래의 아들에 집착한다. 아직 태아 상태이지만, 그 아이에게 자신과 같은 신분을 물려주고 싶지 않은 열망으로 가득 찬다. 그래서 그동안 쌓아왔던 현실적인 판단력을 잃어버린다. 결국 신분상승의 사다리가 확고해지는 순간, 나락으로 떨어진다. 드 레날 부인의 (억지) 편지를 받고 그녀를 죽인다.

> 이 행복은 사랑의 행복이라기보다는
> 자존심의 행복이었다. (2권, 276쪽)

사랑을 죽이면서, 사랑을 확신하게 되는 아이러니라니! 이 깨달음은 그동안 내면적으로 사랑의 불확실성(진실된 사랑인가? 위선인가? 순수함인가? 기교인가? 쾌락인가?)에 시달렸던 사랑의 감정을 정리시킨다. 쥘리엥에게 마틸드라는 존재 대신 드 레날 부인이 또렷이 자리한다. 위선과 의심을 걷어내는 계기가 된 것이다.

이 순간부터 쥘리엥의 불안한 여정이 종식된다. 그는 파리의 밤마다 허위의 가면을 쓰고 무대 위에서 공연을 하는 피에로와 같았다. 쥘리엥은 세상에 대한 '의심'의 눈이 가득했다. 남들과 다르다는 차이는 경계심을 일으키고, 경계를 허무는 사랑에서조차 믿음을 찾기 어려웠다. 표면적으로 귀족들에게 신뢰를 얻었으나, 그들의 경계심이 사라진 것은 아니었다. 기득권층은 재능 있고 능력 있는 평민의 '가능성'을 이용할 뿐이지, 그 '가능성'을 열어줄 길을 만들어주지 않는다. 자신들과 어깨를 겨룰만한 기회를 주지 않는다. 그 가운데서 쥘리엥은 위선에 대한 자의식의 거울 앞에 시달려 왔다. 총기 난사 사건은 이 모든 것을 정리한다.

> 그렇게 자주 위선을 행해 왔음에도 그(쥘리엥)는 굵은 눈물방울이
> 뺨을 타고 흘러내리는 것을 느꼈다. (1권, 233쪽)

감옥은 고요하다. 사위를 가라앉힌다. 감옥은 세상의 여론과 주위를 시선을 걷어버린다. 오로지 심연으로 파고드는 공간을 만든다. 우선 감옥은 쥘리엥이 페르소나를 벗고 내면의 고요함에 집중할 수 있는 공간을 마련해 준다. 그리고 스스로 거래와 권모술수의 세계를 물리친다. 그는 사형이 언도되기 전에, 스스로 살인을 했으므로, 사형선고를 받아야 한다고 주장한다. 사실상 합법적인 자살을 선택한 것이다. 스탕달은 이런 일들이 벌어지는 공간으로 "높은 감옥"이라는 위치를 설정한다. 스탕달은 쥘리엥의 정신이 가장 맑고 순수해진 상태를 공간의 위치로 설정해낸 것이다.

사형이 언도된 다음 쥘리엥은 지하 감옥으로 옮겨진다. 그곳은 고귀했던 정신이 죽음 앞에서 가장 나약한 순간에 직면하는 장소다. 죽음 직전의 어리고 여린 심연의 상태로 가라앉는다. 이 공간은 다른 한편 자궁으로 해석되기도 한다. "감옥은 그가 최종적으로 돌아가고 싶었던 모상의 상징"[4]인 것이다. 그는 습기가 차 있고 어두운 자궁과 같은 지하 감옥에

서 드 레날 부인과 온전한 사랑을 나눈다. 더 이상의 의심과 의혹이 자리할 수 없는, 완벽한 사랑이다. "쥘리엥은 아주 새로운 느낌으로 부인을 포용했다. 그것은 이제 사랑의 도취가 아니라 뜨거운 감사의 느낌이었다. 그는 부인이 자기에게 바치는 가없는 희생을 처음으로 분명히 보았던 것이다."(2권, 392쪽)

쥘리엥의 성장기에서는 아버지의 강압과 폭력에 가려진 채로, 어머니의 모습이 보이지 않았다. 모성의 부재였다. 그는 지하 감옥—자궁 안에서 진정한 사랑을 확인함으로써 모성성을 회복한다. 스탕달은 삶의 극한에 이르러서야, 자기 세계의 심연을 확장하고 있는 것이다.

쥘리엥은 지하 감옥 안에서 모성성을 통해 자신의 상처와 과오를 치유받으며, 자신만의 세계를 공고히 다진다. 그는 오래 전에 가지고 있었던 나폴레옹에 대한 정열적이고 맹목적인 찬양자의 태도를 바꾼다. 스탕달은 마지막 순간에 가서 그 우상적 환상에서 깨어나게 만든 것이다. 쥘리엥은 그 모델의 부정직과 허위성을 발견한다.[5] 그리하여 종교와 법을 부정하는 사유에 이른다. "'자연법'이란 게 어디 있단 말인가. (중략) 사회의 이름으로 나를 고발한 자도 결국 치사한 짓으로 부자가 된 놈일 뿐이다."(2권, 402쪽) 그의 말처럼 먼저 손을 내밀어 쥘리엥을 채용한 것도 기득권층이고, 그를 사형에 처한 것도 기득권층이었다.

그렇다면 계약과 거래의 세계에서 성벽을 공고히 쌓는 사람들은 누구

---

4) 김병걸, 「계급전쟁의 서사시, 스탕달의 『적과 흑』」, 『사회평론』, 1991. 11, 259쪽.
5) 이동렬, 「정치의 메커니즘」, 『스탕달의 소설연구』, 문학과지성사, 1982, 68쪽.

였나? 『적과 흑』초반부에 등장하였다가 시장과 돈으로 흥정하는 아버지, 쥘리엥의 마지막 유산을 얻어내기 위해 파렴치한 얼굴로 지하 감옥을 방문하는 아버지, 그 아버지의 세계가 아니었을까? 마지막까지 허영과 위세를 공고히 다지며, 저 평민들의 능력과 재주와 가능성을 이용하던 드 레날 시장과 라 몰 후작 역시 아버지 세계의 연속으로 봐도 무방하지 않을까?

이런 의미에서 쥘리엥의 최후진술은 유의미한 해석을 낳는다.

나는 여러분에게 용서를 청하는 것이 결코 아닙니다. 본인은 조금도 환상을 품고 있지 않습니다. 죽음이 나를 기다리고 있으며 그 죽음은 당연한 것입니다. 본인은 온갖 존경과 온갖 찬사를 받아 마땅한 훌륭한 부인의 생명을 빼앗을 뻔했던 것입니다. 드 레날 부인은 내게 어머니와 같은 분이었습니다. 내 범죄는 잔혹한 것이며 또한 계획적인 것입니다. 배심원 여러분, 그러므로 본인은 사형을 당해 마땅합니다. 그러나 내 죄가 좀 더 가벼운 것이었다 해도 사람들은 내 젊은 나이가 동정을 살 만하다는 사실은 전혀 고려하지 않고, 나를 통해 나와 같은 부류의 젊은이들을 징벌하고 그들을 영원히 의기소침하게 하려 한다는 것을 본인은 잘 알고 있습니다. 즉 하층 계급에서 태어나 가난에 시달리면서도 다행히 좋은 교육을 받았고 부유한 사람들의 오만이 사교계라고 부르는 것에 대담하게 끼어들려 한 젊은이를 말입니다.

여러분 그 점이 바로 본인의 범죄입니다. 그리고 사실상 나는 나와 같은 계급의 동료들에게 판결 받지 못하는 만큼, 내 범죄는 더욱더 준엄한 징벌을 당할 것입니다. 본인의 눈에는 배심원석에 부유한 농민 하나 보이지 않고 오직 분개한 부르주아들만 있을 뿐입니다……(2권, 373~374쪽)

스탕달이 쥘리엥의 입을 통해 그동안 참아왔던 속내를 속 시원히 내뱉는 장면이 아닐 수 없다. 쥘리엥에게 아버지의 세계는 위선과 허영심의 세계이고, 폭력과 협잡의 세계이다. 그리고 계급과 계급 간의 이동을 허락하지 않는 권위적 세계이다. 깨지지 않는 성벽의 세계이다. 특히 왕정복고 시대 드 레날 시장과 드 라 몰 후작은 성벽을 굳건히 다져야 하는 불안감에 시달리는 인물들이었다. 그들은 자신의 영역을 공고히 다지는 것에 필사적일 수밖에 없었다.

타자의 침입이 두려운 것이다. 혁명이 두려운 것이다. 금을 긋고 영역을 표시하고, 음모를 통해 권력을 유지해야 하는 사회 시스템이다. 스탕달은 특히 이 지점에서 "교권과 세속권의 통합, 교회의 가르침을 강요하기 위해 교회에 의한 정치적 수단의 사용, 정치 체계를 강요하기 위해 국가에 의한 교회의 영향력 사용"[6]을 강력히 비판한다.

한편으로 뒤집어 생각해 보면, 스탕달은 기득권층만 비판한 것도 아니라는 사실을 알 수 있다. 평민이었던 아버지 역시 비판의 대상이었기 때문이다.(초반부과 후반부에 걸쳐) 친아버지 역시 그 시스템에 길들여진 성벽이었고 공고한 시스템을 유지하기 위한 보수적인 성벽일 뿐이었다.

쥘리엥은 사형선고와 함께 고향으로 돌아온다. 그리고 죽음으로써 자유를 얻는다. 타자들에게는 기껏해야 '가능성'에 머물렀겠지만, '가능성'의 이름으로 도약을 하려했기 때문에 문제적 인물로 살아남을 수 있었다. 비로소 자신의 꿈을 키웠던 베리에르의 산 중턱 작은 동굴에 이르러서야 평화로워진다. (마틸드는 그 언덕에 와서 그를 기념하는 이탈리아제 대리

---

6) 이동렬, 「정치의 메커니즘」, 앞의 책, 35쪽.

석으로 만든 비석을 세운다. 그리고 드 레날 부인은 쥘리엥이 떠난 지 사흘 뒤 따라 죽는다.)

스탕달의 작품에는 한 장 한 장마다 번쩍이는 섬광이 비친다.
─발자크

대부분 훌륭한 소설이 그러하듯이, 스탕달의 소설 역시 단일한 관점에서 재단하거나 단순한 구조로 분석 가능하지 않다. 스탕달의 소설은 다층적이다. 그래서 연애심리 소설이 될 수도 있고, 정치 소설이나 풍자 소설이 될 수도 있고, 모험 소설로 볼 수도 있다. 또한 스탕달의 문학이 사실주의 문학의 선구자로 추앙받는 것은 사실이지만, 그를 단지 사실주의로 국한시키기에 석연치 않은 점이 있다. 왜냐하면 "사실주의자들이 공통적으로 갖고 있던 예술이 그 본질에 있어서 외적 현실의 모방적 객관적 재현이라는 믿음의 테두리" 안에 갇혀 있지 않기 때문이다. 스탕달의 목표는 어느 학파를 위한 이론을 세우는 데 있기 보다는 진실한 삶이 무엇인가 또는 진정한 행복이란 무엇인가에 대한 추구였다. 그렇기에 스탕달은 그대로의 현실을 묘사하는 데 안주하지 않고 과거를 보여주면서, 앞날을 예견케 하는 글[7]을 쓴 것이다.

쥘리엥은 실패한 인물이라는 점이 이 시대에 경종을 울린다. 실재하는 사건[8]을 단서로 소설을 쓰기 시작하고, 이를 바탕으로 복잡한 구조를 쌓

---

7) 원윤수, 「스탕달과 사실주의」, 『프랑스 근대소설의 이해』, 민음사, 1984, 91쪽.
8) 소설 『적과 흑』은 1820년 프랑스 파리에서 실재했던 형사재판 사건을 단서를 얻어 구상되었다. 베르테 사건은 『적과 흑』 줄거리와 상당한 유사성을 보인다. 앙투완 베르테라는 청년이 교회에서 미슈 부인을 총으로 저격한 죄로 사형당한 이 사건은 주

아가는 스탕달은 주인공의 실패를 통해 무엇을 말하고 싶었던 것일까. 사실 쥘리엥은 '흑'의 세계에 머물며 안주할 수 있었다. 그는 기득권이 누리는 세속적 욕망을 품고 '적'의 세계로 진입하려고 했다. 그 틈을 찾으려다가 거대한 장벽에 부딪쳐 죽음을 맞은 것이다.

오, 한심한 19세기여! (2권, 406쪽)

지금 우리 사회도 표면적으로 보이는 '적'의 사회이다. 기회가 열려 있고, 희망과 꿈을 가지라고 말한다. '가능성'의 틈을 벌리고 기득권으로 들어가는 구멍을 찾으라고 한다. 수십 만 명의 쥘리엥이 '가능성'이라는 믿음 하나로 도약하기 위해 준비 중인 것이다. 그러나 그 붉은 심장 속에는 적들의 진입을 방해하는 적들이 숨어 있다. 그 적들은 21세기에도 여전히 눈에 보이지 않는 성벽을 쌓으며 타고 들어 올 적의 교란에 대비 중이다. 중산층은 몰락하고, 물가 상승률은 따라가기 어려울 정도로 가파르다. 빈익빈 부익부가 첨예하게 진행되는 요즘, 기득권층이 그들만의 성벽을 쌓는 기술이 점점 탁월해지고 있다. 차별화 전략을 이용해 (오늘날 일상에서) 내가 선 이 자리에서 하층민으로 떨어지고 있는 추락의 느낌이 지속된다. '가능성'보다 '성벽'의 두께가 점점 심해진다. 지금 어디선가 추락하고 있는 21세기 쥘리엥이 늘어나고 있다.

인공 쥘리엥을 연상시킨다. 베르테는 귀족집안에 가정교사로 들어가 그 집안 딸과의 관계를 의심받아 쫓겨나게 된다. 그것은 미슈 부인의 편지 때문이라고 판단한 베르테가 미슈 부인의 살해를 기도한다. 또 다른 사건도 있다. 라파르그 사건이다. 가구세공인이었던 청년 라파르그가 질투심 때문에 변심한 애인을 살해한 사건이었다. 이동렬, 『적과 흑』, 민음사, 2004, 429~430쪽.

지붕 위에서 바라다 본 아케이드의 모습

1830년대 왕정복고기를 배경으로 하는 이 장편 소설을 읽는 내내 지금 이 시대를 떠올리지 않을 수 없었다. 180여 년 전 프랑스 파리에서 일어난 일이, 오늘날 이 시대에서 일어나는 일들과 오버랩 되기 때문이다.

발터 벤야민은 상품 자본주의의 원조 신전이었던 "아케이드에서는 어떤 사물이든 전혀 예상치 못한 순간 눈을 떴다가 눈짓하고는 감아버리며, 좀 더 가까이 다가가서 보려고 하면 이내 사라지고"만다고 적는다. 이 공간은 "눈을 깜빡거리며 도대체 내 안에서 무슨 일이 일어나고 있는 거야라고 묻는다." 어느 순간 "우리는 질겁하며 자리에 멈춰 선다." 그리고 묻는다. "맞아, 도대체 네 안에 무슨 일이 일어나고 있는 거야?"[9] 나 역시 이런 방식으로 자본주의 공간에서 작은 소리로 반문해 본다.

우리는 어느 순간에 최첨단의 문명을 상징하는 빌딩 공간에서 추락하는 지도 모른 채(지진을 맞고 우라늄 공포에 시달리고, 바이러스 공격을 받고, 고금리 가계대출 이자에 시달리고, 신종인플루엔자에 시달리고, 예방 접종

---

9) 발터 벤야민, 조형준 옮김, 『아케이드 프로젝트』, 새물결, 2005, 1282쪽.

약이 떨어지고, 가축들이 살생당하고, 그 땅에서 자라난 채소를 먹고) 추락 당하고 있다. 도대체 무슨 일이 일어나고 있는지, 그 성벽들이 바로, 눈앞까지 다가왔는데도 속수무책으로 (알아차리기도 전에) 추방당한다.

마틸드를 향했던 신분 상승의 사다리가 떠오른다. 화원에 핀 화초가 다치지 않게, 조심스럽게, 사다리를 숨겼던(내려놓았던) 쥘리엥 소렐. 그럼에도 쓰러진 화초 걱정이나 하고 있는 기득권층들. 나는 내가 올렸던 사다리의 '가능성'을 얼마만큼 보장받을 수 있을 것인가? 올라갔다 한들, 그것이 추락하기 위한 방점에 불과함을, 현대인들은 외줄타기 하는 또 다른 쥘리엥임을.

나 역시 대도시에서 끊임없이 낯선 자로, 경계로 밀려나고 있음을. 나 역시 쥘리엥의 이 질문을 따라해 본다. "그럼 나는 어떻게 돌아가죠?"라고.

고백이라는 권력

―다야마 가타이 『이불』

Ⅰ. 가면 속의 사소설 『이불』

> 연극적인 얼굴은 그려지지 않고 씌어졌다. (중략) 얼굴의 흰색이 맡은 역할은 피부 색조를 없애거나 풍자화 하는 것이 아니라 이미 있던 선의 흔적을 모두 지우고 용모를 변형시켜서 뿌연 재질의 텅 빈 자리를 만드는 것이다. (중략) 이 얼굴은 단지 씌어지는 것이며, 이 얼굴의 미래는 속눈썹과 코 끝, 광대뼈를 하얗게 칠한 손에 의해 이미 씌어졌고, 돌처럼 뻑뻑한 가발은 살의 페이지에 검은 경계선을 제공한다. 번쩍이기보다는 육중해 보이고 설탕처럼 역겨울 만큼 뻑뻑한 백색의 얼굴은 부동성과 연약성이라는 두 가지 모순되는 움직임을 동시에 기호화한다.[1]

연극이 끝난 뒤, 가면 뒤에 감추어진 얼굴을 보는 일은 쉽지 않다. 페르소나에 감추어진 마음을 읽는 것은 바깥으로 펼쳐진 스토리보다 흥미진진하다. 드러난 달빛을 보기보다는 달의 이면을 읽고 싶어 하는 심리, 열

---

[1] 롤랑 바르트, 김주환·한은경 옮김, 『기호의 제국』, 웅진, 2008, 118~119쪽.

쇠구멍으로 비밀스러운 것을 관음(觀淫)하고 싶은 욕망은 이야기에 빨려 들게 하는 은밀한 물꼬이다.

다야마 가타이(1872~1930)는 그 누구보다도 이것을 잘 아는 작가이다. 관객에게 호응 받는 연극을 위해 자신의 치부를 드러낼 줄 안다. 가타이는 문단에 데뷔한 이래 크게 주목을 받지 못했다. 원래는 시를 썼고, 1891년 돗포와 구니오들과 『서정시』를 간행한다. 1902년에는 『아카츠키 총서』에 「쥬자에몬의 최후」를 발표하여 작가로서 이름을 알리기 시작한다. 1904년 당시 러일전쟁에서 사진 종군 기자로 일을 한 이후, 『소녀병』을 발표하여 두각을 나타내지만 대부분 낭만적 감상을 테마로 한 작품들이었다. 가타이는 여기서 만족하지 못한다.

"나 혼자 뒤떨어진 것 같은 기분이 들었다. 전쟁에는 갔다 왔지만 아직 아무 작품도 쓰지 못했다. 고모로를 떠나와 교외인 오쿠보에서, 뜨거운 양철 지붕 아래에서 웃통을 벗어 제치고 시마자키군이 노력하는 모습 등을 보아 알고 있었기 때문에 특히 견딜 수 없었다. 뭔가 쓰지 않으면 안 된다. 이렇게 생각하고 쉴 새 없이 길을 걷고 아무 것도 쓸 수 없었다. 나는 반쯤 실망하고 반쯤 초조했다. (중략) 다행히 나는 외국 — 특히 유럽의 신사조를 제대로는 아니지만 많은 독서를 통해 알고 있었다. 톨스토이, 입센, 스트린드베리, 니체, 그런 사람들의 사상에도 세기말의 간고(艱苦)의 모습이 남김없이 나타나 있는 것 같은 느낌이 들었다. 나도 고뇌의 길을 걷고 싶다고 생각했다. 세상에 대해서 싸우는 동시에 나 자신에 대해서도 용감하게 싸우려고 생각했다. 숨겨 두었던 것, 덮어 놓았던 것, 이렇다고 털어놓으면 자신의 정신도 파괴될 것처럼 생각되는 것, 그러한 것도 드러내 보이려고 생각했다."

—「도쿄의 30년」(1917. 6)

시마자키 도손과 구니키다 돗포가 문단에서 조명을 받고 있을 때 가타이는 조급함을 느낀다. 주목을 받아야 했다. 서양 문학의 세례를 받고 있었던 가타이는 모파상의 단편집을 읽고 깨닫는다.[2] "지금까지 나는 하늘만 바라보며 동경하고 있었다. 땅을 볼 줄 몰랐다. 정말 놀랐다. 천박한 이상주의자여. 지금부터 나, 지상의 아들이고저, 짐승처럼 땅에서 기는 일을 떳떳하게 여기리라. 공연히 천상의 별을 바라보기보다는"[3]

그는 창작의 토양으로 자신의 실생활을 선택한다. 구체적인 실생활과 밀착하여 인물을 배치하고, 주인공의 이율배반적인 행동과 심리를 노골적[4]으로 묘사한다.

여기저기로 이사를 다녀 보아도 재미가 없고, 친구와 얘기를 해도 재미가 없고, 외국 소설을 이것저것 찾아 읽어도 만족할 수가 없었다. 아니, 정원수가 무성하고 빗물이 떨어지고 꽃이 피고 지는 일 따위의 자연현상조차 평범한 생활을 더욱 평범하게 만드는 것 같은 기분이

---

2) 소설 속에서 모파상 작품이 인용되는 대목은 다음과 같다. "책상 위에는 모파상의 『죽음보다 강하다』가 펼쳐져 있었다."(76쪽) "그때, 모파상의 『아버지』라는 단편을 상기했다"(109쪽) 제자 요시코에게 애인이 생기자 도키오 내면의 갈등이 증폭되는 부분들이다. 요시코가 처녀성을 상실했음을 알고 심하게 좌절하는 대목에서 마찬가지이다. 모파상 소설을 떠올리며 주인공의 죄의식을 합리함과 동시에 심리적 위안을 받기 위한 장치로 쓰이고 있다. (서구 문학의 세례를 받은 작가라는 점을 부각시키는 역할도 한다)
3) 고바야시 히데오, 유은경, 『고바야시 히데오 평론집』, 소화, 2003, 89쪽에서 재인용.
4) 그는 문학은 기교를 배제하고 사실 그대로를 노골적으로 묘사해야 한다는 「노골적 묘사론」을 주장한 바 있다. "자연을 있는 그대로 묘사하는 것"을 "이상화 즉 도금"의 반대개념으로 생각했다. 그에게 자연은 묘사 대상이라기보다는 묘사 방법이자 생활 윤리였다. 그에게 '자연'은 문학 기법상 혁명이었고, 직업 작가로서 가타이의 존재를 새롭게 만들어주는 수단이었다.

들어, 몸둘 곳이 없을 정도로 외로웠다. 길을 걸으면 언제나 만나게 되는 젊고 아름다운 여자, 할 수만 있다면 새로 사랑하고 싶다는 생각이 절실했다. (15쪽)

주인공은 평범한 일상을 살아가던 도키오이다. 그에게 낯선 여자 제자가 들어온다. 주인공은 그녀를 보자마자 그녀의 외모에 반하고 바로 사랑의 감정을 품는다. 그녀는 신여성이 되고자 하고 작가가 되고자 한다. 그 지점에서 도키오의 욕망이 시작된다. 도키오는 겉(입)으로 근대적인 발언을 한다. "여자도 이제 자각을 하지 않으면 안 된다. 옛날 여자처럼 의타심을 갖고 있으면 안 된다."(25쪽)고 가르친다. 가면을 쓴 발언들이다.(처음에는 가면을 쓰지 않고 진실한 발언이었을지 모를 일이다) 스승과 제자라는 형식적 관계 속에서 아슬아슬한 연애 감정을 즐길 때까지는 괜찮았다. 그러나 균열을 일으키는 사건이 발생한다. 요키오에게 애인이 생긴 것이다. 도키오는 질투에 휩싸여 번민한다. 도키오가 "신성한 연애"를 증명하는 증인이자 중매인 역할을 해야 하기 때문이다. 겉으로는 사랑의 증인 역할을 해야 하고 속으로는 그녀를 욕망하고 쟁취하고 싶다.

갑자기 이불을 뒤에서 끌어당겼기 때문에, 이불은 화장실 입구에서 아내의 손에 남았다. 도키오는 비틀비틀하며 위태롭게 소변을 보고 일이 끝나자. 갑자기 벌렁 화장실 안에 누워 버렸다. 아내가 더럽다고 자꾸 흔들기도 하고 뭔가 하기도 했지만, 도키오는 움직이려고도 일어나려고도 하지 않았다.(34쪽)

도키오는 어떻게 해도 괴로워서 갑자기 산호수 그늘에 몸을 숨기고, 그 뿌리 근처의 땅 위에 몸을 눕혔다. 흥분한 마음, 자유분방한 정과 비애의 쾌감은 극단으로 치달아, 한편으로는 통절하게 질투심에 시달리면서도, 다른 한편으로는 냉담하게 자신의 상태를 바라보고 있었다. (45쪽)

밝은 램프 밑에서 보니, 과연 흰색 바탕의 유카타에 어깨, 무릎, 허리 가릴 것 없이 엄청난 진흙 !(51쪽)

주인공 도키오가 욕망에 충실한 순간 진흙이 묻거나 더러운 장소가 등장한다. 도키오는 술에 취한 채 화장실에 이불을 끌고 들어가 쓰러진다. 가장 기본적인 배설욕구를 통해 본능적인 욕망을 표출한다. 그녀를 데려오기 위해 한밤중에 처형 집으로 찾아가는 순간에도 그러하다. 온 몸에 진흙을 묻히고 뒹굴고 나서 요시코를 만나러 간다. 주인공은 권위와 위엄을 갖추는 자세를 취하고 있었다. 겉으로는 제자를 위하는 척 스승으로서 행동하지만, 안으로는 애인을 쟁취하려는 탐욕으로 들끓는다. 그 욕망의 증거로 진흙이 묻어난다. 요시코를 통제 안에 두기 위해 이사를 시키고, 요시코 편지를 감시하고 애인 다나카를 설득하려 든다. 겉은 근대적인(혹은 깨어있는) 행세를 하지만 안으로는 지극히 봉건적이다. 겉은 합리적인 척하지만 안으로는 음모와 음흉함으로 가득하다. 겉은 서양 서적을 읽는 지식인이지만 안으로는 남의 애인을 빼앗으려는 속물이다. 이러한 이중성을 가장 지저분한 곳에서 벗어던진다.

절정을 치닫는 대목은 요시코가 애인과 육체적 결합을 했다는 사실을 확인한 순간이다. "어차피, 남자에게 몸을 맡겨 더럽혀져 있다. 이대로 이렇게 남자를 교토로 돌려보내고 그 약점을 이용하여 내맘대로 할까"(109쪽)라고 고백한다. 요시코를 아버지 손에 맡기고는 오히려 마음이 경쾌해지기까지 한다. "이백여 리를 산들이 가로막아 이제 그 아름다운 표정도 볼 수 없게 된다고 생각하니 형언할 수 없이 쓸쓸했지만, 그 사랑하는 여자를 경쟁자 손에서 아버지의 손으로 옮겨 놓은 것은 적어도 유쾌한 일이었다."(116쪽) 사랑의 경쟁자에게서 요시코를 빼앗지는 못하고, 차선책을 선택했을 때 얻어지는 기묘한 경쾌함이라니! 아마도 주인공은 야비하고 속물적인 미소를 지었을 게다. 속물근성이 적나라하게 드러난다. 도키오는 자신이 사랑했던 여인을 떠나보낸 후 그녀가 묵었던 방으로 올라간다. 거기서 그녀를 떠나보낸 허탈함과 그리움이 그제야 물밀듯이 올라온다. 주인공은 이불에 얼굴을 묻고 눈물을 떨어뜨린다.

요시코가 늘 사용하던 이불 ― 연두빛 당초무늬의 요와 솜이 두툼하게 들어간 같은 무늬의 요기가 포개져 있었다. 도키오는 그것을 꺼내었다. 여자의 그리운 머릿기름 냄새와 땀 냄새가 말할 수 없이 도키오의 가슴을 설레게 했다. 요기의 비로드 동정이 눈에 띄게 더러운 곳에 얼굴을 갖다 대고, 마음껏 그리운 여자의 냄새를 맡았다.

성욕과 비애와 절망이 홀연히 도키오의 마음을 엄습했다. 도키오는 그 요를 갈고, 요기를 덥고, 차갑고 때 묻은 비로드 동정에 얼굴을 묻고 울었다. 어두컴컴한 방, 집 밖에는 바람이 거칠게 불고 있었다. (126쪽)

마음과 행동이 일치하는 순간이다. 더 이상 그 누구에게도 자신의 속마음을 속일 필요가 없다. 마지막 순간에 도키오의 가면이 벗겨진다. 가타이는 가면 뒤에 가려진 마음을 독자에게 풀어낸다. 이불은 주인공 도키오의 욕망을 받아주는 대상이 된다. 떠나간 요시코의 육체가 되어 도키오의 회한을 풀 수 있는 대체물이다. "머릿기름 냄새와 땀 냄새"는 도키오의 페르몬을 자극한다. 자극된 후각은 기억을 촉발시킨다. 그녀와 얽혀있던 모든 사연들이 한꺼번에 파노라마처럼 스쳐지나갈 게다. 도키오는 여자의 땀냄새를 맡으며 비로소 눈물을 흘린다. 성욕과 비애가 들끓어 오른다. 순간 도키오는 가장 때가 많이 묻고 더러운 "동정"에 얼굴을 갖다 댄다. 가장 더러운 곳에서 솔직해지고, 가장 냄새나는 곳에서 가면을 벗어던진다. 순수함과 회한이 감정이 담긴 복잡한 눈물이 복받쳐 올라온다.

요시코에게 자기 진실한 고백하지 못한 도키오는 이불에 대고 죄를 고백한 꼴이다. 그 이불은 죄를 사해 줄 것인가? 어쩌면 이불은 독자일지 모르겠다. 가타이는 미처 이루지 못한 사랑을 독자에게 전달한다. 노골적이고 비열하고 파렴치했음을 사제 앞에서 고백하듯이, 노골적으로 고백한다. 애인에게 고백하지 않고 독자에게 고백하는 셈이다. 겉으로는 죄를 범하지 않았지만, 속으로는 죄를 지었다고. 독자는 죄인의 고백을 들은 후, 그를 사면해 줄 것인가? 더군다나 그것이 픽션이 아니라 논픽션라면, 어찌할 것인가?

주인공 다케나카 도키오가 가타이 자신이다. 요코야마 요시코는 오카다 미치요라는 실제 인물이다. 미치요는 실제로 가타이 집에 기숙한 일이 있었다. 작가는 실제 사건과 경험을 정리하여 소설로 발표한다. 독자는 소설을 읽으며 작중 인물과 작가를 일치시킨다. 그 밀착 농도가 깊고 짙다. 저널리즘 잡지나 신문지면에 스캔들 기사 1면을 장식할 만하다. 다른 작가 같으면 소설은 픽션일 뿐이라고 임기응변을 늘어놓으며 사실 관계를 밝히지 않으려고 하겠지만, 가타이의 태도는 다르다. 사실을 올바르게 바라보고 낱낱이 제시하려는 자연주의 태도에 입각하여 기꺼이 폭로한다.

시마무라 호께스(1871~1918. 일본 자연주의 대표적 이론 비평가)는 이렇게 말한다.『이불』의 작가는 추한 '마음'을 쓰고 추한 '일'을 쓰지 않았다고. 가타이가 고백한 것은 추한 '일'이 아니라 추한 '마음'이었다고.[5]

『이불』은 발표 즉시 예상하지도 못했을 만큼 엄청난 논쟁을 불러일으키며 사소설(私小說 : 작가 자신이 자기의 생활 체험을 그려가면서, 그동안의 심경을 서술해 가는 작품) 이라는 이름을 얻는다. 그리고 당연히, 다야마 가타이는 문단 권력의 중심에 선다.

II. 사소설과 자연주의

자연주의는 메이지 문학의 귀결이며 다이쇼 시대 이후 문학적 토대이자 일본 근대 소설사의 중요한 축이다. '자연'이라는 개념은 '인공'과 대립할 뿐만 아니라 사회와 대결하는 거점 개념 역할을 수행한다. 프랑스를 중심으로 하는 유럽 자연주의 소설 ―특히 에밀 졸라의 작품―은 1887년경부터 일본에 알려진다. 시마자키 도손의『파계』가 자연주의 출발을 알

---

5) 가라타니 고진, 박유하 옮김,『일본근대문학의 기원』, 민음사, 2007, 105쪽.

리는 신호탄이다. 그러나 자연주의는 본래의 형태와는 다른 방향으로 움직였다. 다카이가 그 방향을 비튼 것이다. 1907년에 9월 『신소설』에 발표된 『이불』은 소설의 비소설화에 길목을 열면서 오늘날 일본 문학의 복잡한 혼란을 초래한다.

졸라이즘Zolaism은 일본에서 한 시대의 유행을 했을 뿐이지 제대로 결실을 맺지 못한다.6) 졸라의 경우 전시대의 낭만파 시인들에 의해 근대적 개인의 자각과 표현이라는 작업이 이룩되었지만7), 일본에서는 상황이 달랐다. 일본 자국 내에서는 러일 전쟁에서 승리한 이후, 국제적 지위가 안정되고 향상됨에 따라 국가의식이 희박해지고, '개인주의'와 '본능주의'가 보급되었다. 지식계급은 메이지 유신 이후 '문명개화' '부국강병'이라는 목적이 달성되었다는 자만심 때문에 결정적으로 사회와 등을 돌린다. 사람들은 도식적인 인간 묘사에 바탕을 둔 폭넓은 사회소설보다는 편협하더라도 개인의 심리를 깊이 파헤친 '진실'의 표현을 요구하고 있었다.

"허위를 버리고 분식을 잊어버리고 통절하게 자신의 현상을 보라 그리고 그것을 진지하게 고백하라"는 시마무라 호께스 말처럼 졸라가 표방했

---

6) 나카무라 미쓰오, 고재석 · 김환기 옮김, 『일본 메이지 문학사』, 동국대학교 출판부, 2001, 185쪽.

7) 프랑스에서도 자연주의 소설이 정점에 달했을 때, 사소설 운동이 일어났다. 바레스가 그렇고 이어서 나타난 지드도, 프루스트도 그렇다. 그들이 각자 어떠한 정점에 도달했다 하더라도 그 창작 동기에는 같은 동경, 즉 19세기 자연주의 사상의 중압으로 인해 형식화된 인간성을 재건하고자 하는 초조감이 있었다. 그들이 작업을 위해서 '나'를 연구하며 실패하지 않았던 것은, 그들의 '나'가 그때 이미 충분히 사회화된 '나'였기 때문이다. 고바야시 히데오, 유은경 옮김 『고바야시 히데오 평론집』, 소화, 2003, 87쪽.

던 '과학'보다 좀 더 극단적으로 개성을 표출하는 형식이 필요했다. 표리 일체 방식 즉, 작가와 주인공이 동일한 인물이라는 제도다.

사소설은 자연주의의 사생아이다. 일본의 자연주의 문학은 독특한 아이를 키워냈다. 그 이유는 무엇일까? 일본인의 주관적인 기질에 원인이 있는 것만은 아닐 것이다. 자연주의 문학이 서구에서 수입되었지만 일본은 문학적 배경인 실증주의 사상을 제대로 키우기에 역부족이었다. 시민 사회 의식이 편협했다. 뿐만 아니라, 일본 작가들은 서양 작가들의 기법에 나타난 개별화된 사상을 받아들였음에도 불구하고 사상은 기법으로만 받아들여졌다. 받아들인 것은 사상이라기보다는 감상이었다.[8] 가타이가 모파상을 발견했을 때, 그는 시대사상의 힘을 바라볼 줄 몰랐다. '천상의 별'을 바라보는 일을 금지당한 그가 자신의 실생활을 선택하고, 그것을 밀착하여 소설을 써낸 것에 만족한 것은 당연한 일이다.

가타이는 성공했다. 가타이의 성공은 자연주의의 틀을 넘어서 일본 근대소설의 골격을 만들어 낸다.[9] 심경을 고백하는 심경소설로서 사소설은 엄청난 파급효과를 가져왔다. 일상생활은 창작에 꿈을 제공하는 최대요인이었지만, 반면에 반항은 소극적이었다. 사소설은 당시에 대단히 참신하고 혁신적인 시도였다. 하지만 일부 문학사가들은 다카이의 『이불』이

---

8) 고바야시 히데오, 유은경 옮김, 『고바야시 히데오 평론집』, 소화, 2003, 88~91쪽.
9) 『이불』로 정형을 부여받은 자연주의 소설은 이후 시마자키 도손의 『집』, 이와노 호메이의 『방랑』 이하의 5부작, 도쿠다 슈세이의 『곰팡이』가 나오면서 사소설을 중심으로 전개된다. 다야마 가타이도 『생』(1908), 『아내』(1909), 『인연』(1910) 3부작에서 그의 가정사를 거리낌 없이 폭로한다. 가타이는 "껍질을 벗기는 고통"이라는 말로 사소설의 창작과정을 표현하기도 한다.

후 좁은 일상 경험만을 진실로 삼고 아무런 구성없이 무이상·무해결의 묘사로 흘러왔다고 주장한다. 특히 사회와 시대를 벗어난 채 자신에게 몰두해 있는 주인공은, 인생의 암흑과, 인간의 추악함만 보고, 천박한 허무와 절망에 빠진다는 공통점을 가진다고 평가하기도 한다.[10]

Ⅲ. 사소설에 대한 이런저런 고찰

러일 전쟁 이후 일본은 자본주의가 발전하고, 생활의 여유가 생기면서 신문 독자들이 비약적으로 증가한다. (당시 저널리즘은 한층 대규모가 되었으며 일류 신문은 수십만의 발행 부수를 갖게 되었다.) 출판 시장도 활기를 띠어 무수한 문학잡지가 발간되고 신진작가들이 무리지어 등장한다. 지문도 구어체 회화가 두드러진 형식이 일반화된다. 출판 시장이 활발해지면서 점차 직업 작가가 발생하기 시작한다. 거대한 분량의 문학전집이 발행되어 판매고가 수십만 부에 이르고, 생각지도 않은 수입이 작가들에게 돌아간다. 이 무렵 저널리즘은 작가를 부자로 만들어 줌과 동시에 구속을 하기 시작한다. 순수문학 작가로서 세상에 나와 유명해지면, 저널리즘이 원하는 상업주의 작품을 써서 통속작가가 되는 길을 걷는 것이다.

직업 작가들은 자유를 원했다. 그들에겐 가정이 걸림돌이었다. 부모나 친척, 아내가 적이 된 것이다. 가타이도 마찬가지이다. 기혼자로서 가정이 주는 구속을 괴로워했다. 개인의 사생활을 감추지 않고 노출하는 일은 주변 사람들에게 영향을 미친다. 사실 인격 침해이다. 사소설 작가의 가

---

10) 고니시 진이치, 김분숙 옮김, 『일본문학사』, 고려원, 1995, 235쪽.

족들은 작가의 희생자이자 동반자였다. 그들의 사랑, 그들의 성, 그들의 기쁨과 슬픔은 그대로 사실로서 구경거리로 내던져졌다. 대신 작가는 작품과 독자를 얻었다.

그럼에도 자기 자신의 사생활을 폭로하는 일을 끝까지 진행하기는 쉽지 않다. 가타이는 작가로 유명해지고 안정적인 수입을 얻어 자유로운 생활에 들어가게 되었다. 그는 대가가 되었고, (걸림돌이었지만) 가정이 있었다. 그러나 『이불』을 썼을 때만큼 치열하게 자기 폭로를 할 수 없었다. 다이쇼 시대가 진행됨에 따라 그는 명사가 되고 신사가 되지 않으면 안 되었다. 사소설 계열 작가들은 정치적으로 또 사생활 면에서 연기적인 행동을 하게 되어 한계에 부딪혔다.[11]

사소설의 주인공은 패배한 자, 학대받는 자, 절망한 인간, 연애의 실패한 사람, 혹은 병자 아니면 가난한 사람들이기 때문이다. 즉 고난 속에 놓여있는 인물 곧 작가의 현실이 사소설을 이루는 배경인 셈이다.[12] 그러나 고난을 뚫고 나온 사소설의 작가가 유명세를 타는 순간, 그는 연기를 하거나 습관적인 가면을 쓰게 된다. 사소설로 성공한 작가들은 '나'를 찾

---

11) 이토 세이, 고재석 옮김, 『근대 일본인의 발상형식』, 소화, 1996, 88~92쪽.
12) 가타이의 주인공들도 사랑에 패배한 자들이다. 『시골선생』의 주인공 세이조도 미호코를 사랑하지만, 그녀에게 자신의 감정을 고백하지 못한다. 이쿠지 여동생 유키코가 그를 사랑하지만 그녀의 사랑은 눈에 들어오지 않는다. 세이조는 대도시로 진출한 친구들에 비해 시골에서 교사 노릇을 해야 하는 자신의 신세를 한탄한다. 세이조는 추락한다. 나중에 자신의 제자가 세이조를 좋아했지만 그 제자 역시 세이조에게 고백을 하지 못한다. 세이조가 죽은 뒤 무덤가에서 구슬피 울 뿐이다. 자기 자신에 대한 불만, 현재 위치에 대한 불안, 끊임없는 비교, 그 소극적 자세들이 세이조를 죽음으로 내몬 것이다. 마음은 지극했지만 행동은 소극적이었다. 시골선생 세이조는 유곽에 찾아오는 뭇 남성들에게까지 질투를 느낀다. 세이조는 어느 누구에게도 진실을 고백하지 못하고 죽어간다.

기 어려워진다. 그리고 출판 저널리즘과 문단 권력 사이에서 길항 관계에 빠진다.

가타이는 자신의 생활을 연기하지 않으려고 했다. 그는 생래적 경향이었던 감상적인 스타일로 작품경향이 바꾼 것이다. 『시골선생』에서는 사건을 조사하여 평범하고 가난한 주인공의 생활을 담담하게 묘사해 나간다. 주인공이 시골 풍경(미로쿠 지역)이라 할 만할 정도로 그 지역 풍경을 구체적이고 담담하게 전달한다. ('평면묘사'이론이라고 한다) 말년에는 종교에 관심을 보이는 소설을 쓴다. (『세월은 지나간다』『어느 스님의 기적』『또 다시 초원으로』)

사소설은 허구를 배척하고 작가의 사생활을 그대로 묘사한다는 딜레마를 가지고 있다. 소설의 핵심이라 할 수 있는 허구 영역을 최소한으로 좁혔기 때문이다.[13] 그 결과 작중 인물에 대한 비평이 곧 작가에 대한 비평으로 동일시되고, 작품 비평이 예술비평보다는 윤리적 비평으로 한정되는 결과를 초래한다. 작중 인물의 행위가 그대로 작가의 책임이 된 것이다. 또한 작가 입장에서는 실생활을 모조리 우려낸 다음이 문제이다. 표현의 소재를 잃어버린 소설가는 물을 다 길어버린 마른 우물이 된다. 다른 관점에서 보면, 자기 경험을 고백하고 폭로할수록 작가는 '정화'되고 순수해진다는 역설도 가능하다. 당시 문인들은 이런 기능 때문에 사소설이란 '나'의 순화로 향하는 '순수소설론'이라고 말하기도 했다.

---

13) 사소설 『이불』내용을 실증적으로 고증하려는 시도가 있기도 했다.

IV. 고백이라는 권력

> 무슨 선형동물이나 되는 듯이 입안에서 꼼지락거리는 것이 있었습
> 니다 오래전 지층처럼 하악下顎이 벌어졌습니다만, 알다시피 무척추
> 동물은 화석이 되기 어렵지요 진흙이나 자갈을 부어 입을 막은 것은
> 아니라 해도 저 습곡 안에 사는 동물은 소심한 것이 분명합니다 아니
> 라면 동굴생물처럼 맹목이어서 들숨과 날숨 사이에 숨어 안팎을 가늠
> 하고 있겠지요 아무래도 횡격막 위쪽에는 사연의 저장고가 있고 우기
> 가 지나간 다음에는 창고 대방출이 필요한 고백기告白期 같은 것이 있
> 나 봅니다 그것도 아니라면 자웅동체인 저 동물, 스스로 얽혀 무슨 입
> 맞춤이라도 흉내 내려는 것인지요
>
> ─권혁웅, 「고백」 전문(『문학사상』, 2009, 4월호)

권혁웅 시인이 직관적으로 간파했듯이, 저 고백이라는 동물은 "스스로
얽혀" 그 무엇을 "흉내"내려고 한 것이었을까? 그 고백의 이면에 감추어
진 것은 무엇이었을까? 그리고 왜 항상 패배자만 고백하고 지배자는 고백
을 하지 않는 것일까?

고백은 또 하나의 권력의지이다. 고백은 참회가 아닌 것이다. 권력의지
를 갖고 있는 사람들은 고백을 시작한다. 고백은 자칫 나약해 보이는 몸
짓 속에 자신의 음흉한 의도를 감춘다. 분명히 목표를 앞에 두고 있고, 그
목표가 달성되면 대상을 지배할 것을 꿈꾼다. 가타이는 더 크게 참회하고
고백해야 할 무엇인가 있었을 게다. 그러나 그것을 고백하지 않고 시시한
것을 고백했다. 여기에 '고백'이라는 특수성이 있다.14)

---

14) '아무 것도 감추고 있지 않다. 여기에는 진실이 있다. 너희들은 진실을 감추고 있다.
   나는 보잘 것 없는 인간이지만 진리를 말했'라고 말하는 것은 자기 합리화일 뿐

다시 출발점에서 생각해 보자. 가타이의 『이불』이 왜 그렇게 센세이션 널하게 받아들여졌을까? 이것은 작품에서 처음으로 '성(性)'이 그려졌기 때문이다. 그때까지 일본 문학에서 나타난 '성'과는 완전히 다른 '성', 억압에 의해 비로소 존재하게 된 '성'이다. 이 새로움이 가타이 자신도 생각하지 않았던 충격을 가져다주었다. 가타이 『이불』이 서구소설에 가까웠던 시마자키 도손의 파계보다 큰 영향을 미쳤던 것은 고백, 진리, 성(性) 세 가지가 결합되어 나타났기 때문이다.

고대 일본인에게는 연정(戀情)은 있었으나 연애는 없었다. 근대 문학은 사랑을 유입시켰다. 서양문학을 읽는 일 자체가 연애를 자극하는 일이었다. 서양문학은 작품을 통해서 사랑을 학습시킨다. 연정이 아니라 사랑이라는 새로운 세계는 근대화 과정에서 새롭게 유입된 감정적 열병이므로. (가타이나 도손 역시 한때 기독교 신자였다.) 직접 기독교를 믿지 않더라도 문학을 통해 사랑은 전이된다. 연애에 사로잡힌 자가 그 내면을 '자연'으로 생각하면, 그는 부지불식간에 이미 기독교적으로 전도된 세계를 '자연'으로 받아들인다.

여기서 가라타니 고진은 '주체'의 문제를 언급한다. 지금에 와서 보면 주체/객체라는 근대적 인식론이 자연스러워 보이지만, 이 자명함 때문에 은폐된 사실이 보이지 않았다. 그는 기독교적인 가치의 전복을 설명한다. 주인임을 포기함으로써 주체로 설 수 있다는 정신적 역전 상황이다. 주체

이다. 진리란 사실은 아무도 두말 못하게 만드는 권력이다. 고백이라는 제도를 유지시켜 주는 것은 이러한 권력 의지이다. 현대 작가가 '나는 어떤 관념도 사상도 주장하지 않는다. 나는 그저 쓸 뿐이다.'라고 말한다. 그러나 그것이야말로 고백에 따라다니는 전도이다. ―가라타니 고진, 『일본근대문학의 기원』

란 다신론적 다양성의 억압에 의해 성립한다. 신에게 완전히 복종함으로써 주체가 획득되는 것이다. 이 지점에서 가라타니 고진은 근대적인 주체가 처음부터 존재하는 것이 아니라 일종의 전도로서 나타났다고 주장한다. 표현해야 할 내면이란 처음부터 있었던 게 아니라, 하나의 물질 형식에 의해 존재 가능해진다. 즉 고백이라는 형식이 성립되면서 고백해야 할 자기에 대한 의식이 생겨났다는 사실이다.

여기에 고백이라는 제도가 발생한다. 고백은 외적인 권력으로부터 온 것이 아니라 거꾸로 외적인 권력과 대립하여 발생한다. 가타이가 "나 혼자 뒤떨어진 것 같은 기분이 들었다. (중략) 세상에 대해서 싸우는 동시에 나 자신에 대해서도 용감하게 싸우려고 생각했다. 숨겨 두었던 것, 덮어놓았던 것, 이렇다고 털어놓으면 자신의 정신도 파괴될 것처럼 생각되는 것, 그러한 것도 드러내 보이려고 생각했다."고 말하는 것은 고백을 통해 생겨난 주체의 확인이다. 더불어 문단 권력으로 들어가고자 했던 욕망의 표현이다.

고백을 통해 생겨난 '주체'는 근대 국가 성립과 긴밀히 연결되어 있다. 이런 의미에서 메이지 20년대에서 메이지 30년대 초반에 걸쳐 기독교적이었던 사람들이 자연주의로 행해 갔다는 것은 이상할 일이 아니다. 그들이 찾아낸 육체 혹은 욕망은 억압 속에서 존재하는 것이기 때문이다.

가라타니 고진은 문학에서 주체가 성립하는 과정이 근대국가의 성립 과정과 대응한다고 설명한다. 중요한 것은 같은 시기에 주체와 내면이 형성되었다는 점이다. 극과 극은 통한다. 체제 측면에서 근대적 자아를 확립해 나갈 때 '내면'을 강조하는 측면에 섰던 사람들 역시 서로 보완해주는 관계였다. 국가와 내면의 성립은 대립적으로 보이지만, 서로 보완하며 서로의 기원을 은폐하고 있던 가면이었다.

오늘날 자명한 것으로 생각하는 개념들은 그 시기에 만들어진 제도에 불과하다. 가타이는 '감추어 둔 것'을 고백했다고 말하지만 사실은 그 반대다. 오히려 고백이라는 제도가 성(性)을 찾아낸 것이다. 고백은 단순히 죄를 고백하는 일이 아니다. 가타이는 '마음'을 썼고 '일'을 쓰지 않았다고 시마무라 호께쓰가 말한 바 있다. 그러나 마음은 처음부터 존재한 것이 아니라 결과적으로 존재한 것이다.

여기서 필자가 가라타니 고진을 끌어들인 이유는 근대에 이르는 길이 제국주의에 이르는 길임을 이 이론가가 명확히 알고 있기 때문이다. 일본은 천황을 구심점으로 하는 국가의식=근대주체 의식을 위한 '자기' '내면의식'이 필요했고, 그 내면을 실체화 한 것이 문학의 역할이었다는 사실이 이 내면 —주체에 대한 공동체의 믿음은 타자의 타자성을 인정하지 않는 전략[15]이었다. 자기 내면에 집중한 '자연'과 '풍경' 혹은 '고백'이 타자를 인정하지 않는 전략이었던 셈이다. 고백 뒤에 가려진 가면, 그 이면의 전도된 가치들에 근대성의 모순이 숨어 있었다.

가라타니는 '내면'으로 침잠한 배경이 메이지 10년대 정치적 좌절에 있다고 본다. 그리고 그것은 1970년대에도 다시 반복된다. 한국 문학도 이와 같은 흐름을 타고 있다. 1970년대 민중, 민족, 노동 등 거대담론이 사

---

15) '풍경'의 발견은 외부세계에 등을 돌린 '내면적 인간'에 의해 이루어짐을 밝힌다. 구티키다 돗포의 홋가이도 발견을 예로 든다. 그가 발견한 풍경은 사실 홋가이도의 식민지화를 정당화시키는 일이기도 했다는 사실이다. 바로 아이누인이라는 타자의 타자성을 보지 않은 것이다. 이것은 콜롬버스에 의한 아메리카 대륙 발견이 사실은 아메리카 인디언의 배제와 살육으로 이어졌다는 사실과 궤를 같이 한다.

라진 자리에서 육체, 성(性), 욕망, 주체, 판타지, 회고담 등등 다양한 담론들이 우후죽순처럼 뒤섞이며 '개인'과 '내면'에 집중하는 경향을 보였다. 2009년에는 '시와 정치, 혹은 정치성'이라는 논의들이 자크 랑시에르라는 이론가의 언어로 '감성의 분할' '감각의 재분배'등의 개념으로 재논의되기도 했다. '문학의 정치는 작가의 정치가 아니다. 그것은 작가가 자신이 사는 시대에서 정치적 또는 사회적 투쟁을 몸소 실천하는 참여를 의미하지 않는다. 순수성 자체도 문학의 정치와 무관한 것이 아니므로'16) 직접 현실에 참여했든, 참여하지 않았든 간에 문학은 이데올로기로 기능하는 것이다. 어떤 맥락에서 어떻게 배치되느냐에 따라 각도가 달라질 뿐이다. 정치성에서 자유로운 문학은 없다.

일본 근대 사소설의 시작을 알렸던 『이불』. 다야마 가타이는 무의식 중에서 고백의 이면을 욕망하고 그것을 성취해 냈다. 사소설이었지만, 사실 모든 것을 폭로하고 까발리지는 않았다. 그도 이불을 쓰고 거리를 조절했다. 소설 이불을 실증적으로 증명하려는 사시도가 있었지만, 그 모든 것이 사실은 아니었다. 가타이 역시 자신에게 맞는 적당한 '가면'을 쓰고 있었다. 그의 이불은 근대를 덮고 있는 봉건주의였고, 욕망을 가리는 욕망의 가부장적 허위의식이었다. 이불 바깥과 이불 속의 경계에 따라 권력을 손에 쥘 줄 알았다. 안과 바깥의 괴리와 갈등을 고백함으로써 가타이는 메이지식 근대화가 보여준 과도기적인 근대성의 한계까지 보여주고 있다. 소설적인 것과 비소설적인 것의 경계에서, 내셔널리즘과 제국주의

---

16) 자크 랑시에르, 유재홍 옮김, 『문학의 정치』, 인간사랑, 2009, 9쪽.

의 경계에서, 고백이라는 제도를 무사히 활용한 것이다. 타자의 타자성이 배제되었을 뿐.

사소설은 여전히 흘러 다닌다. 저널리즘과 독자의 놀라운 반응을 이끌고…….17)

---

17) 최근에 프랑스 작가 아니 에르노의 소설 『단순한 열정』, 『탐닉』, 『집착』을 읽었다. 에르노 역시 제신의 체험을 적나라하게 고백하는 글쓰기를 펼쳐 보이는 작가였다. 자전적 에세이와 소설의 경계를 허무는 그녀의 소설은 저널리즘과 독자를 몰고 다니며 문단의 이슈로 떠올랐다고 한다. 더군다나 에르노와 격렬한 사랑을 나눈 제자 필립 빌랭 역시 그녀의 소설 쓰기 방식을 그대로 따라한 작품 『포옹』을 발표했다.

푸른빛 세상을 그리워했던 단재 신채호

― 아나키즘과 『용과 용의 대격전』

Ⅰ. 물꼬를 내며

나도 처음 보는 하늘이다. 님 나신지 3500년 경부터 하늘이 날마다
푸른빛을 날고 보얀 빛이 시작하더니, 한 해를 지나 두 해를 지나
4240여년 오늘에 와서는 푸른빛은 거의 없어지고 소경눈 같이 보얗게
되었다. 그런 즉 대개 700년 동안에 난 變이요, 이 앞서는 이런 變이 없
었나니라.

단재 신채호[1]의 대표적인 소설인 『꿈
하늘』에 나오는 한 구절이다. 신채호에
게 상서로운 푸른빛은 어떤 의미였을까?
그리고 무엇이 그토록 아름다운 푸른빛
을 빼앗아가 소경눈처럼 아무것도 보이
지 않는 희끄무레한 보얀 빛만 남겨 놓게
했을까?

---

1) 단재 신채호는 한국사학을 근대적인 학문으로 성립시키는데 큰 공을 세웠다는 평가

신채호는 푸른빛을 잃어가기 시작한 3500년경을 '조선역사상 일천년래 제일대사건'이라 부르고 있다. 3500년이라 하면 1167년으로 1135년 묘청의 난이 있었고 1145년 김부식이 『삼국사기』를 완성한 시기2)를 미루어 짐작할 수 있다. 신채호는 우리나라가 민족의 자주성을 잃고 중화사상의 노예로 전락한 시기를 3500년경으로 잡는다.3) 신채호는 왜, 어째서, 칼날 같은 비수를 품고 있는 서릿발 서린 목소리로 '조선역사상 일천년래 제일대사건'이라 하며 목 놓아 통곡하고 있는 것일까? 그렇다면 푸른빛이 돈다

를 받는 인물이다. 그의 역사학이 역사관 측면에서 주자학적 명분론, 정통론, 존화사대주의적 세계관, 순환사관 등 중세적인 역사관을 극복하고 근대적 합리주의, 근대적 세계관, 발전사관 등 근대적인 역사관을 제시했기 때문이다. 또한 역사이론 측면에서도 자료의 해석과 역사서술에서 객관성, 사실성, 체계성, 종합성 등을 강조함으로써 한국사학을 근대적인 역사과학으로 끌어올리고자 노력하였다. 신채호는 한국 근대 민족주의 역사학을 성립시킨 장본인으로 평가받고 있다. 이러한 흐름은 1930년대 정인보, 문일평, 안재홍 등에 의해 더욱 발전되어 나가고 1940년대 손진태, 안재홍 등에 의해 관념론적인 한계를 극복하면서 신민족주의 사학으로 비약하게 된다고 평가받고 있다.

북한 학계의 평가는 애국계몽운동(북한에서는 애국문화운동)이라는 범주 속에서 그의 활동을 반침략, 반봉건 투쟁으로 규정하고 있다. 그리고 "반일 민족해방운동의 열렬한 투사로 활동한 만큼 당시 어떠한 계몽사상가보다 이론적으로 실질적으로 높은 위치에 있다"고 평가한다. 그리고 북한학계에서 정설화 되고 있는 고대사 체계의 문제의 중요한 측면들, 예를 들면 고조선의 위치문제, 낙랑군 문제, 고구려사 중심의 고대사 인식, 신라삼국통일에 대한 부정적 시작 등은 학설사적으로 소급하면 단재의 영향이 있었을 것이라고 본다.─역사문제연구소,「신채호 ─투쟁 속에 살다간 민족주의자」,『남북 역사학의 17가지 쟁점』, 역사비평사, 1998, 107~112쪽.

2) 이선영,「신채호 문학의 민족과 민중」,『신채호』, 고려대학교 출판부, 1990, 245~246쪽.

3) 신채호는 묘청과 김부식의 대립을 '국풍파'와 '한학파'의 대립으로 파악하였다. 묘청으로 대표되는 국풍파는 '독립당'이요 '진취사상'이고, 김부식은 '사대당'이요 '보수사상'을 대표하는 것으로 이해했다.

는 우리 민족은 어떠한 모습이었을까? 신채호는 무슨 세상을 꿈꾸었던 것일까? 그가 꿈꾸던 세상에 아나키즘은 어디쯤 자리하는 것일까?

ll . 한국, 아나키즘의 수용 과정

국내에서는 이미 19세기 말 『한성순보』에 서유럽의 사회당이나 러시아 허무당을 소개하는 기사가 실렸다. 20세기 초에는 『만국공보』같은 중국 잡지나 량치차오, 고토쿠 슈스이[4]의 저술 등이 들어오면서 테러리즘과 사회주의를 소개하는 글들이 알려졌다. 아나키즘에 대한 국내 최초 기록은 신채호가 황성신문사에 재직하던 1905년 고토쿠 슈스이의 『장광설』을 읽은 후에 아나키즘을 공감했다고 한다. 그 후 1917년 러시아 혁명, 1919년 3 · 1운동이 국내에 아나키즘을 포함한 사회주의를 전파하는데 큰 자극이 되었다. 하지만 초창기에는 마르크시즘 · 국가사회주의 · 아나키즘 등을 명확히 구분하지 못하는 일이 흔했다. 중국 사회도 마찬가지였다. 갑작스레 쏟아져 들어오는 외래 사조들을 제대로 파악하기란 쉽지 않았다.

일제 강점기 하에 국외에 있는 한인들은 국내보다 사상 통제가 덜하기 때문에 그 활동을 더 활발하게 전개한다. 일본에서는 1917년 러시아 혁명을 전후로 아나키스트를 자처하는 한인들이 나타난다. 재일 한인 아나키스트 운동은 일본 아나키스트 운동과 밀접한 관련을 맺으며 발전한다. 과거 중국인 혁명가들이 고토쿠 슈스이의 영향을 크게 받았다면, 한인들은

---

4) 고토쿠 슈스이는 마르크시스트에서 아나키스트로 전향한 인물이다. 일본 군국주의에 대한 비판과 동아시아 혁명가들이 연대해야 한다는 주장이 인상적이다. 제국주의의 길을 걷는 일본 사회에서 처음으로 반제 · 반전의 기치를 들었다는 점과 아나키즘을 노동운동과 결합했다는 점에서 높이 평가한다.

그의 제자 오스기 사카에에게 영향을 받았다. 수용 시기가 달랐기 때문에 이런 차이가 나타났을 것이다. 20년대 초 한인 유학생 일부가 오스기 사카에 같은 일본인 아나키스트들과 접촉했고, 일본인 아나키스트 단체에 하나 둘 가입하기 시작한다. 그리고 1921년 11월에는 마침내 한인 유학생들이 독자적으로 '흑도회(黑濤會)'란 단체를 조직한다. 흑도회는 박열, 김약수, 김판권 등이 결성한 단체로, 한국의 동정을 일본 지식인들에게 알리기 위해 지관지『흑도』를 발행한다.

중국에서 활동하던 한인 독립운동가들이 언제부터 아나키즘을 수용했는지는 분명하지 않다. 1911년 신해혁명이 일어난 즈음 많은 한인들이 중국에 건너가 이 혁명에 참가했는데, 그들 일부가 아나키즘을 접한다. 1910년대 중국 사회를 풍미했던 대표적인 사회주의가 바로 아나키즘이었기 때문이다. 1913년 중국 상하이로 건너온 신채호는 고토쿠 슈스이의 글은 물론 스푸5)의 글도 읽은 것으로 보인다. 또한 1917년 8월 상하이에서 건립한 신규식의 조선사회당은 비록 아나키스트 단체는 아니지만, 이미 한인 사회주의자나 아나키스트가 많이 있었음을 말해준다.

중국 내 한인들이 아나키즘을 수용하는 데는 무엇보다도 중국인 아나키스트와 직접 교류한 것이 중요한 역할을 한다. 신채호는『천고』를 발행할 때 베이징 대학 도서관을 자주 이용하였는데, 그곳에서 중국인 아나키스트 리스쩡의 도움을 받았다. 그 이후에도 이 두 사람은 두터운 친분을

---

5) 스푸는 중국 아나키즘의 시작과 끝을 한꺼번에 보여주는 상징적 인물이다. 처음에는 종족주의적 혁명가로 출발해 나중에 아나키스트로 변화한다. 이 과정에서 테러리스트의 뜨거운 열정과 청교도적인 수도자의 이미지가 골고루 담겨 있다. 그의 사상은 중국적 전통 단절과 서구적 근대의 수용이라는 중요한 문제를 담고 있다.

나누었다. 또 다른 한인 아나키스트 이을규와 이정규 형제도 중국인들의 도움을 받아 아나키스트 이론가로 성장한다. 이정규는 크로포트킨의 여러 저작을 번역한 이론가로 '무정부주의연맹의 필봉'이라고 알려져 있다. 그는 이상촌 건설 운동이나 동아시아 지역 아나키스트의 연대에 관심이 많았으며 훗날 중국 아나키스트가 주도한 각종 사회운동에도 적극 참여한다. 또한 유자명, 이회영, 정화암, 백정기 같은 독립운동가들도 비슷한 과정을 거쳐 아나키즘을 받아들이고, 1924년 4월 마침내 재중국조선무정부주의자연맹을 결성한다.[6]

　한국 내에서도 노동자와 농민의 이익을 대표하던 '조선노동공제회'에서 고순흠, 나경석 같은 아나키스트들이 적극적으로 활동했다. 이들은 협동조합을 조직해서 대안적인 경제를 구상하기도 했다. 1927년 '관서흑우회'가 결성되어 "현재의 국가 제도를 폐지하고 코뮌을 기초로 한 자유 연합적 사회 제도를 건설할 것, 현재의 사유재산 제도를 폐지하고 지방 분산적 산업 조직으로 개혁할 것, 현재의 계급적 · 민족적 차별을 철폐하고 전 인류의 자유 · 평등 · 우애를 건설할 것"을 주장한다. 한국의 아나키스트들은 일제 강점기라는 현실에서 벗어나기 위해 1920년대 초반까지 독자조직을 결성하거나 독자 노선을 고집하기 보다는 다른 세력(특히 사회주의자들)과의 연대를 모색했다. 그러나 1920년대 후반 좌우익 합작 세력인 '신간회'가 결성되고 사회주의 진영과 대립한 '아나―볼'논쟁[7]을 거치

---

6) 조세현, 『동아시아 아나키즘, 그 반역의 역사』, 책세상, 2001, 101~105쪽.

7) 하승우, 『아나키즘』, 책세상, 2008, 63쪽. 아나―볼 논쟁 : 아나키스트와 사회주의자들이 함께 만든 '조선노동공제회'가 무너졌고 서로에 대한 비판의 목소리가 점점 높아졌다. 그러다 예술계에서 본격적인 논쟁이 시작되었다. 사회주의 계열의 작가 모임인 '카프'는 문학이 계급 운동을 지원하는 역할을 해야 한다고 주장했고, 아나키스

면서 아나키스트들은 다른 운동세력과 결별하게 되었다.

한국에서 아나키즘 운동이 활성화된 이유는 다른 동양 사회처럼 계와 향약, 두레, 품앗이처럼 마을 단위로 서로 돕고 보살피는 전통이 있었기 때문이다. 하지만 한국의 아나키즘은 탄압을 받았고, 외국에서 항일운동을 벌이던 아나키스트들이 귀국해 독립노동당을 만들고 정치활동을 펼치기도 했지만 자본주의를 따르는 남한의 군사독재정권과 공산주의를 표명하는 북한 모두 아나키스트를 거부했다.[8]

III. 신채호, 그 치열한 사상적 전환

학계에서는 신채호의 사상적 변화지점을 크게 세시기로 구분해 본다. 첫째, 1905년~1908년 언론을 통한 계몽운동시기이다. 이 시기 개화 자강론, 실력양성론이 우세했던 것은 당시 유행하던 '사회진화론'의 영향 때문이다. 스펜서의 사회진화론은 양

「1955년 발행된 율지문덕 책내의 율지문덕 장군 초상(박노수)」

트 문인들은 이를 반박했다. 김화산을 비롯한 아나키스트 문인들은 예술이 사회운동의 도구로 활용될 수는 있지만 자율성을 잃으면 안 된다고 강조했다. 이 논쟁은 1926년에 시작되어 다음해까지 이어졌는데, 결국 예술계를 넘어 사회 운동 전체의 논쟁으로 확대되었다. 이 논쟁은 아나키즘과 마르크스—레닌주의의 쟁점을 분명하게 드러내면서 사상을 발전시키고 서로의 약점을 보완하는 긍정적인 효과를 발휘하기도 했다. 하지만 1930년대가 되면 아나키스트와 공산주의자들은 완전히 등을 돌리고 서로를 암살하기도 했다. 만주에서 '한족총연합회'를 만들어 농촌 코뮌을 만들던 김좌진도 고안주의 계열에게 암살당했다. 논쟁이 사상의 다툼을 넘어 서로의 존재를 부정하는 방향으로 나아간 것이다.

8) 하승우, 『아나키즘』, 책세상, 2008, 62쪽.

계초의 『음빙실문집』을 통하여 국내 지식인에게 소개되었는데, 이는 국제질서를 생존경쟁과 약육강식의 논리로 이해하는 것이었다. 1907년 신채호는 양계초의 『이태리건국삼걸전』을 번역하고, 을지문덕, 이순신, 최영 장군의 전기를 집필한다. 그는 우리 역사상 영웅 및 위인들의 업적을 깨우침으로써 국권수호의 의지를 고양시키려 한 것이었다.[9]

둘째, 1909년~1920년 초 국외 독립운동에 참여한 시기이다. 이 시기 신채호는 비타협적 투쟁노선을 일관되게 주장한다. 그는 의병과 독립군의 무력항쟁을 뒷받침하기 위한 교육과 실업의 진흥이 필요하다고 보았다. 1910년에는 국권 피탈로 국내 활동이 어려워지자 신민회의 국외 독립군 기지 건설을 추진하였고, 그해 4월 안창호와 함께 망명길에 오른다. 1914년에는 대종교(大宗敎)[10] 교주인 윤세복에게 동창학교 교사로 초빙

---

9) 신채호는 김규식, 이광수에게 영어를 학습하며 칼라일의 『영웅숭배론』 원서를 독파할 만큼 어학능력을 갖추었다. 강만길(「신채호의 영웅, 국민, 민중주의」, 『신채호』)은 애국계몽기의 신채호는 영웅주의적 사관에 깊이 빠져 있었다고 분석한다. 그리고 거기서 곧 탈피하여 민중주의 사관으로 옮겨갔다는 것이다. 신채호의 영웅은 '상제'가 하사할 때 나타날 수 있는 것이며, 인간사회 스스로의 조건에 의해 나타나는 것은 아니었다.

10) 대종교는 단군신앙을 기반으로 한 한민족 교유의 종교로 일제하 독립운동 전개과정에서 주목할 만한 업적을 남겼다. 1909년 교조 나 철에 의해 단군교란 명칭으로 창시된 이 종교는 1910년 8월 대종교로 교명을 바꾸었다. 이후 대종교는 45년 8월

되어 서간도에 간다. 이후 1년간 만주지역에 산재한 고구려 및 발해의 유
적지를 답사한다. "집안현의 유적을 한 번 보는 것이 김부식의 고구려사
를 만 번 읽는 것보다 낫다"고 피력할 만큼 신채호는 큰 감명을 받는다.
이 체험은 이후 고대사를 저술하는데 커다란 뿌리가 되었다.

셋째, 1920년~1936년 옥사할
때까지 아나키스트로서의 신채
호이다. 1919년 3·1운동을 북경
에서 맞이한 그는 대한민국임시
정부를 수립하기 위하여 상해로
가서 임시의정원 의원 및 전원위
원회 위원장 활동을 한다. 그 후
임정과 독립노선을 견제하면서
『신대한』을 창간한다. 1920년 9
월에는 박용만, 신숙 등과 군사통일준비회를 발기하여 임시정부의 외교
노선을 비판하고 임시정부 개편을 주장한다. 한편 유자명(柳子明) 및 중
국 아나키스트들과 교류를 시작한다. 그는 크로포트킨,[11] 바쿠닌,[12] 프루

해방을 맞이하기까지 대종교는 한민족 고유의 사상과 독립, 자존의 한 상징으로서
민족종교의 성격과 위상을 확고히 한다. 실제로 독립운동을 주도한 민족주의 계열
운동가 가운데 교조 나철, 김교헌, 윤세복, 박은식, 김좌진, 신규식, 이동녕, 이시영
등 많은 독립운동가들이 직·간접적으로 대종교를 신봉하거나 관련을 맺고 있다.
신채호의 『조선사론』은 대종교의 민족주의적 역사인식을 반영하고 있다. 신채호
나이 35세에 대종교가 세운 동창학교 교사로 근무하면서 『조선사론』을 집필하였
다. 이러한 연고가 있기 때문에 대종교 『교보』에 신채호의 글이 실려 있다. 한국민
족운동사연구회편, 『한국민족운동과 종교』, 국학자료원, 1998, 439~444쪽.
11) 모스크바 출생. 명문귀족 출신으로 상트페테르부르크의 수습기사단(修習騎士團)
에서 공부한 후 1년 동안 알렉산드르 2세의 부관으로 근무하였다. 1862~1867년

동 등의 저작과 유사복 및 이석중 등의 논설을 통해 아나키즘에 심취한다. 23년에는 의열단의 이념과 노선을 명문화시킨 『조선혁명선언』을 집필하기도 한다. 또 상해에서 소집된 국민대표회의에 창조파의 일원으로 무장투쟁노선을 견지하는 새로운 임시정부의 수립을 주장한다. 1927년 9월에는 한국, 중국, 일본, 대만 월남, 인도 등의 아나키스트들이 동방무정부주의자연맹에 참가한다. 1928년 4월 동방무정부주의자연맹은 한국 내에 독립운동 선전기관의 설립과 일본인 건축물 파괴를 위한 폭탄제조의 설치 등을 결의한다. 그러던 중 타이완 치룽 항에서 일제 경찰에 체포된

육군장교로 군대생활을 하였다. 그 사이 지리학에 흥미를 갖게 되어 군적(軍籍)을 떠나 상트페테르부르크로 돌아와서 연구를 계속하였다. 1872년 스위스에서 무정부주의자 바쿠닌파(派) 사람들을 만나 그 사상에 동감, 귀국 후 혁명단체에 가입하여 상트페테르부르크와 모스크바의 노동자·농민들에게 선전활동으로 인해 1874년 체포·투옥되었다. 2년 후에 탈옥하여 스위스·프랑스 등지를 전전하면서 공산주의적 무정부주의자로서 문필·선전활동을 계속하였다. 프랑스에서 폭동을 주도하였다는 혐의로 3년간 감금되었다가 1886년 석방되어 영국으로 건너갔다. 1917년 2월 혁명 후 귀국하여 A.F.케렌스키 임시정부를 지지하였고, 10월 혁명 후에는 볼셰비키당의 독재에 반대하다가 냉대를 받았다.

12) 트베리의 부유한 귀족 출신으로 상트페테르부르크 포병학교를 졸업한 후 군인이 되었으나, 1834년 군대에서 나와 모스크바로 갔다. 여기서 스탄케비치 서클(19세기 초에 이루어진 모스크바의 문예서클)에 가입하여 벨린스키, 헤르첸 등과 교제하였으며, 독일철학(특히 헤겔)을 공부하였다. 1840년 유럽으로 나와 점차 혁명적인 범(汎)슬라브주의와 무정부주의로 기울어졌다. 오스트리아—헝가리제국의 붕괴와 모든 슬라브민족의 연방을 기대하여, 1848년 프라하의 봉기와 1849년 드레스덴의 봉기에 참가하였으나, 체포되어 러시아정부에 넘겨져 1857년 시베리아에 유형되었으나, 1861년 탈출하였다. 1863년 폴란드에서 일어난 무장봉기에 참가하였으며, 1864—1868년 이탈리아의 혁명운동에 관계하였다. 1868년 스위스로 이주하여 사회민주동맹을 설립, 제1인터내셔널에서는 마르크스와 격렬하게 대립하였다. 그의 급진적인 무정부주의는 에스파냐·이탈리아·러시아의 혁명운동에 커다란 영향을 주었다.

다. 신채호는 1930년 4월 10년형을 언도받고 뤼순 감옥으로 옮겨진다. 그는 기나긴 옥중 생활로 인해 건강이 악화되고 있었다. 출옥 1년 8개월을 앞둔 1936년 2월 21일, 발해만의 차가운 겨울바람을 맞으며 푸른 수의를 입은 채 뜨거운 삶을 마친다.13)

IV. 신채호와 아나키즘

아나키즘을 말하기 위해서는 19세기 후반 무렵 유럽의 지적 흐름을 살필 필요가 있다. 1860년 전후, 유럽 과학계의 저작들은 인간의 자연관, 생명관, 특히 사회생활에 관한 견해에서 일찍이 볼 수 없었던 저술을 만나기 때문이다. 다름 아닌 찰스 다윈의 『종의 기원』이다. 『종의 기원』에서 다윈은 '과도한 번식으로 말미암아 자연히 경쟁이 일어난다'고 말하면서 '생존경쟁은 동종 및 변종 사이에서 가장 격렬하다'고 했다.14) 이러한 다윈의 진화론은 제국주의 이론적 기반으로 자리 잡게 된다. 헉슬리(Henry Huxley)와 스펜서(Herbert Spencer)의 역할이 크게 작용한다.

그런데 크로포트킨은 1888년 헉슬리의 「생존경쟁과 그것이 인류에게 미치는 영향」이 발표되자 이 논문이 제국주의를 정당화하는 논리라는 사

---

13) 이범직·김종연, 「민중이 주인이 되어야 한다―단재 신채호의 역사인식」, 『한국인의 역사인식』, 창작과비평사, 1999, 270~272쪽.
14) 크로포트킨, 김유곤 옮김, 『크로포트킨 자서전』, 우물이 있는 집, 2003, 631쪽.

실을 간파한다. 그래서 1890년대「정의와 도덕」이라는 글에서 아나키즘 관점에서 인간사회 윤리를 제기한다. 더불어『상호부조론—진화의 한 요소』라는 제목으로 책을 출판한다. 이것이 바로 크로포트킨의 상호부조론의 탄생하는 과정이다. 크로포트킨은 다윈의 후기 저작인『인간의 유래』를 인용한다. 인간의 도덕성이 진화의 산물이며 공동체 생활을 영위하기 위하여 획득된 보편적 기질이라는 사실이다. 협동하는 인간의 진화된 기질 유무가 문명과 미개를 가르는 기준이 된다고 말한다.[15] 크로포트킨은 다윈의 의견을 충분히 인정하면서 상호부조의 사회성을 지키는 종은 진화의 기회를 가장 많이 얻을 수 있다고 보았다.

진화론은 양날의 칼을 가지고 있었다. 진화론을 어떻게 받아들이고 해석하느냐에 따라 사회진화론과 아나키즘으로, 제국주의 이론과 반제국주의 이론으로 분화 가능했던 것이다. 크로포트킨은 자신의 관찰과 다윈의『인간의 유래』에서 논거를 마련하면서 사회진화론, 궁극적으로 제국주의의 논리적 기반을 공격한다. 그리고 사회조직의 일반원리를 상호부조, 상호지지에서 찾아내고 있으며, 사회진화의 원동력을 '경쟁'이 아니라 '상호부조'에서 찾고 있는 것이다.

그러나 유럽이 아닌 동아시아에서 스펜서의 사회진화론은 우선적으로 수용되었다. 그 과정에서 '주체의 망각'이 전제되어야 했다. 유길준의「서유견문」으로부터 김옥균의 글까지 개화 사상가들의 글은 서구적인 정치문화를 진보적인 것으로 인정하는 태도가 있었다. 이런 논지는 서구적 개화사상을 수용한 자신들과 그렇지 못한 민중들을 철저하게 구분하는 엘

---

15) 김택호,『한국 근대 아나키즘문학, 낯선 저항』, 월인, 2009, 35쪽.

리트주의로 변화해 갔다. 그들이 지니고 있는 엘리트 의식은 사실 봉건적 신분질서를 벗어나지 못한 데서 오는 것이다. 신채호 역시 민중을 교화 대상으로 설정하지만, 그가 일깨우려는 것은 새로운 세계와 부국강병을 목표로 하는 국가의 일꾼이 되라는 것이 아니었다. 신채호는 자기를 찾으라고 말해 왔다. 신채호에게 자기를 찾는 것이 애국의 출발이며, 궁극적인 목표였다. 신채호의 의식은 스펜서의 사회진화론과 양립할 수 없었다. 그의 자강론(사회진화론)에 내재된 자기 모순성을 깨달은 것이다. 국제사회에서 강자만이 살아남고 약자는 도태된다는 자강론의 발상은 조선의 부강을 위한 민중의 자각을 위해서는 유용하지만, 다른 한편으로는 강자인 일본이 약자인 조선을 지배하는 것을 정당화하는 논리이기도 했다. 이런 자강론의 모순을 넘어서는 데 아나키즘은 매력적인 대안이었다.[16]

더불어 상하이 임시정부에 참여한 경험도 한 몫을 한다. 그는 임정에서 개량적인 민족주의 노선에 만족하지 못하고 무력항쟁을 주장하는 과격파의 일원이었다. 당시 이승만과 안창호가 주장하는 외교론이나 준비론과 같은 온건 노선을 비판하고 임시정부의 전면 개조를 주장했다. 자유와 주체성을 일찍부터 강조했던 신채호는 좌우 양쪽의 진영으로부터 거리를 두면서 새로운 이념적 대안을 모색한다. 다른 한편으로는 볼셰비키 혁명의 급속한 타락, 1926년 6월 (한인 공산당 내부 파쟁으로 인하여) 독립군 부대에 대한 소련 적군의 무자비한 학살이 자행되었던 자유시 참변 사건, 1923년 8월 러시아령에서의 한인 임시정부 설치 불허, 코민테른에 의한 사회주의 독립운동의 지배와 사회주의자의 사대적 복종 등을 목도한다.

---

16) 조세현, 앞의 책, 108~110쪽.

신채호는 전문적 엘리트 혁명가가 주도하는 볼셰비키 혁명의 강권성을 직시할 수 있었다.[17] 그에게 공산주의의 '프롤레타리아 독재론'은 '공산전제'이자 강권주의였고, 공산주의의 모스크바 추종 역시 '사대적'인 것에 지나지 않았다.[18] 신채호는 민족주의 노선도 아니고, 동시에 공산주의나 사회주의도 아닌 제3의 길이 필요했다.

신채호가 아나키즘, 특히 크로포트킨의 상호부조론을 받아들인 것은 이러한 사상의 경로와 역사적인 경험이 축적되어 있었기에 가능한 것이었다. 신채호는 크로포트킨에 심취했지만, 온전히 그에게 경도되지는 않았다. "우리 조선 사람은 매양 이해 외에서 진리를 찾으려 하므로 석가가 들어오면 조선의 석가가 되지 않고 석가의 조선이 되며, 공자가 들어오면 조선의 공자가 되지 않고 공자의 조선이 되며, 무슨 주의가 들어와도 조선의 주의가 되지 않고 주의의 조선이 되려한다. 그리하여 도덕과 주의를 위하는 조선은 있고 조선을 위하는 도덕과 주의는 없으니 이를 특색이라 칭하면 노예의 특색."[19]이라는 걸 잘 알고 있었기 때문이다. 신채호는 크로포트킨의 글이 조선의 병에 가장 잘 맞는 약이라고 하면서도 '조선식

---

17) 김성국, 『한국의 아나키스트』, 이학사, 2007, 31쪽.
18) 신채호는 제국주의 강국 민중과 식민지 민중을 상호연대적 관계를 가진 것으로 파악하지 않았다. 양자가 제국주의 지배계급의 조종과 속임에 의하여 상호대립하고 상호투쟁하는 모순관계에 놓여 있다는 사실을 강조했다. 또한 일부 좌익세력들이 일본의 무산계급과 일제하 조선의 무산계급의 연대를 주장하는 것을 반대하였다. 신채호는 이 프롤레타리아 연대가 갖는 허구성을 일찍이 알고 있었던 것이다. 지금의 눈으로 보아도 참으로 탁월한 견해가 아닐 수 없다.
19) 신채호, 「낭객의 신년만필」, 『동아일보』, 1925년 1월 2일. 조세현 앞의 책에서 재인용, 120쪽.

아나키즘'을 세워야 한다고 주장했다.

그러던 중 1922년 겨울 의열단 단원이자 아나키스트인 유자명에게 의열단 단장 김원봉을 소개받는다. 그리고 그들의 요청에 따라 『조선혁명선언』을 발표한다. 한마디로 직접행동의 방법을 선택하여 의열단의 폭력투쟁을 이론화한 것이다. 민중직접 혁명론이다.

『조선혁명선언』에서 신채호는 그가 구상한 미래사회를 그려놓는다. '고유적 조선'이다. 특권계급을 파괴하여 '자유적 조선민중'[20]을 발견하고, 경제적 약탈 제도를 파괴하며 '민중 생활'을 발전시키고, 사회적 불평등을 파괴하여 '민중 전체의 행복'을 증진하며, 노예적 문화를 파괴하여 '민중문화'를 제창하는 것이다. 요컨대 자유와 평등이 보장되는 사회를 구축하기 위해 민중적 파괴[21]를 통한 민중적 건설을 필요로 한 것이다. 신채호의 아나키즘은 무질서가 아니요, 혼란도 아니었다. 그것은 명확한 목적과 방법을 갖는 실천적 이념이었다.[22]

---

20) 신채호가 민중이라는 용어를 처음 사용한 것은 『조선혁명선언』이었다. 영웅주의를 넘어서 공화주의를 지향했던 것은 자연스러운 일이었다. 신채호에 의하면 우리 역사상 민중은 3·1운동 때 처음으로 그 표면에 나타난 것이다. 그 이전 시기는 국민주의적 성격의 개념인 '신국민'이 역사발전을 담당할 주체세력이었으나 3·1운동을 경험한 그에게 서서히 국민이 아니라 민중이 역사 담당 주체로 떠오르기 시작한다.

21) 이선영(「단재의 사상과 문학」,같은 책, 216쪽)은 단재의 무정부주의가 지닌 폭력적 혁명은 오히려 바쿠닌에 가까운 것이라 설명한다. 왜냐하면 크로포트킨은 비폭력적이기 때문이다. 폭력이 이국통치를 파괴할 수 있고, 폭력이 악을 시정할 수 있다고 믿어 혁명과 암살을 강조한 점에서 신채호의 민중폭력론은 바쿠닌의 무정부주의와 비슷한 성격을 지니고 있다. 한편 이범직 · 김종연(앞의 책, 283쪽)의 글에서는 나로드니끼의 테러리즘을 예로 들고 있다. 1860년대 러시아를 풍미한 나로드니키주의는 '민중 속으로'라는 구호를 내걸고, 사회혁명의 주체로써 민중, 특히 농민대중의 혁명적 투쟁방법으로 반란, 음모, 테러 등을 동원하였기 때문이다.

V. 소설 「용과 용의 대격전」과 아나키즘

신채호는 왜 소설을 썼을까? 신채호에게 문학은 효용론적 도구였다. 그는 「소설가의 추세」에서 '소설은 국민의 나침반'[23])이라 정의 내린다. 소설이 어떤가에 따라서 국민이 약해질 수도 있고 강해질 수도 있다고 보았다. 소설을 국민 계몽의 효과적 수단으로 보았던 것이다. 그의 아나키즘 사상이 투영되고 있는 작품인 「용과 용의 대격전」을 보자.

처음은 미리가 등장하는 것부터 시작한다. 미리가 사는 천국은 이미 불안하다. 민중의 반역을 걱정하는 것이다. 그래서 상제(上帝)는 미리를 지국에 내려 보낸다. 한편, 드래곤이 등장한다. 드래곤의 등장은 시끌벅적한 잔칫집 분위기가 난다. 천국의 관리들은 모두 드래곤이 승리할 것을 예언하는 말들을 자신들도 모르게 내뱉고 있다. 결국 천국은 대란이 일어나고 상제는 몸을 숨길 곳이 없다. 이에 미리가 지국에 내려가 상제를 찾다가 어느 점쟁이한테서 상제가 있는 곳을 전해 듣는다. 쥐구멍에 숨어있었던 것이다.

「용과 용의 대격전」은 환상적인 수법을 사용한 소설이다. 천국과 지국이라는 공간의 이분화를 통해 하늘과 땅을 오가는 초월적인 공간이 펼쳐진다. 하늘은 지배자들이 사는 공간이고 땅은 민중들이 사는 공간이다. 이 공간은 수직적 위계질서를 가지고 있다. 계급관계를 하늘과 땅이라는 수직 관계로 형상화 한 것이다. 나중에는 민중 혁명으로 천국의 공간이 소멸하고 만다.[24])

---

22) 김성국, 『한국의 아나키스트』, 이학사, 2007, 33쪽.
23) 『단재신채호전집별권』, 단재신채호기념사업회, 1998, 81쪽.
24) 한금윤, 「신채호 소설의 미적 특성 연구」, 『현대소설연구』제9호, 한국현대소설학

이 과정에서 초자연적인 능력을 가진 '미리'와 '드래곤'은 각기 착취 계급과 민중을 상징한다. 신채호는 우화적인 상상력을 통해 민중 혁명의 정당성을 우회적으로 보여주고 있는 것이다. 그런데 아이러니한 점은 미리와 드래곤은 일태쌍생아라는 사실이다. 하나는 순수한 우리말을 사용하였고, 하나는 영어를 사용하였지만, 오히려 드래곤이 민중을 상징하는 역할을 한다. 필자는 이 소설을 처음 읽었을 때, 왜 미리가 민중을 상징하지 않고 드래곤이 민중을 상징할까? 그것이 궁금했다. 왜 그랬을까?

신채호가 부정했던 것은 동양의 하늘(天)이다. 이 하늘을 왜 부정하고자 한 것인가? 이것은 근대를 어떻게 받아들일 것인가? 라는 고민에서 출발한다. 조선의 성리학적 형식주의의 폐단을 극복하고자 하니까, 오히려 서구적인 것에서 대안을 찾으려고 한 것이었다. 그 문명을 받아들이며 그 안에서 대안을 찾고 새롭게 조선식 아나키즘으로 출발하고 싶은 것이다. 건설적인 파괴를 한 이후에 제3의 길을 찾아 나서고 싶어 했던 것이다. 신채호의 사상적 변화에는 뿌리 깊은 유교에 대한 거부와 부정이라는 냉정하고 단호한 출발선이 숨어있다. 신채호의 삶은 부정과 부정의 연속이었다고 해도 과언이 아니다. 이것은 신채호가 안정복의『동사강목』한권을 달랑 들고 국경을 넘어 광개토대왕비를 비롯한 고구려의 정신을 계승하고자 했던 의지일 터이고, 유교로 덮어지기 전 사유세계와 고대사회를 밝혀내고자 했던 결의가 담겨있는 것이리라.「조선역사상 1천래 제1대사건」이라 명명하면서 묘청과 김부식의 대립, 국풍파와 한학파의 대립, 독립당 · 진취사상과 사대당 · 보수사상의 대립으로 이어지는 지점을 찾아 나선

것과도 같다. 신채호는 유교 이전의 사회가 어떤 모습이었는지 궁금했다. 조선 역사의 중요 고비들을 직접 찾아 나서며, 왜 조선이 사대주의에 길들여졌는지, 그 시원이 무엇이었는지, 고대의 원형을 회복하고자 했다. 그 과정에서 단군도 만나고 낭가사상도 만난다. 끊임없는 자기부정정신으로 과거 폐단을 부정하고 새로움을 찾아 나섰다. 신채호는「0」에 도달한다. 특히 미리와 드래곤은 쌍생아이기 때문에, 또 다른 위치에서 언제 어디서든지 역할을 바꿀 수 있다. 그 가능성 때문에 드래곤도「0」이 되어야 한다. 언제든지 권력을 가지고 뒤바뀔 수 있기에, 드래곤은 민중을 통해서 자신의 이상을 펼쳐나가야 한다.

천국의 전멸되기 전에는 드래곤의 정체가 오직「0」으로 표현될 뿐이다. 그러나 드래곤의「0」은 수학상의「0」과는 다르다. 수학 상의「0」에는「0」을 가하면「0」이 될 뿐이지만 드래곤의「0」은 1도, 2도, 3도, 4도 내지 10·100·1000·1000 등 모든 숫자로 될 수 있다. 수학 상의「0」은 자리만 있고 실상은 없지만 드래곤의「0」은 총도, 칼도 불도, 벼락도 기타 모든 테러가 될 수 있다. 금일에는 드래곤이「0」으로 표현되지만, 명일에는 드래곤의 대상의 적이「0」으로 소멸되어 제국도「0」, 천국도「0」, 자본가도「0」, 기타 모든 지배세력이「0」으로 될 것이다. 모든 지배세력이「0」으로 되는 때에는 드래곤의 정체적 건설이 우리 눈에 보일 것이다.”라고「드래곤의 역사」란 제하(題下)에는 이렇게 썼다.25)

25)『단재신채호전집별권』, 단재신채호기념사업회, 1998, 285쪽.

그가 『꿈하늘』에서 도달하고자 했던 "푸른빛"의 세계가 「0」이었을까? 공자, 예수, 석가가 모두 부정되고, 지상의 모든 것이 민중의 것이 되는 것을 선언함으로써 천국은 저절로 무너져 내린다. 이 무너져 내림, 그리고 언제나 다시 시작할 수 있는 「0」. 권위적이지 않고, 세계를 제패하거나 식민지를 만들어내지 않는 「0」. 모두가 자기 자신이 제대로 설 수 있는 '나' "이제 물질과 껍데기로 된 거짓 나와 작은 나를 뛰어 나서 정신과 영혼으로 된 참 나와 큰 나를 깨달을 나"[26] 그 가능성의 지점에서 「0」이 있다.

천국이 무너지기에 지국위에서 새롭게 건설할 수 있는 것이다. 이것이 아나키스트 신채호가 꿈꾸던 세계일까? 하지만 이것은 현실에서 이루어내기 어려운 일이다.

그렇기에 신채호는 환상을 선택했다. 환상은 현실에서 이루어질 수 없는 일을 실현시키는 문학적 방법이다. 동시에 현실의 논리 너머 구현하고 싶은 세계가 완곡했을 때 새로운 세계에 대한 꿈꾸기가 가능해진다. 이것은 작가의 간절한 소망을 독자와 함께 실현시키고 싶은 내재적 욕망의 구현이라 하겠다. 근대소설의 양식이 틀을 잡아가기 시작하는 상황에서, 신채호는 전통적인 소설 방식으로 소통하고자 한다. 이광수와 김동리가 등장하는 1920년대 한국 문단 흐름과 다른 궤에 서 있는 것이다. 전통적인 군담계 영웅 소설의 계보[27]에 맥을 잇는 것으로도 보이고 또 다른 맥락에서 보면 구운몽을 비롯한 고전소설의 몽자류 소설의 계보를 잇는 것으로 보이기도 한다. 또 풍자와 우화의 성격을 띠고 있는 것을 보면 박지원의 「호질」의 뒤를 잇는 작품이라 할 만하다. 이와 같은 것을 살펴보았을 때.

---

26) 신채호, 「大我와 小我」 『단재 신채호 문집』, 범우사, 1999, 155쪽.
27) 한금윤, 앞의 글, 153~154쪽.

신채호는 전통소설의 계보를 이으며 당시 문학사에서 독자적인 위치를 차지하고 있다고 봐야 할 것이다.

VI. 나가며

환상이 깨지고 난 뒤 현실은 얼마나 끔찍할까? 사실 단재 신채호는 뤼순 감옥에서 비극적인 죽음을 맞는다. 그것도 어이없는 사건(위조지폐 200내를 현금으로 뒤바꾸어 찾으려다가)으로 일본경찰에 체포된다. 그래서 황당스럽게도 유가증권 사기 위조죄로 체포된다. 아나키스트로 활동을 펼치려고 하다가 감옥에 갇힌 것이다. 그는 따롄 재판소에서 "의심 없는 무정부주의자"임을 당당히 고백한다. 차가운 감옥 안에서도 에스페란토 어와 역사 연구에 몰두한다. (친구인 홍벽초에게 유서 겸 보낸 편지에서 「대가야천국고」, 「정인홍공약전」, 「이조당쟁사」를 자신이 아니면 쓸 사람이 없다고 호언하면서 끝까지 붓을 놓지 않았다.)

그러나 그 기개에도 불구하고 출옥을 불과 1년 반 남겨둔 상태에서 죽음을 맞이한다.[28] 아나키스트의 최후는 쓸쓸하고 처참한 것이었다.

열 해를 갈고 나니 / 칼날은 푸르다마는 / 쓸 곳을 모르겠다 / 춥다
한들 봄 추위니 / 그 추위가 며칠이랴 / 자지 않고 생각하면 / 긴 밤만
더 기니라 / 푸른 날이 쓸 데가 없으니 / 칼아 나는 너를 위하여 우노라
— 「1월 28일」 미완성 유고작[29]

국내에서도 1930년대 이후 아나키스트 운동은 일본의 전시에서 크게
위축되었다. 사회주의 단체들도 대부분 지하로 숨어들었다. 20년대 후반
에 치열했던 아나 · 볼 투쟁 역시 30년대 초반까지 계속되었으나, 오히려
일제의 탄압 빌미를 제공하였다. 1933년 국내 아나키스트 운동을 재건하

---

28) 사실 신채호의 개인적 삶은 너무나 비참하였다. 1909년 첫 번째 부인이 낳은 아들
이 죽고, 얼마 되지 않아 이혼하고 망명을 시도한다. (1914년에는 대종교에 입교하
여 광개토대왕비와 고구려 발해 일대를 답사하여 역사 연구 자료를 얻었다) 1920
년에 옌징대학 의예과에 유학중이던 28세 박자혜와 재혼하여 1921년 장남 재범을
낳았으나 극심한 생활고에 시달린다. 1928년 몰래 가족을 불러들여 한 달 여간 가
정생활을 한고 다시 가족을 한국에 돌려보낸다. 이듬해에 둘째 아들이 태어난다.
1928년 4월 베이징과 톈진에서 개최된 무정부주의 동방연맹대회에 참가, 이에 따
라 운동자금을 마련하기로 한다. 위폐를 만들어 환전하려다 5월 8일 일경에게
체포된다. 12월 18일 치안유지법 위반, 유가 증권 사기 위조, 동 행사, 살인 및 사체
유기 사건의 연루자로 신문을 받는다. 결국 1932년 건강악화로 병보석을 받았으
나, 친지들이 친일 인사를 보증인으로 세우자 이를 거절한다. 결국 1936년 뇌일혈
로 생명 위독, 뤼순 감옥에서 2월 21일 4시 20분, 유언 없이 57세의 나이로 최후를
맞이한다. 그의 죽음에 이어 그의 가족에게도 시련이 닥친다. 1942년 차남 두범이
영양실조로 병사한 것이다. 또한 부인 박자혜도 일본 경찰의 감시와 시달림 끝에
1943년에 임종한다. 1986년 마지막 남은 혈육인 아들 수범이 서울가정법원에 낸
취적신청이 허가되어 신채호 사후 50년 만에 대한민국 국적을 회복하였다.
29) 『단재신채호전집별권』, 단재신채호기념사업회, 1998, 332쪽.

려는 마지막 시도도 일본 경찰의 습격으로 좌절되었다. 그 후 아나키스트들은 간혹 언론 활동을 펼치기도 했지만, 더 이상 역사 전면에 부상하지는 못했다.

한국에서 1세대 아나키스트 운동은 사라졌다. 시인이자 소설가이자 역사학자이자 독립운동가이자 아나키스트였던 단재 신채호도 실패했다.

아나키즘의 꿈틀거림은 한국 사회가 부딪히고 있는 현실에서 끊임없이 문제 제기되고 있다. 90년대 이후 신사회운동의 방향으로 다양한 대안적 실천이 나타나고 있다. 공동육아나 대안학교, 생산협동조합, 소비조합, 마을 공동체, 대안적인 의료체제, 등은 국가가 대신할 수 없는 영역에서 자발적인 공동체 운동이 일어나고 있다. 함석헌의 사상과 장일순의 생명운동도 넓게 보면 아나키즘의 연장선상에 있다. 그럼에도 불구하고 아나키즘의 길은 멀고도 험하다. 거기엔 인간의 욕망이 꿈틀거리고 있고, 자본과 명예와 출세라는 지극히 현실적인 욕구들이 가로막고 있기 때문이다.

최근 사회생물학자들은 흡혈박쥐를 예로 들어 왜 돕고 살아야 하는가를 말한다. 남의 피를 빨아먹고 사는 동물도 군집을 유집하기 위해서 자신의 피를 나누어 준다는 것이다.[30] 피를 빨아먹고 사는가, 먹은 피를 나

---

30) 흡혈박쥐는 피를 먹고 사는 박쥐이다. 열대에 살고 있고 광견병 바이러스를 갖고 있어 다루기 위험하다. 이들은 해가 지면 동굴 속을 빠져나와 큰 동물의 피를 빨아 먹는다. 그런데 그 많은 박쥐가 피를 빨 수 있는 동물들이 언제나 기다리고 있는 건 아니다. 대부분 굶은 상태로 돌아온다. 박쥐는 2~3일만 굶어도 죽는데, 신진대사가 워낙 빨라서 자주 먹어야 한다. 그러다 보니 흡혈박쥐 사회에서 배불리 먹고 온 박쥐가 굶은 박쥐에게 피를 나눠주는 문화가 생겼다. 헌혈과 같지만 조금 다르다. 피를 뽑아서 주는 건 아니고 먹은 걸 게워서 준다. 조사해 보니, 형제들에게 50퍼센

뉘주며 사는가? 역사는 그 선택과 배제의 길항관계에서 끊임없이 떠돈다. 그 과정에서 아나키스트들은 지극한 꿈과 이상을 먹고 산다. 그들의 꿈이 실현되기 어려운 것이기에 더욱 안타깝고, 고귀하다.

트 이상, 배다른 형제들에게 25퍼센트, 사촌들에게 12.5퍼센트 씩 나누워 준다는 연구 결과가 나온다. 나와 유전자를 가장 많이 공유하는 개체한테 제일 많이 나눠 주는 것이다. 또한 자기 주변에 매달려 있는 친구들에게도 자주 나누어 준다. 유전적으로 관계가 없더라도 서로 돕고 산다는 것이다. 이것은 유전적으로 관계없는 동물들 간에도 서로 돕고 살 수 있다는 것을 설명해 주는 논리가 될 수 있다. 서로 돕는 것이 바로 유전자에게도 도움이 된다는 거다.─최재천, 『인간과 동물』, 궁리, 2007, 358~360쪽. / 다윈의 진화론에서 인간의 윤리적이고 이타적인 행위의 근거를 찾으려고 하는 것은 다만 크로포트킨만이 아니다 신다윈주의자들, 또 에드워드 윌슨으로 대표되는 사회생물학자들 역시 그러하다. 이들은 크로포트킨의 『상호부조론』보다 짧게는 수 년, 거의 50~60년 시간 뒤에 제기된 것들이다.

그는 왜 우산대로 여편네를 때려눕혔을까

초판 1쇄 인쇄일	2019년 02월 25일
초판 1쇄 발행일	2019년 03월 07일

지은이	금은돌
펴낸이	정진이
편집장	김효은
편집/디자인	우정민 박재원
마케팅	정찬용 이성국
영업관리	한선희 정구형
책임편집	우민지
인쇄처	제삼인쇄
펴낸곳	국학자료원 새미(주)
	등록일 2005 03 15 제 406-3240000251002005000008 호
	경기도 파주시 소라지로 228-2 (송촌동 579-4)
	Tel 442-4623 Fax 6499-3082
	www.kookhak.co.kr
	kookhak2001@hanmail.net

ISBN	979-11-89817-07-7 * 03800
가격	23,000원

* 저자와의 협의하에 인지는 생략합니다.
  잘못된 책은 구입하신 곳에서 교환하여 드립니다.
  국학자료원 · 새미 · 북치는마을 · LIE는 국학자료원 새미(주)의 브랜드입니다.
* 이 도서의 국립중앙도서관 출판예정도서목록(CIP)은 서지정보유통지원시스템 홈페이지(http://seoji.nl.go.kr)와 국가자료공동목록시스템
  (http://www.nl.go.kr/kolisnet)에서 이용하실 수 있습니다.